开明派文化与文学

姜建 著

商务印书馆
The Commercial Press

商務印書館（上海）有限公司 出品
The Commercial Press (Shanghai) Co. Ltd.

作者简介

　　姜建，1957 年生，南京师范大学文学士，南京大学文学硕士、文学博士，江苏省社会科学院研究员（二级），东南大学、南京师范大学兼职教授，江苏省有突出贡献专家，曾任江苏省社会科学院文学研究所所长，现任江苏省社会科学院文脉研究院副院长，兼职江苏省现代文学学会副会长、江苏省鲁迅研究会副会长、江苏省中华诗学研究会副会长等。主要研究方向为中国现当代文学与文化，在《文学评论》《鲁迅研究》《中国现代文学研究丛刊》《江苏社会科学》《浙江社会科学》等期刊发表论文多种，著有《朱自清年谱》《大地足印》等著作十多种。作品曾获江苏省哲学社会科学优秀成果二等奖。现主持江苏省社科基金重大招标项目和重点项目等工作。

本书为国家哲学社会科学基金资助项目
"'开明'文学文化流派研究"
（项目批准号：11BZW122）

目
录

导　论

1. "五四"新文化运动与社团流派的纷起

20世纪上半叶的中国现代文化和文学,留下了许许多多值得人们回味思索的东西,社团流派的兴盛当是其中一个重要方面。

从"五四"新文化运动发轫之初的新青年社、新潮社,到世纪中叶的山药蛋派、荷花淀派,其间总共活跃着多少文化、文学社团流派,也许至今仍没有一个精确的统计,但有资料显示,仅在"五四"以后的第一个十年,就有154个社团流派在各地涌现和活动。这些社团流派规模不等,生存时间长短不一,文化倾向、文学主张各不相同,影响力也有大有小,但它们在总体上构成了促进中国文化的现代化演进这一历史进程的主力大军,织就了中国现代文化、文学丰富复杂、瑰丽多彩的画卷。正如贾植芳先生在《中国现代文学社团流派》中所说:"它们顺应历史发展趋势,所向披靡,为中国社会的发展和前进,为民族文化、文学的发展和繁荣,开辟了新的道路,做出了巨大的历史性贡献。"[1]

---

[1]　贾植芳:《中国现代文学社团流派·序》,贾植芳主编:《中国现代文学社团流派》,江苏教育出版社1989年版,第2页。

社团流派的兴盛，与"五四"新文化运动有着深刻的联系。

一方面，新文化运动对传统社会秩序的冲击，对人的精神、欲望的激活，对建设民族新文化的迫切要求，成为社团流派大量涌现的强劲动力。觉醒后的知识青年需要广阔的天地来展现他们的自由意志，展现他们对于时代、人生和自我的种种思考与探索，于是，各种团体应运而生，适时地成为他们一显身手的舞台。

另一方面，新文化运动所承担的历史任务的繁重复杂，所提供的思想武器的庞杂多元，所造成的思想空气的自由开放，也规定、制约了社团流派的形态特征。"五四"青年思想的未定型、不成熟和志趣的活跃多变，表现在其生存形态上，就是社团流派松散随意、旋起旋落，代谢速度非常之快。在总体上对新文化、文学社团流派做一个粗略的观察，可以发现，就存在时间而言，从酝酿、形成到解体，社团流派的平均寿命不长；就组织形态而言，社团复合型的多，单纯型的少，松散型的多，紧密型的少。社团的宗旨或许含糊，社团之间的边界也欠清晰，同一社团成员的文化立场、文学倾向和艺术趣味常有很大的差别。至于在组织结构和行为方式等方面缺乏社团的"有意为之"的流派，就更显得松散而随意。

社团流派是人类群体活动的一种方式，更准确地说，是知识分子群体精神的一种表现形式。知识分子因了精神的相近和志趣的相似而走到一起，也因了精神、志趣的转移和多面而随时组织新的团体或成为多个性质、旨趣不同的团体的成员，这是文化史、文学史上屡见不鲜的现象。但这种现象因了"五四"以后社会的风云激荡和"五四"青年的血气未定而显得更为突出，即使像文学研究会这样一个相对宗旨明确、章程严密、组织完善的社团也不例外。

在各个社团流派中，文学研究会无疑具有特殊的意义。这一方面在于它鲜明地以"为人生的艺术"作为自己的旗帜，在反对封建主义文化、传播新思想新学问、推动社会进步的过程中起到了重要的作用，并且以此奠定了现实主义的第一块基石；另一方面在于它作为"五四"新文化运动以来第一个新文学社团的巨大号召力和包容性。从扩大新文学阵营的需要出发，文学研究会广泛吸收了在文化倾向、文学观念和艺术趣味等方面不尽一致的众多青年知识分子，其成立宣言中所揭橥的"建立著作工会的基础"的宗旨便证实了这一点。这种号召力固然使它聚集了一大批优秀的"五四"青年，在反对封建主义文学的战斗中显得阵容庞大、声势豪壮，但由此而来的巨大包容性也加重了团体的松散性和随意性，使其始终处于变化之中。文学研究会固然有不少成员始终坚守在现实主义的阵地上，并且与文学研究会共始终，但也有不少成员同时或先后参加了不止一个的社团。一生从事历史考据研究的顾颉刚，1926 年时便曾言他是 20 多个团体的成员。[1] 以文学研究会成员为核心而形成的新的社团和流派也为数不少。建立于文学研究会成立同一年的民众戏剧社，其骨干成员汪仲贤、柯一岑、陈大悲、熊佛西、欧阳予倩等即为文学研究会会员；而周作人、孙伏园、顾颉刚、俞平伯等语丝社中坚也是从文学研究会分化出来的；至于文学研究会会员徐志摩后来建立新月社，李金发成为象征诗派的代表诗人更是现代文学史上耳熟能详的事实。

　　其实不仅文学研究会如此，可以说几乎所有的新文学社团都是如此。文人自由结社的风气，团体成员志趣的相异和转移，以及团体在演进过程中的种种变化，使得新文学社团始终处于不断分化组合之中，也使得社团只是相对地显示独立存在的标志，社团成员只是部分地具有共同意识。

　　指出这种现象，并不是为了否定社团流派自身的特点和个性，而是提醒我们充分注意到社团流派的丰富性和复杂性，并且为我们观察"五四"以后的社团流派提供一个新的思路和视角，即除了我们已经认定的社团流派而外，还有没有可以从社团流派的角度去认识的新文化、新文

1　见顾颉刚：《古史辨·自序》，顾颉刚编著：《古史辨》第 1 册，朴社 1926 年 6 月版。

学群体?

社团由于有一个明显的组织结构而较易识别，相比起来，流派则更难于指认。这一方面由于流派的外在形态通常比社团更加松散，更加趋于无形无迹；另一方面，流派又常与社团纠结在一起，在成员、宗旨和倾向上或重合，或部分重合，或大于社团，或小于社团，呈现出种种复杂的情况，尤其是对那些与社团部分重合的流派，人们易于忽视他们的独特性而将他们淹没在社团的总体倾向之中。

不过从另一个方面看，流派又有比社团更加鲜明的特征。从内在本质上说，流派比社团更多地体现了一种理想追求的志同道合，一种价值取向的共鸣默契和一种精神风貌的神似统一。流派的这种形式的共同性减弱而实质的同一性增强的现象，使我们有可能摆脱外在的束缚、忽略形式的羁绊而直指其精神内核。

这里要研究的就是这样一个独特的流派。他们中的不少人曾是文学研究会的骨干成员，并为文学研究会的发展做出过重要贡献。但在文学研究会的演进过程中他们逐渐显露出自己的独特性，并且形成一个相当稳定的，也具有深远影响的流派。也许由于他们在文学研究会中的重要作用，过去人们总把他们认定为文学研究会作家，而未能充分注意并充分评价他们独具个性的文化主张和文学特质，致使这一流派的独特风采被掩盖而未能被人们所充分认识。

2. 一个独特的文化文学流派

叶圣陶、夏丏尊、朱自清、丰子恺、郑振铎、胡愈之、周予同、刘大白、徐调孚、王伯祥、章锡琛等人是文学研究会的重要作家，其中叶圣陶和郑振铎还是文学研究会的发起人。他们积极响应"五四"新文化运动的号召，坚定地奉行"为人生"的文学主张，在反对封建主义文学的战斗中冲锋陷阵,为建设民族新文学呕心沥血,从理论、创作到翻译为文学研究会的发展做出了重要贡献,因此无论是谁,在论及文学研究会的时候无法不提及他们。但从20世纪20年代中叶起,他们和匡互生、朱光潜、顾均正、宋云彬、方光焘、刘薰宇、刘叔琴、傅彬然、贾祖璋、周建人等人陆续会合在一起,依托《我们》《立达》《一般》《中学生》等杂志和我们社、立达学园、立达学会、开明书店等机构,在文化教育和文学领域中孜孜不倦地耕耘,逐渐凸显出了文学研究会所无法包容涵括的特色,并在一个相当长的时期内,以其相当稳定的文化倾向和文化活动,产生了相当深远的影响。如果用一句简括的语言来表述,不妨称其为"开明派"。

提到这些人,我们可以很轻易地发现他们相似的文化背景。在他们中间,除了匡互生是湖南人、刘薰宇是贵州人、朱光潜是安徽人而外,其余均为江浙人,即历史上的吴越一带,也大致等同于现在我们所说的"江南"[1]。郑振铎祖籍福建,但生在浙江,长在浙江。朱自清出生在苏北的东海,并且自称"我是扬州人",但他祖籍本是绍兴,而且大学毕业后有五年时间在江浙一带教书,受到吴越文化的浓重熏染。何况按照人文地理的概念,作为淮左名都的扬州,与江南文化有着极其深刻的渊源,从来都在江南文化圈之内。[2]除此而外,他们还有着同窗、同事和师生等多重关系。

共同的文化背景和文化氛围使他们之间很容易产生相似的文化心理和语言习惯,产生一种强大的亲和力。对此,开明书店老人吴觉农说得非常清楚:"开明的老一辈还有一个特点,就是大都有同乡、同窗或同事之谊的老关系,彼此意气相投,私交甚笃。开明同乡多绍兴人(包括上虞、余姚等县),多杭州一师和上虞春晖中学的教员(当时经亨颐老先生办的

---

1 按照历史地理的概念,广义的江南,范围包括长江中下游沿江南岸地区;狭义的江南则主要指长江下游沿江南岸地区,主要包括江苏南部从南京到苏州一带,兼及安徽的一部分、江西的一部分和浙江西部的一部分。

2 春秋时代扬州初属吴,后归越,此后的六朝、隋、唐、宋、明、清,扬州在历代文人心目中一直是江南风流胜地。

春晖中学集中了一批知名的教师如丰子恺、朱自清、李叔同等），大家把
开明当作集体的事业，关心它的成长和发展。"[1]他们从未刻意强调地域
性，从未有依仗裙带和同乡关系而啸聚的意识，因而从无"某系""某籍"
的讥评，他们纯然因了同事、朋友、同窗和师生的缘故自然而然地走到一
起，叶圣陶离开商务印书馆进入开明书店的理由就是"因为开明里老朋友
多，共同作事，兴趣好些"[2]。自从 20 年代中叶开始聚合以后，他们办学
校，编杂志，开书店，搞创作，意气相投，合作愉快，虽经历时代、社会
和人生的风风雨雨也从此不再分开，他们中间甚至还成就了叶圣陶和夏丏
尊、王伯祥和章锡琛两对儿女亲家。也许他们在形迹上分合不定，但在感
情上始终相通，在文化立场上始终相互守望，并保持了终生的友谊。

他们的聚合，在很大程度上是由于理想追求的相似和文化气质的接
近。他们尽管大多有着多重身份：作家、学者、教师、编辑、出版家、翻
译家等等，却有一个基本点，即他们绝大多数是教师或曾经是教师，与教
育工作有着密切的关系。在这种职业选择的背后，是他们对青年学生的热
爱、对教育工作的赤诚和对文化启蒙的执着，正如叶圣陶所说："我们一
班朋友对于教育都有些兴趣，有些信念。"[3]做教师的，固然一生都在讲台
上耕耘，即使后来改行不做教师了，如叶圣陶、夏丏尊等，也仍以编辑教
科书和杂志的方式，继续为青年学生贡献心血。

在教育工作中，他们不仅教给青年学生基本知识，更重要的是教他
们如何做人，做一个对社会有用的人，一个品格高尚的人，由此形成了
他们在教育上的基本思路，即特别强调人格教育和人格熏陶。从朱自清

1 吴觉农：《我和开明书店的关系》，中国出版工作者协会编：《我与开明》，中国青年出版社
  1985 年版，第 82—83 页。
2 叶圣陶：《略叙》，刘增人、冯光廉编：《叶圣陶研究资料》，北京十月文艺出版社 1988 年
  版，第 121 页。
3 叶圣陶：《〈进步青年〉发刊辞》，叶至善、叶至美、叶至诚编：《叶圣陶集》第 18 卷，江
  苏教育出版社 1994 年版，第 245 页。

1924 年说的"我总觉得'为学'与'做人'应当并重，如人的两足应当一样长一般"[1]，到 1949 年叶圣陶说的"进步的教育偏重在熏陶。熏陶就是在潜移默化之中渐渐地养成好思想，好习惯。见效虽不能怎么快，可是它的影响是深刻的持久的"[2]，这种"为学"与"做人"并重，且在"润物细无声"中体现"做人"的特点始终贯穿他们的教育活动。

与这种共同的教育思路相一致的是他们相近的文化气质。他们深受儒家传统"先器识而后文艺"观念的影响，讲究在作文之前先要做人，要人文一致，并且要求别人做到的自己首先做到，即所谓"己欲立而立人，己欲达而达人"，所以他们自律极严，特别注重自己的人格修养和道德提升，并且形成了认真而质朴的文化气质。他们崇尚质朴真诚、率真自然，喜怒哀乐纯然发乎性情。他们做事认真，强调实干，从不放弃自己的社会责任，不管在什么样的情况下，该做什么还做什么、"站好自己的岗位"[3]的意识特别强烈。叶圣陶在《与佩弦》一文中对朱自清做什么事都认真，以至于认真得显出慌乱，永远是一副旅人的神态有着精彩的描绘。他们不求惊世骇俗，振聋发聩，也从不把自己看作国家的栋梁，而是以普通人自居，以青年的朋友自任。他们办的杂志以一般的读者为对象，甚至杂志名称也叫《一般》，这与《洪水》《警钟》《创造》《光明》之类唯恐别人不注意的响亮的名称大异其趣。在他们身上看不到西式绅士睥睨一切的狂傲之态，听不到浪漫才子狂放不羁的风流韵事，东方名士的特立卓异、矜才使气，无聊文人的"相轻""无行"也与他们相去甚远。他们更接近于传统意义上的谦谦君子，却又并不乡愿，而是充满浩然之气。

很难说是否由他们的文化气质决定了他们的文化倾向，但不管怎么

1　朱自清:《教育的信仰》，朱乔森编:《朱自清全集》第 4 卷，江苏教育出版社 1990 年版，第 142 页。

2　叶圣陶:《〈进步青年〉发刊辞》，第 245 页。

3　朱自清、叶圣陶等人多次使用这类语言来表达他们对社会的承诺。

说，他们的文化气质与文化倾向之间确实有着某种内在的同一性。他们的文化倾向，用一句简单的话来表达，可以称为"开明"的文化倾向。

这里，"开明"一词有着本体论和方法论的双重含义，是一种精神，也是一种作风；是一种观念，也是一种原则；是一种处世之道，也是一种观世之道。

所谓开明精神，一是指坚持启蒙主义的文化立场。

他们都是在"五四"新文化运动中成长起来的，深受启蒙主义思想的影响，也始终服膺并且秉持启蒙主义立场，他们坚持关注普通中国人的命运，坚持批判封建愚昧专制，在几次文化界反读经运动中冲锋陷阵，叶圣陶、周予同、胡愈之等人曾多次撰文批判读经运动。1926年，针对军阀孙传芳掀起的读经运动，周予同写下了《僵尸的出祟》一文，尖厉地嘲笑读经为"僵尸出祟"。此文引发了周予同钻研经学的学术兴趣，从而造就了他之成为现代经学大家。与此同时，他们提倡科学，反对迷信，执着于开启民智，为建设民族新文化踏踏实实，埋头苦干，他们之专注于教育和青年问题，其基本思路便源于这里。

开明精神的第二个含义是指追求精神独立和思想自由，用他们自己的话说就是"贯彻独立的精神"，"尊重个人的自由意志"，[1]不求思想的一致而求精神的独立。他们在文化观念上采取一种平和宽容、与时共进的姿态，不保守也不激进。

这种开明精神，很自然地导向了他们的开明作风。

所谓开明作风是指一种开放民主的、稳健扎实的、思不出其位的作风，一种不想当领头羊、无意占领思想界制高点的作风。只要是进步的有益的，他们就支持就实行，用叶圣陶后来概括的说法就是"朴实而无华，

1　互生、仲九：《立达—立达学会—立达季刊—立达中学—立达学园》，《立达季刊》第1期，1925年6月。

求进弗欲锐"[1]。他们以文化教育出版为业，为弘扬民族文化和发展新文化兢兢业业地工作，除此而外，他们始终保持相对低调的、超脱的做派，不介入任何文坛纷争，更不挑起攻讦，只是不事声张地埋头做自己的事。1936年在纪念开明书店创办十周年的时候，傅东华说过一段话：

> "开明"的一个反面是"闭塞"，是"蒙昧"，是"固陋"，是人类孩提时代的一般现象。但"开明"的又一个反面是"蛮横"，那是人类到了十分长成之后也终于难免的。那怕"二十世纪"差不多就是"开明"的同义语，然而二十世纪的书是命令人的居多，启发人的难得，也可见"开明的书"之难能可贵了。[2]

这段话从反面恰恰概括了开明派所坚持的开明精神和开明作风。

相同或相近的文化背景、文化身份、文化气质和文化倾向，深刻地影响了他们的审美趣味和作品风格。

在文学基本特性的构成要素中，他们特别看重真实性，看重情感的真挚。朱自清专门著文谈文学的真实性[3]，叶圣陶把真挚动人看作一个艺术家是否具有"艺术良心"的标志，几乎以此作为他品评作品、臧否人物的唯一要素。

与此相联系，在文学样式的选择方面，他们也显出了明显的偏好。就总体而言，在想象、虚构等成分较多的文学样式如小说、戏剧等方面，他们的成就不高。宋云彬曾经尝试历史剧创作，但成绩平平。在小说创作方面，朱自清只在20年代初期写过两个短篇，但他对这两篇小说评价很低，认为"《笑的历史》只是庸俗主义的东西，材料的拥挤，象一个大肚

1　叶圣陶：《开明书店二十周年纪念碑辞》，《我与开明》，插页。
2　傅东华：《我们需要开明的书》，《申报》1936年8月1日。
3　朱自清有论文《文艺的真实性》，收入《朱自清全集》第4卷，第92—101页。

皮的掌柜;《别》的用字造句,那样扭扭捏捏的,象半身不遂的病人,读着真怪不好受的"。因此之故他再也不写小说了。他说:"我觉得小说非常地难写;不用说长篇,就是短篇,那种经济的、严密的结构,我一辈子也学不来!"[1] 夏丏尊写过一些小说,也不算多,而且在叶圣陶看来,他的小说完全可以当散文看,因为写的都是他自己的事。叶圣陶这样评价夏丏尊的小说代表作《长闲》:"《长闲》是自己摄了日常生活的一张极好的照片,我最喜爱丏翁的这一篇。他住在白马湖的那些日子,大致就是这样。"[2] "至于与丏翁熟识的人便觉《长闲》中间活活画出个丏翁自己。可以想见他的性情神思,声音笑貌。"[3] 叶至善在给他父亲的这一段话做注解的时候说:"《长闲》一般归入小说类,其实更像散文。归入小说类,因为日本有一种'私の小说',作者专写自己的生活和感受。……夏先生习惯于用第三人称'他',小说中的'他'其实是夏先生自己;别人写起来也有径直用'我'的。夏先生是个非常诚恳的人,他决不向读者隐瞒什么,夸耀什么;他写的倒是真正的'写实文学',当然,写的只是真实的自己的'身边琐事'。"[4] 在他们中间,唯一称得上小说家的是叶圣陶,除了长篇《倪焕之》,他写过 90 多篇短篇小说,是"五四"以后有影响的小说家。但叶至善在编《叶圣陶短篇小说集》时却历数集中所收小说的材料出处,并指出:"要是没有用直的那几年的生活,《这也是一个人》、《饭》、《小铜匠》、《多收了三五斗》,还有好些别的短篇以及《倪焕之》的前半部,父亲是无论如何写不出来的。他不擅长凭空虚构。"[5]

1　朱自清:《背影·序》,朱乔森编:《朱自清全集》第 1 卷,江苏教育出版社 1988 年版,第 33 页。

2　转引自叶至善:《非常难得的一本〈平屋杂文〉》,叶至善:《父亲的希望》,中国青年出版社 2000 年版,第 128 页。

3　叶圣陶:《谈丏翁的〈长闲〉》,《叶圣陶集》第 6 卷,第 215 页。

4　叶至善:《非常难得的一本〈平屋杂文〉》,第 128 页。

5　叶至善:《为了纪念——〈叶圣陶短篇小说集〉前言》,《父亲的希望》,第 287 页。

　　与在虚构文学中人丁不旺的情况相反，在非虚构文学如散文等方面他们却有着精深的造诣，朱自清、夏丏尊、丰子恺、叶圣陶等都是一流散文大家名家，留下了许多脍炙人口的名篇。

　　在散文创作方面，他们的写作题材广泛，其中，他们对儿童有着特殊的兴趣。

　　在他们看来，儿童是最纯朴真实、最少习染的，叶圣陶、朱自清都写过一些有关儿童的散文。在这方面，丰子恺更做出了在整个新文坛无出其右的贡献。与这种对儿童纯真的激赏相一致，他们对儿童文学的关注也是文坛少有的，叶圣陶作为新文坛第一个童话作家，写下了许多遐迩闻名的作品，徐调孚、顾均正、郑振铎等人则长期致力于外国童话和儿童文学作品的翻译介绍。

　　在散文风格上，他们的作品也丰富多彩。但相对而言，他们追求的也更擅长的不是那种锋芒毕露、峭拔凌厉、嬉笑怒骂、刀刀见血的"匕首"与"投枪"，而是描写身边琐事的，袒露内心情感的，风格蕴藉质朴、英华内敛、温润腴厚的那一类。丰子恺、夏丏尊、叶圣陶的散文都是属于直抒胸臆、以自然取胜的，朱自清早期散文讲究谋篇布局、遣词炼句，进入 30 年代以后，他便豪华落尽，返璞归真，纯以情感的真挚饱满取胜。这前后期的不同风格，叶圣陶显然更欣赏后一种，曾在《朱佩弦先生》一文中做过精彩的评论。

　　以上粗略的鸟瞰，让我们感觉到了一个文化、文学流派的模糊身影。但要真正确认这一群人和他们的活动已经构成了一个通常意义上所说的文化、文学流派，并不是一件易事。这正如朱德发在论述文学流派时所说："要辨识每个文学流派的美学形态和艺术风貌并从而对它们进行全方位的、综合性的和开发性的研究，首先碰到的是文学流派构成要素的把握、范围的界定及其基本特征的概括。这既是识别文学流派的美学尺度，又是研究文学流派的逻辑起点。"[1]

　　构成要素的把握、范围的界定和基本特征的概括之于流派研究的意义，对文学流派是如此，对范围更加宽广、内容更加丰富的文化流派来说，更是如此。

3. 开明派未被认识之原因

　　至此，我们必须回答一个无法回避的问题：为什么这样一个特点相当鲜明的文化、文学流派长期以来默默无闻，从未被人们提起和认识？是人们的嗅觉出了问题，还是这本来就不是一个流派，仅仅是笔者一厢情愿，强作解人？

　　在现代文学史上，一个流派的被认定大致有三种情况。一是自我认定。一个团体通过其章程和刊物宗旨显示他们与众不同的主张，因而被人视为流派，如文学研究会的"为人生派"和创造社的"浪漫派"。二是被同时代人认定。一群人并没有宣称自己是一个流派，甚至在公开和私下场合都坚决否认这一事实，但在文化、文学论战中显示出共同的特色而被视为流派，新月派就属于如此。在中国现代文学史上这种情况最为普遍，鸳鸯蝴蝶派、学衡派、甲寅派、现代评论派、"自由人—第三种人"、论语派、战国策派、京派、海派、象征派、现代派、七月派等等，莫不如是。三是被后人认定。尽管一个流派在他们活动的时候没有被认定，但后人经过研究认为他们在许多方面显示了共同的特色，是一种流派现象，如新感觉派、九叶派等等。不管怎么说，流派被后人认定是一种通常现象，正如郁达夫所说："原来文学上的派别，是事过之后，旁人（文学批评家们）添加上去的名目，并不是先有了派，以后大家去参加，当派员，领薪水，做

---

[1]　朱德发：《二十世纪中国文学流派论纲》，山东教育出版社 1992 年版，第 1 页。

文章，像当职员那么的。"[1]

如前所述，开明派同人因了共同的兴趣和志向而聚集到一起，但从目前留存的文献来判断，他们主观上并没有产生建立一个团体或流派的企图，因此他们不可能有意识地阐述自己的文化主张，[2]或者就某一事件某一文化热点呼朋引类，慷慨陈言，在文坛上造起声势。在开明派历史上，除了对封建主义、日本帝国主义和国民党独裁统治他们发出众口一词的声讨外，在文化界和文坛的各种纷争和带有强烈政治色彩的论战中，他们统统采取低调的超然的态度。由此可见，上述流派认定的三种情况，开明派显然不属于前两种。

至于第三种情况，即被后人认定，不能认为这项工作至今毫无基础。事实上，已有一些学者注意到了这一批文人作为一个群体的存在和他们不同于别人的特色，并从不同的角度提出了相应的概念。

早在 1981 年，台湾诗人杨牧在《中国近代散文选》的《序言》中就提出了白马湖派散文的观点，并且认为夏丏尊和朱自清是这一散文流派的领袖。也许是受其启发，朱惠民著文《红树青山白马湖》对这一散文流派做了具体论证，认为"从散文的艺术特质、作家的创作思想和审美情趣、生活经历以及时代、地域、社团、刊物诸多因素综合考察，二十年代中后期，宁波分会（按指文学研究会宁波分会）作家群的散文创作，确确实实已构成独具一格的以清淡为艺术风格的散文流派。由于那些散文文格洁净，文味清淡得如白马湖的湖水，加之作家此时都生活在上虞白马湖畔，我们姑且称它为'白马湖派'"[3]。朱惠民并以此为理论依据编选了《白马

1　郁达夫：《中国新文学大系·散文二集·导言》，郁达夫编选：《中国新文学大系·散文二集》，上海良友图书印刷公司 1935 年 8 月版，第 12 页。

2　叶至善对笔者说："他们并不是冲着'开明派'而到一起来的，他们是自然而然聚集到一起来的，气味相投。他们不像过去的东林党，不像南社，有一个组织。"见笔者《叶至善先生访问记》（未刊稿）。

3　见朱惠民选编：《白马湖散文十三家》，上海文艺出版社 1994 年版。

湖散文十三家》[1]的作品集。而刘增人在《叶圣陶传》中，则从文人群体的角度对这一群人做了论述。他说："正是在长期的教育实践和编辑出版事业中，他（按指叶圣陶）结识了一大批气类相近、情趣相同、意识与作风有着颇多一致性的知识者，互相影响和促进，互相支持与砥砺，自觉不自觉地形成中国现代一个具有鲜明个性特色的文人群体，在文化积累和张扬正气等方面，发挥了无可替代的作用。这一以叶圣陶为代表的文人群体，以及这一群体所显示的独特个性气质，有一个形成和发展的过程。如果就其大体而言，应该说是萌蘖于商务，发展于立达，成熟于开明。"[2]此外，钱理群等人也有着"立达派"散文的概念，他们在《中国现代文学三十年》中，便将丰子恺、叶圣陶称为"立达派"的散文家。[3]到《中国现代文学三十年》1998年修订版中，钱理群等则又改称他们为"开明派"的散文家。不过，无论是"立达派"还是"开明派"，钱理群等人并未进行论证。1996年台湾学者张堂锜又对这一问题展开析论。他说："这些作家主要的依托是文学研究会宁波分会，他们和北方的语丝社的美文系统合流，形成以周作人为主的小品散文流派，因此，若从现代散文史的角度来看，将其视为周作人散文流派的一翼比较适切。既为派下分支，再称之为'白马湖派'并不妥，不如以'群'称之较无争议。"[4]

　　他们各人或受限于眼光，论证未必得当；或局囿于角度，叙述侧重不同；或受制于体例，缺乏必要的说明。因此，尽管他们已经注意到这群人的独特之处，但在严格的意义上，他们并未做出严密有力的论证。

　　但这种局面近来有了较大的改变。2002年，笔者在《一个独特的文

1　"十三家"分别为王世颖、丰子恺、叶圣陶、刘大白、刘延陵、朱光潜、朱自清、李叔同、郑振铎、张孟闻、俞平伯、夏丏尊、徐蔚南。

2　刘增人：《商务·立达·开明——〈叶圣陶传〉选载》，《新文学史料》1994年第3期。

3　见钱理群等：《中国现代文学三十年》，上海文艺出版社1987年版，第573页。

4　张堂锜：《清静的热闹——"白马湖作家群"的散文世界》，氏著《从黄遵宪到白马湖——近现代文学散论》，正中书局1996年版，第176页。

学、文化流派——"开明派"论略》[1]一文中，提出了"开明文学、文化流派"的观点，主张应该从文学、文化流派的角度去研究这群人。这一观点得到了学界尤其是浙江学界的重视。2004 年，绍兴文理学院召集对相关研究有兴趣有基础的学者（以浙江学者为主），在上虞召开了"白马湖文学"研讨会，专门就本研究涉及的问题展开研讨，会后还出版了专题论文集《"白马湖文学"研究》[2]。不过，正如该研讨会标题所暗示的，浙江学者更多的是从发掘地方文化资源、总结地域文化传统的角度着眼，因此把这群人的活动时间和活动范围限定在 20 世纪 20 年代中叶和白马湖时期。

目前，王嘉良、陈星、王晓初等一众浙江学者，基本都持"作家群"的观点。王嘉良在《辉煌"浙军"的历史聚合：浙江新文学作家群整体透视》一书的第三章《"白马湖"作家群》中，对这个作家群做了比较完整的论述，陈星的《白马湖作家群》、《从"湖畔"到"海上"——白马湖作家群的形成及流变》（与朱晓江合著）[3]等，则以专书的形式对这个作家群做了比较深入的探讨，尤其是后一本书，在研究中吸收了本人的观点，把研究视野从白马湖时期扩展到上海时期。王晓初的《论"白马湖文学"现象》、唐惠华的《莲荷风骨　清隽文章——论白马湖散文作家群》、傅红英的《论白马湖作家群形成的文化渊源》、李红霞的《白马湖作家群面对的三种张力——兼谈该群体在艺术教育方面的独特贡献》、吕晓英的《一笔丰厚的精神财富——论白马湖作家群的出版活动》、马亚娟的《一方净土守护下的纯真童心——谈白马湖作家群对"儿童本位论"的倡导和推动作用》、孟年珩的《略谈"白马湖作家群"的创作风格》等浙江学者的论文[4]

1　姜建：《一个独特的文学、文化流派——"开明派"论略》，《江苏行政学院学报》2002 年第 2 期。

2　王建华、王晓初主编：《"白马湖文学"研究》，上海三联书店 2007 年版。

3　陈星：《白马湖作家群》，浙江文艺出版社 1998 年版；陈星、朱晓江：《从"湖畔"到"海上"——白马湖作家群的形成及流变》，上海三联书店 2009 年版。

4　上述论文均见王建华、王晓初主编：《"白马湖文学"研究》。

尽管论题各异，但均将论述前提定位于作家群。

上述论者从不同角度注意到同一群人的存在，并对他们从作家群的角度做了颇有价值的研究。但遗憾的是，这些研究或囿于浙江地方文化视野而论述偏于一隅，或受制于资料只注意其文学活动而忽视其文化活动，尚未能充分揭示他们作为一个群体存在的全貌和独特意义，也未能从时间和空间两方面界定这一群体的文化、文学活动，更未能展现他们文化、文学活动的内涵、特质和价值。

之所以出现这种认识上的困难，在我看来，有着主观和客观、自身和时代的多种原因。

第一，这与开明派文人的气质和志趣有关。他们以普通人自居，以青年的朋友自任，从事的是普通人所做的也是面向普通人的文化启蒙工作。他们从不把自己当作思想家或社会导师，不求惊世骇俗、振聋发聩，也无意登高一呼，应者云集，他们主要是实干家而不是文章家，追求稳健踏实的作风，强调实干而不愿声张，只求通过自己切切实实的努力，能为社会进步添砖加瓦，贡献一点自己的微薄力量。叶圣陶说过："但是大哲以外还有所谓'常人'。常人的生活方式不属于这一派也不属于那一派，他们自有他们的道理。这些道理是不被收纳入人生哲学的，似乎他们的人生根本不成其为人生。假如有一类著作，并不夸大，指出某时代人们的生活方式及其流衍久远的影响，把所谓大哲也者暂且搁在一边，只从民众方面着手，我想，可能比较有用处。……这对于现在人决定他们的生活方式，寻求适合的途径，颇有用处。"[1] 他们自己所做的就是这种"常人"的工作，是一种"拾遗补阙"的工作。这样的工作，较之于热衷开具救治社会病症的"大哲"，较之于动辄自我标榜、开宗立派的文坛先进，显然要低调谦敛得多，自然不可能引起社会的瞩目或成为社会的兴奋点。

1　叶圣陶：《江绍原君的工作》，叶至善、叶至美、叶至诚编：《叶圣陶集》第5卷，江苏教育出版社1988年版，第281页。

　　第二，这与开明派的宗旨、性质有关。一方面，他们秉承"五四"启蒙主义的观念，坚持开明民主的立场，这种进步却并不激进的主张，在各种思潮、主义、学说层出不穷的 20 年代和越来越激进的 30 年代，显然并不处于思想界的前沿阵地，较之两个极端的红色和白色，也更多地呈中间状态的灰色，不可能引起瞩目。尤其是在社会矛盾尖锐、政治斗争激烈、民族危机深重的 30—40 年代，整个社会早已淹没在民族救亡和民族解放的巨大声浪中，启蒙的声音就显得过于微弱了。

　　另一方面，他们强调精神独立、思想自由，主张一种开放的宽容的精神，充分尊重各人的"兴味"和"自由意志"。这种立场使开明派同人始终保持着和谐的气氛，但同时也造成开明派成员的思想倾向不求一致，行为风格也有明显差异。他们常就某一问题展开讨论，并在实际上形成一种呼应关系，但他们从不追求这种呼应关系以呼朋引类扩大声势，相反是更多地强调他们个人的独立见解。譬如读了朱自清的《现代生活的学术价值》，叶圣陶便写了《国故研究者》与之商榷；譬如胡愈之、周予同、叶圣陶就知识分子问题展开讨论的一组文字《学问易主论》《学问赎罪论》《学问无用论》，各自申说自己的观点，并不强求一致。

　　他们中，有的受无政府主义影响，如匡互生，有的受佛教影响，如夏丏尊、丰子恺。他们中，有的以全副的热情献身理想，有的以调侃的冷眼打量世界。前者如匡互生。匡互生在从 1925 年到 1933 年病逝的八年间，为立达学园的生存和发展奔走呼号，忘我投入，殚精竭虑，劳形苦心，在最完整的意义上体现了开明派的宗旨。后者如章克标。章克标曾经是立达学会的热心会员，他不仅曾在立达学园任教，而且在方光焘担任《一般》主编的时候协助方光焘做了不少工作，也在《一般》发表了许多杂文，是当时有影响的杂文家。在杂文中他谈吃穿嫖赌、妓女乞丐，谈茶馆、香烟、老酒、女人，多从反面立论，对种种社会黑暗进行冷嘲热讽。但他缺乏社会责任感，对有价值与无价值的东西一律采取一种调侃的态度，显出为文的轻薄。时人称他的文章"句句刻毒，冷苦异常"，"是一种凝视人生的刻薄文章"。[1] 比如在对青年的态度上，他不管在 1927 年之后大批青年学生遭国民党屠杀的现实，而将所有青年学生一棍子打死，称青年学生为向社会索取的"特殊阶级"，是超出"当官的""军人""工商""财产家"的"当今顶出风头的人"。[2] 当然，他的这种倾向与开明派同人始终热情扶持青年、做青年朋友的宗旨，与开明派严肃认真的人生态度是圆凿方枘格格不入的，1935 年以后也就从开明派中逐渐淡出了。尽管这只是开明派中极个别的特例，无法代表开明派的整体文化观念和文化立场，但也说明了开明派的面目纯度不够，亮度不够，力度不够。

第三，这与当时的时代氛围有关。如果对现代文学史上流派的涌现做一个时间上的分析，可以发现 20 年代尤其是上半叶是流派生长的黄金年代。作为一场广泛深刻的思想解放运动，"五四"新文化运动破除了人们头脑中的各种禁锢枷锁，激发起人的创造欲望和探索精神，造成了百花齐放、百家争鸣的朝气蓬勃的局面，为社团流派的涌现提供了合适的背景。正是这种大背景，才有了叶圣陶、朱自清等人创办《诗》月刊、组织我们社的办刊结社冲动，才有了像立达学会这样的产物。所以茅盾说，"这一时期，是青年的文学团体和小型的文艺定期刊物蓬勃滋生的时代。从民国十一年（1922）到十四年（1925），先后成立的文学团体及刊物，不下一百余"[3]。但从 20 年代的下半叶起，确切地说是从 1928 年的革命文学论战起，随着一批激进作家和充满政治意味的文学主张的登台亮相，文坛出现了对话语权的争夺。为此，甚至像鲁迅这样的启蒙思想家都受到了非常狂暴的批判。这次革命文学论战为确立无产阶级对文艺界的领导权无

---

1 如真：《章克标印象记》，《读书顾问》季刊第 2 期，1934 年 7 月。

2 章克标：《当今社会顶出风头的人》，氏著《风凉话》，开明书店 1929 年 8 月初版，第 19 页。

3 茅盾：《现代小说导论（一）》，《中国新文学大系导论集》，第 87—88 页。

疑是有意义的，但它也付出了不菲的代价，那就是百家争鸣局面的逐渐丧失，缤纷的色彩逐渐被红白两色所替代。进入 30 年代以后，随着民族危机的日益加深和社会政治斗争的日益尖锐，文坛的意识形态化、政治化色彩越来越明显，对话语权的争夺也越来越激烈，文坛的各种论战中政治始终在扮演着重要的角色，"左联"与民族主义文学的论战固然如此，即使"左联"与"新月派""自由人—第三种人""论语派"的相对和缓的论战，政治也成为一个始终笼罩的巨大背影。在这种非此即彼、非红即白的线性思维模式下，文坛被迅速地划分为壁垒分明的两大阵营，像叶圣陶这样政治色彩不很明显、"组织观念一向不是很强"[1]的作家，就陷入了一种"赤者嫌其颇白，白者怕其已赤"[2]的难以言说的尴尬境地，以至于遭到革命作家的批判。1928 年 1 月，冯乃超在《艺术与社会生活》一文中，称叶圣陶"是中华民国一个最典型的厌世家"。尽管叶圣陶给自己取了个并不存在的斋名"未厌斋"并把自己的一部小说集取名为《未厌集》以示对这种批评的不认可，但这种微弱的不满并不能改变革命作家对叶圣陶的政治定性。所以三年后，叶圣陶被"左联"毫不客气地拒之门外。茅盾回忆说："我刚参加'左联'，就发现郑振铎、叶圣陶没有参加，心中纳闷。后来问冯雪峰，他说，因为多数人不赞成，郁达夫是鲁迅介绍的，所以大家才同意；又说，圣陶我已经去做过解释工作，免得他多心。我表示不赞成这种'关门'的做法。"[3]

　　对这种时代氛围的变化，朱自清的感觉是非常敏锐的，也是很有代表性的。他把"五四"以后的十年变化概括为从自我解放到阶级斗争，或从思想革命到政治革命经济革命，前后有着截然不同的时代精神。前者

1　叶至善 1985 年 6 月 2 日给商金林的信中语，转引自商金林：《"革命的普洛文学底友军和源泉"——叶圣陶在一九三〇—一九三七年》，《新文学史料》1994 年第 3 期。

2　鲁迅：《330603 致曹聚仁》，氏著《鲁迅全集》第 12 卷，人民文学出版社 1981 年版，第 181 页。

3　茅盾：《"左联"前期——回忆录（十二）》，《新文学史料》1981 年第 3 期。

"要的是解放，有的是自由，做的是学理的研究"；而后者"要的是革命，有的是专制的党，做的是军事行动及党纲、主义的宣传"。"在这革命的时期，一切的价值都归于实际的行动；军士们的枪，宣传部的笔和舌，做了两个急先锋"，而"个人—自我—是渺小的"，无足轻重的。[1] 在这样的时代，他自然觉得"无话可说"，甚至非常感伤地称自己"是一张枯叶，一张烂纸"，因为"这年头要的是'代言人'，而且将一切说话的都看作'代言人'；压根儿就无所谓自己的话"。[2]

面对这种氛围，要想保持话语权，就必须让自己政治化，否则，唯一的办法就是交出话语权，以沉默甚至失语来抵拒 30 年代文坛强烈的政治化倾向。[3] 朱自清在进入 30 年代之后的文字就竭力避免"我"的出现，他在《欧游杂记》的《序》中明确表示："书中各篇以记述景物为主，极少说到自己的地方。这是有意避免的：一则自己外行，何必放言高论；二则这个时代，'身边琐事'说来到底无谓。"[4]

这种新的时代氛围，从客观上彻底消除了他们确立流派的可能性，他们即使原来有结社或形成流派的企图，此时也必然打消了这种念头。其实，他们并不是一定要拒绝流派，他们几乎就有了一个流派所常有的外形，白马湖春晖中学时期的我们社和随后上海时期的立达学会，都具备了准流派的性质。如果 30 年代的社会环境和文化氛围，能与 20 年代上半叶一样富于蓬勃的朝气和开放的精神，他们也许有一天会有意无意地确立一个流派的。当然，这只能是假设。

第四，这也与他们原文学研究会会员的背景有关。他们的主要成员都曾是文学研究会的骨干，站在文学研究会的立场上，他们的许多文学活

1　朱自清：《那里走》，《朱自清全集》第 4 卷，第 230 页。
2　朱自清：《论无话可说》，《朱自清全集》第 1 卷，第 160—162 页。
3　到 20 世纪 40 年代末，在当时的时代氛围下，叶圣陶、朱自清等人都不再保持"灰色"的中间立场而明显地向"左"转。当然，这已是后话。
4　朱自清：《欧游杂记·序》，《朱自清全集》第 1 卷，第 290 页。

动和创作业绩，颇能体现文学研究会的存在意义和价值，因而他们早期的许多活动，往往被习惯性地纳入对文学研究会的期待视野和言说框架之中。当他们作为一个个体或者作为文学研究会一分子而存在的时候，研究者对他们表现出了浓厚的兴趣。层出不穷的学术论著证实了这一点。而当他们作为一个独立的有独特个性的流派自足体而存在的时候，学术界却显出了些许的迟钝木讷。

上述这些有关这个流派的自身特点和时代的原因，错综地交织在一起作用于开明派，使开明派的流派特质处于一种分散的潜隐的状态，很难清晰地表现出来。这遮挡了人们的视线，为后人的认定带来了困难。而既定的研究模式和思维惯性也使人们忽略他们足以与他人相区别的精神实质，常在这个流派的边上滑门而过。

4. 本研究的任务

"五四"新文化运动所造就的文化、文学流派，数量众多，形态各异，活动范围有大小之分，影响时间有长短之别，但不论如何，它们都是"五四"新文化的有机组成部分，并从各自角度、各自层面上参与了民族文化现代化的历史进程。对这些文化、文学流派进行细致深入的分析评价，尤其注意发掘那些过去不大被注意的或相对隐性的文化、文学流派的历史作用，不仅意味着对新文化发展历程中的种种丰富性、复杂性的关注和尊重，更体现着对这一历史进程理解把握的深入。

基于上述动机，本研究的基本思路和基本方法是，从文化、文学流派最基本的构成要素、范围界定和特征概括等方面入手，借助于大量原始文本和相关资料，在综合运用历史学、文献学、文化学等多种方法的基础上，以实证研究与理论研究并重的方法，通过对围绕在立达学会和开明书店周围的一批文化教育工作者和新文学作家的文化、文学活动的勾勒梳理，在历史的、逻辑的与审美的统一中，揭示他们作为一个文化、文学流派的现实存在，并通过对这个流派的观念和实践的细致梳理，通过对他们精神世界的深入发掘，来揭示他们为民族新文化、新文学的发生和发展所做的独特工作、独特贡献和呈现的独特价值，借此从一个侧面更深刻地了解"五四"新文化的历史动因、发展脉络和精神内蕴。

由此，本研究将从以下几个方面展开：

第一，我们要描述开明派从酝酿、成形到成熟的发展过程。我们必须回答他们是些什么样的人，在什么样的文化背景下，因何种缘故而聚集，作为流派存在的大致时期和大致地域，文化、文学活动的基本领域和文化、文学实践的基本面貌，这个流派从酝酿到消亡的发展阶段，这个流派在发展过程中的关键人物、关键事件等等，我们还需要从内涵与外延上对这个流派做出概念的界定。在这个过程中，我们要充分认识 20 世纪上半叶中国的社会特征和时代任务，充分认识活动于其间的各种事件与事件、人物与事件、人物与人物之间的复杂关联，在对当时历史语境的深度还原中，细致客观地描述这个流派的清晰面貌。上述这些，构成了我们研究开明派的一个基本的出发点或者逻辑前提。

第二，我们要梳理开明派的文化立场和文化思路。近代以来，西方各种思潮、学说、主义的广泛输入和亡国灭种的现实恐惧，从正反两方面推动着中国人探求民族复兴之路，于是，各种主义诸如马克思主义、人道主义、民粹主义、国家主义、无政府主义甚至包括国粹主义等竞相登台，这些主义各有其理论的和现实的依据，实际上揭示了他们不同的价值观念和文化立场，揭示了各自对社会现状的认知、对时代任务的理解和奠基其上的对民族复兴道路的设计。在这种众声喧哗之中，也包括了开明派所信奉并坚守的文化立场和文化思路。因此，我们需要在广阔的时代语境中，回答开明派有着怎样的价值观念，是如何去选择他们的文化立场和文化思路的，这种立场和思路的形成原因是什么，其出发点与最终旨归是什么，对于民族的生存发展提供了哪些独特的解决方案、解决路径，它与强调阶级对抗的时代潮流有着怎样的关系，等等。对于我们所要研究的对象而言，这是它作为一个文化流派的最核心的、构成其立身之本的元素。

第三，我们要挖掘、展现开明派奠基于这种文化立场、文化思路的文化观念。在新文化的开创时期，文化观念的清理、更新、再造任务是极其艰巨繁重的，一切无法适应现实中国人生存、发展的陈腐观念必须清除，一切来自于西方的观念能否适应中国的土壤、能否满足民族新文化的建设需要进行仔细的甄别筛选，而由于民族危机的深重，这些工作都无法在从容的状态下有条不紊地进行。不过，正因为如此，新文化建设者们的工作才显出格外的意义。对于开明派而言，他们在长期的文化实践中所形成的关于文化的若干理念主要体现在哪些方面，具有怎样的内涵、特色和价值？对这些问题的回答构成了一个文化流派研究的主体内容。在这里，我们不打算泛泛而谈，而是对围绕他们的教育观、语言观、政治观、文学观等文化理论中最突出、最有特色的几个方面展开分析。

第四，我们要梳理开明派奠基于其文化理念上的文化实践活动。开明派不是一个耽于理念世界的思想流派，而是一个一直强调并始终追求理论和实践相统一的文化流派。在某种意义上，实践性，或者更清晰地说，坚定的实践偏好和超强的实践能力，构成了它们相异于众多流派的最显著特征。只有进入实践的空间，才能更真切地探究到其文化主张的肌理和质地；也只有充分地把握其实践活动，才能更完整地揭示开明派在现代文化史上的贡献。开明派在文化实践方面留下了非常丰富的内容，并且在实践的方向、理路和价值等方面形成了自己最显著的特征。这里，我们将围绕其办学、办刊、教材编写和出版等方面，着力探讨其实践活动中的文化定位和价值追求。

第五，在一般的文化实践活动而外，我们要专门总结开明派的文学实践活动。在开明派成员的多重文化身份中，"新文学作家"是他们一个最显著的标识。他们都是与"五四"新文学共同成长的，其中不少人与现代文学史上第一个新文学社团文学研究会渊源深厚，许多人在 20 年代初就投入了新文学创作，并以极有特点的作品在新文坛上发出了自己的声音。开明派的文学实践是多维展开的，在文学创作、文学理论、文学批评、文学翻译、文学活动等多个领域都有建树。本研究将围绕小品散文、儿童文学、科学小品等几个最具流派色彩的专题展开。

第六，我们要从人的自我精神发展和文化建构的角度对开明派的文化个性和精神气质做进一步的规范，去探寻他们之所以如此的文化元素，去提取他们的文化基因。他们的文化观念不是凭空形成的，而是源于家庭、学校、师友、社会等各种因素的综合作用。大而言之，有着传统与现代、中国与西方的激烈碰撞；小而言之，有着各自的成长环境和教育背景，其间，还有一个地方特有的水土风尚所起的潜移默化的熏染。因此，我们的论述，将根据他们的人生成长方式和成长道路，聚焦于对他们起关键作用的儒家文化、江南文化、佛家文化等几个方面。当然，我们不仅需要仔细剔剖他们身上这些文化元素各自的构成和表现，更需要考量其中最重要的文化元素，这些元素又是如何综合地作用于他们的。这种论述的目的，在于从人格理想、精神底蕴、文化基调等方面，进一步揭示这个流派的特征和价值。

我们将要面对的是一个文化、文学呈复合状态的流派，但上述研究框架提示我们，本研究将主要在文化领域展开，而兼及文学领域。这样一种安排的设想是：相较于他们文学形象的较多社会认知，他们的文化形象，他们在文化工作方面的基本内涵、特质更多地处于混沌状态；更重要的是，对于这样一个复合型的流派，完整性、丰富性显然是更重要的，在论述顺序上，具有逻辑的优先性。

第一章　从"我们"到"开明"
——开明派的发展历程

"五四"新文化运动爆发后，全国思想界、文化界空前活跃，并且形成了若干个传播新文化的重要据点。在中等以上的学府中，北京大学、长沙湖南第一师范和杭州浙江第一师范占据着重要地位，时人称它们有鼎足三分之势。至于中等学校，较为突出的，北方有天津的南开中学，南方有浙江上虞白马湖畔的春晖中学，时人也有"北有南开，南有春晖"之称。

这五所学校，开明人曾就读与任教的学校起码有四所：北京大学、浙江一师、湖南一师和春晖中学；牵涉到的开明派成员有叶圣陶、夏丏尊、丰子恺、朱自清、匡互生、朱光潜、方光焘、刘叔琴、刘薰宇等人。我们虽不能由此就判定他们是思想界、文化界的中坚，但他们所隶属的文化阵营却是再清楚不过的了。

第一节　寻找"我们"的天空

在上述四所学校中，历史选择了春晖中学作为开明派的发源地。

就其一所县级私立初级中学的程度，春晖中学原不足以在文化界产生较大的影响，比它档次高的学校比比皆是。之所以在 20 世纪 20 年代的中国能够聚集一批在文化教育界开始崭露头角的青年学者和文人，一个原因是它的由私人出资建成的精美校舍和较为充足的经费，这使它在当时显得鹤立鸡群；另一个原因，也是更重要的原因，是它有了夏丏尊。

1921 年，受同乡也曾是同事的教育界开明人士经亨颐邀请，夏丏尊从湖南一师返回家乡，在新建的春晖中学担任了教职。并且他在白马湖畔盖屋安家，显然做了在此安身立命、终老是乡的打算。不论是为了回报经亨颐的倚重，还是为了实现服务乡梓的愿望，夏丏尊对春晖中学的建设有着宏大的构思，为春晖中学延揽人才起到了关键作用。叶圣陶曾说：

> 他还有一种想法，要把春晖办成全国的模范中学，招集多数学者，一面教育青年，一面研究学问，从事著作；每个教师的教授时间定得很少，薪水数目定得很低，用著作的稿费和版税作为生活费的补助。欣羡他这种理想的人一时很不少，因此大家都知道春晖中学是浙江的优良学校。[1]

而夏丏尊的老大哥身份、他的宽厚慈悲心肠和在中等教育界的声望，使他具有很高的号召力和凝聚力，由他引荐或因他而来的教师为数相当不少。朱光潜明确地说，"江浙战争中吴淞中国公学被打垮了，我就由上海文艺界朋友夏丏尊介绍，到浙江上虞白马湖春晖中学教英文"[2]。丰子恺是夏丏尊的学生，受老师召唤而来是理所当然的事，他还效仿其师并紧靠其师的"平屋"建起了住宅"小杨柳屋"。朱自清也是因了夏丏尊的推荐，而同时在宁波浙江第四中学和春晖中学任教的，这在朱自清日记中有明确

1　叶圣陶：《夏丏尊先生》，《叶圣陶集》第 6 卷，第 288 页。
2　朱光潜：《作者自传》，氏著《朱光潜全集》第 1 卷，安徽教育出版社 1987 年版，第 2 页。

的记载。[1] 匡互生是湖南人，在担任湖南一师教务主任的时候与时在该校任国文教员的夏丏尊有同事之谊。后来匡互生因不满于学校陈旧的教育模式而去职，先后在杭州上纤埠和宜兴凌家塘进行新村运动实验。这些实验虽都因经济困难遭到失败，但他对于新式教育的执着探索和实干精神仍给世人留下深刻印象。所以1924年在夏丏尊的邀请下，匡互生来到春晖中学，担任了学校的训育主任并兼舍务主任。可以说，夏丏尊为学校注入了独特的精神气质，也因此成为学校新派教员的核心和旗帜。

到1924年，在春晖中学任教的已有夏丏尊、朱自清、丰子恺、刘薰宇、刘叔琴、匡互生、朱光潜、方光焘等人。这一批有理想也有热情的青年齐聚白马湖之后，展开了多方面的探索。

一是以人格教育为核心的教育改造途径的探索。

以夏丏尊爱的教育、匡互生人格感化的教育理念为主导，他们在学校生活的各个层面，推行了不少颇有探索性、实验性的制度，诸如在教材上引入新文学、在教学上采取"道尔顿"制、鼓励学生建立课外社团、男女同学、"五夜讲演"[2]、以学校和师生合作的"协治会"代替学生自治会来处理学生事务等等。学校还有校刊《春晖》，专门登载师生作品，记录校园生活。许多让人耳目一新的制度使得师生关系融洽，学校也在短期内声誉鹊起，许多学生慕名转学而来，甚至宁愿降级从低年级读起。到这里任教刚一个月的朱自清就非常感慨地说：

> 这里的教师与学生，也没有什么界限。在一般学校里，师生之间往往隔开一无形界限，这是最足减少教育效力的事！学生对于教

1　朱自清在1924年9月16日的日记中说，"晚丏尊来信，嘱我到白马湖，计划吃饭办法，云已稍有把握；想来或指春晖也"。《朱自清全集》第9卷，江苏教育出版社1997年版，第18—19页。

2　除不定期的讲演外，每月在逢五的晚上，学校邀请校内外文化界知名人士来校，就各种政治思想、社会文化问题进行讲演，许多著名人士先后来校讲演。

师，"敬鬼神而远之"；教师对于学生，尔为尔，我为我，休戚不关，理乱不闻！这样两橛的形势，如何说得到人格感化？如何说得到"造成健全人格"？这里的师生却没有这样情形。无论何时，都可自由说话；一切事务，常常通力合作。校里只有协治会而没有自治会。感情既无隔阂，事务自然都开诚布公，无所用其躲闪。学生因无须矫情饰伪，故甚活泼有意思。又因能顺全天性，不遭压抑；加以自然界的陶冶；故趣味比较纯正。[1]

应邀前来访友的俞平伯在参观学校后也大加赞赏："校中不砌垣墙，亦无盗贼，大有盛世遗风。学生多朴实，理解力亦好。""学生颇有自动的意味，胜第一师范及上海大学也。"[2]

二是创建文艺社团的探索。

一群在教育和文艺方面志趣爱好相投的朋友聚在一起，无形中形成一种独特的氛围，诱发了他们创办文学社团的冲动。1924 年 4 月，春晖中学的朱自清、丰子恺，与北京的俞平伯、顾颉刚，上海的叶圣陶、刘大白，宁波的刘延陵，和以前浙江一师的学生潘漠华、张维祺等人组织了我们社，并由俞平伯和朱自清负责编辑出版《我们》杂志。

关于这个团体，目前留存下来的资料极其有限，他们当年的真实想法已很难窥见，这个团体的全貌和完整历程也难以重现，我们只能依赖1924 年 7 月出版的《我们的七月》和1925 年 6 月出版的《我们的六月》所隐含的些许信息。

《我们》所载，以散文、诗歌为主，兼及小说、诗话、评论、通信和理论文字，甚至还有摄影和绘画，门类相当广泛甚至略显芜杂；作者有成名作家，也有文坛新人，还有偶一露面就再也不见踪影的匆匆过客。主要

---

1 朱自清：《春晖的一月》，《朱自清全集》第 4 卷，第 123 页。
2 俞平伯：《朱佩弦兄遗念——甲子年游宁波日记》，《论语》第 161 期，1948 年 9 月。

作者有朱自清、叶圣陶、俞平伯、丰子恺、顾颉刚、刘大白等人。但两本刊物的编者署名均为"O. M."。"O. M."者,即"我们"也。这两本刊物相隔 11 个月,基本上是一种年刊的性质。《我们的七月》所刊作品无署名,其缘由在《我们的六月》中曾加以说明:"本刊所载文字,原 O. M. 同人共同负责,概不署名。而行世以来,常听见读者们的议论,觉得打这闷葫芦很不便,颇愿知道各作者的名字。我们虽不求名,亦不逃名,又何必如此吊诡呢? 故从此期揭了。"[1]

就现存史料和当事人的回忆,没有发现我们社有成立宣言或社团章程,但基本可以判断,它是一个宗旨不很清楚、组织也颇松散的新文艺社团,是一群喜爱新文艺的青年的自然聚合。他们无意在文坛上掀起多大动静,却也想形成自己的特色,这可从他们个人不署名而以集体负责的想法略窥一斑。俞平伯说:"其所以《七月》号不具名,盖无甚深义。写稿者都是熟人,可共负文责。又有一些空想,务实而不求名,就算是无名氏的作品罢。后来觉得这办法不大妥当,就在《六月》号上发表了。"[2] 从作品的广泛和任意来看,他们也许想造就一种无所顾忌、随意而谈的格局,并主要以小品文来体现这种追求。[3] 不过,由于作品太少,他们所追求的这种特色并未形成,这种特色倒是在我们社成立不久出现的、与我们社并无渊源的雨丝社身上得到了充分体现。有意思的是,"雨丝"的得名,便来源于《我们的七月》。[4]

对于这样一种基于兴趣、看似随便的团体和刊物,组织者自己倒是认乎其真的,起码对负责杂志编辑的朱自清来说是如此,所以他不同意

---

1 《本刊启事》,《我们的六月》,亚东图书馆 1925 年 6 月版,第 258 页。

2 俞平伯:《1977 年 11 月 19 日致姜德明》,氏著《俞平伯全集》第 9 卷,花山文艺出版社 1997 年版,第 347—348 页。

3 朱自清在 1924 年 8 月 15 日的日记中承认《我们的七月》中小品文多,但他并不认为这是缺点,反而觉得应该强调"小品文的价值"。

4 俞平伯:《1977 年 11 月 19 日致姜德明》,第 347—348 页。

别人对《我们的七月》的批评，认为这个刊物"并不随便"，仍然有自己的特色。他将刊物自比为"优美的花草"，觉得在文坛上应该有它存在的价值。[1]

但这个团体面临着几个难以克服的困难，这使它从诞生的那一天起就几乎注定命不久长：一是宗旨不明，难以引起文坛瞩目；二是阵容不够强大且不齐整，这使它靠杂志内容特色以吸引别人的做法短期内很难奏效；三是人员分散，组织松懈，集稿不易，造成刊物出版时间跨度太大，形不成较大声势；四是缺乏足够的经济支持，刊物出版后继乏力。从朱自清与俞平伯的通信中可以得知，《我们》由书店负责出版，以出版后的销量所得版税支付编辑费和稿费。由于印数有限，所得版税无几，作者的稿费和编者的编辑费也就少得可怜。至于由中国社会的动荡所引起的种种变故，属于非人力可抗因素，则根本不必列出。

种种的困难使得我们社步履维艰，难有大的作为，但成为我们社解体诱因的，却是 1924 年冬发生在春晖中学的由"毡帽事件"引发的风潮，[2] 和

1　见 1924 年 8 月 15 日朱自清日记，《朱自清全集》第 9 卷。

2　1924 年 11 月下旬的一天早晨，学生黄源戴毡帽出早操，体育教师说不成体统，勒令除去。黄源不从，师生发生争执。事后校方坚持要对黄源做记过或开除的处分，并开除了以罢课声援黄源的 20 多名学生。匡互生为学生力争无效，愤而辞职回沪，一批学生尾随匡互生而去，丰子恺、朱光潜、刘薰宇、夏丏尊等亦先后离开春晖中学。对于此事，几位当事人留下一些记录：刘薰宇在《立达中学校——它底创设现状和未来的计画》（《教育杂志》第 17 卷第 6 号，1925 年 6 月）中说，"C 校因了同事主张的不同和一部分人的虚传，竟不惜因很小的事故而开除数十学生，几乎使风潮扩大"。匡互生在《青年教育者的修养》（《教育杂志》第 18 卷第 1 号，1926 年 1 月）中说："我曾经在某中学遇过这样的事。因了学生和某体育教师冲突，校长板了面孔训斥学生，而且他自己的话根本也不全合逻辑，所以引起了学生的公愤而有罢课的决议。后来某君召集了学生，加以一番实在有些武断的训话，而罢课的决议居然打消，风潮也就平息。"朱自清在给俞平伯的信中说："春晖闹了风潮，我们旁皇了多日，现在总算暂告结束了。经过的情形极繁，详说殊无谓。约略言之：学生反对教务主任而罢课，学校提前放假，当局开除学生廿八人，我们反对而辞职；结果，我仍被留在此，夏先生专任甬事，丰子恺改任上海艺术师范大学事。"（见俞平伯：《忆白马湖宁波旧游——朱佩弦兄遗念》，《文学杂志》第 3 卷第 5 期，1948 年 10 月。）

匡互生、刘薰宇等人的去职。

　　匡互生、刘薰宇等是坚定而执着的理想主义者，坚信教育事业对于社会改造的重要作用，也执着地进行着教育方法的改造，尝试着以人格教育为核心的教育思路。几年来他们辗转各地，不断进行着教育改造的试验。在公立学校的教育改革失败之后，他们把希望寄托在春晖中学这样在教育界素负声望、颇为开明的私立学校。但校方在处理风潮时的顽固立场和蛮横态度，以及由此暴露出的教员和学生之间、新派教员和旧派教员之间、校方和教员之间的深层次矛盾，让他们非常失望。匡互生力争无效，愤而辞职赴沪。他的辞职在学校造成连锁反应，一批与匡互生志同道合的教师如夏丏尊、丰子恺、刘薰宇、朱光潜、刘叔琴、方光焘等人都相偕去职并先后到了上海，几十名学生也尾随而去。

　　朱自清没有辞职。其原因不是他不愿响应匡互生他们。除去生活上的困难，《我们的六月》正在集稿之中，很难说走就走。朱自清一直到1925 年 7 月，在《我们的六月》出版之后，才离开春晖中学。而随着朱自清的离去，我们社便自然解体，无疾而终。

　　对于我们要论证的开明派来说，春晖中学意味着教育改造的失败和组织社团的失败，开明派的形成还未见出眉目。

　　但在开明派的发展历程中，春晖中学还是有着重要意义，即它通过组织社团和教育改造试验，为开明派集聚了队伍，并形成了开明派在教育方面的文化立场和基本思路。此外，在白马湖，他们中的不少人为自己的人生事业奠下了第一块基石：夏丏尊完成了他最著名的翻译《爱的教育》，确立了他作为教育家和翻译家的声望；朱自清出版了他第一部诗歌散文集《踪迹》，坚定了他在文学道路上继续前行的决心，也决定了他由诗歌到散文的样式转换；丰子恺获得了从事漫画创作的最初灵感并以井喷式的爆发而在文坛崭露头角；朱光潜也写下了第一篇美学论文《无言之美》，由此确立了他毕生从事美学研究的志向。春晖中学在现代文学史、艺术史、教育史上扮演了如此重要的角色，是令人惊叹的。

就此可以说，白马湖春晖中学时期是开明派的酝酿阶段。

第二节 "立己立人，达己达人"

春晖中学的风潮，打破了匡互生、刘薰宇等理想主义者在现存学校格局下推行教育改造主张的幻想，为他们彻底下决心自己办教育提供了契机。

在回顾这些年的教育改造经历的时候，他们这样袒露自己的心路历程：

> 我们抱着大体相同的各自的理想，随处打算试验，随处都遇着阻碍力。最初感到公立学校受制于官僚或绅士，完全没有希望，所以都转到私立学校去。……最初都怀着这样希望，以为必可获得自由发展的机会，因为外界的压迫和限制总可以免除了。那知道，事实完全相反，不但一样非没有发展和试验的机会，所受的阻力有时还要比公立学校的大。因为当局的人多半认为自己为主人，一切教职员等于佣工，甚至于用主观的极偏狭的心理相揣度，以为所有教职员都是为了那每月几十元的报酬而去的。……我们从现在的状况反证转去，很可以证明他们对于青年缺少同情，而责任心也很薄弱。[1]

> 我们坚信腐败的教育不能解决纠纷的政治；纠纷的政治，更不能改良腐败的教育；我国官办的教育，我们承认已无法可以弥补，对于教育有觉悟又抱决心的志士，在这种积弊之下，不是感受处处

1　薰宇：《立达中学校——它底创设现状和未来的计画》。

牵制的痛苦，就是被溶化于这种洪炉烈焰。倘若我们还不及早从依赖官办教育的迷梦中警醒，将来病因益固，恐至于无药可医的地步了。所以我们决计脱离圈套，另辟新境，自由自在地去实现教育理想。[1]

"脱离圈套，另辟新境"的结果，就是 1925 年 1 月[2]在上海创办的一所新型学校，起名立达中学。

几乎与立达中学同时，3 月 12 日，创办学校的同一批人又创办了立达学会。这个学会的发起人和成立经过，现已不可考，[3]但它留下了相当可观的文字资料，使我们对这个团体能有一个比较准确的把握。

从现存文献来看，这是一个宗旨明确、组织严密、成员众多、活动频繁的文化社团。

这个社团有明确的宗旨。它在等同于学会章程的《会约》中说："本会以修养人格，研究学术，发展教育，改造社会为宗旨。"[4]以凝练的语言来表达，就是"立达"。"立达"二字，来源于儒家的"己欲立而立人，己欲达而达人"（《论语·雍也》）的思想，它从最根本的意义上规定了立达学会对于人格熏陶、重在树人的宗旨。几十年后，朱光潜回忆说，"叫做'立达'也有深意，来源于儒家'己欲立而立人，己欲达而达人'两句话。'立'指脚跟站得稳，或立场坚定，'达'指通情达理，行得通。在'立'与'达'两方面，'人'与'己'有互相因依的关系，'成己'而后能'成物'，做到成物也才能真正的成己。这是'解放全人类才能真正地解放自

---

1 互生、仲九：《立达—立达学会—立达季刊—立达中学—立达学园》。
2 该校创办于 1 月，2 月 25 日开学，3 月 2 日起开始上课。
3 据现存文献分析，匡互生、夏丏尊、丰子恺、陶载良、沈仲九、朱光潜等人在学会发起过程中起了重要作用。
4 《立达学会及其事业》，《一般》诞生号，1926 年 9 月。

己’这一深刻的辩证思想的朴素表达方式”[1]。

这个社团也有严密的组织。它对学会组织形式、会员入会条件、会员义务等都有严格规定：学会以常务委员会为最高组织机构；"凡品格纯洁，信仰本会宗旨者，经会员三人介绍及全体会员三分之二同意，得为本会会员"；会员的义务或直接供职于本会所办之事业，或在经济等方面援助本会等。尽管入会条件颇为严格，但它仍吸引了许多人。到1925年6月，会员已有刘大白、夏丏尊、匡互生、刘薰宇、陶载良、朱光潜、沈仲九、丰子恺、陈之佛、陈望道、方光焘、胡愈之、高觉敷、周予同、朱自清、周为群、黎锦熙、徐中舒、刘叔琴等33人。1926年3月下旬，立达学会常务委员会又吸收叶圣陶、周建人、章锡琛、郑振铎、王伯祥、李石岑等14人为会员，后又吸收了章克标等4人，到1926年9月，会员已达到51人。从会员的构成来看，它的主要成员显然是活跃在各中等或中等以上学校的教师，另有一批是上海文化界人士，尤其是商务印书馆的编辑，如叶圣陶、周予同、郑振铎、胡愈之、王伯祥、周建人等。

他们的聚合，完全是因了共同的人生追求，即学会宗旨的"修养人格，研究学术，发展教育，改造社会"，除此而外，学会不要求会员在其他方面的一致。相反，学会鼓励每一个成员的精神独立、思想自由，强调"它是一个纯粹的自由组织的团体，它是一个愿贯彻独立的精神而不受任何束缚的团体"[2]。在他们看来，"有力的团体，共同的最大的目的自然是很重要；但是各个人的兴味和自由意志，也是一样的重要。……一个团体如果不尊重个人的自由意志，结果是这样：少数人的专断或一部分分子的反抗和离散"[3]。

学会在开展活动方面提出了四个方面的规划，这在《会约》中有明

1　朱光潜：《回忆上海立达学园和开明书店》，《解放日报》1980年12月2日。
2　互生、仲九：《立达—立达学会—立达季刊—立达中学—立达学园》。
3　同上。

确的表述，"本会兴办下列事业：（1）学校，（2）丛书及定期刊物，（3）各种学术研究会，（4）其他社会事业"。

但实际上学会的活动主要在两个方面展开。

一是办学。这是学会最主要的工作，甚至可以说，学会之所以存在，也完全是因了办学的需要。《立达学会及其事业》一文对此有明确的表述："立达学会诞生于一九二五年三月。它底诞生底直接的原因，是维持现在属于它的事业底一种的立达学园。这个学校本是由趣味和志愿大体相同的同志集合创设的。但一经成立便有不得不使它稳固和发展的要求。而同志中乐于赞助的也日渐增加。因此立达学会，就出世了。"[1]刘薰宇也说："立达本是由同志的人创设的，但成立以后，为谋它底安全和发展，替它找了一个保姆，立达学会。立达学会自己的事业，自然不只办立达，但是立达却托命于它了。"[2]办学对于立达人来说，是当作实现自己对于教育并通过教育改造社会的理想的途径，因而他们在办学方面投入了大量的精力，并对学校的机构做了富于理想化的设置：学校不设校长，而是实行导师制，导师由立达学会推举 5 人担任；导师与学生同吃同住；教、职员由导师会延聘，教员不领薪水，每月仅支取 20 元津贴，义务为学校工作。先后曾经在立达任教的有夏丏尊、叶圣陶、丰子恺、匡互生、朱光潜、刘薰宇、刘叔琴、周予同、夏衍、方光焘、陈望道、郑振铎、赵景深、关良、陈之佛、陶元庆、许杰、周为群、陶载良、夏承法、吴朗西、徐蔚南、裘梦痕、白采等多人，十之九为立达学会会员。

在办学宗旨上，他们针对现行公、私立学校的弊端，格外强调人格教育和生产教育，希望通过自己的努力，为社会培养大批理想远大、情操高尚、人格健全、知识全面、能适应社会多方面需要的优秀人才。所以立达学园没有任何校规，却有一条校训："立己立人，达己达人。"在立达全

1　《立达学会及其事业》。
2　薰宇：《立达中学校——它底创设现状和未来的计画》。

体同人的努力下，学校规模迅速扩大，一个学期后便新增高中文理科和艺术科，校名也改为立达学园（Li Ta Academy）。

为什么用"学园"这么一个相当奇特的名称，刘薰宇有这样一段话："所以用这个名字，……最重要的就是这'学园'二字比较可以代表我们的理想。……我们这样认定，真实的学生和真实的人才，只有为学生而开辟的园地中可以生长繁荣。真实的教育和花园里的工人培植花木一样，必须顺着它底本性；培植它们，既不是'揠苗助长'，'爱之反而害之'，更不是就主观的爱好或偏见树一个标准，硬将学生'戕折杞柳'地制造出来。Academy 本来是柏拉图讲学的地方，他在自己的园地，和信仰他底学生自由地研究学问，探索真理，使他的学风影响到后世，成一种学派。我们自然不敢自比于这一位大哲，但在我们自己的园地和相信我们底青年自由研究，探索真理，互相以人格砥砺，建树一个优美的学风，这却是我们的宏愿。"[1] 朱光潜说："叫做'学园'而不叫做'学校'，是要标明我们的'学园'不同于当时一般的学校。这个词当然联想到希腊的'柏拉图学园'的自由讨论的风气，但是更切实的意义是把青年当作幼苗来培养和爱护，使他们得到正常的健康的成长。"[2] 叶圣陶也说："为什么不称学校而称学园呢？他们的办法的确与他校不同，他们不管通常的学校规则，只重在启发思想，陶冶情感。学生譬如花木，学园就是他们的自由园地。"[3]

新型的办学思路使得立达学园在社会上声誉鹊起，有不少单位以优厚的条件拉拢立达学园，广东大学曾以补助设备费五六千元、每月津贴500 元而学校仍保持一切自由为条件，要立达学园附入广东大学。这对于开办费只有 560 元，加上学生的学杂费和食宿费总共只有 2000 多元的立达学园来说不蒂是一笔巨款。但立达学园不为所动，以"教育底灵魂，总

1　薰宇：《立达中学校——它底创设现状和未来的计画》。
2　朱光潜：《回忆上海立达学园和开明书店》。
3　叶圣陶：《夏丏尊先生》，第 289 页。

要保着绝对的自由。我们宁愿和困苦奋斗，而保持这点灵魂的光"[1]为由而婉拒。他们不是不知道这样做会冒着极大的风险，但他们秉持"但问理由，不计利害"的宗旨，就是"只要在道理上认为应做的事，就尽可能的力量去做；成功固然好，失败也没有悔"[2]。

二是办刊。立达学会把刊物当作研究学术，促进文化，表达他们对于社会、教育和学术的观念和理想的重要途径。学会先后办有《立达》季刊、《立达半月刊》和《一般》三种刊物。《立达》季刊是综合性文化学术刊物，以精神独立、思想自由、学术自由相号召，内容涵括文学、语言学、历史学、哲学、心理学、教育、科学以及美术、音乐等等，但因种种原因只出了一期。刘薰宇编辑的《立达半月刊》承担着学会会刊的任务，主要登载学会和学校活动等内容。学会最有影响的是 1926 年 9 月创刊的由夏丏尊主编[3]的大型综合性文化刊物《一般》。[4]

《一般》每卷 4 期，共出 8 卷，一直坚持到 1929 年底。在新文学刊物旋生旋灭的 20 年代，作为一个同人刊物，这样的成绩是相当可观的。

从刊物内容上看，《一般》继承了《立达》季刊内容丰富的特点，同时又在刊载新文学作品和文字的清新平易方面对《立达》季刊有进一步的拓展。从刊物作者来看，叶圣陶、夏丏尊、丰子恺、朱自清、朱光潜、匡互生、周予同、胡愈之、刘薰宇、王伯祥、方光焘、章克标等开明派成员成为支撑《一般》的中坚。夏丏尊、叶圣陶、丰子恺等人的不少创作，朱光潜著名的《给青年的十二封信》，朱自清的重要文章《那里走》，周予同研究经学的最初两篇重要文章《僵尸的出祟》《孝与生殖器崇拜》，胡愈

1 薰宇：《立达中学校——它底创设现状和未来的计画》。
2 沈仲九：《关于中等教育之一种小小的实验》，《教育杂志》第 17 卷第 6 号，1925 年 6 月。
3 《一般》曾有一段时间由方光焘主编。
4 1926 年 5 月 21 日，立达学会在上海召开全体大会，经胡愈之提议，大会议决出版杂志，并推定由夏丏尊、李石岑、郑振铎、刘薰宇筹备编辑事宜，由胡愈之、章锡琛筹备印刷发行事宜，于 9 月出版杂志。

之、刘薰宇、章克标等人的许多杂感文字，夏丏尊、丰子恺、郑振铎、方光焘、朱自清等人的许多的翻译文字，都发表在《一般》上。《一般》成为开明派的重要理论和创作阵地。

从以上的描述中可以发现，我们所要论证的开明派的基本成员大多已聚集在一起，并在同一个团体中发挥重要作用，开明派的文化观念和文化主张也基本成形。一句话，立达学会的形成为开明派奠下了坚实的基础。由此，我们似乎已有足够的理由认定这个流派已经成形，并可径直以"立达派"来称呼他们，而实际上也确实有人曾经这么做。从某种意义上这种说法也可以成立，但立达学会自身的局限使我们放弃了这种说法。

尽管立达学会的《会约》规定办学是立达学会工作的一个方面，而不是全部，是由立达学会领导立达学园，而不是相反，但如果仔细观察立达学会和立达学园[1] 的关系可以发现，是先有学校而后有学会。这种倒置的顺序意味着，立达学会实际上是应了立达学园的办学需要而创办的，立达学会是把自己放在立达学园的后援会的位置上的。这种后援会的性质使学会把大量的精力投入到办学方面而无暇他顾，即使有所考虑，其立足点也是办学而不是学会的文化建设。学会曾专门讨论设立文学专门部的问题，并推定由郑振铎、王伯祥、胡愈之、李石岑、周予同、章锡琛、周建人、高觉敷、刘叔琴、方光焘、丰子恺、刘薰宇、夏丏尊、叶圣陶等 16 人为筹备员，[2] 但这种考虑不是围绕着学会进行，而是围绕立达学园进行，由此必然大大制约学会在文学方面的活动。立达学会设定的四个方面的任务实际只展开了两个方面，与这种围绕学校展开活动的思路有很大关系。

立达学会企图以立达学园作为样板来实现他们对于教育的改造，并以此为龙头来实现他们对于人格修养、学术研究和社会改造的意图。但实

---

1 立达学会成立时尚无立达学园，但立达中学很快过渡为立达学园，故这里的"立达学园"包含了立达中学时期。

2 见《立达半月刊》第 15 期，1926 年 5 月 30 日。

在地办教育与在理论上阐述教育改造大不一样，它牵涉到大量具体甚至繁琐的事务性工作，这势必影响立达人的文化活动和在文化理论上的建树。匡互生在立达学园成立后完整阐发他的文化主张的文字极少，这与立达学园创办后他将大量精力放在维持学校的生存上有直接关系。它更牵涉到许多外部的社会条件，而这不是学校自身所能解决和改变的。对于20—30年代的中国来说，办学所需的社会环境之恶劣，是完全不适合立达学园这样带有极大试验性和理想性的学校生存的。立达学园的前途只有两种：变质，或者萎缩直至消亡。匡互生等人强烈的理想主义和坚韧、实干的精神使立达学园避免了变质，但随着1933年匡互生的病逝和由于淞沪战争及经济凋敝所造成的社会环境的更加恶化，立达学园终至趋于衰微。而在立达学园衰微之前，随着《一般》的停刊，立达学会也基本停止了活动，自然解体。

立达学会的局限使得它无法成为开明派的标志物，它的活动也无法涵括开明派在文化上的影响和贡献。但立达学会对于开明派仍有着极大的意义：它从人员上为开明派集聚了队伍，它的教育思想和人格追求长远地影响着开明派，它的不务虚名、不求闻达而重实干的作风奠定了开明派的精神底蕴，它的执着地对青年进行文化启蒙、人格熏陶的思路确立了开明派的奋斗方向。凡此种种，立达学会为开明派的最终成形和成熟奠定了坚实的基础。

立达学园的衰微没有对开明派的成长造成很大影响，其关键原因在于，在立达学园尚未衰微之前，已经出现了一个新生的力量，在无形之中接过了立达的旗帜，将立达草创的事业发扬光大，并且无论就时间还是范围，在社会上形成了远比立达学会要巨大、长远得多的影响，那就是开明书店。

第三节　开明人和开明精神

1925 年，商务印书馆编辑章锡琛和周建人就他们在章锡琛主编的《妇女杂志》"新性道德号"上发表的关于离婚和新性道德的文章，与北大教授陈大齐等守旧派展开了一场公开论辩，在社会上引起不小反响。论辩的结果是商务老板王云五屈服于守旧派的非难指责，把章锡琛调离了《妇女杂志》。在胡愈之等商务同仁的鼓励支持下，章锡琛于 1926 年 1 月办起了讨论妇女问题的月刊《新女性》，形成与《妇女杂志》对垒的局面。同年 8 月，章锡琛干脆自立门户，在《新女性》杂志社的基础上建立了开明书店。

开明书店建立后不久，夏丏尊便担任了书店的编辑主任，[1] 负责书店的编辑事务。在夏丏尊、丰子恺、朱自清、朱光潜等人和叶圣陶、胡愈之、郑振铎等商务老友的大力支持下，书店很快以出版新文学书籍和中小学教科书站稳了脚跟。章锡琛感激地说："至于友辈里面，如钱叔青，周建人，胡愈之诸先生，有的给我学问的切磋，有的给我思想的训练，有的给我事业的帮助，都使我受到不少的益处。到民国十五年失业以后，更承许多朋友的帮助，使我有勇气去做出版事业，而且侥幸得免于失败；其中最有力的一人，尤其是夏丏尊先生。"[2] 到后来，叶圣陶、徐调孚、顾均正、宋云

1　开明书店第一任编辑主任为赵景深，但他要专事翻译契诃夫小说，只做了五个月便辞职了。赵景深说："这时国民革命成功，一切的气象，自与以前不同。书店也多了起来，我便由徐调孚的介绍，在开明书店当编辑主任，每月五十元，工作八小时，星期放假，言明可以随便。但我为了责任心，总感到苦闷。因为我生了一个孩子长生，须养父母妻子，一家五口，再加佣妇，又租下后楼和亭子间，每月房租即须十五元，实在不够用。在上海艺术大学教了两小时的课，约一月余，只拿到两块钱。在开明工作时间内自己译书，是我不愿意做的；不揩油又实在不够开销。干了五个月（八月至十二月），便向开明自荐译柴霍甫短篇杰作集，按字计算，每千字三元，大家不吃亏，有一个字算一个字。"（《出了中学校以后》，《中学生》第 11 号，1931 年 1 月。）

2　章锡琛：《从商人到商人》，《中学生》第 11 号，1931 年 1 月。

彬、刘叔琴、刘薰宇、王伯祥、傅彬然、贾祖璋等人加盟后，书店更是如虎添翼，很快成为传播新文化、新文学的一个出版重镇。

从组织缘起的角度看，开明书店与立达学园之间并无渊源，但两者的出现却有着惊人的相似：反抗现存旧机构的压迫，并以新机构来谋求自己理想的实现。这就从一开始规定了开明书店是进步文化人而不是商人办书店，其宗旨不是作为一个纯营利性的商业机构，而是作为反对旧势力、传播新文化的阵地而存在的。正如叶圣陶所说：“开明书店是一些同志的结合体。这所谓同志，并不是信奉什么主义，在主义方面的同志，也不是参加什么党派，党派方面的同志。只是说我们这些人在意趣上互相理解，在感情上彼此融洽，大家愿意认认真真做点儿事，不求名，不图利，却不敢忽略对于社会的贡献：是这么样的同志。这些同志都能够读些书，写些文字，又懂得些校对印刷等技术方面的事，于是相约开起书店来，于是开明书店成立了。”[1]

从那时起到 1953 年与青年出版社合组为中国青年出版社，开明书店生存了二十多年的时间。详述开明书店的历史不是本研究的任务，这里要指出的是，开明书店与立达学会之间存在着深刻的联系，这种联系不仅表现在两者有几年时间上的重合、立达学会的《一般》杂志由开明书店出版、不少人既是立达学会的会员又是开明书店的编辑或作者等这些直观方面，更表现为两者之间的一种精神的契合和事业的延续。立达学会为开明书店的健康成长奠定了坚实的基础，开明书店则扮演了立达学会的精神继承者和事业发展者的角色，在立达学会趋于式微之时接过立达的旗帜，将前者未及实现或限于条件无法实现的许多设想付诸实施，从而将立达草创的事业发扬光大。

具体而言，从人员上看，立达学会为开明书店输送了大批干部，开

1　叶圣陶：《开明书店二十周年》，《叶圣陶集》第 6 卷，第 224 页。

明书店的重要骨干如章锡琛、夏丏尊、叶圣陶、刘薰宇、刘叔琴、王伯祥以及虽非开明职工却与开明长期合作的丰子恺、朱自清、朱光潜、周予同[1]、胡愈之等都是立达学会会员，他们从根本上保证了开明书店性质和宗旨的实现。从出版方针上看，立达学园以中等教育为教育改革的突破口，而开明书店同样把读者群规定为中等教育程度的青年，这种内在的承续性保证了开明书店坚定不移地实行它的文化启蒙主义。向锦江说：开明"显示了一种开明的宽广的科学的精神，反对倒退，反对狭隘，反对愚昧。这个进步倾向从开明创立到全国解放，十分明显地贯串在开明的出版工作中"[2]。立达学园尽一校之力，培养的学生毕竟有限，而开明通过编辑出版《中学生》《新少年》《开明少年》等杂志和一系列新颖独特的中小学生教材以及课外读物，影响了一代代青年。从编辑思路上看，立达学会把出版杂志并通过杂志影响社会作为学会的一项基本任务，但他们除了《一般》而外无多建树。而开明书店在这方面具有得天独厚的优势，它不仅拥有包括《一般》在内的"开明书店四大杂志"[3]，而且在新文学作品的出版上更是建树尤伟。有资料表明，在开明书店所出的 400 余种古今中外各类各体文学图书中，新文学作品就达到了 184 种，占文学类图书总数的 42.2%，占开明所出所有图书的 14%。[4] 从经营作风上看，立达学会的实干精神在开明书店得到了发扬光大，并确立了开明书店不趋时、不媚俗、认真不苟、稳健踏实的传统。1946 年开明书店成立二十周年的时候，叶圣陶写下了这样的纪念碑辞："开明夙有风，思不出其位。朴实而无华，求进弗

1　周予同在 20 世纪 40 年代有一段时间曾经担任开明书店的襄理。
2　向锦江：《开明书店教育了整整一代青年》，《我与开明》，第 95 页。
3　"开明书店四大杂志"在不同的时期内容不同，在 1927 年时为《一般》（夏丏尊主编）、《新女性》（章锡琛主编）、《国学门月刊》和《文学周报》，在抗战中和抗战后为《中学生》（叶圣陶等编）、《开明少年》（叶圣陶等编）、《国文月刊》（朱自清等编）和《英文月刊》（吕叔湘等编）。
4　见叶桐：《新文学传播中的开明书店》，《中国现代文学研究丛刊》1999 年第 1 期。

欲锐。"[1]1947 年叶圣陶又说："《明社社歌》中'好处在稳重'一句话也许可以包括尽了。我们同人认认真真的处理一切事务，认认真真的编印各种书籍；我们固然不忽略营业，可是我们尤其不忽略书业与文化的关系，服务上编辑上都特别着眼在文化：这就是我们的稳重之点。"[2]

应该指出的是，立达学会与开明书店的这种联系主要体现为一种思想上的联系和精神上的延续，并且这种联系和延续主要是通过人这个核心环节来实现的。如前所述，开明书店的骨干一部分如叶圣陶、夏丏尊、章锡琛、王伯祥等来自立达学会，另一部分如徐调孚、宋云彬、顾均正、傅彬然、贾祖璋等人虽不是立达学会的会员，但他们与前者早已有同事、朋友、同乡、师生等关系，在思想精神、文化气质、信念追求上与前者息息相通，有着高度的一致性。

如果说在我们社时期开明派尚处于酝酿阶段，在立达学会前期开明派只是初具形态的话，那么随着开明书店的出现和发展，开明派作为一个文化、文学流派终于形神俱备了。尤其到 30 年代初的时候，开明派进入了完全成熟期。之所以确定这个时候，是因为对开明派来说有两件重要的事情：一是取代《一般》杂志的《中学生》1930 年登场亮相；[3]二是 1931 年初叶圣陶进入开明书店，开明派以夏丏尊、叶圣陶二人为领袖的局面正式形成。

因为有着共同的兴趣和事业，作者、编者和出版者心往一处想，劲往一处使，形成了一个团结紧密、合作愉快的集体。在这个团体中，起主导作用的是夏丏尊和叶圣陶二人。夏丏尊的高尚人格和老大哥身份，使他具有很高的威望和凝聚力，譬如叶圣陶对匡互生并不很熟悉，但他之去立

1　叶圣陶：《开明书店二十周年纪念碑辞》，插页。

2　叶圣陶：《值得永远干下去的事业》，《叶圣陶集》第 18 卷，第 3—4 页。

3　与《中学生》有承继渊源的是《新女性》，但《一般》在精神气质上更接近《中学生》。其中缘由，下文再论。

达学园兼课，完全是受夏丏尊的影响。[1] 在开明书店，夏丏尊担任了书店的编译所所长，《中学生》《新少年》《月报》等杂志社的社长，以及开明函授学校的校长等等，可以说，举凡开明书店要推出新的举措或新的活动，通常总举着夏丏尊这面大旗。夏丏尊的威望如此之高，以至于社会上其他不相干的人也想借重他的名义。[2] 如果说夏丏尊是开明派的象征的话，那么，叶圣陶则可以说是开明派的精神领袖。他以大量的论述和作品，从最广泛最根本的意义上诠释了开明派的文化、文学主张，体现了开明派的人文理想和价值观念。夏丏尊最终倒在开明书店的岗位上，而叶圣陶自从1931 年初正式进入开明书店后，更是为开明书店的生存和发展殚精竭虑，几与开明书店共始终。在他们二人身上，开明派的实务特点得到了最鲜明最完整的体现。

除夏丏尊和叶圣陶而外，需要特别提到的一个人是胡愈之。无论作为文学研究会会员、商务印书馆同事还是立达学会会员，胡愈之与叶圣陶、夏丏尊等人的关系都是悠久而深刻的，在 30 年代前期无疑是开明派的中坚骨干成员。1933 年 9 月胡愈之秘密加入中国共产党后，他的文化活动渐渐脱出了开明派的范围而进入更加广阔的天地，但他仍与开明派保持着密切的联系和深厚的友谊，[3] 并在无形之中影响、引导着也帮助、保护着开明派。抗战胜利前夕风传胡愈之在南洋病逝，开明派同人倍感伤心，纷纷撰文悼念[4] 并在《中学生》上刊出专辑。当得知这只是误传时，叶圣陶说了这样一段话：

1　见笔者《叶至善先生访问记》（未刊稿）。

2　某文学社未知会夏丏尊更没有征得他同意便宣称他是该社社长，以至于夏丏尊不得不发表《夏丏尊启事》以正视听。见《中学生》第 75 号，1937 年 5 月。

3　胡愈之不仅经常为《中学生》写稿，1937 年初，开明书店创办《月报》时，胡愈之还担任了编委，并负责政治栏的选稿编稿任务。抗战时期，叶圣陶等人克服种种困难，恢复了《中学生》的出版，胡愈之又担任了《中学生战时半月刊》的编委。

4　叶圣陶、傅彬然、宋云彬等人都撰写了悼念文章。

　　本期方才编齐，得到一个非常可喜的消息，现在告诉读者诸君，读者诸君看了也必然高兴之至。胡愈之先生尚在天壤间，此刻已经回到了新加坡，他的死讯果然像"海外东坡"一样是误传的。就是这么个可喜的消息。……本志今年七月号出过特辑纪念胡愈之先生，我们曾经希望所传非真，得与他重行晤面，并且说过"这个特辑便是所谓'一死一生，乃见交情'的凭证"的话。现在，我们的希望实现了，在百分之九十九的绝望中实现了，这样的快乐，至少在编者个人从没有经验过。愈之先生啊，您赶快回来吧！一班老朋友在怀念你，广大的读者在等候你，尤其是正在爬起来的中国在需要你，你赶快回来吧！[1]

　　作为"一个中心热烈而表面冷静漠然寡言笑的人"[2]，叶圣陶如此一反常态不加节制地宣泄自己的感情，恰恰说明了胡愈之和开明派之间非同寻常的关系。所以，不论胡愈之是否有党派背景，在论述开明派的时候不能无视他的存在。大量回忆资料表明，作为一个著名的政治活动家和政论家，胡愈之目光敏锐，见识超人，多谋善断，精力旺盛，有着出色的组织能力和办事才能，而他又不尚虚名，埋头实干，这种特点使他于某种意义上在开明派中扮演了一个出谋划策的参谋长的角色，譬如《一般》的创刊便源于他的提议。吴觉农说，"从整体来看，开明书店不同国民党任何派别发生关系，不受国民党的支配，不为国民党作宣传，坚持中间偏左的路线。尤其是胡愈之同志对开明同人有不小的思想影响"[3]。叶至善回忆说："很多事情，主意是胡愈之出的，他出了很多主意。他很多事情都跟我父

1　《编辑后记》，《中学生》复刊后第 93 期，1945 年 11 月。
2　夏丏尊:《关于〈倪焕之〉》，叶至善、叶至美、叶至诚编:《叶圣陶集》第 3 卷，江苏教育出版社 1987 年版，第 282—283 页。
3　吴觉农:《我和开明书店的关系》，第 85 页。

亲商量，我父亲觉得他说得对，就照他说的办。"[1] "可以这样说，《中学生》和开明书店的政治态度，主要是受了胡愈之先生的影响。"[2] 胡愈之的共产党员身份直到 80 年代才公开，叶圣陶等人到那时也才知道胡愈之的政治身份。就胡愈之等共产党人对开明派的影响帮助，叶圣陶感慨地说："还有许多朋友热心地给开明出主意，他们之中有不少是共产党员，有的，我们当时并不知道他们是党员，有几位是知道的，当时也没考虑他们是不是党员。只因为他们的主张对，说得有道理，我们觉得应该这样做，很自然地就照着他们说的去做了。后来回想起来才体会到，原来在解放以前，我们不知不觉地在接受着党的领导。"[3]

从理论上说，既然开明派是围绕在立达学会和开明书店周围的，那么在这两个机构存在的时期都应算作开明派的历史，但实际上任何一个流派都存在着上升期、鼎盛期和衰落期，开明派也不例外。在开明派的发展史上，从 20 年代后期到全面抗战爆发前是其发展和鼎盛时期，那时他们兵强马壮、阵容齐整，在文化教育、出版事业和文学创作上做出了令人瞩目的成绩。全面抗战爆发后，战争的摧残、环境的动荡、人员的星散和随之而来的生活急遽贫困化，使开明派遭受严重打击，夏丏尊、王伯祥、章锡琛、顾均正等困守上海孤岛，叶圣陶、丰子恺、朱自清、宋云彬等则辗转迁徙大后方。尽管开明同人在艰难的环境中仍然固守自己的文化阵地，想方设法恢复了《中学生》，又由朱自清、叶圣陶分别开辟了《国文月刊》《国文杂志》的新阵地，但由于时代氛围和时代任务已大不一样，开明派同人很难如抗战前那样再有较大作为。

抗日战争胜利后，开明派获得了一丝复苏的生机，但此时无论是外

---

1 见笔者《叶至善先生访问记》（未刊稿）。
2 叶至善：《胡愈之和开明书店》，费孝通、夏衍等：《胡愈之印象记》（增补本），中国友谊出版公司 1996 年版，第 135 页。
3 叶圣陶：《开明书店创办六十周年纪念会上的讲话》，叶至善、叶至美、叶至诚编：《叶圣陶集》第 7 卷，江苏教育出版社 1989 年版，第 329 页。

部的社会环境还是内部的开明派自身，都发生了很大变化。

在外部，一方面是内战的接踵而起和国民党的竭泽而渔政策，造成国统区的百业凋零、民怨沸腾；另一方面是社会各阶层反内战、反迫害、反独裁、反饥饿的民主运动和人民革命战争的节节胜利，使得国内的政治文化环境远离了适合开明派生存的土壤。

在内部，一方面由于刘叔琴[1]、夏丏尊和朱自清的先后逝世，使开明派连折几员大将；另一方面，叶圣陶和章锡琛之间发生了一场旷日持久的风波，它大大影响了开明派的士气和生存开拓的能力，并且最终导致了开明派的消亡。

据 1948 年 3 月 8 日叶圣陶日记载："下午五时半，开业务会议。无非谈局势益坏，营业益艰。于讨论改变薪水计算法时，雪村出言不逊，意颇刻酷，虽不为任何人而言，余闻之殊气愤。余因发言表示反感。洗公继谈店中会议制原于公司章程制度无据，唯为集思广益而设，余闻之亦不快。饭罢到家，写一书致洗公，表示拟辞去董事及协理之职，此后唯为普通编辑员。余既不能说服他人，又不欲听不愿听之言，则唯有消极自退耳。"[2] 在给范洗人的信中，叶圣陶提出"辞去董事协理，不出席经理室及业务会议，专任编辑，……请减薪，置签到卡云云。书末且请在通讯录发表"。当日王伯祥也在日记中说，"下午五时一刻出席廿三次业务常会，为薪给制度草案事研商至久，仍不能决。而雪村发言峻刻，圣陶纠弹之，几致不欢"[3]。

叶圣陶和章锡琛二人，一个在夏丏尊逝世后自然成为开明派的主心骨，一个是开明派主要阵地开明书店的掌门人，他们之间的矛盾，如不及

---

1 刘叔琴 1939 年逝世于上海。

2 见叶至善、叶至美、叶至诚编：《叶圣陶集》第 21 卷，江苏教育出版社 1994 年版，第264 页。

3 转引自商金林：《叶圣陶年谱长编》第 2 卷，人民教育出版社 2004 年版，第 479、478 页。

时有效地解决，对开明派而言，必然酿成影响深远的危机。尽管王伯祥等人觉得"二者之间作风不同，嫌隙已深，恐终难于合辙矣"，"积衅已深，初非一朝一夕之故也"，[1]但王伯祥、宋云彬、傅彬然、周予同、徐调孚、贾祖璋等人仍纷纷劝说，希望叶圣陶以大局为重"勿萌退志"，"不宜由一人顿荡，使舟失其安稳"。只是，叶圣陶始终固执己意，不愿调解，"此则余所不肯，言出必践，固其守然也"。[2]

未见到章锡琛有关此事的记述及反应，但开明同人的劝说不会仅针对叶圣陶一方，王伯祥就在日记中说："耕莘适来，余以为症结仍在雪村，乃与予同约耕莘谈，嘱为向村切言以规之，或别有企画亦希转告，俾审进止，不知下文如何。"[3]不过，从开明书店开会章锡琛也拒绝出席的姿态看，从章锡琛之弟章锡珊"恣意袒护，不惜蒙怨"的态度看，章锡琛也无和解的意愿。对于一向和睦如大家庭般的开明同人来说，此事当非同小可，所以郑振铎神情紧张地向王伯祥打听此事，并称"外界已喧腾矣"[4]。以叶圣陶和易的个性，是什么问题让他如此固执己见甚至不惜意欲公开二人的矛盾？两位当事人始终三缄其口，仅叶圣陶在日记中留下"雪村想心思每自是，视开明为一人之业，此余所看不惯者。本欲勉于扶掖，俾共守集议共商之路，而渠每出言不逊，余不能说服之，而心则不快，恒起反感，遂退出此局，亦使人知以后凡有决策，余无其份也"[5]的记录。

谜底在几十年后终于揭开。参加那次会议的开明书店职员王知伊在回忆中说：

记得有一次书店举行业务会议，当讨论到职工年满六十岁以后

1　转引自商金林：《叶圣陶年谱长编》第 2 卷，第 480、479 页。
2　见《叶圣陶集》第 21 卷，第 267、268 页。
3　转引自商金林：《叶圣陶年谱长编》第 2 卷，第 479 页。
4　王伯祥语。转引自商金林：《叶圣陶年谱长编》第 2 卷，第 480 页。
5　见《叶圣陶集》第 21 卷，第 267 页。

的退休待遇问题时，有一位书店的负责人说：到了退休年龄，那就只有请他退休。这不必讲酬报了。在他看来，旧中国工商企业中都是这样的，似乎应毋庸议了。却不料叶先生听说后，立即说：这不行。人家在你店里卖命，老了，一脚踢开，死活不管，这于心何忍？未免失之于苛！（按：此非原话，记其大意。"失之于苛"这句则记之不误——知伊）我很少见叶先生发脾气。听说着时，手微抖，脸发红，人也渐渐从座位上站起来准备退席了。后经王伯祥、傅彬然、徐调孚先生等相劝，才勉强坐下来。[1]

根据邱雪松的研究："这一争吵把开明书店以章锡琛为代表的'经理派'，和以叶圣陶为代表的'编译派'之间隐而不彰的矛盾彻底地暴露了出来，从表面上看，这事缘起如何对待年老职工，根源却在于双方对开明书店的办店理念有着不同的认识。章锡琛作为开明书店的创办人，子侄亲属俱在开明工作，占有公司绝对多数的股份，他视出版社为私产，在面临经营困难的时候，自然会考虑经济上的开源节流。而叶圣陶则把开明书店看作是大家的共同事业，他希望出版社上下齐心协力，共渡难关。章锡琛把开明书店看作家族企业的言行，让叶圣陶难有归宿感，他干脆选择退出，而编译所随之落入群龙无首的局面，间接导致开明书店抗战后难有大的作为。"[2]

在笔者看来，"经理派"和"编译派"的矛盾，本质上体现的是"办企业"还是"办事业"的两种理念两种路向。"办企业"自然应该按照企业的管理模式，遵循经济规律，以盈利为核心；而"办事业"则应该按照事业的需要，彰显人文关怀的立场，而不应把自己降为一个普通的企业受市场的左右。这种矛盾以前也存在，但或因事业兴旺或因抗战时期需要同

1　王知伊：《叶老佚事随记——悼念叶圣陶先生》，《古旧书讯》1988 年第 2 期。
2　邱雪松：《新论 1949 年叶圣陶"北上"缘由》，《新文学史料》2013 年第 2 期。

心协力而被遮掩，当外部环境恶劣到很可能威胁书店的生存时，这种矛盾便无可躲闪地暴露出来。在立达学园时代，他们曾经有过为保持"灵魂的光"而放弃现实诱惑的壮举，但到了此时，是继续保持"灵魂的光"还是向现实低头，各人的理解和选择则显出了不同的路向。

这场牵涉到开明书店发展理念和发展路向的矛盾，在爆发四个多月后，以叶圣陶退出开明书店管理层而告结束。对开明派而言，它成为一个影响重大的标志性事件，它标志着开明派的共同文化理念已经不再，建立在共同理念基础上的合作愉快的团体严重分裂，开明派的主阵地开明书店也趋于沦落，由此，开明派的解体已是不可避免的了。1949 年 1 月叶圣陶离沪赴解放区后，留沪的开明派同人尽管仍在努力工作，但这只是凭着原有的惯性向前滑行而已。

未几，中华人民共和国成立，它以改天换地的气势席卷了所有的文化人，开明派迅即汇入建设新中国的洪流，就此无疾而终。

第四节 "开明派"的概念界定

到了该给这一流派做出明确界定的时候了。但即使此刻，我们仍然感到十分吃力。这是因为我们很难画出一个清晰的轮廓，给出一个精确的定义。他们有大致相同的理想，却没有明确的纲领，有相对稳定的核心，却没有确切的组织，结构的开放性和人员的流动性使得这个流派的边界颇为模糊。

因此，这里需要说明的是：第一，我们无意将每一位立达学会会员和开明书店职员都涵括在作为一个文化、文学流派的开明派之内，但毫无疑问，开明派的基本文化立场、文化倾向是由立达学会和开明书店的宗旨和文化倾向所体现的，开明派的成员也是由这两个团体的骨干所组成的。第二，他们没有明确的流派意识，因此也缺乏这方面的相关论述。在开明书店创办十周年的时候，第一次出现了关于团体特点的简括表达。傅彬然说："整个书店似乎有着一种显著的特色，我以为，这可以拿它所出版的两种杂志——中学生，新少年，来做代表：形式，中等，不怎样堂皇，但并没有小家气；内容，着实，稳健而不落后，教人看了不会喊'上当'。这种特色，我称之曰：'开明风'。"[1]只是，直到十年后，这样的提法才在叶圣陶和王伯祥那里得到明确的呼应，并成为开明书店同人的共识。在开明书店成立二十周年的时候，叶圣陶和王伯祥关于"开明人"[2]和"开明风"[3]的提法，庶几接近于我们所要表述的概念。当然，这两个概念，包括十年前傅彬然的意思，都是指开明书店同人在教育出版活动中所形成的一支队伍和一种作风，与我们上述"开明派"的概念有所区别。不过如果把这个概念放大到包括开明书店的作者在内，那么完全可以用以指代开明派，而这种理解与傅彬然、叶圣陶、王伯祥三人的说法在本质上并无冲突。第三，开明派的结构开放性和人员流动性使得这个流派的外延颇为模糊，围绕在立达学会和开明书店周围的成员经常呈阶段性的变化。

这种变化大致呈两种情形：一是在开明派酝酿阶段一些相当重要的人物最终没能进入，这主要有俞平伯和顾颉刚等。

这两人在开明派酝酿阶段的白马湖时期曾是我们社的重要成员，与开明派成员也关系甚深。[4]但在随后的发展中，他们却显出了与开明派相异的文化取向和人生态度。在"五四"浪潮的影响下，俞平伯最初创作白话诗并提倡诗的"平民化"，从而见出与开明派同人深刻的精神联

1　冰然：《开明风》，《申报》1936 年 8 月 1 日。

2　叶圣陶在《开明书店二十周年纪念碑辞》中有"堂堂开明人，俯仰两无愧"之语。

3　王伯祥在《开明二十周年纪念献辞》中有"庶几永保，开明之风"之语。收入《我与开明》，插页。

4　俞平伯和顾颉刚与开明派同人都有同乡、同学和同事的关系，在 20 世纪 20 年代上半叶曾与叶圣陶、朱自清等共同做过不少事情。他们终其一生，与开明派主要骨干如叶圣陶等都保持了深厚的友谊。

系。但士大夫家庭出身的俞平伯，身上有着浓重的传统文化积习和名士气息，这使得他的文化观念在平民文化和精英文化两极之间，极易向后者倾斜。尽管人们一般将俞平伯这种转变的时间划定在 1928 年，其实，这早在 1924 年就已露端倪。江浙战争爆发时，他在《义战》一文中"说些不关痛痒的，或准幸灾乐祸的话"，受到朱自清的严厉批评。朱自清说："他文中颇有掉弄文笔之处，将两边一笔抹杀。抹杀原不要紧，但说话何徐徐尔！……而态度亦闲闲出之，遂觉说风凉话一般，毫不恳切，只增反感而已。我以为这种态度，亦缘各人秉性和环境，不可勉强；但同情之薄，则无待言。其故由于后天者尤多。因如平伯，幼娇养，罕接人事，自私之心遂有加无已，为人说话，自然就不切实了。"[1] 这种"闲闲"的、说风凉话的态度正是士大夫的积习之一。在 1924 年底去北京后，俞平伯读古书，辩红楼，写简淡清涩、名士气十足的随笔，更以"闲适"的姿态来看待人生的一切，并以此作为自己理想的生存方式和写作方式，从而成为"闲适派"的代表性作家。

　　与俞平伯的名士风格相比，顾颉刚则是另一种特点。顾颉刚对古史的考证，结论的正确与否尚在其次，但这种大胆的疑古精神，其本质正如他所说，"是对于二三千年来中国人的荒谬思想和学术的一个有力的革命"[2]。这种积极的、实实在在的对中国传统的梳理，其内在理路与开明派是一致的。[3] 在这个意义上，他比俞平伯更有可能成为开明派的一员。但

1　转引自俞平伯：《关于"义战"一文（朱佩弦兄遗念）》，《论语》第 163 期，1948 年 10 月。

2　1926 年 11 月 9 日致叶圣陶信，转引自顾潮：《历劫终教志不灰·我的父亲顾颉刚》，华东师范大学出版社 1997 年版，第 104 页；又见叶圣陶：《江绍原君的工作》，第 283 页。

3　当然，在具体观点上，开明派同人对于顾颉刚的《古史辨》仍有不同于顾颉刚自己的看法。宋云彬曾说："他们在辨伪的工作中，对于中国古史的研究，当然有许多贡献，例如说'禹是虫'之类，但他们没有进一步指出这虫原是一个民族的'图腾'。他们拿个'伪'字来把古书一概抹杀，没有能够说明伪书也有它的价值。他们更没有从文字以外的'地下史料'中去印证古代的神话和传说，给它以合理的说明。所以顾颉刚等的辨伪工作，只是继承姚际恒的《伪书考》而加以扩大，也就是结束了姚际恒的工作，是承前而不是启后。"（《认识你的祖国（四）》，《中学生》战时半月刊第 4 期，1939 年 6 月。）

他由于一方面少享大名，做事好大喜功，锋头太盛，始终处于文化界瞩目的中心，另一方面性格桀骜不驯[1]，又总在是非旋涡中打转，这与开明派默默做事、不求闻达的低调风格大相径庭。他是一个为学问而学问的人，并没有什么政治企图，但他与朱家骅等一些国民党政府要员的关系过于密切，这与开明派坚持民间立场、不介入政党政治、不与官方打交道的作风也大不一样。尽管顾颉刚与叶圣陶等人始终保持着良好的私谊，但到后来尤其是进入30年代之后，叶圣陶等人与他的关系就渐渐地疏远了。[2]

　　二是由于文化观念和人生态度的相左，一些曾经很活跃的人逐渐退出了开明派的舞台。这种情况主要有章克标、朱光潜等。章克标前文已述，此处不赘。朱光潜是立达学会和立达学园最早的发起人之一，他的《给青年的十二封信》以其严肃探讨社会人生的内容和生动活泼的表达方式，深受青年的欢迎，在开明派的早期活动中起了重要作用。但自1933年留学归国到北京大学任教后，他的人生态度和生活方式发生明显变化，他钻进了书斋，远离了民间立场，远离了社会和青年，文化观念上抱持西方式的自由主义，成为京派的一名重要成员。40年代他又成为三青团中央候补监察委员和国民党中央监察委员，连续在国民党的《中央周刊》上发表文章。后来在回顾这一段历史的时候，朱光潜检讨说："我的基本的毛病倒不在我过去是一个国民党员，而在我的过去教育把我养成一个自由主义者，一个脱离现实的见解偏狭而意志不坚定的知识分子。"[3]在更极端

<hr/>

1　顾颉刚在《古史辨》第1册的《自序》中反复申说自己的个性："我的生性是非常桀骜不驯的。虽是受了很严厉的家庭教育和私塾教育的压抑，把我的外貌变得十分柔和和卑下，但终不能摧折我的内心的分毫。所以我的行事专喜自作主张，不听人家的指挥。"（第8页）"我是一个生性倔强的人，只能做自己愿意做的事情而不能听从任何人的指挥的。"（第55页）

2　叶至善说："我父亲与顾颉刚的追求不一样，后来关系就慢慢疏远了。"见笔者《叶至善先生访问记》（未刊稿）。

3　朱光潜：《自我检查》，《人民日报》1949年11月12日。

的状态下，他甚至自我谴责说"成了蒋介石的'御用文人'"[1]。这样的说法自然带着他说话的那个时代特殊的政治烙印，未可全信。不过，无论如何，这确实远离了开明派的立场。

因此之故，对于开明派这样一个复杂的文化、文学流派，我们只能紧紧把握其本质内涵和内在精神，不可能也不必要穷尽它的外延。我们完全可以这样认为：大凡与立达学会和开明书店建立过某种联系，并且在志趣和观念上与开明派同人相近者，都可以纳入开明派的研究视野。

鉴于上述缘由，如果要从组织形态的角度给出这个流派的确切概念，大致可以表述为：这是一个民国年间由一批活跃在文化教育和文学领域内，围绕在立达学会和开明书店周围，志趣相投的实干家组成的松散的文化、文学流派。

1　朱光潜:《作者自传》,《朱光潜全集》第 1 卷，安徽教育出版社 1987 年版，第 6 页。

第二章 "一般的人"与"一般的话"

——开明派的文化思路

19 世纪中叶以后，中国陷入前所未有的危机状态。一方面是随帝国主义的侵凌日益加深而来的民族危机，另一方面是由行将就木的封建王朝、积贫积弱的社会和愚昧麻木的民众造成的社会危机。民族危机和社会危机互为因果交互作用，使得国势危如累卵，面临一种不变革图强就必将灭亡的命运。经过几十年的艰难探索，在历经了洋务运动和辛亥革命之后，中国的先进思想界意识到，民众的觉醒与启蒙、整个社会思想价值观念的更新，成为拯救民族危亡的前提条件。由于与封建皇权紧密相连的中国儒家文化此时在西方强势文化面前露出左支右绌、回天无力的窘态，不仅暴露出它的无奈和无能，更成为妨碍社会变革的绊脚石，西方先进的思想文化尤其是 18 世纪法国启蒙主义文化代之成为"五四"新文化运动的主要思想武器，且成为他们的不二选择。"五四"新文化运动之以思想启蒙、个性解放作为最显著的精神标志和思想特征，确实显示了历史运动的某种内在的深刻的原因。但这场新文化运动不可能重复西方所走的道路，排除历史背景的不同和文化传统的差异，民族危机和社会危机迫在眉睫的大背景显然构成了其主要制约因素。由于时代任务的紧迫性而来的鲜明的探索性和强烈的功利性，使得在欧洲以历时形态出现的、持续了两个多世纪的启蒙运动，在中国只能以共时形态出现，而且必须在尽可能短的时间内完成。

不仅如此，除启蒙主义思潮而外的其他西方文化，只要有助于唤起民众，有助于冲破中国封建思想文化的罗网，有助于实现中国文化的现代化转型，都被同时引进到中国来。于是"五四"新文化运动思想武器的形形色色庞杂多元，形成了一道独特的风景，马克思主义、无政府主义、改良主义、民粹主义、自由主义、个人主义、国家主义以及基尔特社会主义、托尔斯泰主义、工读主义、新村主义等等，各种主义、思潮、学说层出不穷，各自的角度立场和所关注的对象、所探索的问题也各不相同，形成了现代历史上独特的众声喧哗的热闹局面。

当然，这首多声部的大合唱并非没有主题，这些不同的主义、思潮、学说也不是发挥同等的作用，有的如流星，瞬间已成过眼烟云，有的则在中国的政治思想文化领域发挥着长久的深刻的影响。这其中，除马克思主义后来成为中国的主导意识形态外，在"五四"时代，最重要的也许当数启蒙主义和民粹主义。

第一节　启蒙主义与民粹主义的双重洗礼

一

启蒙主义思潮或许是随着欧风东渐的历程最早进入中国的西方思潮之一。严复等人所译的孟德斯鸠的《法意》(《论法的精神》)、穆勒的《群己权界论》(《论自由》)、卢梭的《民约论》(《社会契约论》)等启蒙思想家的著作，在中国人面前打开了一扇崭新的通向外部世界的窗口，使中国人了解了西方启蒙运动和启蒙运动所弘扬的启蒙精神。

启蒙运动的内涵深厚丰富，它所张扬的理性主义精神、自然主义精神和自由民主精神等从各方面为中国"五四"新文化运动准备了坚实的理论基础和强大的思想武器。理性主义精神对个人独立的理性判断能力的重视，意味着对人的主体意识和个性意识的张扬；自然主义精神所强调的人的自然本性学说，更从根本上肯定了人的自然欲望和自然权利，肯定了人性平等，肯定了自由平等是人的基本人权，即所谓天赋人权；自由的精神不是从一般意义上谈论抽象的自由，而是强调具有明确现实内涵的"公民自由或社会自由"，即"社会所能合法施用于个人的权力的性质和限度"[1]，着重于人们在政治、经济、宗教等领域追求自由、平等和民主的理念或理想的权利，契约论和人民主权说则展现了主权在民、人民管理国家的诱人的民主蓝图。所有这一切，都归结为用先进的价值观念来破除思想禁锢、精神蒙昧和无知偏见，让科学文化和知识走向大众，从而确立现代人的意识，确立科学民主自由平等的精神。它从本质上切合了中国先进的思想界改变民族现状的急切欲望，切合了民族发展变革的时代主题。因此，启蒙主义所倡导的自由、平等、民主、科学的现代价值观念迅速被中国知识界接受，并成为"五四"新文化运动最重要的思想武器。

尽管由于文化传统的差异、社会背景的不同和时代任务的区别，"五四"新文化运动显得过于仓促，在持续时间、覆盖面、对传统观念的批判和新文化的建设等方面都未能达到启蒙运动所具的深度和广度，但启蒙运动对中国民族文化现代化的影响是深刻而久远的。这不仅在于它对"五四"青年和此后一代代中国人的觉醒和成长起到了至关重要的作用，而且在于它为中国民族文化的现代化确立了一些基本观念和基本精神，并确立了民族文化现代化的发展方向和发展道路。[2]这也许是欧洲启蒙运动

---

1 〔英〕约翰·密尔：《论自由》，程崇华译，商务印书馆 1959 年版，第 1 页。
2 对民族文化现代化道路的探索早在晚清就已开始，但直到"五四"新文化运动时，这条发展道路的走向和目标才比较明确。

对于中国"五四"新文化运动的最大贡献。深刻影响中国知识界的另一社会思潮是民粹主义。

民粹主义也称平民主义、民众主义等，是 19 世纪萌芽于俄国的一种社会思潮、社会运动。民粹主义的含义相当复杂含混，按西方政治社会学家的理解，广义是指"与农村小生产者在现代化中所面临的问题相关的众多运动和理论，这类运动常常把农村生活中的社会传统理想化，想在大规模的资本主义和官僚社会主义两极之间走一条温和的中间道路"[1]。就其本质而言，它是一种在社会现代化转型过程中吁求社会公正的社会思潮和大众运动。这场运动在 19 世纪晚期达到高潮，并形成了俄国的民粹运动和美国的人民党运动等。

19 世纪中叶，激进的俄国知识分子受空想社会主义的影响，把社会进步的理想寄托在农民和农村残存的村社制度身上，希望以农民来抗拒资本主义的压迫，在集体耕种的基础上建立新型的公正、平等的社会。他们发动"到民间去"的运动，进入农村宣讲这种新社会教义，但农民的淡漠反应导致了他们其中的一部分人走向恐怖主义。这一思潮对俄罗斯社会产生了广泛而深刻的影响，正如当代学者马克·斯洛宁所说，民粹主义"强调'到民间去'，其谋求群众和知识分子团结的理想后来在十九世纪七、八十年代发挥了莫大的感召力，……当时的人们或许不赞同民粹主义的理想和理念，但很少有人能不带着民粹主义的情怀"[2]。这一点我们可以从 19 世纪末的俄罗斯文学中得到充分的印证。大约与此同时，美国西南与南部各州农民迫于生活窘困发起了群众运动，他们标榜自己是平民主义者，宣称要"把共和国政府的权力还给普通人民"，他们谴责金融企业对社会中

---

1 〔英〕戴维·米勒、韦农·波格丹诺主编：《布莱克维尔政治学百科全书》，邓正来译，中国政法大学出版社 1992 年版，第 589 页。

2 〔美〕马克·斯洛宁：《现代俄国文学史》，汤新楣译，人民文学出版社 2001 年版，第 29 页。

下阶层的挤压控制，要求政府采取行动帮助小生产业主，甚至要求政府允许民间铸银币以对付银根紧缩。

在世界各国的民粹主义运动中，俄国的民粹运动对中国产生了深刻影响，这显然跟中国与俄国有着类似的封建传统和小农生产方式，有着类似的社会发展水平，而且面临着类似的在资本主义的强力挤压下寻求民族出路的历史命运有密切关系。俄国民粹派那种鲜明的反上流社会的立场和"到民间去"的努力，那种在贫民大众中寻求社会改造力量的主张，那种对社会公正和民主的吁求，都意味着对社会底层平民百姓价值理想的重视和肯定，这一切都深深吸引着与土地和农民有着深刻联系的具有悠久平民文化传统的中国知识分子。

在中国文化传统中，占据中心位置的，自然是以儒家文化为代表的体现着历代统治者价值伦理规范的士大夫文化。它备受历代统治者的尊崇，享有"独尊"的特殊地位。尽管在东汉魏晋时代曾受到老庄任诞放纵之风的侵扰，也曾受到佛教文化的影响，但作为官方文化，它在中国文化中的主流地位从来没有动摇过。而平民文化却不具备官方文化身份，不能像儒家文化那样成为社会主流意识形态，但它如野草一般，在并不宽松的环境中顽强地传达着平民大众的情感心声，显示着自己的存在，并且构成了一条时显时隐、始终涌动不息的长河。从《诗经》"国风"中的《伐檀》《七月》《硕鼠》等平民文化原初形态，到汉魏六朝乐府民歌、杜甫"三吏""三别"、白居易《秦中吟》、刘禹锡《竹枝词》、宋元话本小说、施耐庵《水浒》等等，形成了一条长长的发展线索。它以其深厚的内涵，滋养着历朝历代的文人，并且作为一种重要的思想精神资源，参与社会文化系统的运作，在与士大夫文化等各种强势文化相折冲相颉颃中保持着中国文化传统的生生不息。

不过中国古代的平民文化只是一种相当朴素的，体系不完整、形态欠丰满的文化。较之西方自古希腊古罗马以来的悠久传统和完整体系，它缺乏古希腊主权在民的民主传统的支撑，缺乏古罗马人人自由平等的自然法观念的底蕴，至于基督教原罪观念的上帝面前人人平等和商品经济、等价交换所带来的市场面前人人平等的精神，更付阙如。无论是《诗经》"国风"还是乐府民歌抑或《水浒》，中国古代的平民文化中所传达的更多的是对社会正义的向往追求、对暴政和阶级压迫的反抗。孟子的"民为贵，社稷次之，君为轻""闻诛一独夫纣，未闻弑君也""君之视臣如草芥，则臣视君如寇仇"的观念，显示出难得的"民本"思想和对反抗暴政的合理性的肯定，但君臣上下的观念使他的思想缺乏平民文化中非常重要的平等、民主精神的内涵。而孟子的这种思想也使他与正统的儒家观念、与统治者要求的规范秩序产生了距离，甚至因此而曾被明太祖逐出圣庙。

而中国传统平民文化中所缺乏的这些内涵，却正好被西方民粹主义思潮中的平等民主的精神所弥补，所以中国知识界对于民粹主义思潮尤其是俄国民粹派运动给予了热烈的回应。尽管"中国的民粹主义，同世界各国的民粹主义一样，具有显著的智识庞杂性的特征，……其智识来源，既有无政府主义的劳动主义，又有卢梭人民主权论式的民主思想，还有俄国民粹主义运动的意识形态"[1]，但他们对民粹主义的热烈宣传，却形成一股强大的覆盖社会各个领域的民粹主义冲击波。

根据顾昕的研究，在"五四"之前，中国思想界就大力鼓吹"平民"和"劳动"的价值，并创办了在知识界中有广泛影响的《劳动》月刊。"五四"新文化运动爆发后，对劳动和平民价值的颂扬更是极一时之盛。"五四"新文化运动的思想旗帜"德先生"，鲜明地揭橥了其平民主义倾向[2]，而争取人民教育权利的"平民教育运动"，对"劳工神圣"观念的宣

1　顾昕：《民粹主义与五四激进思潮（1918—1921）》，《东方》1996年第3期。

2　"五四"时代，有人将"民主"译成"德谟克拉西"，有人更直接译成"平民主义"或"庶民主义"。毛泽东在《湘江评论》的创刊宣言中说："各种对抗强权的根本（转下页）

传和对国际劳动节的纪念，对"血与泪文学"的倡导，对弱小民族和"被侮辱与被损害"族的文学的译介，对知识者"到民间去"的尝试，以及对建立"平民文学""平民工厂""平民银行"甚至"平民洗衣局"的呼吁，接续了并从形态和内涵上大大丰富发展了民族原先的平民文化传统。无论这种倡导和努力是实实在在地获得了进展和实效，还是仅仅是乌托邦式的呼吁和尝试，都显示了中国知识界在平民文化建设方面的努力。在这个意义上，说"五四"新文化运动的价值标志便体现为平民文化的崛起[1]是毫不为过的。

但受制于"五四"独特的社会背景和时代任务，与"五四"时期的许多派别思潮一样，在中国，民粹主义不仅没有像俄国那样发展成为一种激进的大众运动，而且也"始终没有发展成一种独立的有着自己鲜明旗帜和主张的社会思潮，而是作为一种隐性的又相当普遍化的精神要素，一种情怀，深深地渗透到除自由主义之外的众多流派与群体之中，比如李大钊、毛泽东为代表的中国化的马列主义，鲁迅、郭沫若等左翼知识分子，梁漱溟、陶行知、黄炎培等乡村建设派，以及一大批温和的、具有本土色彩的平民知识分子"[2]。

二

这两种思潮对开明派同人产生了深刻而久远的影响。可以说他们的

<hr />

（接上页）主义，为'平民主义'（德莫克拉西。一作民本主义，民主主义，庶民主义）。宗教的强权，文学的强权，政治的强权，社会的强权，教育的强权，经济的强权，思想的强权，国际的强权，丝毫没有存在的余地，都要借平民主义的高呼，将他打倒。"（中共中央文献研究室、中共湖南省委《毛泽东早期文稿》编辑组：《毛泽东早期文稿》，湖南出版社1990年版，第293页。）这种对"民主"的理解，便浸透着鲜明的民粹主义色彩。

1 见朱寿桐《新月派的绅士风情》第40—41页有关论述，江苏文艺出版社1995年版。
2 许纪霖：《朱自清与现代中国的民粹主义》，陈平原、王守常、汪晖主编：《学人》第13辑，江苏文艺出版社1998年版。

思想修养、文化观念、价值体系和精神世界的基本核心都源于此，他们独特的贡献和局限也都与此密切相关。

图1　红心，立达，人，构成
《立达》封面的三要素

开明派从 20 世纪 20 年代开始便通过教育、出版和文学创作从事启蒙工作，并且执着地坚守在这个阵地上，一生不改其志向，可以说是启蒙主义的忠实信徒。这种启蒙主义的思路贯穿在他们的作品、言论和文化活动的每一个方面，甚至在其所办刊物的封面上也不例外：丰子恺设计的《立达》封面上有着这样的图案：四个小天使手扶一颗大大的红心，红心的正中是一个篆书的"人"字（参见图 1）。这个封面传神地传达了他们专注于人的觉醒和人的健康成长的文化指向。

如果说，他们是从理性上服膺启蒙主义精神，从时代任务的角度痛切地感到启蒙主义对于中国的重要性的话，那么，对于民粹主义的旗帜他们更有一种天然的精神默契，一种情感上血缘上的联系。

他们明显地可归入"温和的、具有本土色彩的平民知识分子"行列。比起胡适、徐志摩等受过欧风美雨熏陶的留学生，他们缺乏类似的教育背景：或在国内完成自己的学业，如朱自清、匡互生、周予同、郑振铎，或根本没有进过大学，如叶圣陶、夏丏尊、丰子恺、胡愈之，开明派成员中几无一人是留过西洋的。夏丏尊、丰子恺曾到过日本，但也是短期，金尽而返。唯一例外的是朱光潜。他毕业于英国人治理下的香港大学，算是有着西方教育背景，而当他留学英法八年，经受了西方自由主义观念的洗礼后，却也由此脱胎换骨，不再属于平民知识分子的阵营。[1] 由此之故，他们缺少胡适、徐志摩们的精英气和优越感，却对中国的历史与现实有更深刻的了解，与民间保持了密切的关系，显出一种源于土地的质朴和平民气质。夏丏尊将自造的平房命名为"平屋"，无可置疑地点出了自己的平民身份和平民志向。[2] 刘大白有"白屋诗人"[3] 之称，他又曾治印一方，谓之"江南布衣"，也说明了他以平民自许自期。叶圣陶则宁愿挤在四等车的"青布衫黑棉袄中间"，"听听那些直质的粗野的甚而至于猥亵的谈话"，"闻些土气汗气"。[4] 他们创办的杂志名叫《一般》，因为他们"只是一般的人，这杂志又是预备给一般人看的。所说的也只是一般的话"[5]。"一般"者，普通也。

缘于这种平民身份，他们将上流社会和平民社会的分野划分得非常清楚。他们对于绅士阶级有一种天然的戒备和敌意。叶圣陶曾说，"绅士者，或者世家子，或曾作官，或登从前的科第，或得晚近的学位如时人所称为'洋翰林'者，或营盛大的商业，或有一二百亩乃至几千亩的田产。总之，绅士是地方的特殊阶级"，而他自己则属于由小学教师、布店

---

1 郑振铎、胡愈之、刘薰宇在 20 世纪 20 年代晚期，朱自清在 30 年代初期，曾赴英法。但我把这种不以完整地接受西方教育为目的（最常见的形态就是读学位）的留学称为"访学"，以与前者相区别。这一类的访学有特定的目的，所受西方文化的影响相对于"留学"的为少，譬如郑振铎在回忆自己的出国经历时说："我拿到一点版税作路费，一九二七年五月到欧洲去了。在法国巴黎住了半年，英国住了一年。在法国图书馆看中国书，在英国伦敦博物馆看变文。这期间受了很多气；没有受外国生活方式的影响。"（《最后一次讲话》，《郑振铎全集》第 3 卷，花山文艺出版社 1998 年版，第 376 页。）

2 欧阳文彬在《夏丏尊先生年表》中说："题室名为'平屋'，既是纪实，又包含着平民、平凡、平淡等意。"收入《夏丏尊文集·平屋之辑》，浙江人民出版社 1983 年版。

3 刘大白有旧诗集，名《白屋遗诗》，又有诗话集，名《白屋说诗》，故有别号"白屋诗人"之称。所谓"白屋"，不是指白色之屋，而是喻指贫寒穷困的住所，泛指平民百姓。其典出《汉书·严朱吾丘主父徐严终王贾传》，文曰："由穷巷，起白屋，裂地而封，宇内日化。"（颜师古注："白屋，以白茅覆屋也。"）

4 叶圣陶：《二等车》，《叶圣陶集》第 5 卷，第 262 页。

5 《〈一般〉的诞生》，《一般》诞生号，1926 年 9 月 1 日。

伙计、泥水匠、机织工构成的"市民"阶级。[1]他们厌恶前者的傲慢和自私，常用对比的方法来揭示"绅士"与"平民"、"大哲"与"常人"的区别。叶圣陶说："表示自己的意欲非满足不可，满足了便沾沾自喜，露出暴发户似的亮光光的脸，这样的人虽然生活得很好，决不是可以感服的。在满面菜色的群众里吃养料充富的食品，在衣衫褴褛的群众里穿讲究合身的衣服，羞耻就属于这个人了；群众是毫无愧怍的，虽然他们不免贫穷或愚蠢。"[2]

　　他们不喜欢前者，而把肯定和赞美给予了后者。夏丏尊以诗一般的语言赞美平民说："高山不如平地大。平的东西都有大的涵义。或者可以竟说平的就是大的。人生不单因了少数的英雄圣贤而表现，实因了蚩蚩平凡的民众而表现的。啊，平凡的伟大啊。"[3]仿佛为了证实他的判断，他在散文《黄包车礼赞》中感叹道："现世要没有黄包车，是不可能的梦谈。没有黄包车，我就不能妓女出局似地去上课，就不能养家小，我的生活，完全要依赖黄包车，黄包车夫才是我的恩人。……日日做我的伴侣，供给我观风景读书作文的机会的黄包车啊！我礼赞你！我感谢你！我愿努力自己，把我自己弄成一个除了给钱以外，还有别的资格值得你们拉的。"[4]丰子恺是个充满了平民意识、浸透了平民趣味的人，他的作品基本以平民百姓的日常生活为主，反映他们的七情六欲喜怒哀乐，饱含着对他们的深刻理解和同情。对上流社会的贵族式生活，他则语带讥诮，就自己在旧货摊上买的一把调色刀他这样调侃道："它也许曾经跟随名贵的画家，指挥高价的油画颜料，制作出帝展一等奖的作品来博得沸腾的荣誉。现在叫它切芋艿，削萝卜，真是委屈了它。

1　叶圣陶：《我们与绅士》，《叶圣陶集》第5卷，第258—259页。

2　叶圣陶：《"怎么能……"》，《叶圣陶集》第5卷，第264—265页。

3　夏丏尊：《读书与瞑想》，《夏丏尊文集·平屋之辑》，第35页。

4　夏丏尊：《黄包车礼赞》，《秋野》第1期（创刊号），1927年。

但芋艿、萝卜中所含的人生的滋味，也许比油画中更为丰富，让它尝尝吧。"[1]

同样是缘于这种平民身份，他们把接受本土教育的平民知识分子同留学欧美的非平民知识分子也做了区分，认为后者"很容易使人走上官僚、买办、御用学者、高等华人的路子。往好处说，也不过成为一个有良心的自由主义的学者而已"。由此，他们非常激赏平民出身而又能够回归平民的陶行知。傅彬然曾引述陶行知的一段话："我本来是一个中国的平民，无奈十几年的学校神话，渐渐把我向外国的贵族的方向转移。学校生活对于我的修养，固有不可磨灭的益处，但是这种外国的贵族的风尚却是很大的缺点。好在我的中国性，平民性是很丰富的；我的同事都说我是一个'最中国的'留学生。经过一番觉悟，我就像黄河决了堤，向那中国的平民的路上奔流回来了。"傅彬然说："一个人的出身影响到他的思想的力量是何等重要。陶先生出身于平民队伍，所以能了解平民，所以能从'外国的贵族的风尚'回到平民队伍里，替平民服务。"[2]

正是出于这种与平民大众血脉相通的情感勾连，开明派几乎是毫不迟疑地接受了民粹主义的旗帜。

在"五四"运动的高潮中，郑振铎就明确地宣称为实现"德莫克拉西的新社会"必须进行彻底的社会改造，但社会改造不能仅仅关注知识阶级"而把大多数平民的改革需要，抛到脑后"[3]，因此，他强调："我们的改造的方法，是向下的——把大多数中下级的平民的生活、思想、习俗改造起来；是渐进的——以普及教育作和平的改造运动；是切实的——一边

---

1 丰子恺：《随感十三则》，丰陈宝、丰一吟编：《丰子恺散文全编》（上编），浙江文艺出版社 1992 年版，第 308 页。
2 傅彬然：《从平民到平民——记陶行知先生》，《中学生》第 179 期，1946 年 9 月。
3 郑振铎：《我们今后的社会改造运动》，《新社会》第 3 期，1919 年 11 月。

启发他们的解放心理，一边增加他们的知识，提高他们的道德观念。"[1]
胡愈之在介绍西方民主政治理论的时候指出："民主政治乃是由大多数合
格的公民（Qualified citizens）握统治权的政治，……民主政治乃是多数
的政治，与独夫政治（Monarchy）、寡头政治（Oligarchy）适立于反面
地位。"[2] "最优良的政治就是最能保障并增进人民大众的物质利益的。"[3]
朱光潜在出国留学后，还在呼吁青年学生丢掉学者的架子而"到民间
去"[4]。朱自清在大学时代就积极投入平民主义运动，参加了北大学生创
办的旨在"增进平民知识，唤起平民自觉心"的"平民教育讲演团"，
四处奔走宣讲"平民教育是什么""我们为什么要纪念劳动节""我们为
什么要求知识"等等。[5]1922 年初，朱自清又和叶圣陶、俞平伯、郑振
铎等人热烈地讨论民众文学的问题，他提出："须有些人大声疾呼，为
民众文学鼓吹，并且不遗余力地去搜辑、创作，——更要亲自'到民间
去'！"[6]这里且不论其主张正确与否，也不论他们是否实践"到民间去"
的主张或实际上离民间距离还有多远，这种为民众文学建设积极出谋划
策的姿态便体现出一种鲜明的平民情怀。也正因为这种平民情怀，后来
他才会对俞平伯《非战》一文中所表现出的超脱于民众疾苦的悠闲的名
士气显出那么强的反感。"不关痛痒""准幸灾乐祸""调弄文笔""风
凉话""同情之薄"，这种批评的分量之重是显而易见的，这实际上也非
常明确地点出了他与俞平伯的根本分野：由对民众的态度而看出是否具
有平民立场。不过，这段话本是写给自己看的，其中心旨意与其说是批

1　郑振铎：《发刊词》，《新社会》第 1 期，1919 年 11 月。
2　胡愈之：《勃拉斯的近代民治论》，《胡愈之文集》第 1 卷，生活·读书·新知三联书店
　　1996 年版，第 221 页。
3　胡愈之：《大众利益与政治》，《胡愈之文集》第 3 卷，第 72 页。
4　朱光潜：《给青年的十二封信》，《朱光潜全集》第 1 卷，中华书局 2012 年版，第 23 页。
5　见姜建、吴为公：《朱自清年谱》，光明日报出版社 2010 年版，第 11—13 页。
6　朱自清：《民众文学的讨论》，《朱自清全集》第 4 卷，第 37 页。

评俞平伯，不如说更多的是在提醒自己不要违背平民主义的立场，所以他对自己说："所以'到民间去'，'到青年中去'，现在我们真是十分紧要！"退一步说，即使暂时无法做到这一点，也不应"以笔属文"以致引起反感。[1]

朱自清到自由主义知识分子成堆的清华大学教书后，整日与教授为伍，进入了社会精英阶层而逐渐远离了民间，似乎很难再将他列入平民知识分子阵营。但他内心深处始终保持着对于民间苦难的敏感，并习惯于从民间的立场观察问题。30年代初在英国访学的时候，一次朱自清去剧场听约翰·高尔斯华绥朗诵自己的作品。朱自清注意到，当高尔斯华绥朗诵完他作品的一个片段时，剧场内突然传来一个老人的抗议声。高尔斯华绥是朱自清非常重视的一个作家，能够亲耳聆听作家朗诵自己的作品是一件幸事，而从中揣摩文学诵读对于文学创作的意义，则是朱自清30年代为新文学的发展始终思考并致力探索的一个重要方面。这个老人以他粗鲁的行为搅了局，让朱自清觉得他很古怪，难以接受。但当发现那人原来是个穷工人的时候，朱自清虽然不清楚他在抗议什么，却"立刻改变了看法，重新评价他的挑战"[2]。这种不假思索的立场调整提示我们，普通民众的生存，始终是左右朱自清情感天平的重要砝码。

尽管就每个开明派成员而言，接受民粹主义影响的程度有所差异，但那种对自然和泥土的依恋，对平民质朴品格的感叹，对民众生存状况的关注和深切同情，那种与民众息息相通的情感体验情感交流，成为开明派一个基本的普遍的精神要素，成为他们文化个性和精神气质的一种底色，则是无可置疑的。这是可以从叶圣陶、夏丏尊、朱自清、丰子恺等众多开明派作家的众多作品中得到反复验证的。

1　见俞平伯：《关于"义战"一文（朱佩弦兄遗念）》。
2　1931年11月19日朱自清日记，《朱自清全集》第9卷，第74页。

第二节　平民主义的启蒙思路

启蒙主义和民粹主义这两种思潮，启迪着也制约着开明派文人从事文化活动的独特思路。

一

当开明派作家经受了"五四"新文化运动的洗礼，并开始以自己的歌喉为这场思想解放运动呐喊鼓噪的时候，他们的立场是坚定的，那就是以他们所服膺的科学民主的价值观念去冲破封建桎梏，唤醒尚未觉醒的人们；他们的作风也是鲜明的，那就是秉持启蒙主义所倡导的平等自由的精神，鼓励"个人的兴味和自由意志"[1]，强调精神独立、思想自由。同样，他们的志向也相当宏大高远。1925 年在《一般》创刊的时候，他们给这本同人刊物定下这样的宗旨：

> 我们也有我们的主张，不过想比人家定得能宽大一些。……我们也并不想限定取那一条路，对于各种主义都用平心比较研究，给一般人作指导，救济思想界混沌的现状。……我们想和人家方法不同一些。要想从一般人的实生活为出发点，介绍学术，努力于学术的生活化。[2]

为此，他们提出了一个特殊的口号，叫作"要使一般的特殊化，同时也要使特殊的一般化"。对这个口号，他们有这样的解释：

1　互生、仲九:《立达—立达学会—立达季刊—立达中学—立达学园》。
2　《〈一般〉的诞生》。

世上如果有天国可以建设,我想那唯一的工程师便是学问,而这工程师所采用的唯一的方法,便是使一般特殊化而已。把一般都找出个道理来,都弄成功一种学问。这就是一般的特殊化。

现代的学问,现代的文化,是千万年来无量数的人们在地上所建设的伊甸园,所创立的象牙塔,万万不应该只有少数人独占独享,须得开放起来给大多数人共往共享。这样才见得它是个地上的天国。这个开放的手续便是使特殊的一般化。

一般的特殊化,是生活或文化本身的提高,特殊的一般化,是使大多数人生活或文化的提高。这是一般的人们所应该努力的目标,当然也是我们《一般》同人此后想要努力的目标,打算猛进的大路。[1]

一方面要全面展现他们在思想、文化、学术和文学等各方面的见解和追求,以救济思想界的混沌,即所谓"一般的特殊化";另一方面又将现代文化"开发起来给大多数人共往共享","以供给青年的一些补充的知识为宗旨",[2] 立志于提高普通人的生活和文化,即所谓"特殊的一般化"。前者偏于提高,旨在充当思想界的尖兵;后者偏于普及,专注于扮演社会的园丁。《一般》创刊伊始的时候,开明人确实雄心勃勃,想要把刊物办成类似于《东方杂志》那样大型的有影响的综合性文化刊物,[3] 但他们却没有意识到,他们为自己设立了一个很难同时实现的目标。

"一般的特殊化"和"特殊的一般化"这两个有点绕口的口号实际反映了两类启蒙工作,或者说两种启蒙思路。这两类启蒙工作的根本方向是完全一致的,是一个完整的启蒙运动缺一不可的两翼,但它们的具体目标

---

1 叔琴:《一般与特殊》,《一般》诞生号,1926 年 9 月。
2 刘薰宇在《重编本刊》一文中用这样的语言明确表明了《一般》的编辑宗旨,见《立达半月刊》第 13 期,1926 年 4 月 30 日。
3 叶至善语,见笔者《叶至善先生访问记》(未刊稿)。

各有侧重，立足点不同，切入角度也有差异。前者是面对思想界说话，所以它要求始终占领思想界的制高点，准确把握社会运行腠理，在各种主义、思潮、学说的纷扰中，通过辩驳论难破除迷雾披沙拣金，点明社会病症，指出民族出路，带有鲜明的思想针对性、社会批判性和政治指向性，所扮演的是精英思想家的角色。譬如鲁迅，他始终站在思想战线的最前沿，以"社会批评"和"文明批评"为武器，展开对社会人生、文化传统、民族命运的深入思考，他对封建主义本质鞭辟入里的批判，对国民性及其改造问题的深刻剖析，对"重在立人"思想的深刻阐发，都焕发着迷人的思想魅力，代表着思想界所能达到的最高水平。他的那种穿透历史迷雾的深邃目光，那种肩起黑暗闸门的巨大勇气，那种深刻峻急的精神气质，那种忧愤深广的内心世界，那种甘为民族献身的人格力量，也都代表了一个思想巨人的光辉形象。后者则是面对平民说话，可以相对摆脱思想界的纷扰而专注于具体目标的实现，通过具体的文化实践，把思想界的精神成果以一种通俗浅显的方式传达给大众，普及给社会，更多的是扮演平民启蒙家的角色，譬如梁漱溟、陶行知、黄炎培、晏阳初这样的乡村建设派平民教育家。

可以说，在"一般的特殊化"和"特殊的一般化"之间，也即在"救济思想界混沌"和"供给青年一些补充的知识"之间有着遥远的距离，二者很难兼顾。

就开明派而言，温和平易的文化气质，使他们对于各种主义流派保持着一视同仁的宽容理性且兼收并蓄，正如他们自己所说的"并不想限定取那一条路，对于各种主义都用平心比较研究"。而更重要的是，他们源于本土的平民气息和与平民"一枝一叶总关情"的情感倾向，使他们特别关注普通中国人的命运，习惯于从平民的角度去观察、思考问题。尽管他们从未以平民代言人自居，但他们确实以平民的身份去参与新文化的建设。这种平民气质和平民意识影响了他们对于《一般》最初宗旨的全面实现。观察《一般》从创刊到终刊的编辑方针，可以清晰地看出他们在"精英"式启蒙和"平民"式启蒙之间的游移。最终，他们离"救济思想界混沌"的前一个目标越来越远，而与对青年进行人格、思想和知识启蒙教育的后一个目标越来越近。章克标曾经说："实际《一般》月刊上有不少文章，原来就是面向青年的，撰稿人不少是学校教师，写的也是适合于学生看的文章。"[1] 到《中学生》时期，他们为青年服务的目标就更加明确。

　　经过探索，他们终于在这里确立了他们参与中国新文化建设的思路和角度，那就是：以受过初中等教育的青年为对象，以先进的思想文化、科学知识传播为主要内容，在平等的朋友式的交流启发中，努力培养现代青年正确的人生方式和健全的精神人格。叶圣陶在总结开明书店二十年发展历程的时候说得很清楚："我们把我们的读者群规定为中等教育程度的青年，出版一些书刊，绝大部分是存心奉献给他们的。这与我们的学识修养和教育见解都有关系。"[2] 自确立了这样平民主义启蒙立场和思路之后，他们再也没有动摇过。

　　这种思路的确立，对中国新文化建设具有特殊的意义和价值。轰轰烈烈的"五四"新文化运动极大地打击了封建专制主义和蒙昧主义，传播了现代民主科学的观念，为中国文化的现代化转型奠定了基础。但这个运动就全国知识界的普遍状况而言，其直接影响对象是受过教育的青年，而这部分青年在全社会中所占的比例却很小，郑振铎在"五四"新文化运动高潮时期就注意到："现在新思想的出版物，一天比一天多，……但是细察他们的内容，都是编给知识阶级里的人看的，至于大多数的平民间——工商界及农民——的新思潮输入问题，他们却完全不曾顾虑及此。……因此现在知识阶级里的人，虽然稍有几位觉悟的，而普通一级的平民，则绝

1　章克标：《开明书店的书和人》，陈福康、蒋青山编：《章克标文集》（下），上海社会科学院出版社 2003 年版，第 537 页。
2　叶圣陶：《开明书店二十周年》，《叶圣陶集》第 6 卷，第 226 页。

没有受到这种纸上的文化运动的益处。"[1] 20 年代初叶圣陶也指出:"新文学运动止限于一部分杂志和报纸。以中国人民之众,而和那些杂志报纸接触的人止是个很小的数目,此外能读书报而不愿和那些接触的一定远过于接触的。"[2] 底层社会普通民众仍然维持着旧有的生活方式和思想意识,仍然匍匐在封建宗法观念的枷锁下。鲁迅的《风波》曾通过描写辛亥革命在农村所引起的可笑纷扰,揭露出重大社会变革在底层民众中的严重滞后现象,从而提出了唤醒民众的重要思想命题。郑振铎、叶圣陶、朱自清、俞平伯等人进行民众文学讨论的前提,也是鉴于社会底层民众"仍旧未脱旧思想的支配;……他们的脑筋中还充满着水浒,彭公案及征东征西等通俗小说的影响"[3]。因此,将现代科学民主的观念从少数受过完整教育的社会精英向社会底层普通民众扩展普及,使之成为绝大多数社会成员共同的思想观念,不仅成为中国社会能否真正进步的先决条件,更是一个重要的亟待实现的时代任务,"五四"平民教育运动的兴起和"到民间去"口号的提出,正是基于这样的意识。开明派将启蒙对象确定为全国几十万受过初中等教育的青年,着重培养他们正确的人生方式、健全的精神人格和现代科学知识,固然有着他们长期从事中等教育工作而了解青年的背景,但也同样基于把新文化火种向全社会尤其是社会下层传播、为民族文化的现代化转型奠定坚实的社会基础的思考。青年是民族的未来,他们的前途命运关系到民族的前途命运,关系到新文化运动的成果能否得到继承发扬,因而自然成为新旧文化努力争夺的一个重要阵地。20—30 年代中小学教育中不断死灰复燃的"读经"问题,正反映了新旧文化的尖锐冲突。对这种新旧文化的激烈斗争,开明派是看得非常清楚的,这正如朱光潜所说:

1　郑振铎:《我们今后的社会改造运动》。

2　叶圣陶:《文艺谈》,叶至善、叶至美、叶至诚编:《叶圣陶集》第 9 卷,江苏教育出版社 1990 年版,第 74 页。

3　西谛:《民众文学的讨论·编者按》,《文学旬刊》第 26 期,《时事新报》1922 年 1 月 21 日。

"我们的目的是争取青年中学生，因为他们是社会中坚。所以开明书店从开办之日起就以青年为主要对象。"[1]

二

与在启蒙对象上向社会下层扩展的思路相一致，在启蒙方式的选择上，开明派自觉地摒弃了传统教育包括当时大多数学校教育所常见的陈旧模式，而以完全平等的态度去对待青年。

觉醒者与未觉醒者，启蒙者与被启蒙者，两者之间的精神思想差异是显而易见的，因此对前者而言，也特别容易带来一种精神优越感，在自觉不自觉当中以青年导师自居，显出一种居高临下的姿态，一种恩赐般的怜悯表情。以文化精英自命的自由主义知识分子身上不时流露出的贵族气息，便说明了这一点。而开明派却力戒耳提面命式的灌输，代之以启发和陶冶。对此，叶圣陶说得非常明确："我和朋友们当时编《中学生》确有这样的想法：不要教训，要劝说；不要灌输，要启发；不要以教育者自居，要像对待朋友一样对待读者，了解他们的生活情况和学习情况，知道他们需要什么，喜爱什么，跟他们一起商量一起探讨，解决一些他们面临的问题。"[2] "我们不愿意站在青年朋友的圈子外面，自认为是教训者，指导者。我们愿意跟青年朋友混在一块儿，好比兄弟或者同学，彼此商量，彼此劝勉，共同学习，共同实践。"[3] 这种朋友式的平等的切磋交流，固然有让启蒙工作事半功倍的策略考虑，有着对新的教育观念的领会，但更重要的是与他们平民主义的启蒙立场，与他们对普通民众价值的深刻理解紧密相关的。

---

1 朱光潜：《回忆上海立达学园和开明书店》。
2 叶圣陶：《祝〈中学生〉复刊》，叶至善、叶至美、叶至诚编：《叶圣陶集》第 11 卷，江苏教育出版社 1991 年版，第 235 页。
3 叶圣陶：《开明书店出版的三种期刊：〈中学生〉〈开明少年〉〈国文月刊〉》，《叶圣陶集》第 18 卷，第 314 页。

"五四"时代民粹主义思潮对知识分子形成了很大冲击，在一段时间内，甚至把知识分子与帝国主义、资本家相提并论，喊出了"打倒知识阶级"的口号。[1] 这种冲击从根本上动摇了知识分子原有的精神优越感，促使他们重新审视知识分子的作用和地位，并开始反思自己与平民的关系。而与民粹主义的精神相通和情感勾连，使开明派对这一问题的回答具有明确的指向性。

在他们看来，过去作为士农工商"四民"之首的"士"，"是一个特殊的阶级，享用着一般平民所未曾享受过的政治与经济上的特权"，他们"只有权利而无义务"，"他们不纳税，不服工役，……'四体不勤，五谷不分'，在朝为官，居乡为绅"。[2] 这是因为，知识是商品，是民众消受不起的商品；知识分子则是工具，是助统治者掠夺的工具，"掠夺阶级总是靠着文人、政客、教授、学者、专家来作爪牙，方能施其剥削"。而过去的知识分子也以他们精神上的优越和生活上的享受成为一个社会的掠夺者，一个"虽不是主要的掠夺者，却是最凶恶最阴险的掠夺者"。[3] 他们甚至用这种思路来观察分析西方社会。1928年，沈仲九在信中把他对德国社会的观察这样告诉国内的朋友：

> 西洋的文明，是政府资本家和智识阶级（就表面看）三种人所创造的，也是他们享受的。……打倒智识阶级，就欧洲论，如果站在谋多数人的幸福的立脚上，决不是毫无道理的。至于所谓学问的本身，有的只供闲暇阶级的玩弄，有的直接间接供政治家的利用以杀人，有的为资本家作致富的秘法；是否发见发明真理，是否有益

1　刘薰宇在《从"打倒知识阶级"口号中所认识的》一文中说："到去年下半年，猛听到了很大的叫喊'打倒知识阶级'，和'打倒帝国主义'，'打倒资本家'，'打倒……'，'打倒……'的声音一同发出。"见《一般》第3卷第1号，1927年9月，署名"心如"。

2　郑振铎：《〈编辑者〉发刊词》，《郑振铎全集》第3卷，第93页。

3　胡愈之：《学问易主论》，《胡愈之文集》第2卷，第352页。

于人类，也是大成问题。一大批学者，终日置身于图书馆、教室、实验室中，不复想到自己的衣食从何而来，自己的生活由谁为他支持，他们也不复有机会去观察一般平民；只要政府资本家有钱给他们，让他们安闲地生活，安闲地研究，他们就以为政府等是文化的功臣，心悦诚服而不复顾及其他了。……我确信我们最重要的责任，就是使大多数人得到幸福。如果只顾自己的幸福而不顾别人，无论怎么好的学问、艺术、工业、农业，从"人"的立脚点看来，都是只成为障碍物。人如果不能爱人助人，人还有怎样生趣，人类还成什么人类！害人的，以掠夺人为生活的学者……等，即使枪杀死了我，我敢说他们是"人"的蠹贼……[1]

这种将劳力和劳心相对立的思路，也在他们的创作中体现出来。叶圣陶 1931 年创作的童话《绝了种的人》，就描述了劳心者由于只享受不创造，而蜕变为一种头大身小、四肢无力的畸形儿，最终造成劳心者作为一个种族的灭绝。

今天看来，这种将劳心与劳力简单对立并进行价值评判的做法，带有浓重民粹主义色彩的"反智"倾向，是相当偏激的，这无疑与那个时代在"劳工神圣"旗帜下对体力劳动者的崇仰有直接关系。[2] 但这种情绪化提法的背后思路，则是对知识分子地位的质疑和对普通民众价值的肯定。

---

1 沈仲九：《德国通讯》，《教育杂志》第 21 卷第 1 号，1929 年 1 月。
2 1920 年"五一"劳动节，陈独秀在对船务、栈房工人的演讲中说："世界上是些甚么人最有用最贵重呢？必有一班糊涂人说皇帝最有用最贵重，或是说做官的读书的最有用最贵重。我以为他们说错了，我以为只有做工的人最有用最贵重。这是因为什么呢？我们吃的粮食，是那种田的人做的，……我们穿的衣服，是裁缝做的，……我们住的房屋，是木匠瓦匠小工做的，……这都不是皇帝总统做官的读书的人底功劳。"（见《劳动者底觉悟》，《新青年》第 7 卷第 6 号，1920 年 5 月。）作为新文化运动的领袖，陈独秀的思想言论经过《新青年》的传播，在当时显然具有广泛的影响。

一方面，在当今这个变革的大时代中，"士"的地位急遽下降了，"他们由一个具有特权的，一变而成为与一般民众无殊的'民众'之一部分；他们由崇高的宾师之位，跌落到成为普通的被雇佣者与自由职业者。他们由傲然自命的社会的柱石，一变而成为大社会中随波逐流的平凡分子"。他们开始明白，"笔杆与算盘、犁耙、斧尺等等是同一的谋生的工具，并不比他们更高尚或更能干"。[1]

另一方面，对于普通民众而言，过去的所谓"学问简直像天上的浮云，之聚之散都与生活漠不相关"。"农人没有学问，但他们种田，供大家吃，工人没有学问，但他们制作，供大家用。……没有学问的人却做了最有用的事情，就因为他们肯劳力。"[2]所以叶圣陶指出，"担着支持中国的重任"的不是知识分子，而是正在遭受掠夺、渐将破产的占人口百分之八十的农民。因此，知识分子不要把自己看得了不起，不要"自认为是先觉者，自认为是有力者。教训和指引，帮助和救援，都是些大言不惭的欺人之谈"[3]，更不能把"操劳力耕的工人农人，就看作下贱之徒，避之若浼"。民主时代知识公开共享，现代社会"彼此同为国家的主人，无所谓高贵与下贱，而实际生活中又必须相济相助，搅在一起"，因此叶圣陶指出，知识分子不仅应该"走出空中的国土，下降黑泥的土地，把学问向每一个角隅分送"，更应该"像一滴水，顺着江河归于大海，永不复回"般地"没入"民间。[4]刘薰宇也强调："因此，我们可以得一个结论，知识分子，若依然只想过寄生的奴才生活或帝王生活，终必至于被打倒的，今后可以存在的知识分子一定是劳动化、民众化，没有什么臭架子可以摆的！"[5]在这个意义上，周予同提出了"知识分子应该背着十字架到民

1　郑振铎：《〈编辑者〉发刊词》，第 94 页。
2　叶圣陶：《学问无用论》，《叶圣陶集》第 5 卷，第 315 页。
3　叶圣陶：《魔法》，《叶圣陶集》第 5 卷，第 164 页。
4　叶圣陶：《独善与兼善》，《叶圣陶集》第 6 卷，第 123—125 页。
5　心如：《从"打倒知识阶级"口号中所认识的》。

众中间去赎罪"[1]，胡愈之也认为知识分子何妨"替平民老百姓做工具"。这里，无论是周予同的"赎罪"论，还是胡愈之的"工具"论，在不放弃知识分子的社会责任的前提下，强调的正是这种民间价值观念和人格平等观念。

因此，启蒙的时代任务规定了他们向民众传授新知识、灌输新道德的义务，而对民众作为劳动者的道德优势的尊重，则从情感和道德上规定了开明派放低身段、在启蒙工作中坚持启发熏陶的方式。

这种平民主义的启蒙，与精英式启蒙相比，没有登高一呼、应者云集的气势，也缺乏当头棒喝般的振聋发聩，更难显立竿见影的功效。新文化建设基础性工作的角色定位和独特的启蒙对象启蒙方式的选择，决定了执着坚定、稳重扎实为其基本精神和风格，以春风化雨、润物无声的熏陶感染见长，而不以锋芒毕露、咄咄逼人的政治性战斗性著称。即使在社会矛盾尖锐、政治斗争激烈、民族危机深重的30—40年代，他们也坚持以全面提升青年在性行知能方面的基本素质为宗旨，不改这种看似迂远平淡、缓不济急的风格，不追求那种强烈的宣传鼓动性和轰动一时的效果。在笔者来看，这与其说是他们的局限，毋宁说是他们的特色，正如战场上有的冲锋陷阵、攻城拔寨，有的架桥铺路、挖掘堑壕一样，更多体现的是分工的不同，而不是方向目标的差异。

叶圣陶在谈论《中学生》的工作时说："我们以为谈基本学习，必然触着现实，如果脱离现实，就会落入玄虚。本志的文字，除少数纯自然科学的几篇而外，可说无不与现实相关。不过本志是以中学程度的青年为读者对象的，不能不顾及多数读者的接受能力，因而在材料的选择上不能不有些限制。"[2] 对他们的这种风格，《中学生》的读者给予了充分的肯定，他们说："《中学生》……对于一般青年读者，也恰如对中学生似的，它可

---

1 周予同：《学问赎罪论》，《社会与教育》第 2 卷第 1 期，1931 年 4 月。
2 本刊同人：《谈谈本志的旨趣》，《中学生》第 190 期，1947 年 8 月。

能成为每一个人底恳切而良善的教师、朋友和同志。当你不知不觉地从它那里学会了呼吸正义，诅咒黑暗的时候，才会惊骇于一种平淡的刊物竟也会在人的心中唤起一种力量来。"[1]

开明派扎实有效的工作，使新文化在青年一代人中深深扎根，其意义是不容忽视的。朱光潜说："'开明'就是'启蒙'，这个名称多少也受了法国百科全书派启蒙运动的影响。"[2] 其实何止名称受法国百科全书派的影响。法国启蒙思想界以二十年的时间编辑出版《百科全书》，并以此为契机，广泛传播自由民主的思想观念和新的科学知识，以教育民众，改造社会，而开明派和《中学生》等刊物也以二十年的时间持续不断地向青年向社会传播新的科学知识和启蒙思想，从某种意义上说，开明派所做的工作恰恰类似于法国"百科全书派"，其所具有的价值和意义也类似于法国"百科全书派"。且不说每天有多少青年写信来诉说思想苦闷，求教人生问题，仅从《中学生》刚创刊就"受多数读者们的热烈的赞誉"便可见一斑：《中学生》"第一号出版两万册不到一月就告再版；第二号一万册，也同样要求再版"[3]，《中学生》创刊不到一年，销量就达到两三万以上，[4] 这在文化教育尚不发达、百业凋敝、经济落后的 30年代初，"却不能不说是出版界的稀有的盛况"[5]。多少人自称是读着《中学生》长大的，几十年后仍有许多人深情地回忆起开明书店和《中学生》杂志对他们的精神思想启蒙。[6]

1　本刊同人：《谈谈本志的旨趣》。

2　朱光潜：《回忆上海立达学园和开明书店》。

3　《编辑后记》，《中学生》第 3 号，1930 年 3 月。

4　见章锡琛：《夏丏尊先生》，《开明》新 4 号，1948 年 3 月。

5　《编辑后记》，《中学生》第 3 号，1930 年 3 月。

6　在中国出版工作者协会为开明书店诞生六十周年纪念而出版的《我与开明》一书中，陈原、戴文葆、胡绳、黄裳、孙源、吴岩、向锦江、子冈等人都撰文追忆开明书店和《中学生》对他们的启蒙，称"开明书店教育了整整一代青年"。

第三节 转换之际的目标坚守

20世纪20年代上半叶，其中尽管有着《新青年》的分化所带来的新文化统一战线的解体，有着"整理国故"的不和谐杂音，有着"读经运动"等旧传统对新文化的反扑，有着觉醒了的青年感受到社会的多重压迫而产生的对前途的迷茫彷徨，思想启蒙作为新文化的主要任务，个性解放作为新文化运动的主题，仍然是无可置疑的事实。只是，从20年代中叶起，随着工农运动的兴起，启蒙的声音开始衰落，革命的声浪逐步高昂，社会革命的任务、阶级解放的主题迅速崛起并替代前者，思想启蒙的任务被搁置，个性解放的主题被淡化，也是被历史发展所证实了的事实。[1]

一

开明派在确立他们的文化立场和文化思路不久，便遇到这样一个时代任务转换、时代风气演变的巨大变化。这种变化使得他们面临着一个重大抉择：或是坚持启蒙立场，但这就意味着他们的工作离开时代主题；或是跟随阶级话语，但这就意味着否定自己的文化立场，告别自己熟悉并热爱的文化启蒙工作。

作家的心灵是敏感的，就"五四"以来一直与新文化、新文学同步前进的夏丏尊、叶圣陶、朱自清等人而言，对时代风气的变化有着常人所不及的敏锐。1928年，革命文学的论争热热闹闹，激进的作家正在运用阶级的观点争夺新文学的领导权，朱自清、夏丏尊、叶圣陶等人对此未置一词，却也试图用"阶级"的概念来分析描写社会现象，反思自己所走过的道路，并探索知识分子的命运和前途，分别写下了《那里走》《知识阶

---

[1] 关于此问题，可参见许志英、邹恬主编：《中国现代文学主潮》（上）第十章，福建教育出版社2001年版。

级的运命》和《倪焕之》等。

1928 年 3 月，朱自清在《一般》上发表了两万多字的长文《那里走》。在文中，朱自清用"阶级"的概念来分析"五四"后的十年来中国社会思想文化的演变。他明确地将"五四"时代和眼下正开始的新时代概括为"解放"的时代和"Class Struggle"的时代，两个时代有着完全不同的时代精神。"在解放的时期，我们所发见的是个人价值。我们诅咒家庭，诅咒社会，要将个人抬在一切的上面，作宇宙的中心。我们说，个人是一切评价的标准；认清了这标准，我们要重新评定一切非常独特价值。"而在"革命的时期，一切的价值都归于实际的行动；军士们的枪，宣传部的笔和舌，做了两个急先锋。……党的律是铁律，除遵守与服从外，不能说半个'不'字，个人——自我——是渺小的；在党的范围内发展，是认可的，在党的范围外，便是所谓'浪漫'了。这足以妨碍工作，为党所不能容忍。几年前，'浪漫'是一个好名字，现在它的意义却只剩了讽刺与诅咒"。在这个阶级斗争的新时代，属于小资产阶级的知识分子只能"是在向着灭亡走"。

对于整个知识阶级的命运来说，结论是悲观的，对朱自清的个人命运来说，结论同样是悲观的。朱自清以他一贯的真诚和勇气对自己做了严肃的解剖："我解剖我自己，看清我是一个不配革命的人！这小半由于我的性格，大半由于我的素养；……我在 Petty Bourgeoisie 里活了三十年，我的情调，嗜好，思想，论理，与行为的方式，在在都是 Petty Bourgeoisie 的；我彻头彻尾，沦肌浃髓是 Petty Bourgeoisie 的。离开了 Petty Bourgeoisie，我没有血与肉。"鉴于此，朱自清认为自己"仍然不免随着全阶级的灭亡而灭亡"。[1]

无论是朱自清的话触动了夏丏尊，还是夏丏尊本来也抱有同样的判

1　自清:《那里走》,《一般》第 4 卷第 3 号，1928 年 3 月。

断，显然，在这个问题上他们看法一致。两个月后，夏丏尊在《一般》上又发表了《知识阶级的运命》，成为对朱自清文章的呼应。面对"近来阶级意识猛然抬头"的现象，夏丏尊运用"阶级"的概念来分析夹在"勃尔乔"与"普洛列太里亚"之间的知识阶级[1]的命运。他指出，就知识阶级的阶级地位而言，由于"实业的不发达，政治的不安定"，知识分子无论是找不着饭碗的还是现在有着位置的，其状况都很惨淡。就知识阶级的阶级意识而言，知识阶级"一方面因自己尚未入无产阶级，对于体力劳动者有着优越感，一方面又以自己的知识教养与资本家挑战"；同时，他们"一方恐失足为体力劳动者，一方又妄思借了什么机会一跃而为资本家"。经过这样的分析，夏丏尊对知识阶级的命运得出这样一个悲观的结论："他们决不能与任何阶级反抗，只好献媚于别阶级，把秋波向左送或向右送，以苟延其残喘而已。他们要待其子或孙堕入体力劳动者时才脱离这境界，但到那时，他们的阶级也已早不存在了。"[2]

这种阶级分析的模式无疑受到当时文坛激进作家和新文化界流行话语的影响，其简单幼稚是显而易见的，其结论的偏颇也是毫无疑义的。但问题不在这里，问题在于：当夏丏尊、朱自清等人在试图跟上时代风气、用阶级的立场来替代人的立场、用革命话语来替代启蒙话语的时候，发现结论无论对于知识分子阶层还是对于个人都是令人沮丧的、悲剧性的。如果仅仅为了跟上潮流，这不仅意味着要与他们的素养相背离，与他们真诚的为人为文准则相背离，而且意味着要与这十年来为之奋斗的并认为非常重要的一切说再见。

比起夏丏尊、朱自清的条分缕析、结论明确，叶圣陶则用生动可感

---

1 夏丏尊将"知识阶级"的概念定义为"曾受相当教育，较一般俗人有学识趣味与一艺之长的人们"，如"学校教员、牧师、画家、医师、新闻记者、公署职员、文士、工场技师"等。
2 夏丏尊：《知识阶级的运命》，《一般》第 5 卷第 1 号，1928 年 5 月。

的人物形象来体现他对"五四"以来时代风气演变的看法。这比论述性文字要丰富得多,但也相应地不确定得多。人们普遍认为,在长篇小说《倪焕之》中,作者通过描写倪焕之在时代大潮的激荡下"从乡镇到都市,从埋头教育到群众运动,从自由主义到集团主义"[1]的生活和思想的转变,表达了"'五四'前后到最近革命十余年间中流社会知识阶级思想行动变迁的径路"[2],也表达了他对教育改造幻想的破灭和对社会革命的认同。就这个角度而言,叶圣陶的小说对由人的文学到革命文学的发展起了重要的推动作用。

单就这部小说本身,这样的结论大致是正确的,只是,如果联系叶圣陶此时的思想状况、文化观念和此后长时间的文化活动,如果注意到政治观念和文化观念的不完全一致性,问题似乎不那么简单。

可以说,叶圣陶对社会革命、阶级斗争时代的到来持肯定的欢迎的态度,因为尽管倪焕之最后的幻灭反映了一个小资产阶级知识分子革命的软弱性,作者仍通过金佩璋的觉醒传达了对"将来"的希望。但同时,小说也表现出了叶圣陶对革命的不了解。这不仅表现在对职业革命家王乐山的描写相当浮泛;也表现在如茅盾所指出的,小说的前半部分"写得精密",而后半部分当倪焕之离开了教育改造投身社会革命以后,这个人物就立刻脱离了鲜活的生命而变成了"平面的纸片一样的人物"了;还表现在即使在革命高潮中倪焕之内心也摆脱不了对革命的某种失望,他对王乐山说:"我觉得现实的境界与想望中的境界不一样,而且差得远。"他更在弥留之际说:"成功,是不配我们受领的奖品;将来自有与我们全然两样的人,让他们去受领吧!"这里,笔者无意在叶圣陶和倪焕之之间画等号,但对于作为一个并不擅长虚构而非常尊重甚至依赖自己的生活体验和内心感受的叶圣陶,我们也很难想象倪焕之对革命的理解与作者对革命的了解

---

1 茅盾:《读〈倪焕之〉》,《叶圣陶集》第 3 卷,第 278 页。
2 夏丏尊:《关于〈倪焕之〉》,第 282 页。

丝毫不搭界。

人们通常认为，倪焕之从乡村到都市、从改良教育到社会革命的转变表明他否定了改良教育的空想。粗看起来确实如此，但实际上要做具体分析。倪焕之否定的是他最初的"为教育而教育"的思路，却并未从整体上否定教育的思路。倪焕之在投身革命之后对教育有了新的认识："为教育而教育，只是毫无意义的玄语；目前的教育应该从革命出发。教育者如果不知革命，一切努力全是徒劳；而革命者不顾教育，也将空洞地少所凭借。"在革命高潮之中，倪焕之仍念念不忘他的乡村师范计划，记挂着他的已停了课的学生，这表明了他并未否定教育的思路也即启蒙的思路，他只是试图从更广大的范围思考教育问题，或将革命和教育结合起来。联系到叶圣陶当时及以后多年仍然坚持教育改造的实践和追求、坚持对青年进行思想精神启蒙的事实，我们有理由认为，倪焕之对教育的理解、对启蒙的坚守多少体现着叶圣陶的想法。

这就意味着，在政治观念上，叶圣陶对于社会革命处于一种理性层面肯定欢迎但经验感受层面缺乏深刻了解的状态；在文化观念上，叶圣陶并没有因对社会革命的欢迎而以革命话语替代启蒙话语、以阶级立场替代启蒙立场的企图。

由此看来，作为开明派中坚的夏丏尊、朱自清、叶圣陶等人对社会革命无论是持悲观的态度还是欢迎的态度，他们对革命实际上是陌生的，他们运用阶级概念、革命话语的尝试是不成功的，他们所擅长的领域不在社会革命、阶级斗争方面，无法像激进作家那样迅速地跟上社会风气的演变和时代主题的转换。

在开明派中，较早接受阶级观念并娴熟运用阶级方法分析社会问题的大约只有胡愈之等极少数人，尤其是胡愈之秘密加入中国共产党以后，他更自觉地用自己的言行影响开明派。但这种影响更多地体现为从大方向上把开明派纳入共产党的新民主主义文化革命斗争之中，而不是体现在具体的文化观念上。就开明派的总体倾向而言，在相当长的时期内，他们不擅长阶级概念、革命话语，也不愿意把自己纳入社会革命、阶级斗争的轨道，而宁愿与之保持一定的距离。

二

排除了开明派如太阳社那样紧跟时代潮流、操持革命话语的可能性，问题就比较单纯了。

从"五四"到 20 世纪 20 年代上半叶，夏丏尊、叶圣陶、朱自清、丰子恺、郑振铎、胡愈之、匡互生、周予同、刘薰宇等人所有的文化活动和文学创作都应和着人的觉醒、个性解放的时代主题。他们赞美青春生命，歌唱民主自由，宣传"爱的教育"[1]，鼓吹"你要光明，/ 你自己去造！"[2]他们"以一双透彻观世的眼睛""冷静地谛视人生，客观的地，写实的地，描写着灰色的卑琐的人生"[4]，揭露封建制度和封建观念对人的戕害；他们不遗余力地捍卫新文化，随时反击"穿戴着古衣冠，冒充着神灵，到民间去作祟"的封建"僵尸"。[5]即使在大革命风起云涌的 1926 年，他们仍然反复强调"中国人要不被挤出世界以外绝不是国不国的问题，而是'人'不'人'的问题。……救人总比救国要紧"[6]。甚至在抗战烽火即将燃起的 1937 年，他们也并不认为"人"的问题是一个过时的问题。胡愈之特地撰文向青年介绍启蒙主义的精神：

法国大革命时代的《人权独立宣言》，第一节就说着："人，依照

1　夏丏尊翻译《爱的教育》，并在《〈爱的教育〉译者序言》中大力提倡"爱的教育"。
2　朱自清：《光明》，朱乔森编：《朱自清全集》第 5 卷，江苏教育出版社 1990 年版，第 6 页。
3　叶圣陶：《过去随谈》，《叶圣陶集》第 5 卷，第 303 页。
4　茅盾：《现代小说导论（一）》，第 109 页。
5　周予同：《僵尸的出祟——异哉所谓学校读经问题》，《一般》10 月号，1926 年 10 月。
6　薰宇：《学园读书录》，《立达半月刊》第 15 期，1926 年 5 月 31 日。

法律，是生下来而始终是自由平等的。"这是人的发见的第一次的完
全的记录。在从前，没有人会想到人生下来是自由的，平等的，不
受任何人的支配，也没有任何阶级、地位、等级的差别。现在才明
白，每一个人，不问是男的、女的、高的、矮的、美的、丑的，都
是独立的。这一种独立的感觉，可以称为 ligne d'homme，在中国文
字里，不妨就译作"人格"。奴隶没有人格。把身体或灵魂出卖给别
人的，没有人格。受别人的绝对支配而不自觉的，也等于没有人格。
……

独立自由平等的人，是独立自由平等的国家的基础。假如我们
没有"人"的自觉，我们也决不会有国家民族的意识。在大多数人
过着非人的生活的时候，也断不能得到国家的独立与民族的自由。[1]

从紧跟时代潮流的角度，他们似乎显得有点反应迟钝甚至不合时宜，
但从坚守"五四"启蒙精神、坚持批判封建势力传统观念的角度，他们又
显出了对中国社会本质的某种深刻认识，显出了对"五四"时代思想启蒙
任务的独特理解。

"五四"新文化运动提出的"立人"也即真正意义上的人的实现、人
的解放问题，是一个意义重大而又内涵丰富的问题。个性解放只是人的彻
底解放的起点，而不是终点。人的觉醒解决了"人"与"非人"的问题，
但人在觉醒之后向何处去，该如何进一步提升自己、完善自己、实现自
己，这中间有着巨大的探索空间，而这个空间就决定了"五四"思想启蒙
任务的长期性和艰巨性。当许多从封建桎梏非人状态下解放出来的青年热
情地欢呼他们争得了人的权利、人的尊严，以为从此再没有什么东西能够
阻挡他们的时候，鲁迅敏锐地提出了"娜拉走后怎样"的重要命题，以娜

1　胡愈之：《人的发见》，《中学生》第 73 号，1937 年 3 月。

拉走后不是堕落就是回家这样一个触目惊心的结论，提醒青年决不能仅仅满足于人的觉醒和个性的解放。近两年后，在《伤逝》中鲁迅更以鲜明的文学形象告诫人们，在冷酷的社会现实中，仅仅高呼"我是我自己的"的口号是多么的苍白无力，生存的物质基础就成为女性解放道路上的第一个拦路虎。人在解放自己的历程中，必然会受到来自家庭的、经济的、社会环境的种种挤兑压迫，单纯局限在伦理道德意义上的个性解放如不与社会环境的改造联系起来，必然只会成为虚空无力的叫喊。在《彷徨》中，鲁迅通过子君的、爱姑的、吕纬甫的、魏连殳的一个个悲剧，揭露了令人窒息的社会环境、封建势力对人的扼杀，从而警醒着世人，也引导着个性解放运动向深处开拓。

人在觉醒之后还要继续向前走，其发展变化并不因为觉醒而停止，动荡的年代更加剧了人的分化，大革命前后大批有为的青年倒在黑暗的枪口下，而屠杀者、告密者和帮凶帮闲者却也常常是青年。鲁迅就曾震惊于"杀戮青年的，似乎倒大概是青年"[1]的现象，愤激地说："我在广东，就目睹了同是青年，而分成两大阵营，或则投书告密，或则助官捕人的事实！"[2]鲁迅的进化论思路因此而被轰毁，由此建立起了唯物主义的世界观和方法论。

开明派对人的问题的思考达不到鲁迅那样的深度，但从人与社会关系互动的角度来探讨人的成长问题，其思路与鲁迅是一致的。他们认为："将个人和社会分开根本是不可能的"，"个人底生存离不了社会"，"绝对不能和其他一切的人都绝缘；人类的生活一天一天地进化，各个人间相互的关系越密切；因此各个人虽然都有一个不相并容不相连系的身体，却没有一个'六亲无靠'的生活"。[3]因此，他们不欣赏那种将自由恋爱看得高

1　鲁迅：《答有恒先生》，《鲁迅全集》第 3 卷，第 453 页。
2　鲁迅：《三闲集·序言》，《鲁迅全集》第 4 卷，第 5 页。
3　萧宇：《非"国家主义的教育"》，《立达季刊》第 1 期，1925 年 6 月。

于一切的做派，夏丏尊的小说《流弹》就描写了脱离现实的恋爱给自己和他人所带来的精神纷扰，嘲讽了那种陷在盲目恋爱中的青年；他们也清醒地看到"炮火紧逼着我们底四周，人类间有大多数人的人格，失了保障，互相扶植变了互相残杀"[1]的社会现状；他们更注意到这样一种严峻的事实："眼看见一批一批的青少年们以革命志士的姿态踏上抗争的路，而终于以腐败的官僚、政客、士劣的身价送进坟墓里去。甚至于借着一切可利用的幌子，在任何机关里，进行其攫夺的私计。"[2]在他们看来，这种现象就是因为"这半个世纪里，戊戌政变，辛亥革命，五四运动，五卅以后的民族解放运动虽然都或多或少地负起了'反帝''反封建'的历史的任务，然而何尝达到我们所企望的境地？"[3]要达到他们所企望的境地，唯有坚持"五四"新文化的启蒙立场，向全社会尤其是青年传播人的精神，以现代科学民主的价值观念武装青年的头脑，塑造青年的心灵，从而达到青年一代全面成长的目的。用他们的话说，就是"我们以为只有以人底自觉即人底理想来'应付现状'，才能使现状破灭而入于正规。所以我们首先要把自己的理想即立达的理想努力实现出来"[4]。人的全面发展是社会发展的逻辑起点、价值尺度，也是其最终的价值目标所在，他们之所以终其一生坚守启蒙阵地，其内在的逻辑思路正在于此。

开明派将"立人"的问题作为社会发展最基础最根本的问题，并为之奋斗不已，这种进步却并不激进的主张，在社会矛盾尖锐、阶级斗争激烈、民族危机深重的年代，显然不处于社会的兴奋中心，无法替代社会革命，也很难成为解决社会问题的主导力量。但他们所抓住的人的问题，在由封建社会向现代社会、由非人的时代向人的时代演化的历史转换时

---

1 《复刊词》，《立达半月刊》复刊号，1932 年 12 月。
2 周予同：《我们的时代》，《中学生》第 75 号，1937 年 5 月。
3 同上。
4 《复刊词》，《立达半月刊》复刊号，1932 年 12 月。

期，毕竟是一项重要的社会基础性的文化建设工程，其作用却也是社会革命、政治斗争所无法替代的，甚至也不是革命理想教育所能替代的，"正如'五四'单纯的个性解放不可能实现真正的彻底的人的解放，单纯的政治经济的解放也不可能达到同样的最终目的"[1]。

　　长期以来，人们忙于社会革命阶级斗争，忙于改朝换代巩固政权，忽视甚至漠视藐视这种人的问题，斥之为资产阶级人道主义，最终却导致了"史无前例"的年代在主义信仰的名义下所发生的带有强烈封建色彩的对人的凌辱和对文化的摧残。在付出了惨痛的代价之后，人们终于意识到封建势力和封建观念给社会带来的危害，痛感人的观念的匮乏、知识分子的人格缺陷和社会道德水准的滑坡所造成的严重后果，从而发出了召唤"五四"精神、进行启蒙补课的呼喊。也许在这时，开明派所从事的启蒙工作的价值才能被真正认识到。

1　许志英、邹恬主编：《中国现代文学主潮》（上），第 211 页。

第三章 "五四"精神的守门人

——开明派的文化文学观念

从洋务运动、戊戌维新到辛亥革命，中国近代以来对民族振兴的探索总伴随着一次次失败，但在一次次失败中人们的探索也在一步步深化，并逐步由器物、制度转向人的问题，从严复"鼓民力""开民智""新民德"的到民众中去寻求力量，到梁启超的认定"新民"为"今日中国第一急务"[1]，再到鲁迅围绕"国民性"改造——"立人"的核心构筑他的新文化思想体系，中国先进思想界在对人的认识上呈现出步步深入的发展轨迹。在由传统向现代演变的社会转型时期，人的自觉意识的苏醒，人的价值观念、价值尺度的转换，是民族振兴、民族文化改造和重建真正得以实现的前提，这一点到 20 世纪 10 年代中叶以后成为思想界先驱者们的共识。因此，当"五四"新文化运动轰然登场的时候，人的觉醒和个性解放便成为那个时代最耀眼的标识、最响亮的声音。

开明派也在"五四"新文化运动中逐步形成了他们的以人的全面发展为旨归的启蒙主义文化观念。围绕这个核心，他们从各个方面展开他们

1　梁启超：《新民说》，李华兴、吴嘉勋编：《梁启超选集》，上海人民出版社 1984 年版，第 207 页。

的主张，这里就他们在教育文化、语言文化、政治文化和文学观等方面的理论进行具体分析。

第一节　开明派的教育观

人格问题，是开明派关于人的全面发展的文化观念的核心问题，培养青年独立健全的人格意识和人格精神，也是开明派进行教育改造的根本旨归，是贯穿开明派教育文化思想的一条基本线索。

人格问题，说白了就是如何做人的问题。尽管这个概念不是"五四"时期才提出的，但在"五四"新文化运动中，人格问题与人的解放和社会改造的时代任务紧密相连，既是个性主义的一种价值目标，更是社会改造的一项基础性工程，体现了中国从封建社会向现代社会转型时期对"立人"的强烈呼唤，以及对社会改造基础力量的期待。因此，通过人格教育来传达一种现代人的观念，来追求一种现代意义上的人的真正实现，并通过人的实现来体现并推动社会的进步，具有特殊的历史意义。

一

开明派对人格问题的关注，始于"五四"时期。1919 年秋，美国哲学家杜威作为北大客座教授在北京大学做"社会哲学与政治哲学""教育哲学""思想之派别"等长期讲演，在当时反应强烈。[1] 他的演讲录有多种中文版本，仅《杜威五种长期演讲录》，于杜威在华期间即已印行 10 次。杜威的平民主义教育思想，发展个性的知能、养成协作的习惯的主张，

---

[1] 中国教育界的不少重要人物，如胡适、陶行知、蒋梦麟、郭秉文、陈鹤琴等都是杜威的学生，他们的学术思想和教育实践，都受到杜威的深刻影响，有的甚至以杜威的思想为指导。所以胡适在《杜威先生与中国》一文中说："自从中国与西洋文化接触以来，没有一个外国学者在中国思想界的影响有杜威这样大。"

"教育即生活，学校即社会"的口号等，对中国教育界产生了极大影响，在数年内成为中国教育思想和教育实践的指导理论，人格问题也成为当时新文化教育界的一个重要主题。蔡元培、蒋梦麟、陶行知、晏阳初等众多教育界文化界人士都在从不同侧面进行探讨。蒋梦麟说："我与几位朋友在国立北京大学和江苏教育会赞助下开始发行《新教育》月刊，由我任主编。杂志创办后六个月就销到一万份。它的主要目标是'养成健全之个人，创造进化的社会'。"[1]除《新教育》杂志，杨贤江主持的《学生杂志》，李石岑、周予同主持的《教育杂志》等等，都在为推进教育改造运动、催促新教育的诞生探索道路，摇旗呐喊。

这种时代氛围，是开明派成员关注人格问题的一个重要背景，但人格教育之所以成为开明派在青年教育方面始终关注的一个焦点，有着他们对这一问题的全面观察和深入思考。

在除旧布新的 20 世纪 20 年代，新芽与枯枝、方生与未死杂陈交错，整个教育体系在教育目的、教育制度和教育方法等方面呈现出非常复杂乃至混乱的状况。一方面，新的教育思想已经破土并开始显示出强大的生命力；另一方面，尽管在科举废除后封建教育已经不再具有体制的合法性，但巨大的惯性使得陈腐的教育理念仍然盘根错节，功利的、实用的乃至非人的教育仍然大行其道。虽说"诗云子曰"已经变成了"声光化电"，但在理念和结构上传统教育体系并未被根本性地颠覆，知识传授仍然被当作教育的最主要甚至唯一的职能，读书仍然是求取功名利禄的门径。

开明派同人指出，"传统的教育以圣经贤传为教。且不问圣经贤传是否适于为教，而用圣经贤传作幌子，实际上却把受教育者赶上利禄之途"[2]。"现在的学校虽然名为新式教育，实质上与前清的教育初无二致，在

<hr/>

[1] 蒋梦麟:《西潮·新潮》，岳麓书社 2000 年版，第 114 页。
[2] 叶圣陶:《如果教育工作者发表〈精神独立宣言〉》，《叶圣陶集》第 6 卷，第 265 页。

精神上是始终一贯的"[1]，因为"士的观念仍盘根错节"[2]，"科举的精神依然支配着教育行政者和家长，甚至一般学生"[3]。学校传授的不是如何做人，做一个现代社会的健全独立的人，而是高人一等、读书至上等陈腐的封建价值观念，而学生也把学校当作求资格、谋出身的阶梯，把文凭当作获取利禄财货的敲门砖，结果学校常常成为"封建思想的养成所"[4]，成为"官僚训练所或官僚选拔处"[5]。这种看法，一针见血地击中了学校教育存在的问题要害。

而学校机构的设置，"无异于一个国家，所赖以维持的，是权威，是法令"[6]。学生只能匍匐在学校的束缚压迫之下，被动地接受学校提供的一切。同时，教育者素质的低下和教育方式的陈旧亦成为难以去除的两大痼疾。教育者一方面将教育"看作权势和金钱的阶梯"[7]，全无丝毫的人格典范作用在内；另一方面，把学生看作一只空瓶子，只管往里面填塞东西，不懂得启发扶持，更拒绝考虑学生的个性才能。学校只提供一种格式化或标准化的生产模式，任何逸出这一模式的行为都受到无情的束缚和删削。丰子恺曾经画过两幅漫画《教育手段》和《毕业生产出》，透彻地揭示了这种教育的弊端。他把教育比喻为园丁侍弄盆景，学生如盆景般在剪刀的删削和绳索的束缚下扭曲地生长；毕业生也如工匠用一个模具批量生产出的小泥人那样千人一面，毫无个性，毫无光彩。丰子恺后来重新创作了《毕业生产出》并改题为《教育》（参见图2），叶圣陶非常喜欢此画，认为它传神地表达了传统教育漠视人的个性的本质。因此，这种教育模式下

1　叶圣陶：《有志青年何必一定要高攀学府的门墙》，《叶圣陶集》第6卷，第228页。
2　夏丏尊：《"你须知道自己"》，《夏丏尊文集·平屋之辑》，第276页。
3　《编辑后记》，《中学生》第16号，1931年6月。
4　夏丏尊：《悼一个自杀的中学生》，《夏丏尊文集·平屋之辑》，第287页。
5　周予同：《对于"读经"问题的意见》，朱维铮编：《周予同经学史论著选集》（增订本），上海人民出版社1996年版，第619页。
6　沈仲九：《关于中等教育之一种小小的试验》，《教育杂志》第17卷第6号，1925年6月。
7　朱自清：《教育的信仰》，第140页。

培养出来的学生，在人格上是残缺的，在个性上是扭曲，与现代社会人的全面发展的要求相去甚远，也根本无法承担改造社会的责任。

总而言之，开明派文人认为，在青年教育中，知识的传授固然重要，但它仅是一个方面，而且不是最核心最关键的方面。夏丏尊指出："我们所行的是人的教育，当然应当用人来做背景。……现在普通教育中所列的科目，都是养成人的材料，不是教育之目的物，也不是学问。地理是从面的方面解释人生的，

图2　丰子恺：《教育》
（原题《毕业生产出》）

数学是锻炼人的头脑的，理科是说明人的周围及人与自然界关系的，语言文字是了解人与人的思想的，体操是锻炼人的身体意志的，其他像手工农业等，虽似乎有点带着职业的色彩，但是在普通教育中，仍是注重陶冶品性的一面。……我们中国办学已经二十年光景，这个道理好象大家还没有了解。""真正的教育需完成被教育者的人格，知识不过人格一部分，不是人格的全体。"[1]沈仲九说："教育的目的决不是使学生有生活的能力，为学生解决生活问题。……人生还有生活以上的要求。所谓道德、知识、学问，并不是谋生的工具，他的本身有独立的价值。"[2]比起知识的学习，人对于自我的认识和追求，精神的陶冶、灵魂的铸造也即人格的提升和完善则更为

---

[1]　夏丏尊：《教育的背景》，氏著《夏丏尊散文全编》，浙江文艺出版社1992年版，第297—300页。

[2]　沈仲九：《关于中等教育之一种小小的试验》。

重要。"真正的教育，非注意到发展人的全部分不可。"[1]匡互生甚至用一种严厉的口气"警告"教育界："不将现在大家所过量注意的知识传授重新估价，教育的意义便减少了去。因为，如工厂、技师之类也常常很忠实而热心地将他们的知识和技能传给他们的学徒，这样也应当算作教育了。"[2]所以他们强调："'人'是一切改造的根基。任何改造，都是需'人'去负责的。没有较善的人，就不能有较善的改造。……第一步的'人'的改造，是一切改造的基础。而这种基础，只有用教育的工夫，比较的建筑得切实。"[3]

要实现"人"的改造，唯有实行人格教育。

人格教育在中国古代称"修身"，儒家文化非常讲究君子的修身功夫，诸如"养浩然之气""吾日三省吾身""慎独""先天下之忧而忧，后天下之乐而乐"等等，认为这是"齐家治国平天下"的先决条件。从这个角度看，人格教育与儒家的修身具有某种共同之处，实际上开明派在现代人格设计的某些方面也确实接受了儒家文化的影响。叶圣陶曾说："性行上的基本学习，指做人所应具备的若干基本修养。像孟子所说的'无恻隐之心，非人也；无羞恶之心，非人也；无辞让之心，非人也；无是非之心，非人也'。这个话在今天看起来，仍然非常合理。"[4]但总体而言，开明派为人格设计贯注了全新的内涵。

早在"五四"发轫期，叶圣陶就明确提出了他的"人格"定义："'人格是个人在大群里头应具的一种精神'；换句话说，就是'做大群里的独立健全的分子的一种精神'。为要独立，所以要使本能充分发展；为要健全，所以不肯盲从，爱好真理：这都是完成人格必要的条件。"[5]十多年后，开明派仍然坚持这种"人格"观念，指出："人格是人之所以成为人的资

1　沈仲九：《关于中等教育之一种小小的试验》。
2　匡互生：《青年教育者的修养》。
3　沈仲九：《关于中等教育之一种小小的试验》。
4　本刊同人：《谈谈本志的旨趣》。
5　叶圣陶：《女子人格问题》，《叶圣陶集》第 5 卷，第 3—4 页。

格，既不是'兽格'也不是'神格'。分析他的内容，约有身心两种。而'身'一方面所需要的，是生存，是健康。……'心'一方面所需要的，是求真以满足知，爱美以满足情，行善以满足意。所谓健，是自强不息，所谓全，是各要素都具备。只知死读书，只知讲运动，是不全的人格，是残废的人格；停滞而没有进步的人格，是不健的人格，是衰朽的人格。"[1]

除此而外，对于"人格"的理解，开明派还强调了两点：

第一，"人格"是个内涵丰富而又完整的概念。沈仲九曾经细数其含义："人格两字，含义颇多，有关于生理的，有关于心理的，有关于伦理的，有关于社会的，有关于哲学的，有关于法律的。"[2]为了说明"人格"内涵的完整性，他还特地列了一张图表（参见图 3）：

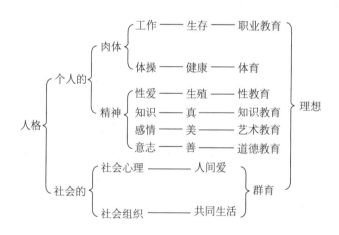

图 3　沈仲九：人格内涵的完整性

这张图表未必十分科学准确，但它提示人们不仅应该注意到"人格"内涵的丰富性和层次性，更应该看到它的整体性，任何从一个侧面或一个

1 《复刊词》，《立达半月刊》复刊号，1932 年 12 月。

2 沈仲九：《我的理想教育观》，《教育杂志》第 17 卷第 5 号，1925 年 5 月。

枝节去理解"人格",都是残缺的病态的。因为,"人格的各种要素,都是人的生活,但都是人的生活的一部分。完备的各部分人的生活,才能算一完全的人。不完全的生活,可说是病的生活,可说是残废的生活"[1]。这种对整体性的强调,显然跟他们对时代任务的理解息息相关,有着强烈的针对性。

第二,人格的发展是没有止境的,对完整人格的追求是一个持续的没有终点的实践过程。任何只说不练或者一曝十寒的做法都是不可取的。他们指出:"健全的人格,只是一种理想,也可说是人格的理想化,我们的现实生活是难得和他一致的。但我们如果以他为鹄的,现实的生活可以逐渐改进,对于他也可以逐渐接近。……人格要发展到健全,一定需要积极的创造的活动;而保守和静止,是他的障碍。"[2]

在丰富的"人格"内涵中,开明派紧紧扣住"独立"与"健全",这是开明派人格设计的基本精神。对这两个方面,开明派成员在不同的场合为它注入了许多具体内容,诸如因为痛感"社会上许多罪恶都生于虚伪。待人不诚,于是有欺诈凌虐,待己不诚,于是有失节败行"而提倡"诚实";因为痛感"文化底衰颓和政治底腐败,祸根都伏在"国民劣根性中的"自私心"而提倡"牺牲精神";因为深感"人类最高贵的一点灵光就是排除一切障碍而求实现理想的一种意力"而提倡"刻苦耐劳";[3]因为痛感传统学校教育扼杀人的个性才能而提倡"自由发展个人的才能"[4]等等。所有这一切诚实、牺牲精神、刻苦耐劳、自由发展,以及他们多次强调的充实、民主、平等、正义感、责任心等等,从最根本的意义上都可以归结为独立和健全,而这恰恰是区别于封建社会做人准则的现代人的最基本要素。

---

1 沈仲九:《我的理想教育观》。

2 同上。

3 石岑:《立达学园旨趣》,《民铎杂志》第8卷第1号,1926年8月。据朱光潜《回忆上海立达学园和开明书店》一文,此文由匡互生授意,朱光潜执笔,以立达学会名义发表。

4 薰宇:《非"国家主义的教育"》。

二

对于人格教育，开明派有着完整的思想理念。在立达学会的章程中，他们开宗明义地宣布："立达的宗旨，是修养健全人格，实行互助生活，以改造社会，促进文化。"对这四句话，他们做出这样的解释，"所谓改造社会，促进文化，这是我们的同学将来应当担负的一个重大的担子，……要担负这般重大的担子，不是容易的，先要问自己力量胜任不胜任，所以第一步工夫在修养健全人格"。"修养健全人格，是偏于个人方面，也可说是立己达己的事；实行互助生活，是偏于社会方面，又可说是立人达人的事；……修养健全人格，实行互助生活，是立达的根基；改造社会，促进文化，是立达的结果。总合这几句话，于是成为一个人；成为一立达的人。"[1] 这个宗旨完整地表达了开明派同人实行人格教育的目的和意义：为改造社会、促进文化造就一个真正的人，一个立达的人。

为了培养青年精神人格的独立与健全，开明派提出了"自由教育"和"全人教育"的主张。在他们看来："教育应以发展个性为主要职责，而要发展个性，自由是必要的条件。个性卓著的人，只有在自由的空气中，才能发荣滋长的。"[2] 只有在没有专制和压迫的自由环境中，让学生在自觉、自动、自治的状态下，充分发展自己的个性，才能确立自由的基础，培育自由的精神。全人教育则与自由教育相辅相成。"所谓全人教育，就是把人当作一个整个的人，不是把一个人分裂为若干部分，而以一部分当做全体。所谓德育、智育、体育、群育、美育等等，无非为便于言说的一种分别。就全人教育的立场看来，他们有密切的联络，有相互的辅助，决不是各各独立而漠不相调的。"[3] 简而言之，就是"教育者用整个的人格对于被

1　互生、仲九：《立达—立达学会—立达季刊—立达中学—立达学园》。
2　沈仲九：《关于中等教育之一种小小的试验》。
3　同上。

教育者整个的人格实施的教育"[1]。

　　自由教育和全人教育强调的是一种反抗世俗功利价值的精神教育，对教育体系、学校等教育机构、教师和教材等提出了非常高的要求，带有强烈的理想性。但在开明派看来，这种教育并不过于高蹈而无法实现。他们清楚地知道，人格教育以青年的人格养成为目的，必然是一种青年本位的教育，同时也是一种全面的素质教育，因此"非由教育者以整个的人格去实施不可"[2]。于是，教育者和教育方式成为实现这种教育的两个根本环节。对教育者来说，教育者自己首先必须有健全的人格、高尚的情操，必须有坚定的信念和牺牲精神，必须全身心地投入，因为"感得的东西，不是用文字或语言所能传达的，所以只靠教师的热力将它鼓动了，发生出强烈的音来击动学生的心"[3]。他们在不同场合反复申说这样的意思。朱自清说："教育者须对教育有信仰心，如宗教徒对于他的上帝一样；教育者须有健全的人格，尤须有深广的爱；教育者须能牺牲自己，任劳任怨。"[4] 刘薰宇把这种要求概括为四点，"一、丰富的热情；二、普遍的兴趣；三、清晰的头脑；四、确切的信仰"[5]。匡互生则概括为三点，"确定的信仰，丰富的情趣，和精密的头脑"[6]。无论如何表达，我们可以清晰地看出开明派在这一点上认识的高度一致。在教育方式上，教育者只能以人格感化为号召，以培养、启发为手段，以尽"扶植""保护"的责任，"绝对不容许因'扶植'和'保护'而侵害被扶植者和被保护者的自然生长，采那'揠苗助长'或'戕贼人以为仁义'的手段，将社会或个人作教育的牺牲"[7]。"他

1　刘薰宇：《全人教育论发端》，《教育杂志》第 18 卷第 3 号，1926 年 3 月。
2　同上。
3　刘薰宇：《传染"感觉"》，《教育杂志》第 18 卷第 12 号，1926 年 12 月。
4　朱自清：《教育的信仰》，第 144 页。
5　刘薰宇：《全人教育论发端》。
6　匡互生：《青年教育者的修养》。
7　薰宇：《非"国家主义的教育"》。

们绝不愿学生因为只怕教员的干涉而行善，他们希望学生自觉'善'的价值而行善。他们不以规则钳制学生，他们不以惩戒恐吓学生，他们不以威严压迫学生，他们不以空论训饬学生；……而所谓自律心的促动，自律心的增进，当用'感化'而不用'强制'，用'人格'而不用'规则'，以'渐'而不以'骤'，从'细微'入手而不专从'显著'。"[1]

那么，如何才能在教育实践中贯彻自由教育和全人教育呢？围绕着教育者和教育方式这两个中心环节，开明派给出的答案是"群育"，也就是朱自清说的"团体生活"，或者是匡互生说的"师生共同生活"。他们认为，学校并非预备社会，而就是社会，要使这个社会各个散漫的、互相隔膜疏远的分子凝聚成一个有活力的整体，就必须实行团体生活。但要做到这一点，依靠目前现有的学生自治会、校友会、同乡会之类是远远不够的。学生应当按兴趣、能力和需要，自由组织成各种各样的社团，学术的、音乐的、体育的、社会服务的，都可以。这些社团，不必一定借助什么宏大的题旨，关键要有切实的活动。通过这些活动，锻炼学生自我学习、自由运思的能力，社会组织能力和自省自治的精神，增强学生之间、师生之间的相互理解和感情交流，增强互助协作的习惯，同时将学生的兴趣向健康的方向引导发展，以涵养人类互爱的精神和独立健全的人格。在实行团体生活的过程中，关键在于教师的主导作用，在活动中不仅要"师生通力合作，打成一片"[2]，而且要教师以"自身的修养去实行人格的感化"[3]。在匡互生到校任教后不久，春晖中学曾经发生过一件学生聚众赌博的事情。对此，匡互生没有简单地采取"消极的制裁"的方式去处理，而是本着"相信我们底同学虽然出了这样不幸的事，他们底诚实的性格，绝不因此就消灭"的原则，在和颜悦色地了解了情况之后，由协治会出面开

---

[1]　沈仲九：《关于中等教育之一种小小的试验》。
[2]　朱自清：《团体生活》，《朱自清全集》第4卷，第153页。
[3]　匡互生：《中等学校的训育问题》，《教育杂志》第17卷第8号，1925年8月。

会，按情节希望学生接受下列处理：一是在两月内罚每日写大字 96 个，并倾倒曲院垃圾痰盂；二是在三周内每周清洁教室一次。舍务主任匡互生则"自愿罚一个月的俸并随时伴他们作那种被处罚的工作"[1]。从此事的处理中，不难看出他们以教师的表率作用来实行人格教育的真诚。

朱自清设想的"群育"，是在现存的学校格局下以"团体生活"的方式追求自由教育和全人教育。这种"群育"在匡互生那里更理解为"师生共同生活"。所以在立达学园，开明派同人通过对学校制度设计的全新探索，把"团体生活"从一种课余状态扩展到学校生活的各个方面各个层面，把学校办成了一个师生合作的团体，甚至是一个"社会"。这种制度设计大体而言，一是实行导师会集体领导，学校教职员工由导师会决定延聘，在人格上导师、教职员工、学生一律平等，甚至师生吃同样的伙食，以避免学校成为权力机构；二是导师和教师不领薪水，义务为学校服务，以体现教师的人格垂范作用；三是学校管理以师生自治为主，不设置严格繁琐的请假销假等制度，以营建宽松的教育环境；四是增设农场，力求学生在精神、知识和技能各方面都获得全面教育。在教师的人格感召下，在这种友爱的氛围中，学校师生关系融洽，学生奋发向上，一般学校办学过程中在教学秩序、师生关系、男女同校、伙食等方面出现的诸多问题，在立达学园均未出现。

平心而论，这种以教师的无私奉献精神为核心的制度设计，对学校的组织构建、教师素质、课程设计、办学经费等方面的要求是非常苛刻的，也是过于理想化的，在 20 世纪 20 年代的中国，它与社会基础之间的距离是相当遥远的，它对学校办学规模的影响甚至对学校生存的威胁也是显而易见的。对此，他们并不缺乏清醒的认识，刘薰宇在考察一所学校的残破时感慨道："教育的基础原应建筑在爱上面，像现在一切的形式实在

---

1 事情处理见刘薰宇《解决一件偶发事项的经过》和夏丏尊《近事杂感》，收入《春晖》第 28 期，1924 年 5 月 1 日。

是阻碍爱的发挥的，教育的不能真得到良好的效果，原因大约就在一点。
然而这形式却是现社会制度的必然的产物，所以真正的教育，理想的儿童
的乐园，总要在社会制度有了根本的改造以后才能实现。"[1]但对于教育事
业的热情，使他们秉持"但问理由，不计利害"的立场而把成败得失置之
度外，他们坦然地说：我们"就是但问'当为'不'当为'，不问'可为'
不'可为'"，"只要在道理上认为应做的事，就尽可能的力量去做；成功
固然好，失败也没有悔"。[2]

这种近于悲壮的情绪，固然有着办学理念上强烈的理想性和实验性所
带来的对学校前途的担忧，但另一方面，也跟他们对人格教育所具有的艰
巨性和长期性的理解密切相关。他们清楚地知道，这种以青年人格的独立
和健全为核心的教育并不是学校教育的专利品，也很难一蹴而就，它应当
包含在校园内外，贯穿在人的成长的整个过程中。因此，他们特别强调生活
本位的教育，主张青年不要迷信学校，而更应该在生活中学习，要将知识的
学习、能力的培养和人格的修养完善统一起来。他们认为："以生活为本位，
随时学习，随时受用。知识不是点缀品，追求知识是为了充实生活，知识
必须化为身体上的血肉，生活上的习惯，不仅挂在口头笔头装点门面。"[3]

为此，开明派在努力办好立达学园的同时，也尽可能从各方面为青
年成长创造良好的环境，《中学生》杂志多年来所倡导所追求的全面素质
教育便说明了这一点。且不说其中大量文章贯穿着人的精神，仅从《中学
生》的栏目设置就可见一斑："文心""文章病院"（叶圣陶、夏丏尊主持），
"历史讲话"（宋云彬主持），"文化史讲话"（刘叔琴主持），"英语学习"
（林语堂主持），"世界情报""国际时事"（胡愈之主持），"国际时事""新

---

1 薰宇：《南游》，《一般》第3卷第3号，1927年11月。
2 沈仲九：《关于中等教育之一种小小的试验》。
3 叶圣陶：《新精神》，叶至善、叶至美、叶至诚编：《叶圣陶集》第12卷，江苏教育出版社
　1991年版，第217—218页。

闻"（金仲华主持），"美术"（丰子恺主持），"数学讲话"（刘薰宇主持），"化学"（顾均正主持），"生物"（贾祖璋主持），"科学讲话"（董纯才主持），等等，此外还有朱自清的"欧游杂记""伦敦杂记"，朱光潜的"谈美"，俞平伯的"读词偶得"，高士其的"菌儿自传"等连载栏目，至于不时推出的各种随笔专栏如"冬""春"，特辑如"中国现势特辑""非常时期的教育特辑""研究和体验特辑"等更是常有的事。从视野的开阔、主持阵容的强大、所包容的学科的全面等方面，可以充分地看出开明派为青年的全面发展成长所付出的良苦用心。

三

开明派主张的人格教育，是一种以青年在现代社会中全面健康成长为旨归的人的教育，它在本质上是与任何封建的奴化教育相对立的。也正因为如此，开明派成员对 20 世纪 20—30 年代不时泛起的"读经"逆流表现了极大的愤慨。

1926 年 8 月，江苏教育厅训令各学校"读经一项，……择要选授，藉资诵习"[1]。周予同立即撰写《僵尸的出祟——异哉所谓学校读经问题》《"孝"与"生殖器崇拜"》二文予以批驳。在文中，周予同直接指斥"读经"是"穿戴着古衣冠，到民间去作祟"而给人间带来灾祸的"僵尸"。1915 年袁世凯政府提倡读经而袁世凯称了帝，1925 年 10 月底北洋军阀政府提倡读经而发生了执政府枪杀学生的"三一八"惨案，因此，读经实际已成为"反动行为的预兆"[2]。"当祸患还未降临的时候，我们惟一的急救手段，只有捉着这僵尸，剥掉它的古衣冠，用照妖镜似的眼光，看它究竟是一个什么东西变成的。"[3] 那么，这个僵尸到底是什么东西呢？周予同

1　见《时事新报·学灯》1926 年 8 月 12 日。
2　周予同：《周予同自传》，《晋阳学刊》1981 年第 1 期。
3　周予同：《僵尸的出祟——异哉所谓学校读经问题》。

对奉为民族道德极致的儒家"忠孝思想"做了具体分析，指出："儒家之所以特别重'孝'，其初也不过为到达或宣传其大德目——仁——之方法或手段。儒家个己的理想境界是'仁'，社会的理想制度是'大同'；但这决不是容易实现的，于是儒家利用当时民众的幼稚思想，将初民'生殖器崇拜'的宗教加以修正，使成为'生殖崇拜'的哲学，再由'生殖崇拜'的思想来解释'孝'，来解释'仁'。所以'孝'在初期的儒家，不过是'仁'的糖衣。儒家的思想为其出发于'生殖器崇拜'与'生殖崇拜'，所以郊天祀地，祭日配月，尊祖敬宗，迎妻纳妾等一套把戏，在思想上，都与'孝'有一贯的关系。"[1] 经过这样抽丝剥茧般的分析，儒家忠孝观念的荒唐本质便暴露无遗。于是，经对于现实生活的作用也就非常明显了："经是可以让国内最少数的学者去研究，好像医学者检查粪便，化学者化验尿素一样；但是绝对不可以让国内大多数的民众，更其是青年的学生去崇拜，……如果你们顽强的盲目的来提倡读经，我敢作一个预言家，大声的说：经不是神灵，不是拯救苦难的神灵！只是一个僵尸，穿戴着古衣冠的僵尸！它将伸出可怖的手爪，给你们或你们的子弟以不测的祸患！"[2]

1933 年广东省政府主席陈济棠再次提倡"读经"，第二年在蒋介石提倡的"新生活运动"中，其御用报刊和帮闲文人[3] 又一次鼓吹恢复"读经"，甚至为初中和高中学生专门出版了一套《读经课本》。[4] 统治者之所以一再地端出"读经"的法宝，当时帮闲者流有这样的评论："自北大所谓新潮流发生之后，斥经书为死物，詈礼教为桎梏。……于文字则尚白话，而欲尽燔旧时典籍，虽二十四史亦不过一部相斫书。于人生则竞吹解放，孝弟忠信，礼义廉耻，目为洪水猛兽。……而礼教既倒，共产党则

---

1 周予同：《"孝"与"生殖器崇拜"》，《周予同经学史论著选集》（增订本），第 71—72 页。

2 周予同：《僵尸的出祟——异哉所谓学校读经问题》。

3 如汪懋祖当时就有《禁习文言与强令读经》《中小学文言运动》等文。

4 大东书局 1935 年 7 月出版《读经课本》，初中、高中各 6 册，内容"完全以朱熹集注之四书古本为根据"（读经课本编辑大意）。

遍于全中国矣。"[1] 可见，"读经"成为封建文化与"五四"新文化争夺青年的一个重要砝码，成为奴性教育与人的教育的一道分水岭。也因为此，开明派和全国新文化界一道又投入了反"读经"的斗争。他们一语道破"读经"问题的本质："中国的经典被君主和一班出卖灵魂的士大夫们当作政治的枷锁或鞭子，恣意的残酷的来蹂躏踏在他们脚下的大众。"[2] 青年人在"读了之后感到一种神秘的麻醉力，仿佛喝了过量的酒。于是……就不折不扣当那些提倡读经的人的'帮闲'，作维护封建势力的篱笆。这时候，那些提倡读经的人是踌躇满志了；但是，被迫读经的青年却给葬送了！"[3] 他们严正申明："有人把《经》看作符咒，我们觉得'其愚不可及'。有人想把《经》这种符咒来'治'青年，希望青年成为违反时代的人物，我们反对这种荒谬的见解和举动。"[4] 尤其在国难当头、民族存亡危在旦夕的时刻，更不能容忍这种开历史倒车的荒谬主张，不能容忍青年成为封建教育的牺牲品，他们强烈呼吁："当国难这样严重的时候，我们最重要的事不是将大多数的国民变成'阿斗'，预先替帝国主义者制造顺民；而是怎样去组织民众，以抵抗帝国主义者。"[5] 特殊的时代背景和时代任务，使围绕"读经"问题的斗争已不完全是文化领域内的新旧斗争，而带有鲜明的政治性。

基于这样的立场，他们对青年发出了热烈的号召：

> 社会改造之客观的条件已经渐备，只要主观的努力。挺起诸君的脊骨，保持住诸君固有的天真、热诚和正义感，理智地认识这时代，忠诚地肩起这时代所给付诸君的使命，联系着大众的铁样的肢

1　转引自叶圣陶：《读经》，见《叶圣陶集》第12卷，第36页。
2　周予同：《治经与治史》，《周予同经学史论著选集》（增订本），第621—622页。
3　叶圣陶：《读经》，第36—37页。
4　叶圣陶、王伯祥、夏丏尊：《我们的态度》，《叶圣陶集》第18卷，第347页。
5　周予同：《对于"读经"问题的意见》，第619页。

体和火热的心成为一种不可抗的伟大的力，去消灭一切应该消灭的东西，去建设一切应该建设的文物制度，这不只是应该而且是可能的。新时代的号炮不是已经在绥远的边境响了吗？一幕新的抗争，神圣的民族解放运动已经再度地展开在我们的眼底而需要我们去献身了！[1]

第二节 开明派的语言观

作为始终坚守在文化教育领域和新文学领域的一支队伍，开明派成员对于在新文化运动中占据特殊地位的语言文化建设始终保持着高度敏感和热情，他们用自己的创作实践为新文学在语言方面的发展成长做出了杰出贡献，叶圣陶对朱自清散文语言的高度评价是尽人皆知的，而叶圣陶自己，白话文之纯粹地道、不含半点文言腔调也是有口皆碑的。与此同时，他们也从理论上积极投入新语言文化的建设，在文白之争、欧化问题和语言大众化运动方面发表了相当多的见解，为反对封建文化、弘扬"五四"新文化做出了重要贡献。

一

文化教育工作者和新文学作家的身份，使开明派同人对语言文化多了一份别人缺乏的学理思考和切身感受，而启蒙主义的文化立场又决定了他们关注语言的基本思路，将语言看作文化体系中的一部分，并且是一个在某些特定的历史时刻对文化转换和社会变革具有举足轻重作用的重要部分。这种对语言的文化意义的理解使得他们的论述显出独特的深刻和准确。

1 周予同：《我们的时代》。

　　语言从来不是单纯的交流书写工具，语言现象的背后总隐藏着文化的某些本质特征，尤其在 20 世纪初叶中国由传统走向现代的转型时期，语言形式所蕴含的文化意义更使它染上了强烈的意识形态色彩，并且揭示了整个文化形态所面临的重大变化。在"言文分离"的传统下，儒家学说具有言说方式的权威性，这种权威性有效地规定着既定的价值体系，也有效地影响着中国人的思维方式和心理特征。任何在不触动这种精神权威性的前提下谋求思想革命、与儒家文化彻底决裂的行动都是不可能的。由此，"五四"新文化运动之发端于白话文运动，显示了历史运动某种内在的合理性或逻辑性；而新旧两个文化阵营在语言问题上的反复较量，也印证了文白之争本质上是新旧两种文化、两种精神的冲突。

　　从人的全面成长的启蒙主义文化立场出发，开明派着力发掘语言文字所蕴含的文化意义。叶圣陶反复陈说："语言文字决不仅是纯粹形式的东西，某种形式装不进某种内容，某种形式带来了某种内容，是常见的事儿。就文字说，因为现在生活内容的改变，日用语言逐渐的精密化了，只有照语言写下来，才可以不折不扣。……你决意写文言，跟着就会来一套文言的腔拍，这东西绕着你的笔尖，挥之不去，结果是或多或少转变了你原来的意旨。"[1]"文言并不是纯工具，你要运用它，就不能不多少受它的影响，更改你的意，甚至违反你的意。……白话也不是纯工具，新的文体必然带来一种新的精神……"[2]它是一种有意味的形式，这种意味就体现在语言背后所负载的价值体系和观念精神，所包含的思维方式和心理习惯，也就是说，白话文是与现代精神相联系的，而文言文则是和腐朽没落的封建精神相联系的。胡愈之指出："一种文字，有皮，有肉，也有骨。皮就是文字的书写形式。肉就是构成文字的语汇和语法。而骨是这文字所表现

1　叶圣陶：《扩大白话文字的地盘》，《叶圣陶集》第 6 卷，第 64—65 页。
2　叶圣陶：《"五四"文艺节》，《叶圣陶集》第 6 卷，第 128—129 页。

的观念形态。"[1]文言文的"骨"就是它所包含的封建的价值体系和观念形态，也就是叶圣陶所说的"一种承袭封建传统的非现代的精神"。这也就是封建卫道士20—30年代掀起的一次次"读经"逆流总与恢复文言联系在一起的缘故。所以，叶圣陶尖锐地指出：你如果使用文言，"那种精神就缠绕着你的笔尖，使你无法摆脱"[2]，使你"隔离了现代生活，……食古既不能化，处今又毫无本领，简直成个形体并不残废的残废人"[3]。由此，"五四"白话文运动的思想文化意义也就一目了然了。

正因为清楚地认识到语言变革所蕴含的重大文化意义，所以开明派对"五四"时期的文白之争做了高度评价。出于对"五四"启蒙运动不彻底性的失望，他们对"五四"运动的评价并不高，不过也正因为如此，他们对"五四"语言革命的意义的评价才越发显出不同寻常。胡愈之明确指出："要是五四运动，在别的方面，没有多大的贡献，至少在语言革命上，却已把支配阶层的营垒，打了一个落花流水。五四文学革命的领袖们，……宣布'文言文'的死刑，不意识地缴了支配阶层的文字的械。"[4]一种新的语言方式就是一种新的价值体系，特定的思想要用特定的语言来表现。新的语言方式不但带来大量新的词汇、新的观念，同时也解构了儒家文化在言说方式上的权威性，即所谓"缴了支配阶层的文字的械"。而封建阶级言说方式的权威性被缴械，思想上的权威性也就失去了依托，也就岌岌可危了。

儒家文化在言说方式上的权威性，是通过"言文分离"所造成的对社会广大民众话语权的剥夺而实现的，文言文在文化精神上的僵死腐朽，必然与其形式上的繁难艰涩紧密联系在一起，这本是一件事物的表里两面。

1　胡愈之：《有毒文谈》，《胡愈之文集》第3卷，第553页。
2　叶圣陶：《"五四"文艺节》，第128页。
3　叶圣陶：《书院与国学专修科之类》，《叶圣陶集》第6卷，第111—112页。
4　胡愈之：《关于大众语文》，《胡愈之文集》第3卷，第296页。

因此，要彻底清扫文言文精神上的僵死腐朽，必须破除形式上的繁难艰涩，让全体社会成员都拥有对这一工具的使用权。语言形式的变革，最终目的本是建立一个能充分体现现代精神和对人的价值关怀的符号系统。因此，在打破文言文的统治地位并且白话文已取得不可逆转的优势之后，最重要的任务，就是如何建立一个现代语言系统。30年代新文化界进行的"欧化"问题和大众语讨论正是基于这样的时代任务出现的。在讨论中，开明派成员发挥了他们作为教育工作者和新文学作家的优势，提出了许多有价值的见解和思路。

二

语言文字改革的一个重要方面是救正文言的模糊粗疏。语言的粗疏模糊实际是思维含混简单的表现，这一问题如不解决，民族的文化结构和思维方式就无法更新，思想文化的启蒙也难以落到实处。因此，尽管不少左翼作家包括瞿秋白在内都指责白话文的"欧化"倾向，认为"五四"以来的那种"欧化的绅士的语言"是非大众化的，但鲁迅从求思维的严密性出发力排众议，提出了"仍要支持欧化文法"的主张，他说："精密的所谓'欧化'语文，仍应支持，因为讲话倘要精密，中国原有的语法是不够的，而中国的大众语文，也决不会永久含糊下去。譬如罢，反对欧化者所说的欧化，就不是中国固有的字，有些新字眼，新语法，是会有非用不可的时候的。"[1]朱自清在自己的创作实践中，也深感在现代社会要表达比较精密的思想，必须输入新的表达方式，因而提出了与鲁迅类似的主张。他指出："现代中国文学所用的语言百分之九十几是所谓欧化的语言；现代中国文学如果已经被公认，那种所谓欧化的语言似乎也该随同着被公认的。"但他觉得，"欧化"的表述方式不够准确，它仅反映出受西方表达

1　鲁迅：《答曹聚仁先生信》，《鲁迅全集》第6卷，第77页。

方式冲击的一种被动过程，而未能揭示对西方表达方式进行创造性转换的主动过程，不能完全揭示西方表达方式输入中国后所具有的新质，即对于建设中国新语言的意义。因此他提出了"现代化"的概念，说：语言的欧化"并不只是好奇，为'欧化'而'欧化'；这些都是现代生活反映在语言里，都是不得不然。我们都知道，我们的国家在现代化，我们的军队在现代化，谁都觉得这是必要的，而且是不得不然的。……所以语言的'欧化'实在该称为语言的现代化，那才名实相副呢"[1]。

语言"现代化"概念的提出，具有重要的意义。它避免了就语言谈语言的局限，而是把语言放入一个广阔的背景中，从语言与社会生活的关系角度，来论证语言"欧化"或"现代化"的事有必至、理有固然，这就从根本上界定了语言"欧化"问题的本质，那就是：作为一种文化现象，语言的现代化是随着社会的、生活的、思维的、观念的现代化而起的，是现代文化的产物，这是一种时代的进步，是一个不以人的意志为转移的历史潮流。朱自清说："我们接触了工业的文化，社会情形差不多来了个剧烈的突变，语言也便来了个突变，和传统比着看，似乎差了十万八千里。但和现代生活对照，这却是合式的。"[2]

语言文字改革的另一个重要方面是大众化。粗看起来，"欧化"是对语言的提高，"大众化"是对语言的普及，两者处于对立位置，其实这是现代语言文化建设不可缺少的两个方面。"欧化"解决的是现代语言的精密性问题，"大众化"解决的是现代语言的普适性问题，两者都得到解决，语言才能在真正的意义上反映现代生活内容，体现现代文化精神。

在语言大众化方面，开明派同人充分肯定了白话文在与文言文的斗争中所显示的进步性，但又从现代语言建设的角度，指出它还存在着许多

---

1 朱自清：《新语言》，朱乔森编：《朱自清全集》第 8 卷，江苏教育出版社 1993 年版，第 292、294 页。
2 同上，第 295 页。

局限。叶圣陶说，"但是大众也不满意白话文，觉得白话文太空泛，单把'的了吗呢'替换'之乎者也'毫无意义"[1]。夏丏尊也表达了类似的看法："五四以来的白话文，因为提倡者都是些本来写惯文言文的人们，他们都是知识阶级，所写的文字又都是关于思想学术的，和大众根本就未曾有过关系，名叫白话文，其实只是把原来的'之乎者也'换了'的了吗呢'，硬装入蓝青官话的腔调的东西罢了。……当时提倡白话文的人们有一句标语叫'明白如话'。真的，只是'如话'而已，还不到'就是话'的程度。换句话说，白话文竟是'不成话'的劳什子。"[2]这样的批评相当尖锐，但确实点到了白话文的痛处，即它不上口，"面貌像个说话，可是决没有一个人的口里真会说那样的话"[3]，缺少现代口语的活的神韵。

为改变白话文这种不尴不尬的状况，叶圣陶提出"文字必须真能表达大众的意识，才配在社会上尽交通情意的职分"[4]。对叶圣陶的主张，胡愈之予以积极响应，他说："横在我们面前的主要问题，却不是反对'文言文'，反对'语录体'之类，而是积极地建设大众的语文工具，建设供大众应用，代表大众意识的语文。"[5]这里的关键词是"表达大众的意识"，也即真正能传达大众的思想感情，为大众所接受和运用。那么如何才能做到这一点呢？他们的思路很明确，那就是"向大众学习"。"凡是大众使用的话语，不论是方言或是新造语，都自有他的特别情味，往往不能用别的近似语来代替。"[6]"向大众学习就是向各地方各种人的口头学习。各地方各种人用语言表达他们的意思跟情感，有糟粕也有精华。写作的人鉴别过

1 叶圣陶：《杂谈读书作文和大众语文字》，叶至善、叶至美、叶至诚编：《叶圣陶集》第17卷，江苏教育出版社1994年版，第5页。
2 夏丏尊：《先使白话文成话》，《夏丏尊文集·文心之辑》，浙江人民出版社1983年版，第587、588页。
3 圣陶：《朱佩弦先生》，《中学生》第203期，1948年9月。
4 叶圣陶：《杂谈读书作文和大众语文字》，第5页。
5 胡愈之：《关于大众语文》，第297页。
6 夏丏尊：《先使白话文成话》，第587、588页。

后，取其精华，用进文字里去，那文字就见得血肉丰盈。"[1]向大众学习就要改变白话文只"依靠眼睛"而不"依靠口耳"的现状，在叶圣陶看来，"现代的事物跟现代人的心思，要用现代的语言才能表达得精确而且入神"[2]，而只有让普通大众完全能听得懂的语言才是地道的现代的语言，才是有生命力的语言。叶圣陶对朱自清散文语言"念起来上口，有现代口语的韵味，叫人觉得那是现代人口里的话，不是不尴不尬的'白话文'"[3]的评价，其着眼点正在于此。

这种从广大民众的口语中提取有效表达方式以发展现代语言的思路，符合语言发展的一般规律，是直至今日仍行之有效的方法，而它所蕴含的向普通民众普及语言普及文化的意义，更具有明确的现实针对性。

就作品所体现的现代口语韵味而言，叶圣陶与朱自清相较是不遑多让的，但在对语言的有意识追求上，朱自清是最具理论自觉的。在长期的创作实践和理论探讨中，他孜孜以求的一个重要方面便是语言的更新。朱自清刚走上文坛的时候无疑也是从欧化语言入手的，但他很快意识到"三株们，红们，牡丹花们"那种食洋不化的欧化语言的弊病。从建设中国新语言的目标出发，他开始尝试从口语中提取有效的表达方式。他说，"那时我不赞成所谓欧化的语调，想试着避免那种语调。我想尽量用口语，向着言文一致的方向走"[4]，《给亡妇》便"想试用不欧化的口语"[5]。但在口语的运用上取得成就之后，朱自清却又"渐渐觉得口语不够用"，因为要表达比较精密的思想，还得输入新的表达方式。于是朱自清又回头从欧化语言中寻找中国现代语言的发展模式。在长期的探索中，朱自清逐渐明

1　叶圣陶：《扩大白话文字的地盘》，第 66 页。

2　叶圣陶：《依靠口耳》，《叶圣陶集》第 17 卷，第 27 页。

3　圣陶：《朱佩弦先生》。

4　朱自清：《写作杂谈》，朱乔森编：《朱自清全集》第 2 卷，江苏教育出版社 1988 年版，第106—107 页。

5　朱自清：《你我·自序》，《朱自清全集》第 1 卷，第 114 页。

确了现代语言的基本表达架构，那就是借重欧化语言表达的精密，以此为基础，同时汲取口语的精华，建立能揭示现代语言内涵质地的现代书面语言。因而他在论及新诗的时候说："新诗的白话，跟白话文的白话一样，并不全合于口语，而且多少趋向欧化或现代化。本来文字也不能全合于口语。……文字不全合于口语，可以使文字有独立的地位，自己的尊严。"[1]这里文字的"独立的地位"和"自己的尊严"，正是对成形的现代书面语言所应具有的品质风貌的整体构想，而现代书面语言的成形成熟正是语言现代化的最主要标志。

较之其他许多人仅从"欧化"或"口语化"来建构现代语言的思路，朱自清这样的语言观是相当成熟的。在这里，朱自清显示了比别人更深一步的思考。用这种眼光去看待中国语言的现代化之路，朱自清对未来充满信心："文言现代化的结果，相信会完全变成白话，白话现代化的结果相信能够成立我们的国语，'文学的国语'。"[2]历史证明了朱自清预言的正确性。

中国的文字具有繁难艰深的非大众化特点，这是统治阶级推行蒙昧主义的一大法宝，也自然成为普通民众接受新文化的一大障碍。如何使广大民众迅速跨越这道障碍，成为20—30年代新文化界着力探索的一个问题。从注音字母、国语罗马字到汉字拉丁化，新文化界在设计着一个个的方案。包括鲁迅在内的许多人主张废除汉字代之以拉丁字母，以从文字上切断汉字和封建文化的精神联系，并帮助民众迅速掌握语言文字。这其中，以鲁迅的主张最为激进也最为坚定。从"五四"时期到30年代中叶，鲁迅都始终认为应当废除汉字："汉文终当废去，盖人存则文必废，文存则人当亡，在此时代已无幸存之道。"[3]甚至在逝世前不久，他还大声疾呼

1　朱自清:《诗的形式》,《朱自清全集》第 2 卷，第 400 页。

2　朱自清:《新语言》, 第 301 页。

3　鲁迅:《190116 致许寿裳》,《鲁迅全集》第 11 卷，第 357 页。

"汉字不灭,中国必亡"[1]。仔细考量起来,鲁迅关注语言问题的着眼点显然在于传统文字与封建文化之间的密切关联,在于他对时代文化任务的深沉思考,其内在逻辑思路是思想启蒙,因而不单纯就语言现象谈语言,而是用一种透视的眼光,紧盯语言背后的传统文化痼疾,着力于文明批评和社会批评。但鲁迅反复强调的是文字革命的必要性,却并没有考虑文字革命的实现渠道,即如鲁迅自己,毕生也未试图改变他所使用的烙有浓厚文言色彩的文字,因而这种激进甚至偏激的主张更多的是一种文化姿态。

开明派成员对此也做了多方面的探索,但他们的立足点与鲁迅有所差异,这种差异就体现在他们对进行文字革命的可行性做了更多的思考。胡愈之赞同鲁迅等人提倡的废除汉字的主张,[2]认为"中国语言最后成为大家用的最理想的工具,必须废弃象形字,而成为拼音字"。但如何达到拼音文字的最终目标呢?他提出了一个方案,即作为从象形字到拼音文字的一种过渡步骤,"词的连写,笔箱字,国语音标,都值得提倡"[3]。为了实践他的这种主张,胡愈之在《怎样打倒方块字》一文中提出了一个大胆而新颖的设想:写别字和词语连写,只要意思通顺,怎么写都可以。为了试验,胡愈之的这篇文章就特地用别字和词语连写而成。而多年从事教育工作的叶圣陶、朱自清、夏丏尊等人对此则持较为谨慎的态度,无论是出于对推行语言大众化具体效用的实际考虑,还是心理深处对语言与一个民族的历史记忆、文化传统血肉联系的尊重,他们并不主张废除汉字。叶圣陶提出了写简笔字的改革思路,认为"一般大众却是欢迎简笔字的","因为

1　芬君:《鲁迅访问记》,中国社会科学院文学研究所鲁迅研究室编:《1913—1983 鲁迅研究学术论著资料汇编(2)》,中国文联出版公司 1986 年版,第 577 页。

2　到 1936 年,胡愈之已修正了他的对汉字"拉丁化"的主张,认为汉字"拉丁化""便于大众学习,但不便于使用","仍然不是真正大众化的文字"。见《新文字运动的危机》,《胡愈之文集》第 3 卷。

3　胡愈之:《关于大众语文》,第 298 页。

它容易识，容易写"。[1]朱自清也从实际可操作性上考虑，认为拉丁化"完全废除汉字，事实上恐怕不太可能"，赞同叶圣陶的简笔字主张，认为"在应用方面还比较方便"。[2]1935 年 2 月，叶圣陶、夏丏尊、朱自清、丰子恺、郑振铎、胡愈之、方光焘、刘薰宇、周予同、章锡琛等会同文化界著名人士共 200 人及 15 家期刊社共同署名，在多家报纸杂志上同时发表了《推行手头字缘起》，并同时公布了第一期 300 个手头字，大张旗鼓地发起了手头字运动。所谓"手头字"就是"简笔字"。此后，《中学生》等刊物就率先使用了手头字，为新文化的迅速传播尽职尽责。

1936 年 8 月，胡愈之发表了长文《新文字运动的危机》，对大众语运动做了深刻的总结。胡愈之指出，汉字拉丁化的根本目的是便于普及教育、普及文化，但目前拉丁化方案的问题，一是"便于大众学习，但不便于使用"，"仍然不是真正大众化的文字"；二是它没有建立自己"固定的语汇"和"固定的语法"，无法统一全国众多差异极大的方言，只成了"供少数知识分子消遣的新奇符号"。可见目前的拉丁化方案"暴露出早熟的脱离现实的倾向"，犯了"左倾的幼稚病"，因此"今后的新文字运动，应该走入一个新的途径"，致力于"语汇和语法的研究""标准语问题的讨论"等等。[3]胡愈之的总结用词尖锐，但高屋建瓴，一针见血，很有理论深度，对现代汉语的发展无疑具有重要作用。而胡愈之所指出的问题，则成为方光焘等语言学家所长期致力的研究对象。

发生在 20—30 年代的这场关于语言文字大众化的讨论，不论各自的观点有多大差异，他们的出发点和目的都是相同的，那就是通过语言文字的改革普及文化，让广大民众迅速掌握语言文字，并由此接受现代文化、现代精神。如今，"手头字"以"汉字简化方案"的形式在全社会通行，

1　叶圣陶：《关于文字的改革》，《叶圣陶集》第 17 卷，第 169 页。
2　朱自清：《白话与文言》，《朱自清全集》第 8 卷，第 201 页。
3　胡愈之：《新文字运动的危机》，第 452—464 页。

并对普及文化起到了巨大作用，这说明开明派所主张的简笔字的方案是更加切实可行的。

但到目前为止，中国文化要走向全世界，汉字仍然是一道不易跨过的门槛。在这个意义上，前辈们所进行的探索仍然没有结束，对语言文字的改造还在进行之中。

第三节　开明派的政治观

一

1927 年 4 月 12 日，"四一二"事变爆发。

第二天，胡愈之给蔡元培、吴稚晖和李石曾三名国民党元老写信，就一天前国民党军队在上海宝山路肆意屠杀徒手群众的"灭绝人道之暴行"提出严正抗议。关于此事，郑振铎留下了一段回忆："他永远是心平气和的，永远是和蔼明朗的，只除了一次，他曾经受过极深刻的刺激，态度变得异常的激昂而愤慨。那一次是清党的事件刚发生，他走过宝山路，足下踏着一堆的红血，竹篱笆旁，发现了好些被杀的尸身。他气促息急的跑到了商报馆，立刻便草拟致几位党国元老的代电。"[1]

抗议书说：

> 党国大计，纷纭万端，非弟等所愿过问，惟目睹此率兽食人之惨剧，则万难苟安缄默。弟等诚不忍见闸北数十万居民于遭李宝章、毕庶澄残杀之余，复在青天白日旗下，遭革命军队之屠戮……[2]

1　郑振铎：《忆愈之》，《郑振铎全集》第 2 卷，花山文艺出版社 1998 年版，第 466 页。
2　胡愈之：《就四一二惨案对国民党的抗议书》，《胡愈之文集》第 2 卷，第 172 页。

同时在抗议书上签名的还有郑振铎、冯次行、章锡琛、周予同、吴觉农和李石岑。这七人，大部分是后来的开明派成员，其余的也与开明派有着或深或浅的联系。

对这份抗议书做一个概略的扫描，可以得出这样几个印象：

第一，他们不是职业政治家甚至不是对政治有特别兴趣的人，他们只是一群文人书生。即便是抗议书的起草者胡愈之，也不认为自己是个从事政治运动的革命家；[1]

第二，他们有着强烈的正义感和人道主义精神，追求社会正义和天赋人权；

第三，他们在大是大非面前决不苟安缄默，而是挺身而出，仗义执言，不考虑个人的得失安危。

这三个特点恰恰概括了开明派的政治态度。

开明派主要是文化教育工作者和新文学作家，他们以文化教育出版为业，以弘扬民族文化和发展新文化为己任，除此而外，他们始终保持相对低调超脱的做派，与政治保持一定距离，不参加任何政治性强的社会团体，对政党政治更是"敬而远之"，除胡愈之后来加入中国共产党外，其他人很少有党派的背景。但他们又生活在一个剧烈震荡的时代，一个未死与方生、黑暗与光明殊死搏战的时代，一个社会政治色彩空前强烈、社会政治斗争渗透到生活每一个角落的时代。在这样的时代，不管你对政治持什么态度，都脱不开与政治的密切联系。关心政治者固然如此，即使不关心政治甚至厌恶政治远离政治的人，政治也会找上门来，裹胁着你推动着你，并让你在政治主演的活剧中扮演一个角色，这就决定了开明派不可能与政治绝缘。实际上，开明派所信奉所坚持的启蒙主义立场和平民主义思

1　在胡愈之因此而流亡法国后写给周予同和叶圣陶的信中，他自己说："像我那种不革命的人，法国就觉得很合我的脾胃。"见胡愈之《法国通讯》，《教育杂志》第 21 卷第 1 号，1929 年 1 月。

路中，就包含着民主、平等、自由、人权等现代政治文化的基本理念，而开明派也确实运用这些理念批判现实政治，主持正义，伸张人权，反对专制独裁，为社会的进步发展起到了积极的作用。

　　一般而言，在全面抗战爆发之前，他们纯就政治问题发言的时候不算多，最早的大约就要算胡愈之等人为"四一二"大屠杀给国民党的抗议信了。在 30 年代上半叶，由于国民党政府实行白色恐怖，他们对政治深具戒心，这正如章锡琛在《新女性》的《废刊词》中所表露的："左倾一点吧？在这党的权力高于一切的党治国家之下，也许会因此被认为赤化，砍掉脑袋。虽然也是快事，可惜我们还没有这种勇气。右倾一点吧？和有钱的太太奶奶们讲什么衣服应该怎样裁才时髦，蛋糕应该怎样做才有味，也许可以给《新女性》推广销路，把定户激增到几万份以上。然而我们不曾学过裁缝厨子，说出来未免外行；即使会讲，也不愿吃了自己的饭去做太太们的供奉。如其为了赚钱，倒不如改业去做珠宝商，还可以多骗几张太太奶奶们手提袋里面的钞票。左也不是，右也不是，所以结果还是废刊！"[1]

　　明显的变化发生在 40 年代中后叶。随着民族解放战争的节节胜利和国统区民主运动的逐步高涨，开明派也和全国人民一道，要求民主、自由、人权，反对国民党统治集团对人民的政治压迫和经济掠夺，发表了大量的声明抗议。1946 年 6 月 15 日叶圣陶和王伯祥、周予同、郭绍虞、徐调孚、顾均正、傅彬然发表的质疑国民党遵守"双十协定"的《"十五天后能和平吗？"》，1947 年 2 月朱自清等北平十三教授发表的《抗议北平当局任意逮捕人民宣言》，郑振铎在他主编的《民主》周刊上为呼吁民主建国发表的大量政治时评，等等，都是明显的例子。不过，这些矛头针对专制独裁的抗议声明是有正义感有勇气的知识分子必然会有的政治反应，

1　编者：《废刊词》，《新女性》第 4 卷第 12 号，1929 年 12 月。

也是属于纯政治领域的东西，而我们所要探讨的是他们文化观念中所包含的并足以显示这一文化流派特点的政治文化。

在开明派中，最具有政治家素质的无疑是胡愈之。他每每就国际国内政治问题发表看法，目光敏锐，视野开阔，下笔深刻有力，体现了一个著名政论家的思想功力，也在无形之中引导着开明派的政治文化取向。而作为开明派的精神领袖，叶圣陶在某种意义上担负着开明派发言人的角色，所以除胡愈之而外，论述政治思想观念问题最多的大约要数叶圣陶。其他人如朱自清、郑振铎等也常就政治问题发表看法，但基本是出于一个知识分子的现实义愤，他们并无意从学理的层面构建政治文化的系统主张。基于此，对于开明派的政治思想观念，我们不打算像分析一个政治思想派别那样从纯政治学的价值理性和工具理性的角度着手，也无意要求其政治思想观念的体系性和严密性，而是着重揭示其在政治文化上具有代表性的若干特点。

叶圣陶在谈到政治问题的时候有一个想法，就是"此日而为政治家，其人必先为教育家"[1]，这是说政治家治国与教育家育人有某种共通之处。同样，开明派在涉及政治文化的时候，也与他们在涉及教育文化和语言文化的时候一样有一个共同的思路，那就是贯穿始终的启蒙主义和平民主义的精神立场。这一基本思路，决定了开明派对民主和人权的格外关注。民主和人权是欧洲启蒙主义的基本理念，也是中国"五四"新文化运动的重要价值目标，是新文化的有机组成部分。它曾在"五四"反封建思想斗争中发挥了巨大作用，而在现实政治斗争中，它又具备了鲜明的政治批判性，成为反法西斯独裁专制的重要思想武器。开明派同人既在文化传播中向全社会尤其是青年努力传导民主和人权的精神观念，也在政治斗争中运用这一武器积极向独裁者宣战。在他们那里，文化主张与政治斗争获得了高度的统一。

---

1 叶圣陶:《政治家》,《叶圣陶集》第 6 卷, 第 102 页。

二

在开明派的政治文化理念中，启蒙主义的人的价值观念始终是第一位的。在他们看来，人的观念本身就包含着民主、平等、自由、人权的精神。人就意味着享有人的基本的天赋权利，如人格的平等、精神的自由、社会关系的民主，这在推翻了皇权的现代社会，在民主精神高扬的人的时代，是最起码的社会价值准则。现实政治中的"独裁专制"与封建主义的"非人"一样都具有反人的本质。因此，人的理论不仅可以用于反封建的思想斗争，也可以用于反独裁统治的政治斗争。1944年叶圣陶说过这样一段话："民主的涵义，细说起来可以写一本厚厚的书；可是简单扼要的说，也不过要真正做到'人当人待，事当事做'。""'人'是人权完满无缺的人，包括被尊重跟自己尊重；……无论什么人被待跟自待都当个'人'，还会有被欺侮，被压迫，乃至自暴自弃，为非作歹的情形吗？"[1]这段话用最通俗直白的语言道出民主的真谛还在于"立人"。在不同的场合叶圣陶反复强调这种观念，《开明少年》创刊的时候他说："在今后的我国，在今后的世界，个人必须做个全新的人。怎么叫做全新，说起来可以有很多话，但是'开明'两个字也可以包括了。开是开通，明是明白。侵略人家，欺侮人家，妨碍人家的自由，剥夺人家的幸福，就是不开通，不明白。这样的人无论如何要不得，由他治理一地的事，便是一地的祸患，由他治理一国的事，便是一国的甚至世界的灾难。协和人家，帮助人家，尊重人家的自由，顾全人家的幸福，就是开通、明白。这样的人遍于一地，便是一地的康乐，遍于一国，便是一国的荣华：现在人们自己勉励的，就是作这样的人——开明的人。"[2]人是民主的出发点，也是民主的最终价值目标。

1　叶圣陶：《纪念辛亥革命》，《叶圣陶集》第6卷，第68—69页。
2　叶圣陶：《〈开明少年〉发刊辞》，《叶圣陶集》第18卷，第237页。

民主是一种观念，也是一种手段。作为观念的时候，它的意义更多地体现在文化层面上，而作为手段的时候，它便被赋予了更多的政治实践的意义。

"民主"与封建宗法观念相对，意味着人格的平等和精神的解放，而当"民主"与法西斯独裁统治相对时，就意味着人民政治的、经济的、社会的基本权利的获得和人的从精神到物质的全面解放。这其中，既包含了观念层面，也包含了非常现实的手段层面，即民主的实现。因此，在30—40年代，讨论民主如果仅仅局限于观念而不涉及手段，换句话说，仅仅从文化的角度而不同时赋予其政治内涵，总不免流于纸上谈兵的书生意气。胡适等自由主义知识分子出于"好政府主义"的思路，大谈《约法》对于民主人权的重要性，想依靠一部《约法》来保障人权，[1]就不免露出在书斋中抽着烟斗高谈阔论的绅士气。

得益于平民主义的立场，开明派对中国的国情有远较胡适这类西式绅士深刻的理解，郑振铎指出："民主不是赐予的，是要争取的。不争取，便不会有民主政治的实现。赐予的民主，决不是真的民主。"[2]胡愈之更是强调："民权并不是由统治者单方面所赐给，而是由民众向统治者争取而得的。民权不是从天空掉下来，所以保障民权的宪法，也决不是凭空写成。把各国的宪法史翻遍，近代民主国的宪法，哪一个不是用了平民的鲜血写成的。从欧洲十六世纪到十九世纪的宪法运动，就只是'推翻暴君'的运动。"[3]

与"民主"紧密相连的一个观念是"集体"。集体本是民主的题中应有之意，用叶圣陶的说法是"集体跟民主原来是一回事儿的两方面，就力

1　胡适在《人权与约法》（何卓恩编：《胡适文集·政治卷》，长春出版社 2013 年版）一文中有"快快制定《约法》以保障人权"的呼吁。
2　郑振铎：《把主人当作了什么人？！》，《周报》第 38 期，1946 年 5 月 25 日。
3　胡愈之：《民权与宪法》，《胡愈之文集》第 3 卷，第 169 页。

量方面说，叫做集体，就运用方面说，叫做民主；不讲民主，无从表现集体的力量，不讲集体，无从达到民主的运用"[1]。开明派对集体观念的强调与他们对政治的理解密切相关。在他们看来，20世纪是一个人民的世纪，在这个世纪人民是社会的主人，对于一切的社会事务包括政治有着当家作主的权利，政治不再是"专家"和"精英"的事，而是人民应该享有的基本权利。辛亥革命的时候，政治是革命党人的专业，或者像阿Q似的，是赌徒的投机。在30年代，政治是政治家的专利，普通大众无权置喙。但在今天可不同了，"多数人认为革命是各人本份内的事，但并不是什么'业'"。所以郑振铎在《诗人唱些什么？——为三十五年"诗人节"作》中大声唱道："诗人唱些什么？／他唱的是人民世纪的新歌，／为这人民世纪而作，为这世纪的人民而高哦。／他唱出了人民的痛苦与欢乐，愁闷与跌蹉；／……他高吭的唱着人民的觉醒与人民争斗，／奔腾汹涌，若东下之长江大河；／他激昂的唱着民主力量的巨大，浩浩荡荡，若怒海之扬波。"[2] 从群己相关的观点出发，"知道要个己生活得好必须大家生活得好，大家生活得好了个己决不会不好，于是人人尽各自的一份，把革命看作本份内的事"[3]。这种对政治的理解是开明派民主、平等观念的自然演绎。

当然，开明派对集体力量的看重，不是为了从观念层面上推演他们对政治的理解，而是出于对实现民主政治制度的热切盼望，有着鲜明的现实指向，那就是民主的实现要靠集体的力量。叶圣陶说："争取民主是人人自己的事儿，不容谁替谁包办，也不容放开不管，躲在旁边看人家争取；如果如此，民主一定到不了手，因为这事情根本要大家通力合作

---

[1] 叶圣陶：《往实际方面钻——介绍〈思想与生活〉》，《叶圣陶集》第6卷，第308页。

[2] 郑振铎：《诗人唱些什么？——为三十五年"诗人节"作》，上海《大公报》1946年6月4日。

[3] 叶圣陶：《从辛亥革命看建国》，《叶圣陶集》第6卷，第306页。

的。"[1] 而朱自清也从灾荒年份农民"吃大户"的行动中看到了集体的巨大力量，发出了"群就是力量：谁怕谁"[2] 的豪语。

三

开明派对民主和集体观念的如此强调，蕴含着他们对一个重要问题的密切关注和深入思考，那就是知识分子的历史地位和现实责任。

1928 年，夏丏尊和朱自清都对知识分子包括自己的前途做过一个估价，但那是一个悲观绝望的估价。在那之后，他们虽然仍在尽启蒙的社会责任，但与现实政治保持着距离，甚至躲进了象牙塔，以沉默乃至"失语"的方式来抵拒现实政治对他们的侵扰挤压。他们的这种政治态度和生活方式在开明派中具有较大的代表性，在中国现代知识分子中也具有相当大的普遍性。这正如胡愈之所分析的：在社会解放斗争中有"两个营盘，一面是工农大众的营盘，另一面是压迫者的营盘。这两个营盘中间，弹丸如雨，血肉横飞，根本就没有第三者站足的余地。知识分子站在那一个营盘好呢？压迫者的营盘是没有前途的，站在工农大众的营盘，却又缺乏勇气。这十余年来的事实告诉我们，一小部分的前进的知识分子，始终站在工农大众的营盘上面，有的是被牺牲了，有的在牢狱里面，有的被赶到地下去。另一极少部分的落后的知识分子，却投到压迫者的营盘，找个人的出路。但是这两部分到底不过少数。此外大多数的知识分子呢，始终是动摇着，徘徊着，惶惑着。因为他们没有勇气来参加当前的无情的斗争，他们大多数在表面上消沉了，颓废了"[3]。

但是，时代的发展是如此迅猛，人民的观念已深入人心，民主的浪

1　叶圣陶：《纪念辛亥革命》，第 68—69 页。

2　朱自清：《论吃饭》，朱乔森编：《朱自清全集》第 3 卷，江苏教育出版社 1988 年版，第 156 页。

3　胡愈之：《知识分子的新生》，《胡愈之文集》第 3 卷，第 446—447 页。

潮正汹涌澎湃，知识分子面临着一个正确对待自己、调整政治态度、改变生活方式以适应时代跟上时代的问题，这不再仅仅是思想意识范畴的问题，更重要的是一个现实政治问题。

从人本位（在人民革命解放斗争时期就是"人民"本位）的平民主义立场出发，开明派在分析知识分子地位作用的时候，其思考方向主要是知识分子与民众的关系。在他们看来，知识分子与民众的关系需要重新定位，那就是知识分子由高高在上回到人民当中，成为人民的一分子。知识的拥有和独占，使知识分子具有了特殊地位，形成了特殊的文化传统，在立身处世的方式上讲究"气节"，达则兼济天下，穷则独善其身，隐逸山林或躲进象牙塔中，高自标持。但正如叶圣陶所指出的，这种观念是建立在"有个排斥你赏识你像皇帝那样的特权阶级"的前提下，而承认这一前提实际上也就意味着你放弃了作为人的权利，是与现代社会的人的精神背道而驰的。所以叶圣陶强调："关于立身处世的传统，像'穷则独善其身，达则兼善天下'的说法，就非抛开不可。若不抛开，就将一塌糊涂，做不得民主国家的公民。"[1]民主国家人人平等，民众是国家的主人，知识分子也不能因拥有知识而自命不凡，尤其在人民的力量已空前壮大的现代。叶圣陶说："从前的知识分子大多抱个人主义，喜欢超出恒流，即或有所交往，也只限于同辈，对于操劳力耕的工人农人，就看作下贱之徒，避之若浼，民胞物与，只在谈道学的时候那么说说，在作文的时候那么写写而已。如今彼此既同为国家的主人，无所谓高贵与下贱"，因此，"如今的知识分子第一要不把知识分子看得了不起。知识分子了不起乃是知识封锁时代的现象，民主国家知识公开，知识共享，人人有了知识，人人成为知识分子，也就无所谓知识分子了"。[2]

在这样人民的世纪，知识分子该何以自处呢？在象牙塔中待了十多

1　叶圣陶：《独善与兼善》，第 123 页。
2　同上。

年的朱自清对此体会最深切，认识也最清楚。他嘲笑知识分子逗留在时代的夹缝中，"闹了个'四大金刚悬空八只脚'"[1]，一副上不得下不得的尴尬相。他看出知识分子赖以躲避时代风雨的象牙之塔正在倾颓，痛感知识分子必须步出象牙塔，走上十字街，成为人民中的一员。他说："早些年他们还可以暂时躲在所谓象牙塔里。到了现在这年头，象牙塔下已经变成了十字街，而且这塔已经开始在拆卸了。于是乎他们恐怕只有走出来，走到人群里。"[2]对知识分子生活方式和思想观念的转变，他做了这样的概括："最重要的是他们看清楚了自己，自己是在人民之中，不能再自命不凡了。……他们渐渐丢了那空架子，脚踏实地向前走去。早些时还不免带着感伤的气氛，自爱自怜，一把眼泪一把鼻涕的；……可是这几年时代逼得更紧了，大家只得抹干了鼻涕眼泪走上前去。"[3]

走上前去，就意味着知识分子要在时代大潮中勇敢地担负起自己的社会责任。1946 年，周予同以他惯有的激昂慷慨对知识分子发出了大声呼吁：

> 中国社会又演化到另一阶段了！崭新的社会正在临盆，这东亚的大地正在为阵痛而呼号而拘挛。新的号角又在吹起，要求知识份子们再度的改编。现在已经不仅仅是说啊写啊的时代，不仅仅是组织的时代，而是要求行动的时代了！[4]

当然，理性的激情并不能代替激情的理性，这种行动不是"教大学教授去写标语，教著作家走到街上喊口号，教律师或诗人上阵杀敌"，知

---

1 朱自清：《论气节》，《朱自清全集》第 3 卷，第 154 页。
2 朱自清：《论不满现状》，《朱自清全集》第 4 卷，第 515 页。
3 朱自清：《论书生的酸气》，《朱自清全集》第 3 卷，第 252 页。
4 周予同：《"语言道断"》，转引自朱维铮：《中国经学史研究五十年——〈周予同经学史论著选集〉后记》，《周予同经学史论著选集》（增订本），第 952 页。

识分子的社会责任在于坚守他们的文化岗位。胡愈之坚信，知识分子"并不在于表现的如何英勇，斗争的如何猛烈，而在于紧紧把守着文化的岗位，各自分头干去，不消沉，不浮躁，不自暴自弃。这样，知识分子才能脱离苦闷的深渊而得到新生。同时，知识分子的新生，也就是中华民族的新生"。[1]

开明派对知识分子现实责任的重视，当然是出于他们对青年（开明派是将中学生包括在知识分子范畴中的）坚持进行启蒙教育的一贯思路，而同时，这也是他们对自己的要求和期待，在这一点上，开明派同人显示了他们最具特色的作风。

当夏丏尊、朱自清等人最终以一个文化战士的形象倒在自己的文化岗位上的时候，开明派对知识分子包括自己所应承担的现实责任做出了最有力的注解。

第四节 开明派的文学观

一

"为人生的艺术"是文学研究会1921年成立的时候就打出的鲜明旗帜。它的成立宣言中有一段非常著名的表述："将文艺当作高兴时的游戏或失意时的消遣的时候，现在已经过去了。我们相信文学是一种工作，而且又是于人生很切要的一种工作；治文学的人也当以这事为他终生的事业，正同劳农一样。"[2]毫无疑义，这段话的目标清楚地指向视文学为游戏消遣的鸳鸯蝴蝶派等封建旧文学，带着批判旧文学、建设新文学的鲜明启蒙色彩。他们强调文学的社会功用，指出，"文学作品除能给人欣赏而外，

---

1 胡愈之：《知识分子的新生》，《胡愈之文集》第3卷，第451页。
2 《文学研究会宣言》，《小说月报》第12卷第1号，1921年1月。

至少还须含有永存的人生，和对于理想世界的憧憬。……一时代的文学是一时代缺陷与腐败的抗议或纠正"[1]。围绕启蒙的时代任务，文学研究会主要理论批评代言人茅盾、郑振铎等人多次撰文阐发文学研究会对于作家所应承担的社会责任的理论见解，茅盾的《文学和人的关系及中国古来对于文学者身分的误认》《文学与人生》《自然主义与中国现代小说》、郑振铎的《血和泪的文学》《新文学观的建设》等大量文字，对玩世的封建文学进行了深刻尖锐的批判。茅盾说："处中国现在这政局之下，这社会环境之内，我们有血的，但凡不曾闭了眼，聋了耳，怎能压住我们的血不沸腾？从自己热烈的憎恶现实的心境发出呼声，要求'血与泪'的文学，总该是正当而且合于'自由'的事。"[2] 在此过程中，文学研究会进一步确立了其"为人生而艺术"的文学观念。

但这种观念很快受到了来自创造社的质疑和挑战。从文学应该抒发内在情感的基本立场出发，创造社作家强调情绪而忽略理性，追求主观自我而排斥客观现实，认为"艺术是艺术家自我的表现，再无别的"[3]。这一文学观念的极端表达，便是郁达夫著名的"自叙传"[4]说。很自然地，创造社和文学研究会就文学应该"为人生"还是"为艺术"展开了一场激烈论争。但遗憾的是，由于误读、意气用事和宗派情绪，双方在言语高低和枝节问题上纠缠过多，并未专注于各自文学观念上的分歧，在文学到底是应该为人生还是为艺术，或者说文学是否应该具有社会功利目的等问题上并

---

1 雁冰:《介绍外国文学作品的目的——兼答郭沫若君》,《文学旬刊》第 45 期,《时事新报》1922 年 8 月 1 日。

2 同上。

3 郑伯奇:《新文学之警钟》,《创造周报》第 31 号, 1923 年 12 月 9 日。

4 郁达夫在《中国新文学大系·散文二集·导言》中说:"现代的散文之最大特征，是每一个作家的每一篇散文里，所表现的个性，比从前的任何散文都来得强。古人说，小说都带些自叙传的色彩的，是因为从小说的作风里，人物里可以见到作者自己的写照；但现代的散文，却更是带有自叙传的色彩，我们只消把现代作家的散文集一翻，则这作家的世系，性格，嗜好，思想，信仰，以及生活习惯等等，无不活泼泼地显现在我们的眼前。"

未展开深入的探讨。但这场论争涉及文学观念中一些最基本的问题，它们所蕴含的意义使得类似的论争在以后的若干年内反复出现并深刻影响着中国现代文学的发展进程。

站在摧毁封建传统的立场上，文学研究会与创造社并无多少分歧，他们是从不同的侧面出拳，也揭示了文学不同方面的特征和要求。一个强调文学要真实地反映生活，揭露人生，从而否定了封建文学的游戏消遣观，并建构了文学与社会的深刻关联；一个强调文学要真实地反映自我，反映心灵的呼唤，击中了"存天理，灭人欲"的封建载道文学观的要害，确立了文学作为精神现象的主体地位。正如胡风在后来所说："当时的'为人生的艺术'派和'为艺术的艺术'派，虽然表现出来的是对立的形势，但实际上却不过是同一根源底两个方向。前者是，觉醒了的'人'把他的眼睛投向了社会，想从现实底认识里面寻求改革底道路；后者是，觉醒了的'人'用他底热情膨胀了自己，想从自我底扩展里面叫出改革底愿望。"[1] 但这场关涉新文学本体建构的论争反映了新文学草创时期的一个重要现象，即思想武器的多元乃至混乱。

在新文学运动草创时期，出于反对封建文学和建构新文学的需要，新文学作家们总在吸收各种西方的思想武器和文学武器，从文艺复兴到20世纪初的西方文艺潮流和文艺思想，包括启蒙主义、浪漫主义、现实主义、自然主义、象征主义、现代主义等等，无一不在借鉴之例。但由于时代任务的紧迫繁重，他们通常不考虑西方某一文艺思潮、文艺思想与其社会环境和时代任务的契合，不考虑其在西方思想体系、知识谱系中的演进和位置，更无暇顾及对其吸收的完整性和系统性，而是以我为主拿来就用。这造成了一方面的生气勃勃，各种思潮、主义层出不穷，另一方面却矛盾抵牾甚至混乱。这种矛盾不仅表现为随眼界的开阔和兴趣的转移，作

---

1 胡风：《文学上的五四》，氏著《胡风评论集》（中），人民文学出版社1984年版，第122页。

家所信奉的文学观念经常呈阶段性变化，甚至也表现为一个人的文学观念的内在矛盾。至于社团和流派，这种现象就更加突出。

　　人们通常把文学研究会和创造社的创作倾向分别归结为写实主义和浪漫主义，但其实这是一种相当笼统含混的说法。譬如创造社，有研究者注意到"创造社文学观念和创作风貌是各种'主义'的杂多的综合，而不是浪漫主义的一统天下"[1]，其中就包含着浪漫主义、现实主义、象征主义、意象主义、唯美主义、表现主义等多种成分。不仅创造社如此，文学研究会也如此。仔细分析起来，茅盾和郑振铎这两大理论发言人的观念便存在着明显差异。譬如对于文学的使命，茅盾认为："文学者表示的人生应该是全人类的生活，用艺术的手段表现出来，没有一毫私心不存一些主观。自然，文学作品中的人也有思想，也有情感；但这些思想和情感一定确是属于民众的，属于全人类的，而不是作者个人的。"[2]而郑振铎则认为："文学的真使命就是：表现个人对于环境的情绪感觉，欲以作者的欢愉与忧闷，引起读者同样的感觉。或以高尚飘逸的情绪与理想，来慰藉或提高读者的干枯无泽的精神与卑鄙实利的心境。"[3]一个否定个人主观，一个却强调个人情绪；一个重"再现"，一个重"表现"；彼此的分歧是显而易见的。因此，如果不细加分辨而一概而论，则可能会遮蔽问题的复杂性。显然，还原历史场景，辨析各自观念的差异，梳理其来龙去脉并揭示其意义就十分重要了。

　　强调这一点，意在说明同为文学研究会会员，开明派作家的文学观念与茅盾等人的主张有着明显差异。

　　对文学研究会与创造社的论争，开明派作家叶圣陶、朱自清、夏丏

1　朱寿桐:《情绪：创造社的诗学宇宙》,上海文艺出版社 1991 年版, 第 3 页。
2　沈雁冰:《文学和人的关系及中国古来对于文学者身分的误认》,《小说月报》第 12 卷第 1 号，1921 年 1 月。
3　西谛:《文学的使命》,《文学旬刊》第 5 号,《时事新报》1921 年 6 月 20 日。

尊、胡愈之等人没有介入，这显然归之于他们一贯秉持的低调作风。但论争所涉及的却也是他们所关注并始终在思考的问题。从在此前后他们发表的文字看，对文学到底是"为人生"还是"为艺术"，抑或有着内在的同一性，他们显然有着自己的理解。

出于对文学自身本质和价值的认知，也出于对时代特征和时代任务的理解，他们提出了"真诚"的文学观念。这种文学观念有着自己的独特内涵，它与茅盾等人提倡的写实主义有密切关联，但同时与创造社提倡的心灵说、自叙传说也血脉相通。

二

1921 年，叶圣陶在《晨报副刊》上发表了 40 则《文艺谈》。这组早于文学研究会与创造社论争的文艺随笔揭示了开明派作家对文学的基本认识。

叶圣陶说："艺术究竟是为人生的抑为艺术的，治艺术者各有所持，几成两大流。以我浅见，必具二者方得为艺术。"[1]在他看来，人生和艺术是无法分离的，"文艺家从事观察，入于事事物物的内心，体认他们生命的力，不知不觉间自有不得不表现而出之势。"作者顺乎这种冲动进行创作，其中自然包含着浓厚的情感。无论是艺术派的王尔德还是人生派的托尔斯泰，概莫能外，即使是号称忠实描写不掺杂个人情感的写实派或自然派也是如此。所以他说："所谓写实派和自然派，曾自称为'忠实描写，不参主观的意见'，总可谓作者和作品分离的了。然而何尝真能分离呢？试读无论哪一家写实的作品，于其描写'被侵害与侮辱者'之处，彼虽不痛声疾呼若辈如何如何痛苦，如何如何可怜，而字里行间总隐隐流露着同情和怜悯的热诚。"[2]对叶圣陶的看法，郑振铎予以了认同："我同圣陶

---

1 叶圣陶:《文艺谈》，第 24 页。
2 同上，第 34 页。

一样，也主张小说是写下的，不是做出来的。因为极端的无所为的客观描写的小说，决不是好小说，而且也没有做的必要。凡是做小说，至少也要人极深刻的观察，极真挚的欲诉的情绪，或欲表现自己的冲动，才能去写。虽不是全为教训主义，传道主义，至少要有一个欲吐的真情郁塞在心中，做写这小说的无形的墨水，做写下的文字的灵魂，做这篇小说的河水的泉源，然后才能真，才能写得感动人。——虚伪的做作的描写是决不能动人——而这种真情，却不能加以雕饰，却不能句斟字酌的支支节节的做出来。如倾瓶水：如果是满盈盈的水，必定是一倾而不能中止的，那里还有什么工夫去做文字上修饰工夫呢？"[1]

这是一种主客观相统一的文学观。它的精髓，用开明派作家最常用的概念来表达，就是"真诚"。开明派作家在不同场合反复强调这种"真诚"，并几乎把它当成了指导创作、评骘作品甚至臧否人物的唯一尺度。它成为开明派最具特征的文学旗帜。

这种"真诚"文学观有着丰富的内涵。

第一，它要求真实地反映生活，坚持文学直面人生苦难，揭示社会问题，通过直接对现实发言，为唤醒民众启迪人心发挥积极作用，即"求真"。所以他们提出："我们现在需要最切的，自然是血与泪底文学，不是美与爱底文学；是呼吁与诅咒底文学，不是赞颂与咏歌底文学。"[2] 在这一点上，他们肯定了文学的社会功用，显示了文学研究会作家共有的强烈社会责任感。

第二，它要求真实地反映情感，坚持文学响应心灵的召唤，即"求诚"。叶圣陶说："每一篇作品无不呈露作者之态度，或是真诚，或是玩戏，或是恳挚，或是冷薄，——自己显明，望而可知。"[3] 但一个对社会有

---

1 郑振铎：《答汝卓》，《文学旬刊》第 38 期，《时事新报》1922 年 5 月 21 日。

2 朱自清：《〈蕙的风〉序》，《朱自清全集》第 4 卷，第 53 页。

3 叶圣陶：《文艺谈》，第 48 页。

承担有责任的作家，"既然要写出自己的东西，就会连带地要求所写的必须是美好的。假若有所表白，这当是有关于人间事情的，则必须合于事理的真际，切乎生活的实况；假若有所感兴，这当是不倾吐不舒快的，则必须本于内心的郁积，发乎性情的自然。这种要求可以称为'求诚'。……求诚实含着以下的意思：从原料讲，要是真实的，深厚的，不说那些浮游无着不可征验的话；从态度讲，要是诚恳的，严肃的，不取那些油滑轻薄十分卑鄙的样子"[1]。显然，"求诚"不仅意味着对客观世界的尊重，更意味着对心灵的尊重，对自我在文学中主体地位的肯定。在这里，他们与茅盾的"再现"说拉开了距离，而显示了与创造社作家"表现"说的深刻联系。

　　第三，它要求真实的生活和真实的情感的艺术统一。他们认为，事实层面的客观存在，只有经过主观情感的过滤熔炼才能构成真正意义上的真实的文学。因为，艺术中的真实并不直接来源于对生活的"再现"，而在于艺术创作活动中作家对自己情感和想象的忠实把握和创造性表达。朱自清说："'创作'的意义决不是再现一种生活于文字里，而是另造一种新的生活"，在这种生活中，"感觉与感情是创作的材料；而想象却是创作的骨髓"[2]。现实世界的生命活动、社会现象仅仅作为"过去生活的影象"片断地、模糊地保留在作家的记忆中。作家在情感和想象的导引下，运用文字对这些影像进行创造性的删汰、补充、联络，从而构成一个新的艺术生命。在这个意义上，表现人生与表现自我获得了统一，"'表现自己'实是文学——及其他艺术——的第一义；所谓'表现人生'，……也只是表现自己所见的人生吧了。表现自己，以自己的情感为主。能够将自己的'实感'充分表现的，便是好文学"[3]。

───────────

1　叶圣陶：《诚实的自己的话》，《小说月报》第 15 卷第 1 号，1924 年 1 月。
2　佩弦：《文艺的真实性》，《小说月报》第 15 卷第 1 号，1924 年 1 月。
3　朱自清：《文学的一个界说》，《朱自清全集》第 4 卷，第 168 页。

可见，在开明派作家看来，真正的文学来自作家对自我生命、情感的忠实把握和创造性表达，社会事件和人生实况在作者体验和想象的层面上进入作品，从而达到客观世界与主观世界的统一。由此，"真诚"的文学观修正了"再现"说和"表现"说各自的理论偏执，也消弭了两者之间巨大的理论鸿沟。比起创造社的超越一切功利、否定文学的社会作用，它无疑更加符合实际，多了一份对社会的人文关怀，也更体现出启蒙时代的社会吁求；比起茅盾单纯强调文学的社会价值和功利目的，它无疑多了一份文学的自身建构，也更能揭示文学的本体意义。就此而言，"真诚"说可以说是超越了"再现"说和"表现"说，实现了文学的社会价值和艺术价值的统一。

值得注意的是，无论是茅盾还是郭沫若、成仿吾等，他们的文学观念后来都随着国内政治风向的变迁和时代任务的更替而经历了明显的甚至前后矛盾的变化，而开明派作家却始终没有背离这种"真诚"的文学观。1928 年朱自清在《背影·序》中明确强调"我意在表现自己"[1]；同年，在革命文学论争热火朝天的时候，夏丏尊对当年文学研究会与创造社的论争又在理论上做了清理。他说：为人生的艺术（art for life）与为艺术的艺术（art for art）的问题，好像传统哲学上性善与性恶问题一样，成为文艺上聚讼不清的大纠纷。其实两派都是一种极端的见解。他指出："露骨的劝善惩恶的见解，在文艺上，全世界现在似乎已绝迹了，但以功利为目的的文艺思想，仍取了种种的形式流行在世上，或是鼓吹社会思想，或是鼓吹妇女解放，或是鼓吹宗教信仰。名为文艺作品，其实只是一种宣传品而已。这类作品愈露骨时，愈失其文艺的地位。人生派的所谓'人生'者往往只是'功利'，因此其所谓'为人生的艺术'者，结果只是'为功利的艺术'而已。……至于艺术派的主张如王尔德的所谓'艺术在其自身以

1　朱自清：《背影·序》，第 34 页。

外，不存任何目的，艺术自有独立的生命，其发展只在自己的路上。'亦当然是一种过于高蹈的议论。"这两种观念各执一端，或"把文艺流于浅薄的实用"，或以为文艺可以不食人间烟火，都过于偏狭，都没能准确地把握文艺的真正价值和作用。在他看来，文学以人为表现对象，这就决定了文学不可能脱离人的现实存在，也就不存在与人性和人生不相干的纯粹艺术品，这就必然存在文学的社会功用。但"文艺的用，是无用之用。它关涉于全人生"，是"全的功用，综合的功用"，它"自己虽不曾宣传什么，而间接却从人生各方面引起新的酝酿，暗示进步的途径"："因了文艺作品，我们可以扩张乐悦和同情理解的范围，可以使自我觉醒，可以领会自然人生的秘奥。再以此利益作了活力，可以从种种方向发挥人的价值。"[1]

三

"五四"新文化运动的主旨在于人的发现、人的解放，"立人"成为新文化运动最响亮的口号之一，也是最深入人心的思想观念和追求目标之一，通过建立独立健全的人格意识和人格精神来谋求人的全面发展，更是开明派文化观念的基本思路和理论精髓。"真诚"的文学观便有力地回应了"五四"时代对思想启蒙的呼唤，揭示了文学从作者到作品、从题材到风格、从创作到批评的内在关联和核心要素。这个核心就是人，"真"的人。正是在这里，体现了"真诚"文学观的独特内涵和对新文学建构的重要价值。

人在所有文学活动中占据着主导地位。因此，"真诚"文学观首先落脚于作者，落脚于作者的人格建构。

人格问题之所以重要，是因为这是彰显人的价值精神、实现"人的

---

1 夏丏尊：《文艺论 ABC》，世界书局 1930 年版，第 24—34 页。

文学"的前提，而"人的文学"正是"五四"新文学最根本的价值追求。叶圣陶说："文学是作者感情和思想的，也就是人格的表现，又具有美的质素，所以能感动他人。这其间有很重要的一个意思，就是必先有作者的人格而后有文学，不是抛弃作者自己在一旁而伪造出情思话语来填充篇幅。"[1]作品是作者心灵的结晶，是作者人格的外显，无法想象一个人格委琐甚或根本就没有挣得做人资格的人能创造出"人"的文学。当然，人格问题是作者的"诗外功夫"，是作者必须通过终生的追求来实现和完善的。这个"诗外功夫"落实到"诗内"，就体现为作品的个性和自我。因为作者与作品在内在的精神层面上是不可分割的，是一枚硬币的两面。正如叶圣陶所说："作者之精神如何，即从其作品中映射而出。此无待故欲表显，亦莫能故为隐匿。所以文艺家之能事在以'自我'为中心而役使一切。一切供我以材料，引我之感兴。"而且，"文艺家的自己修养愈益精进，则其'自我'愈益完成，其作品所映而出的精神也愈益显明"[2]。朱自清也表达过类似的意思："一篇优美的文学，必有作者底人格、底个性，深深地透映在里边，个性表现得愈鲜明，浓烈，作品便愈有力，愈能感动与他同情的人。"[3]相反，作品如果没有充分表现出作者的人格个性，那就不是好作品，甚至不是真实的作品。

20世纪20年代初，"五四"启蒙主义思潮背景下平民的发现和"劳工神圣"的观念，引发了新文学界对"被损害与被侮辱"的底层民众的关注，大量表现劳工和妇女痛苦的作品应运而生。但叶圣陶批评其中许多作品"不尽含有深切的印象和精微的灵感"，因而只是"趋时"之作。[4]这就是说，这些仅仅立足于"再现"的作品缺乏作者对生活独到的发现感

1　叶圣陶:《文艺谈》，第64—65页。
2　同上，第35页。
3　朱自清:《民众文学的讨论》，第42页。
4　叶圣陶:《文艺谈》，第5页。

受，也缺乏作者自我生命投入的情感燃烧，不能给人带来思想的发现和艺术的冲击，因而也是不真实的。对叶圣陶批评的这种现象，朱自清从理论上做了阐述。他认为，与真实相对的是"模拟"乃至"撒谎"，这两者都病于自我的匮乏，前者是在作品的"意境，情调，风格，词句"等方面附会别人，而后者更是"根于一种畏惧，掩饰之心"，为"求合于某种道德标准"，"毫无什么诚意"地违背事实、违背生活逻辑而捏造，"撒谎是不真实的，虚伪的"，[1] 自然是没有价值的。所以胡愈之斩截地说："文学的价值，全在于创作；一切专事模仿没有独创精神的东西，都不好算作文学的作品。"[2] 要解决这一问题，唯一的途径还是回到作者身上，因此叶圣陶强调："要创作我们所希望的真文艺品，没有范本可临，没有捷径可走，唯一的办法乃在自己修养，磨练到一个'诚'字。"[3]

真诚的背面是虚假，是人的自私、冷淡、虚伪、卑怯，是戴着面具的双重人格，是人与人之间的戒备、隔膜、倾轧，是爱的缺失、理想的沦亡，是由此而来的生活的粗鄙、个性的萎缩和精神的委琐，这是封建礼教桎梏下世人最普遍的生存状态。因此，"真诚"文学观落实到创作层面，即对作品的题材取舍、人物设置、主题提炼、艺术特征等众多方面提出自己的独特要求。这些要求归结到一点，就是必须充分揭露并批判人的现实生存的可怜、可笑、可悲和可怕。叶圣陶说，"要使我们的生活丰富多采，一定要先去掉这寂寞和枯燥，那就必须打破人与人之间的隔膜。隔膜既破，彼此的心都是赤裸裸的，一层薄雾似的障翳都没有，而后可以互相了解，互相安慰，互相亲爱"[4]。因此，开明派作家关注人间普遍的社会病症和人的精神痼疾，既注重刻画社会转型时期知识者的心灵探索和人格

---

1 佩弦：《文艺的真实性》。

2 愈之：《新文学与创作》，《小说月报》第 12 卷第 2 号，1921 年 2 月。

3 叶圣陶：《文艺谈》，第 9 页。

4 同上，第 54 页。

追求，更强调描摹农民、妇女和市民等社会底层民众的生存挣扎和精神重压，以引起疗救的注意。

在开明派作家看来，疗救的方法起码有两种。一是以人道主义的爱去点亮世人灰暗的灵魂，用理想的灯塔去指引世人迷失的风帆。叶圣陶特别推重近代俄国文学，在他看来，近代俄国文学的最大特点，就在其于暴虐的政治和艰难的生活中希求光明，表达出对人生的最丰富、诚挚、率真的情意，这就是以"爱"为精魂的人道主义。"俄国的文艺里几乎无一篇不吐露这一种福音，不单是对于受痛苦者悲悯，尤能于堕落者之心灵中抉出未尝堕落的真性，以为若辈更生之勖勉。"[1] 所以直面现实的叶圣陶强调理想与现实的冲突，通过抉发生活的痛苦黑暗来寓指通向光明的途径，以寄托人类的崇高精神。

另一种方法是展现儿童世界的童真童趣，以此作为现实生活成人世界的对比，作为启人警醒、逼人改过的镜鉴。在开明派作家看来，较之于成人的心灵蒙垢、失其本性，儿童天真纯朴，充满感情，没有习染，是"真的人"，在最本质的意义上体现了人的本真面目。叶圣陶、丰子恺等人对儿童世界的激赏和企羡，其着眼点正在于此。譬如丰子恺就说："我企慕这种孩子们的生活的天真，艳羡这种孩子们的世界的广大。或者有人笑我故意向未练的孩子们的空想界中找求荒唐的乌托邦，以为逃避现实之所；但我也可笑他们的屈服于现实，忘却人类的本性。……我看见世间的大人都为生活的琐屑事件所迷着，都忘记人生的根本；只有孩子们保住天真，独具慧眼，其言行多足供我欣赏者。"[2] 正因为如此，所以开明派作家大声呼吁"为最可宝爱的后来者着想，为将来的世界着想，赶紧创作适于儿童的文艺品"[3]。20 世纪 20 年代上半叶盛极一时的儿童文学热潮，很大

1　叶圣陶：《文艺谈》，第 46 页。

2　丰子恺：《谈自己的画》，《丰子恺散文全编》（上编），第 468 页。

3　叶圣陶：《文艺谈》，第 16 页。

程度上正是开明派作家的努力结果。

在"五四"启蒙主义精神的指引下，开明派作家一方面大力提倡"真诚"的文学观，另一方面在这种文学观念的指导下积极开展文学活动。可以说，开明派作家在文学活动、文学创作、文学批评等方面所体现出的全部的审美趣味和艺术追求，用"真诚"文学观来衡量规范，都能获得圆满的理论解释。即使在最难以指认的文学样式的选择方面，也都能看出"真诚"文学观对他们的影响。开明派作家都偏爱散文这样的非虚构文学，尤其擅长那种表现身边琐事，袒露内心情感的；直抒胸臆以自然取胜的；蕴藉质朴、温润腴厚的。比起其他样式，他们在散文领域取得了最为突出的成就，并且成就了朱自清、丰子恺、叶圣陶、夏丏尊这样一流的散文名家。他们在文学样式偏好、写作内容及艺术风格上体现出的惊人一致，显然与这种文体最切合于对"真诚"文学的追求、最适宜于表现作者自我的个性人格有着密不可分的关联。

从根本上说，开明派所提出的"真诚"文学观，是"五四"启蒙时代的产物，是"五四""人的文学"理论的具体展开和深化丰富，对反对封建文学和建构新文学起到了重要作用。值得注意的是，随着时代主题的转换，"革命文学"取代"人的文学"的时候，开明派作家却始终坚守着他们的"真诚"文学观念，并对革命的、阶级的、政治的现实功利目的与文学越来越紧密地捆绑在一起表示不以为然，这可从夏丏尊 1928 年在清理文学研究会与创造社论争时对各种以功利为目的的文艺思想的批评中见出端倪。开明派作家的这一文学立场和毕生努力，是与他们始终坚守的启蒙主义的文化立场相一致的，体现了他们对启蒙的历史任务的独特理解，其中也蕴含着历史运动深处某种深刻的合理性要求。

第四章　为了青少年的全面成长

——开明派的文化实践

　　开明派从来就不是一个单纯的以理论阐发见长的思想流派。在开明派存在的二十多年中，除了就他们所信奉所坚持的"五四"新文化的健康发展发表大量主张之外，他们以更多的精力致力于文化实践，致力于将他们的文化主张贯彻在自己的文化实践之中。可以说，理论与实践的高度统一，并且自始至终毫不动摇，是开明派区别于几乎所有文化、文学流派的最根本特征。如果不充分考察他们的文化实践并揭橥其丰富内涵、基本理路和价值追求，就无法展现开明派作为一个文化、文学流派的丰富性和完整性，也无法真正揭示开明派在现代文化史、文学史上的贡献和价值。

　　开明派的文化实践包含着非常丰富的内涵，在本研究的叙述框架内很难穷尽。这里只能勾勒一个大致的概况。

　　正如我们在第二章所论述的，开明派的文化立场有一个在探索中逐步明确的过程。伴随着这个过程，开明派的文化实践也由朦胧而走向清晰，由四面开花而收拢战线集中在教育与出版两方面，具体而言，就是集中在学校建设、期刊建设、教材建设、出版建设四个节点上。这四个节点，体现了一个共同的主题，那就是一切为了青少年的全面成长。

第一节　办学的新探索

在开明派形成的过程中，通过学校教育并在办学的过程中实现自己的教育理想是一个重要方面，但白马湖春晖中学的失败提示他们，利用现有学校以"借鸡下蛋"的方式推行自己的教育理念，总难免受制于人，是此路不通的。要想走自己的路，还是必须自力更生，于是便有了立达学园的出现。但仅凭一个私立初级中学的规模和程度，虽然说让教育界耳目一新，其影响面毕竟有限，社会上无力升入中学或半道辍学的人有无数，他们的读书问题应该得到解决，即使是在校生，他们旺盛的求知欲也不是靠课程内几本教材就能够满足的。也许，一个有效的办法是函授。它既避免了依赖别人、缺少独立自主性的弊端，又突破了一座学校受惠者寡的局限，打破了现有学校对于学生人数和资格的限制。

函授最主要的是师资和教材，而这恰恰是开明派的长项。借助于上海这个文化中心所具有的凝聚力和辐射力，凭借着开明派已与数年前不可同日而语的成熟而整齐的队伍，似乎，地利与人和都有了。于是，在1931年上半年，开明书店决定筹办函授学校，约请作者编写函授教材。

但学校的开张，却跟1932年上海的"一·二八"抗战密切相关。

在城市进行的战争，对于城市生活的影响是巨大的。据上海市教育局1932年4月前的初步估计，上海受战事波及的学校有238所，由此造成的失学学生共399829人，其中中学生有6281人，分别占比为25.5%、24.9%和21.8%。[1]如此多的学生学业受影响，函授学校的开办更迫在了眉睫。战争对于民族、对于上海这座城市，伤害是巨大的，但落实到开明派办学这一件具体的事上，从需求量剧增的角度看，也许可以算作某种

---

[1]　见叶圣陶:《"失学"与"自学"》,《中学生》第23号，1932年4月。

"天时"。

于是，他们开始了紧锣密鼓的筹划。从1932年2月起，他们在《中学生》上连续刊登《开明中学讲义社简章》和《开明中学讲义发行缘起》，指出："中学课程是人生必具的常识，无论谁，要处理他的生活，要对付他的事业，就得具有这一些常识。"但"中学课程的代价高到非一般民众所能担负，这是现在的事实。于是多数的小学毕业生只好望着中学的门墙，徒然兴起羡慕的心情"[1]，何况即使是进了学校的学生也面临着因生计或战乱而被迫辍学的威胁。在这种情形之下，发行一种函授中学讲义便成为"颇有意义的事"。"把所有中学课程包容在里头，用文字代替教师的开导和讲解，关于实验和作业，给与详细的说明和设计：这样，除去不得营学校的共同生活外，读讲义也就与进中学没有差异。"[2]所以叶圣陶在4月初发行的《中学生》上向失学青年发出号召："离开了学校的青年人，不必系念着学校的旧梦，你们从'自学'的新途径充实你们自己吧！"[3]与此同时，从1932年4月起，他们又数次在《申报》上登载广告，称讲义社"特聘富有中学教学经验之各科专家，依中学课程标准，编成浅明易解之讲义，使有志上进之失学青年得于职务余暇，修得中学程度之全部知识，并使在校就学者亦得课外修业？补益校课之机会"[4]。

函授学校取名开明中学讲义社，夏丏尊任社长（参见图4），从1932年5月起开始发行讲义。1933年7月，根据上海市教育局要求，开明中学讲义社正式注册登记为上海市私立开明函授学校，夏丏尊继续担任社长（参见图5）。

1　《开明中学讲义发行缘起》，《中学生》第23号，1932年3月。
2　同上。
3　叶圣陶：《"失学"与"自学"》。
4　《开明中学讲义开始设计广告》，《申报》1932年4月14日。

图 4　《中学生》载开明中心讲义社广告　　图 5　《中学生》载开明函授学校广告

　　从筹办学校的设想来看，他们具备几个明显的优势：第一，师资。函授学校有着强大的师资阵容：夏丏尊、叶圣陶、丰子恺、王伯祥、宋云彬、傅彬然、刘薰宇、刘叔琴、章克标等担任讲师，周予同、周建人、胡愈之、章锡琛等人担任课外讲师及顾问。"讲师就是编写讲义的人，也就是函授的教师，不是用口而是用笔来教授罢了"[1]，他们熟悉并且热爱中等教育，在中学教育界有很高的声望，由此教材和教学的质量可以得到充分保证。第二，生源。学校面对的是社会上众多的失学青年，而以普通全日制中学一半的较短时间和六分之一的低廉费用来完成学业，保证了生源的稳定可靠。第三，课程设置。课程包括普通中学初中阶段的全部课程，甚至包括珠算、应用文等一些谋生必需的技能。这样一种"全科"的课程设置和适应职业需要的专门技能培训，立刻把其与那些职业的和专科的技术

1　章克标:《开明函授学校简述》,《我与开明》, 第248页。

学校区别开来，对广大社会青年具有很强的吸引力。第四，管理。学校在讲义的编写方法、出版时间，学员如何注册缴费，教师如何批改作业、答复质疑，学校如何组织考试、安排毕业等方面，也都做了详细规定。可以说，在师资、生源、费用、课程和教学过程的完成等一所学校必须考虑的基本方面，他们都做了精心安排。所以正如章克标所说："开明函授学校的设想和办法，是周到详备的，他们实在已经准备多年了。"[1] 如果函授学校办得成功，他们设想以后扩大规模，由初中而高中，[2] 由普科而专科，甚至"扩展为大学，或各专业科目，如文学、艺术之类"[3]。这样一步步地向前推进，符合开明派一贯认真不苟、踏实稳健的做事风格。

因为阵容如此强大，安排如此周详，报名者相当踊跃，短时间内学员人数就达到了千人，[4] 名列上海市核准登记的九家函授学校之首。"开明在那个时候办函授学校，正符合社会的需要；收费不多，还有分期交付的办法；校长和讲师（负责编写讲义和批答作业本）是青少年信得过的人，在著作界教育界大多有些名望，所以报名的学员很多，而且多数要求批改作业本。"[5]

但在办学的过程中，他们遇到了一个意想不到的困难："学员的作业寄回来要批改，各种质询的问题要答复。因为已经收了批答费，必须负责做好这事。对每个人每个问题，要有仔细明白的回答。当然要麻烦讲师来做这件事，但是把各学员的问题分开来，汇交于任课的讲师，再把讲师批改后的答复，整理区别开来，一个一个寄回学员个人，已是相当繁杂了。学

---

1 章克标：《开明函授学校简述》，第 249 页。
2 《开明中学讲义社简章》称本校"分初中高中两部，先办初中部"。
3 章克标：《开明函授学校简述》，第 247 页。
4 见《中学生》第 28 号《开明中学讲义》广告。据《民国廿五年上海市年鉴》的《上海市核准登记私立函授学校统计表》（民国二十三年，1934 年）载，开明函授学校人数为1084 人，教职员数为 41 人。
5 叶至善：《重印〈开明国文讲义〉后记》，《我与开明》，第 280 页。

员的作业又不会同时寄来，有的要拖几个月后才来，而且有很多问题大同小异，甚至完全重复，在正规学校里，上了一堂解答说明的补充课就解决了问题，在函授学校就办不到，对此那些比较忙的讲师，就很为难了。"[1]夏丏尊、叶圣陶等学校讲师的主业是编书编杂志，他们无法投入太多的精力，而批改作业和答疑解惑的工作量又太大，只好延聘许多中学教师帮忙。但这么一来，支出大量增加，让开明书店无法承受，函授学校难以为继了。

不负责任地"拆烂污"不是开明派一贯的作风，思虑再三，并无有效的解决办法，于是只得停止招收新学员。1934年冬，在把第一期学员送出学校并处理好善后工作后，维持了两年多时间的学校只得停办。

可以看出，无论对于满足社会需求还是对于开明派的文化实践，函授学校都是一个很好的设想。但过于理想化的办学思路和对办学过程中困难的估计不足，使得这一帮书生在学校真正办起来后不免手忙脚乱，左支右绌。几十年后，在回忆这一段历史的时候，叶至善说："现在看来，开明当时办函授学校的设想是可取的。可是规模这样大，课程这样多，要认认真真地办，必须有社会各个方面的协作和支持，单靠一家书店的力量是一定维持不下去的。"[2]

开明派同人在办学方面的实践探索遭受了挫折。尽管这次的挫折与此前在春晖中学的挫折不在同一个层面，但它依然在提示开明派同人更清醒地认识自己的长处与弱项，认清自己在文化建设中的定位。

不过，具体办学虽然失败，除了收获一期毕业学员而外，开明函授学校还是留下一些具体成果，这就是由任课讲师编写的教材。开明书店以"开明中学讲义"的形式出版了这些教材，共14种（参见表1、图6）：[3]

1　章克标：《开明函授学校简述》，第250页。
2　叶至善：《重印〈开明国文讲义〉后记》，第280页。
3　原计划编写讲义18种，但实际未全部完成。见《开明中学讲义社减费征募社员，本月底截止》，《申报》1933年7月25日。

表 1 "开明中学讲义"情况

序号	作品	编者
1	《开明国文讲义》（3册）	夏丏尊、叶圣陶、陈望道、宋云彬
2	《开明英文讲义》（3册）	林语堂、林幽
3	《开明本国历史讲义》（2册）	王钟麒、宋云彬
4	《开明本国地理讲义》	韦息予、傅彬然
5	《开明算术讲义》	刘薰宇、章克标
6	《开明代数讲义》	刘薰宇、章克标
7	《开明几何讲义》	刘薰宇、章克标
8	《开明化学讲义》	程祥荣
9	《开明物理学讲义》	沈乃启、夏承法
10	《开明图画讲义》	丰子恺
11	《开明音乐讲义》	丰子恺
12	《开明外国历史讲义》	倪文宙
13	《开明外国地理讲义》	冯达夫
14	《开明实用文讲义》	张石樵

这些教材后来不少均曾再版，至 1949 年，多者再版达 10 多次，可见社会欢迎的程度。所以在学校停办十年以后，叶圣陶还特意向社会推荐这一套教材：

十年以前，开明书店曾经办过一个函授学校，把中学各科的知识技能传授给入学诸君。函授当然不能当面讲说跟指导，所编的讲义必须特别亲切详明，跟寻常的课本或讲义不一样，才可以收到预期的效果。那时候我们担任讲师的一班朋友，对于这一层非

图6 "开明中学讲义"广告

常注意。教材的编述，方法的指导，第一求其明确，第二求其有效，文字又求其生动活泼，总要使读者读下去，宛如面听讲师的讲授，而且是循循善诱。后来全部讲义完成，我们自己相信，这中间的确寄托着一个优良的中等学校。看过这套东西的教育者，用过这套东西的自修者，也给我们证明这一点，我们从而知道我们的相信并非谬妄。[1]

第二节 以国文教材为核心的教科书建设

一

开明书店出版的教科书远不止上述 14 种。应该说，作为一个中型出版社，开明书店能够在出版社林立的上海形成自己的特色并与商务印书馆、中华书局、世界书局等大型出版社相颉颃的一个重要之点，就在于它的教科书出版。唐锡光说："开明的教科书完全以质量取胜。教科书发行量大，周转期快，经济效益大，可以用教科书来养一般图书的。开明在解放前被列为六大书店之一，发行教科书也是主要原因之一。"[2]这些教科书，

1 叶圣陶:《开明中学讲义》,《叶圣陶集》第 18 卷，第 323 页。
2 唐锡光:《开明的历程》,《我与开明》，第 296 页。

在程度上，从小学到大学均有，但毫无疑问以中学教材为最丰富；在科目上，从国文、数学、英语到公民、博物、自然，涵括了中小学的所有科目，又以国文、数学（算术）、英语这中小学最基本的三大科目为最丰富。

以教科书出版作为书店的发展方向并形成特色，是从《开明活页文选》起步的。唐锡光说："当时中学的语文教材大部分都由任课教师自己选定，由学校刻写油印成讲义分发给学生。刻写油印费时费力，又多错字脱句。章锡琛在中学当过语文教师，深知油印讲义的缺点，为此设计出版活页文选，便于中学语文教师选用。活页文选广选历代名篇，从古文到白话文，各种文体具备，行款清楚，校对精细，根据选目配售，可代为装订成册。到一九三二年'一二八'战役之前，文选已将近千篇，……《开明活页文选》在中学里，比商务、中华的课本更受语文教师的欢迎，成了开明初期发行的三大教科书之一。"[1]到1936年的时候，活页文选已经编选了1600篇。此外还有开明活页小学教材300篇和开明英文选注86篇。活页文选这种独特的出版方式，深受社会欢迎，一直到20世纪80年代，仍然可以看到它的踪影。

受《开明活页文选》大获成功的鼓舞，开明书店又请林语堂编写了《开明英文读本》，请刘薰宇、章克标、周为群、仲光然[2]编写了《开明算学教本》（包含算术、代数、几何、三角四个分册），又再次广获好评。《开明活页文选》《开明英文读本》和《开明算学教本》成为支撑开明书店的"三大教科书"。

这三种教科书的成功，启发了开明书店的同人，也坚定了他们把编写出版教科书作为书店特色并以此在各家书店的竞争中立足的决心。此后，开明书店的教科书编写出版进入新的阶段。据笔者统计，到1949年

1 唐锡光：《开明的历程》，第294页。
2 刘薰宇和周为群为立达学园数学教师，章克标曾任暨南大学数学系教授，仲光然为中央大学、上海中学数学教师。

9 月止，开明书店共出版教科书和教学参考书共 256 种，[1] 而在全面抗战爆发前即已出版 163 种，约占开明所出教科书总数的 63.7%。

教科书由于销量大而周转快，经济效益好，自然成为各家出版社竞相追逐的猎物，这带来了教科书市场的激烈竞争和教科书质量的鱼龙混杂。为此，教育部以"部审教材"的方式对教科书的编写出版进行整顿，而是否"部审教材"就成为教科书质量的重要尺度和各学校教科书选择的重要依据。"部审教材"的手段无疑包含着政府当局排斥"异端"、推行"党化教育"的意图，但对于教科书市场的规范作用也是明显的。开明版教科书大量进入"部审教材"行列，从一个侧面反映了开明版教科书的质量。吴觉农说："开明出版的书籍发行遍于全国，在促进国民教育、普及文化科学知识方面起了不少作用。因此，开明从二十年代末到三十年代发展很快，虽然从规模上还不能同商务、中华相比，但声望很高，俨然同商务、中华鼎足而三，成为全国最大的出版机构之一。"[2]

当然，开明书店并不是一味地迎合当权者的好恶以获得"部审教材"的资格。当牵涉到原则问题的时候，开明书店宁愿舍弃这样的资格。1945年，开明书店约人编写了一本《初中本国地理课本》，但教育部在审稿时却以"内容取材与部颁《中学地理教材大纲》不尽相符"[3] 为名，要求按"大纲"修改并重新送审。但"大纲"中的要求或无科学根据或不属于地理学范畴，只是出于政府的宣传需要。这时，叶圣陶明确地说："教材应当是确实可靠的，我们不能'指鹿为马'的欺骗学生。'国定课本'[4] 这块

---

1 因许多教材无法见到实物，中国青年出版社也无完整档案，只能依赖当时出版物上的广告、介绍或回忆文字，故这种统计非常困难，遗漏或重复在所难免。这里，统计的方式是：1. 以单独出版（有独立的出版时间和定价）为算；2. 再版或重新出版时书名与初版或有差异，不重复计算；3. 有些教材在多次出版中有分有合，同主题则记合订方式，不同主题则记分开方式，不重复计算。

2 吴觉农：《我和开明书店的关系》，第 84 页。

3 田世英：《饮水思源忆开明》，《我与开明》，第 75 页。

4 随着国民党对出版行业控制的加剧，"部审"教材后来发展为"国定课本"。

金字招牌我们不要，也不能把既无科学根据、又不属地理范畴的宣传品硬塞到地理课本里滥竽充数！"[1] 于是该教材更名为《开明新编初级本国地理》，以非"国定课本"的名义出版发行。

在开明书店出版的教科书中，我们可以发现两个鲜明的特点：

第一，以初中教科书为主干。开明书店所出版的各类教科书和教学参考书，在程度上，从小学到大学均有，但毫无疑问以中学教材为最丰富；在科目上，从国文、数学、英语到公民、博物、自然，涵括了中小学的所有科目，又以国文、数学（算术）、英语这中小学最基本的三大科目为最丰富。其中，大学和师范教科书均不成系统，高中和小学教科书也仅各出 2 套，这四部分相加有 106 种，而初中教科书和教学参考书，则出版了 6 套，共 150 种。

以初中程度的青少年学生作为教科书编写出版的主攻方向，蕴含着开明派对教育现状的深刻认识和对自身文化使命的深刻理解。尽管民国以后现代教育已经有了长足的发展，但比起庞大的人口基数，教育人口所占比例依然非常有限。据教育部编《第一次中国教育年鉴》统计，在 20 世纪 30 年代初，中国的高等教育仍然相当落后，接受高等教育者为每万人口 0.9 人，不足总人口的 0.1‰，而中等教育则获得较快的发展，在校中学生约为 515000 人，为每万人口 11 人，约占 1‰强。[2] 由此可见，大学的文化程度很高，接受能力强，但人数毕竟过于稀少，有能力进入高中程度的青年也占少数；小学的文化程度低，且心智尚未完全开发；唯有初中程度的青少年相对较多，他们求知欲强而对世界对人生对自我的认识尚未定型，可塑性最强，针对他们展开文化启蒙，可以收事半功倍的效果。

第二，以国文教科书为主干。在开明书店出版的 200 多种教科书和

1　见田世英：《饮水思源忆开明》。
2　见王兴杰：《第一次中国教育年鉴·丁编》，开明书店 1934 年版。

学校参考用书中，国文、数学和英语教材都有 40 多种，[1] 而在这几类教科书中，最能体现开明派的文化观念和文化建设主张的无疑是国文教科书。在初中教科书中，也是国文教科书最多（参见表 2）：

表 2　开明书店出版初中教科书及教学参考书科目分类

单位：种

国文	数学	英语	物理	化学	生物	历史	地理	绘画	音乐	博物	公民	生理卫生
32	26	12	9	12	9	9	12	5	17	3	1	2

20 世纪 30—40 年代，开明书店出版的国文类教科书和学校参考用书有 47 种。其中由书店约请作者编写的国文教科书，主要有王伯祥编写的《开明国文读本》，夏丏尊、叶圣陶、宋云彬和陈望道编写的《开明国文讲义》，叶圣陶编写、丰子恺绘图的《开明国语课本》[2]，叶圣陶、夏丏尊编写的《国文百八课》，夏丏尊、叶圣陶合编的《初中国文教本》，抗战胜利后由叶圣陶、朱自清、吕叔湘等人编写的《开明新编国文读本·甲种》《开明新编国文读本·乙种》《开明新编高级国文读本》和《开明文言读本》，[3] 还有被开明书店认定为"教科用书"的夏丏尊和刘薰宇合作编写的《文章作法》、夏丏尊和叶圣陶合作编写的《文心》等。

在这些教科书中，作为开明函授学校教材的《开明国文讲义》和《开明实用文讲义》针对特定的对象，对于普通全日制学校来说反而存在一定的局限性；抗战胜利后编写的 4 种教科书，面世后不久中华人民共和国即

1　分别为国文 46 种，数学 44 种，英语 43 种。

2　该套教材 1932 年出版 8 册，为小学初年级用，1934 年出版 4 册，为小学高年级用。

3　具体为《开明新编国文读本·甲种》（叶圣陶、郭绍虞、周予同、覃必陶编，1947 年出版，6 册）；《开明新编国文读本·乙种》（叶圣陶、郭绍虞、周予同、覃必陶编，1947 年出版，3 册）；《开明新编高级国文读本》（6 册，实出 2 册：第 1 册，朱自清、吕叔湘、叶圣陶编，1948 年出版；第 2 册，朱自清、吕叔湘、李广田、叶圣陶编，1949 年出版）；《开明文言读本》（叶圣陶、朱自清、吕叔湘编，1948 年出版）。

告成立，影响也有限，《文章作法》等更宜视为写作课的专门教材，而难以算作严格意义上的国文教科书。

没有上述局限性而最能体现开明派的文化建设主张的，是叶圣陶编写、丰子恺绘图的《开明国语课本》和叶圣陶、夏丏尊合作编写的《国文百八课》。这两套教材前者为小学教材，后者为初中教材，正好覆盖了学校教育最基础的小学和初中阶段。

叶圣陶说："在 1932 年，我花了整整一年时间，编写了一部《开明小学国语课本》，初小八册，高小四册，一共十二册，四百来篇课文。这四百来篇课文，形式和内容都很庞杂，大约有一半可以说是创作，另一半是有所依据的再创作，总之没有一篇是现成的，是抄来的。给孩子们编写语文课本，当然要着眼于培养他们的阅读能力和写作能力，因而教材必须符合语文训练的规律和程度。但是这还不够。小学生既是儿童，他们的语文课本必得是儿童文学，才能引起他们的兴趣，使他们乐于阅读，从而发展他们多方面的智慧。"[1]

《开明国语课本》配以丰子恺的画，低年级课本并且以手写字体出现，亲切活泼而图文并茂，出版后立即轰动全国教育界和出版界。报纸的评论连篇累牍，称其"形式和内容俱足称后起之秀，材料活泼隽趣，字里行间，流露天真气氛，颇合儿童脾胃。材料亦多不落窠臼，恰到好处"[2]。这套教材也成为"第一部经部审定的小学教科书"。教育部在审定批语中说："插图以墨色深浅分别绘出，在我国小学教科书中创一新例，是为特色。"教育部评审专家也均予以好评。黎锦熙说："此书价值，可谓'珠联璧合'，盖叶先生之文格与丰先生之画品，竟能使儿童化，而表现于此课本中，实小学教育前途之一异彩。"其他评委也纷纷指出：该书内容新颖，

1　叶圣陶：《我和儿童文学》，《叶圣陶集》第 9 卷，第 387—388 页。
2　转引自商金林：《小学语文教材的经典：叶圣陶编〈开明国语课本〉》，《南京师范大学文学院学报》2013 年第 1 期。

颇多创新，它"依据社会生活与自然生活，编写童话、寓言、故事，每课中动物的或植物的人物的特长，均与人类生活相吻合。这样的结构与内容，在一般儿童读物中，实是不曾多见"。"全书组织，合每数课为一单元；而各单元之间，又互相联络，颇合儿童学习心理。至每课课文，字句活泼，图画生动，意义浅显，亦足引起儿童阅读兴趣……"叶圣陶作为"素负盛名之作家"，"以写《稻草人》的笔致着意到教科书上，所以课文能切近儿童生活"，"引起儿童丰富的想象"，"而且富有童话的意味"，"优美的情趣，随处可见"。[1]

由于深受社会欢迎，这套教科书前 8 册至新中国成立前共印 40 余版次，后 4 册至 1937 年即印 27 版。1947—1949 年间，该教材又拆分为《幼童国语读本》《儿童国语读本》和《少年国语读本》由开明书店重新出版。[2]

同样，《国文百八课》[3] 也因"体裁独创，编制尽善，适于教学，更适于自修。出版以来，好评如潮"[4] 而影响深远。1986 年张志公回忆说："五十年代末，我们曾经对十九世纪末叶以下四十年间若干种'国文'教材进行了一次比较系统的分析研究。当时发现，在多种教材之中，有几种是有显著的特色，比较突出的一种是《国文百八课》。"[5] 吕叔湘也说："现在也有

---

1 《新课程标准颁布后最先蒙教育部审定的——开明小学课本》，《中学生》第 36 号，1933 年 6 月。

2 《开明国语课本》初小 8 册的前 4 册更名为《幼童国语读本》于 1949 年 1 月出版，后 4 册修改为《儿童国语读本》于 1948 年 8 月出版；高小 4 册修改为《少年国语读本》于 1947 年 7 月出版。

3 《国文百八课》原拟出版 6 册，每册 18 课，共 108 课。从 1935 年到 1938 年先后出版 4 册，后两册因抗日战争爆发未能继续编印，实际只有 72 课。因先期出版时已使用"百八课"名称，故以后出版仍沿用原名。

4 《初中国文科教学自修用〈国文百八课〉（夏丏尊、叶圣陶合编）》，《中学生》第 57 号，1935 年 9 月。

5 张志公：《重温〈国文百八课〉，再谈语文教学科学化——为纪念夏丏尊先生诞辰百周年作》，《中学语文教学》1986 年第 6 期。

以作文为中心按文体组成单元的实验课文，但往往是大开大合，作文讲解和选文各自成为段落，很少是分成小题目互相配合，能够做到丝丝入扣的。这就意味着，直到现在，《国文百八课》还能对编中学语文课本的人有所启发。"[1]

半个世纪后，国人在新时期文化建设中向传统寻找精神资源的时候，依然痴迷于这些教科书的精彩，重印了《开明国语课本》和《国文百八课》，这充分见出它们的神奇魅力。

二

对于开明派来说，如何在教科书编纂中体现他们的文化主张和文化建设的思路，是放在他们面前的主要问题，这在 20 世纪 30 — 40 年代具有特殊的意义。

教科书是一种文化的产物，也是一种文化的选择，它承载着文化，也传播着文化，通过这种承载和传播，它体现着时代的趋势和要求，也蕴含着编者的立场和导向。就此而言，在某种意义上，教科书成了一个时代风气的凝结点，一种社会价值的风向标。

进入近代社会以后，人们痛感传统的私塾教育和书院教育最根本的弊端在于，它所传授的读经讲经的内容以及"文言"的语言形式，在价值观念和知识系统上，不仅严重脱离社会需要，无法为社会发展提供智力支持，而且更极大地局限了人的视野和束缚了人的精神，阻碍了社会前进的步伐。于是，自 1904 年初清王朝颁布《奏定学堂章程》起，教育开始了现代化转型的艰难历程。从大量翻译引进西方自然科学和社会科学教科书，到自己编写教科书，教育的现代化在教科书建设方面尽管步伐不快，却也在一步步努力地向前推进。

1　吕叔湘：《三十年代颇有特色的国文、英文课本》，《我与开明》，第 197 — 198 页。

　　问题在于，在所有的各类教科书中，有一种无法借助外力，完全只能依凭自己的力量去完成，那就是国文教科书[1]，这使得它在所有教科书中具备了独特的不可替代的重要地位。问题更在于，作为文化体系中的一个重要方面，汉语言文字承载着民族的历史记忆，也蕴含着其固有的价值体系和思维方式，语言形式的变化，必然带来整个文化形态的重大变革。是维持固有的价值体系和思维方式，还是破旧立新改弦更张，跟上时代的步伐，这在民族现代化进程的起步阶段，必然引发社会的广泛关注，并且伴随着激烈的斗争。从 20 世纪初叶到 30 年代此起彼伏的"国语运动""白话文运动""文学革命""注音字母运动""大众语运动"以及"文白之争""读经运动"等等，都关乎语言形式的变革。这些围绕新旧之争的辩驳问难，必然反映到国文教科书的编写中来，使得它举步维艰。

　　传统的国文教育，是一种内涵与外延都很模糊的无所不包的全能式教育，它既包括语言文字，也包括历史、哲学、道德、名理等等，而尤以儒家经义为主。这种泛化的特征，常使国文教育淹没在经义名理的探究演绎中。现代意义上的国文，作为一门单独的教育科目，始于 1905 年"废科举，兴学校"的新政热潮，此后陆续有了国文教科书。早期的中学国文教科书主要有商务印书馆 1908 年出版的《中学国文教科书》（吴增祺编）和 1909 年出版的《中学国文读本》（林纾编）等，编者除在每册前的例言中略述文家渊源、文章优劣并介绍一些文学史常识外，主要工作是从历代文言的文章中挑选编排文章并略加题解和评点，其路数与传统的文选差别不大。进入民国以后，这两种国文教科书都进行了修订，但基本面貌却一如其旧。所以，从国文教科书的建设来说，它们的价值更多地体现为以教科书的名义使国文教学有了最初的教科用书。

1　当时对于语文教科书有三种称呼：国语、国文、语文。通常"国语"对应小学，"国文"和"语文"对应中学及以上，两种称呼并行。1949 年以后，由叶圣陶确定，统一定名为"语文"。为保持历史原貌，这里不做归并。

　　进入民国以后，国文教科书并无多少长进。民国初年流行的教科书如《新制国文教本评注》（谢无量编）等大多承袭旧制，仍然是从古到今的文选，选文仍然全部是文言文。

　　随着国语运动的深入和"五四"新文化运动的兴起，白话文开始站稳脚跟，国文教科书的面貌终于有了明显变化。1920 年北洋政府教育部承认白话为"国语"，通令国民学校采用，于是，白话文终于登堂入室，走进了教科书。以 1924 年商务印书馆出版的由顾颉刚、叶圣陶编纂的《新学制初级中学教科书·国语》为例，在 360 篇课文中，白话文有 95 篇，占了教材篇目总数的 26%。

　　因了国文教科书的独特地位和广阔市场，也因了随国民党当局在思想文化领域实行白色恐怖而来的对于出版业的种种限制，[1] 从 20 年代到全面抗战爆发前，尤其是 30 年代上半叶，各家书店为回避敏感书籍而出版了大量的国文教科书，如《复兴初级中学教科书·国文》和《复兴高级中学教科书·国文》（傅东华编，商务印书馆 1933 年）、《新编初中国文》和《新编高中国文》（宋文翰编，中华书局 1937 年）、《国文教科书》（孙俍工编，神州国光社 1932 年）、《高级国语读本》（穆济波编）等等。这些教科书在文章的拣选、知识点的安排、选文的处理、习题的设计等方面，都有了长足的进步，并且逐渐形成了国文教科书的编制格局和传统。但总体而言，教育界对于国文教育的根本宗旨、科学体系、当前任务、重点难点等诸多基本问题仍在探索之中，尚未取得共识。这反映在教科书编纂中，在

1　自 1929 年起，国民党政府就不断加大对出版业的控制。1929 年初颁布《宣传品审查条例》，明令凡宣传共产主义、阶级斗争、国家主义、无政府主义的出版物均须查禁；6 月又出台《查禁反动刊物令》和《取缔共党书籍办法》。次年教育部公布《新出图书呈缴规程》，称："出版者如不遵缴所出图书时，教育部得禁止该图书之发行。"该年底颁布《出版法》，规定出版物不得刊载意图破坏中国国民党或三民主义、颠覆国民政府或损害中华民国利益等的文字。此后，《出版法施行细则》，设置专门审查书报稿本的图书杂志审查委员等限制性措施又相继施行。这些一道又一道的禁令，于出版业几成灭顶之灾。

教材的思路、取舍、侧重和程度上各不相同，未免良莠不齐。这种局面，一方面为开明派同人进入国文教科书领域奠定了较好的基础，另一方面也提出了尖锐的挑战。

开明派的国文教科书编写起步于《开明活页文选》。这似乎有着某种偶然性，但其实这既是他们对自己所意识到的文化建设使命的深刻认识，更是他们对自身优势的准确定位。可以说，这是一种历史的选择。

开明派有着一支异常雄厚的国文教科书编写队伍——夏丏尊、叶圣陶、朱自清、丰子恺、王伯祥、宋云彬、周予同、徐调孚、刘薰宇等等，每一个人都值得浓笔重书，开明书店所出版的 40 多种国文教材及教学用书大多由他们编纂而成，而叶圣陶、夏丏尊又是其中最重要的核心。终其一生，他们俩编写和参与编写的教科书及教学用书就有《开明国语课本》《国文百八课》《开明国文讲义》《开明新编国文读本》《开明新编高级国文读本》《开明文言读本》《文章作法》《文心》《文章例话》《阅读与写作》《文章讲话》等等，总数在 10 种以上。此外，他们始终关注着国文教育的发展，发表了大量文章，还结集出版了《国文教学》等。叶圣陶还负责起草了教育部 1922 年公布的《初中国语课程纲要》。

这里，我们无意全面梳理近代以来国文教育每一步的历史发展，也无意完整概括夏丏尊、叶圣陶等人的教育思想，我们要做的，是在近代以来国文教育历史进展的大背景下，结合夏丏尊、叶圣陶等开明派同人的国文教育思想，探讨开明派如何在国文教科书的编写中充分体现他们所意识到的文化建设的理念和思路。

三

开明派文化建设的理念和思路，在国文教科书的编写中，围绕着教育的根本宗旨和科学体系、当前任务和重点难点等问题，着重在语文教育与人文教育、白话与文言、读写与听说、教学与自修等方面展开。

　　第一，融人文教育于语文教育之中，达成人格素养和语文素养的平衡统一。

　　在夏丏尊和叶圣陶编写的《国文百八课》的"编辑大意"中，有这样一段话：

　　　　在学校教育上，国文科向和其他学科对列，不被认为一种学科，因此国文科至今还缺乏客观具体的科学性。本书编辑旨趣最重要的一点就是想给予国文科以科学性，一扫从来玄妙笼统的观念。

　　这段话让我们看到，夏丏尊、叶圣陶等人编写教科书的目的非常明确，那就是要通过自己的编写实践，摆脱国文教科书"玄妙笼统的观念"，纠正对国文教科书的错误认识，建构语文本位的现代语文教育体系。这个体系就是要充分体现注重实用、发展语言能力的现代语文教育思想。具体说来，即通过训练，培养学生的语言和文字知识、文章阅读和写作知识、文学欣赏和文学史知识，以及熟练地综合运用上述知识表达自己思想和情感的能力。

　　这个科学体系的提出，既建立在对国文教育性质和目标的深刻认识的基础上，又有着鲜明的现实针对性。

　　关于国文教育的性质和目标，民国以来，教育界始终众说纷纭，大致区分起来有人文教育和语文教育两种思路。前者强调文章所表达的思想、抒发的情感等内容，后者着重文章字、词、句、篇章、语法、修辞等形式。虽说内容与形式不可分，但不同的偏向对于国文教育来说指向不同的路径，也意味着不同的教育目的。1924年，穆济波在《中学校国文教学问题》中提出，"语文的本身绝不是教育的目的所在"，仅就初中而言，目的应该是："1.在人生教育上，须使明了人生现实之可贵，及社会的共存，与个人应有之责任。2.在国家教育上，须使明了国民资格之修养，职业的联合，及今日国际的侵略，与压迫的危险，起谋自卫。3. 在民族教育上，须使明了民族之特有精神，及现世的堕落现象，与其补救的办法。4. 注意社会现象的观察，奖掖青年能力可能以内的救济。5. 注意青年团体的团结，与共同生活应有的知识与修养。"[1] 这种把国文教育几乎等同于人生教育、国家教育、民族教育、社会教育、青年教育等的设想，让朱自清感到十分惊讶，他说："他似乎要将'人的教育'的全副重担子都放在国文教师的两肩上了，似乎要以国文一科的教学代负全部教育的责任了，这是太过了！"[2] 显然，不能把国文教育的目的与整个教育的目的混为一谈，所以朱自清提出，国文教育的目的就是"养成读书、思想和表现的习惯或能力"。尽管教育界不乏响应朱自清看法者，[3] 但问题并没有解决，到1932年教育部颁布《初级中学国文课程标准》的时候，这个分歧更加明显，因为"课程标准"的第一条就是"使学生从本国语言文字上，了解固有的文化，以培养其民族精神"[4]。在这个课程标准的倡导下，许多教科书编者在国文教育的目标中都强调人文教育。譬如朱文叔说，"本书编选主旨，一方面顾到文学本身，一方面更注重民族精神之陶冶、现代文化之理解"[5]。叶楚伧说："本书选材，其内容标准如左：1. 合于中国党国之体制及政策者。2. 合于唤起民族意识，陶冶学生情意者。3. 合于涵养国民道德，灌

1　穆济波：《中学校国文教学问题》，《中等教育》第2卷第5期，1924年2月。
2　朱自清：《中等学校国文教学的几个问题》，《教育杂志》第17卷第7号，1925年7月。
3　1931年宋文翰在《一个改良中学国文教科书的意见》一文中说："编者或教者又须明白：国文教科书所以选史传，选游记，选古人嘉言懿行，甚而选关于讨论社会问题、人生问题的文字，目的并不是在叫学生明了及记忆其内容，是因为文字必附于思想或感情或其他的事迹、自然现象等始具有意义，借此以见古人运用文字的技巧及其发表的方式，藉以增进学者阅读和发表文字的能力。""涵养德性、启发思想各项，那是要与其他各科共同负责完成，非国文科所能包办，亦非国文科所应包办的。"见顾黄初、李杏保主编：《二十世纪前期中国语文教育论集》，四川教育出版社1991年版，第486、487页。
4　《初级中学国文课程标准》，教育部中小学课程标准编订委员会编订：《初级高级中学课程标准》，商务印书馆1933年版。
5　朱文叔：《初中国文读本·编例》，朱文叔编，舒新城、陆费逵校：《初中国文读本》，中华书局1933年版。

输生活常识者。4.合于宣扬新生活旨趣，改进社会习俗者。"[1]张弓说，国文教育的旨趣以培养学生"敬己""爱群""创新"的态度为中心。[2]施蛰存等人说，教学目标首先就在"使学生从本国语言文字上，了解固有的文化，以培养其民族精神"[3]。

这样的教育目的，必然导致这些教科书以思想内容作为选文的范围和标准，正如施蛰存等人在选文标准中所申明的："（1）合于中国党国之体制，及政策者。（2）含有振起民族精神，改进社会现状之意味者。（3）包含国民应具之普通知识思想，而不违背时代潮流者。（4）合于现实生活，及学生身心发育之程序，而无浮薄淫靡，或消极厌世之色彩者。"[4]选文范围和标准，是党国体制、民族精神、时代潮流、现实生活，统统都与那个时代的政治特征密切相关，却无一涉及语文本身。如此地强调政治"正确"，也许与30年代政府当局的意识形态高压政策有关，但如此一来，却使得这一时期的许多国文教科书染上了浓重的泛政治化、泛道德化色彩。

对此，开明派保持了足够的警惕。他们清醒地意识到，在从传统走向现代的历史转换时期，推动现代语言迅速成长并走向成熟，是教科书的当务之急。过于看重语文内容的学习而轻视读写等语文形式的训练的做法，其理念实际上又回到了传统的无所不包的老路，既无法适应民族语言现代化的时代需要，又使国文教育流于虚空，这对于在现代化进程中负有特殊意义而又刚刚起步的现代语言而言，其伤害是毋庸置疑的。因此，民国教育部刚刚颁布《初级中学国文课程标准》，叶圣陶即发表《国文科之目的》一文，提出"颇有问一问国文科的目的到底是什么的必要"的疑

1　叶楚伧：《初级中学国文·编辑大意》，叶楚伧主编，孟宪承校订，汪懋祖选校：《初级中学国文》，正中书局1935年版。
2　张弓：《初级中学国文教本编辑条例》，张弓编著，蔡元培、江恒源校订：《初中国文教本》（版权页为《初级中文教本国文》，但学界已习惯于用封面书名），大东书局1933年版。
3　施蛰存：《初中当代国文·编辑大意》，施蛰存、盛朗西、朱雯、沈联璧编，柳亚子、相菊潭、金宗华校订：《初中当代国文》，中学生书局1934年版。
4　同上。

问。他指出："修养云云那是身体力行的事，民族精神也得在行为上表现，违反修养，毁骤民族精神的书籍文字固然不必看，但是想靠国文科提倡修养，振起民族精神，却不免招致'文字国'的讥诮。"[1] 在不同的场合，叶圣陶反复陈说"学习国文就是学习本国的语言文字"[2]，反对把国文科当作公民科、把国文教育混同于政治思想教育的主张。这里援引几段：

> 时下颇有好几种国文课本是以内容分类的。把内容相类似的古今现成文章几篇合成一组，题材关于家庭的合在一处，题材关于爱国的合在一处。这种办法，一方面侵犯了公民科的范围，一方面失去了国文科的立场，我们未敢赞同。[3]

> 重视内容，假如超过了相当的程度，以为国文教学的目标只在灌输固有道德，激发抗战意识，等等，而竟忘了语文教学特有的任务，那就很有可议之处了。……国文教学，选材能够不忽略教育意义，也就足够了，把精神训练的一切责任都担在自己肩膀上，实在是不必的。[4]

> 五四以来国文科的教学，特别在中学里，专重精神或思想一面，忽略了技术的训练，使一般学生了解文字和运用文字的能力没有得到适量的发展，也未免失掉了平衡。[5]

1　叶圣陶：《国文科之目的》，叶至善、叶至美、叶至诚编：《叶圣陶集》第 13 卷，江苏教育出版社 1992 年版，第 32 页。

2　叶圣陶：《略谈学习国文》，《叶圣陶集》第 13 卷，第 103 页。

3　叶圣陶、夏丏尊：《关于〈国文百八课〉》，叶至善、叶至美、叶至诚编：《叶圣陶集》第 16 卷，江苏教育出版社 1993 年版，第 34 页。

4　叶圣陶：《国文教学的两个基本观念》，《叶圣陶集》第 13 卷，第 53 页。

5　叶绍钧、朱自清：《〈国文教学〉序》，氏著《国文教学》，开明书店 1945 年 4 月版，第 1 页。

我们以为杂乱地把文章选给学生读，不论目的何在，是从来国文科教学的大毛病。[1]

凡是学习语言文字如不着眼于形式方面，不论国文、英文，结果是劳力多而收获少。竟有许多青年在学校里学过好几年国文，而文章还写不通的。其原因也许就在学习未得要领。[2]

需要说明的是，对这种"失衡"的批评并不是叶圣陶的个人见解，而是开明派同人的共同看法。1934 年周予同就说："民国八年以后，优秀的教师受了杜威教育学说的影响，优秀的学生们受了所谓'新文化运动'的影响，于是中等学校的教学法才发生变动，而趋向于启发式的自动主义。大概情形是这样：国文科参用新文学作品或译品，侧重人生问题或社会问题的讨论，而忽略文字或技巧方面的研究。"[3] 夏丏尊也多次在《中学生》上著文阐发类似的看法。1936 年秋，夏丏尊借对全国中学生进行播音讲演的机会，详细解释了他们的主张："国文科是语言文字的学科，除了文法修辞等部分以外，并无固定的内容。只要是白纸上写有黑字的东西，当作文字来阅读来玩味的时候，甚么都是国文科的材料。国文科的学习工作，不在从内容上去深究探讨，倒在从文字的形式上去获得理解和发表的能力。"所以他明确指出："我主张学习国文应该着眼在文字的形式方面。"[4]

针对教育界对于国文教育认识的偏颇，从国文教育的特定性质和根本任务出发，叶圣陶等人旗帜鲜明地提出了国文教育应该以形式为主的思路，并且在《国文百八课》中建构了以形式训练为脉络的国文教育体系。夏丏

1　叶圣陶、夏丏尊：《关于〈国文百八课〉》，第 35 页。
2　同上，第 31 页。
3　周予同：《中国现代教育史》，上海良友图书印刷公司 1934 年版，第 123 页。
4　夏丏尊：《学习国文的着眼点》，《中学生》第 68 号，1936 年 10 月。

尊、叶圣陶后来又专门著文强调:《国文百八课》"是一部侧重文章形式的书,所选取的文章虽也顾到内容的纯正和性质的变化,但文章的处置全从形式上着眼"[1]。"本书选文力求各体匀称,不偏于某一种类、某一作家。内容方面亦务取旨趣纯正有益于青年的身心修养的。唯运用上注重于形式,对于文章体制、文句格式、写作技术、鉴赏方法等,讨究不厌详细。"[2]

强调形式训练,与开明派一贯倡导并始终坚持的人格教育并不抵触。他们主张把思想教育和情感熏陶渗透在读写能力的训练中,将学习与生活融为一体,通过形式的学习达成对内容的把握。换句话说,把语文教育当作人文教育的桥梁或者阶梯,融人文教育于语文教育之中。《文心》是一部专门训练学生阅读与写作能力的特殊教材,其中,在谈及读书、写作应该善于"由一件事感悟到其他的事"的时候,作者借书中人物写了这样一个"感悟":

> 把衣服穿在身上,最污浊的是领和袖。因为污浊的缘故,洗涤时特别吃亏,每件衣服先破损的大概是领袖部分。
>
> 领袖是容易染污浊的,容易遭破损的。衣服的领袖如此,社会上的所谓领袖何尝不如此?

谈的是语文训练,却又巧妙地将人生和社会问题融在其中,不动声色又让人回味无穷。在这方面,叶圣陶等人所编的教材中有大量的例证。可以说,通过持续不断的努力,叶圣陶、夏丏尊等第一次确立了以语文素养为本位的语文教育观,构建了一个语言本位的现代语文教育体系。这是他们对现代语文教育史的一个重要贡献。

第二,反对文言文中所包含的封建道德思想观念,同时尊重其中所包含的传统文化的精华,坚持以白话文为主兼顾文言的方针,达成完整地

1　叶圣陶、夏丏尊:《关于〈国文百八课〉》,第31页。
2　夏丏尊、叶圣陶:《国文百八课·编辑大意》,《叶圣陶集》第16卷,第174页。

掌握汉语语言能力的目标。

"五四"以来，文言与白话之所以争论不休，其要害在于，论争的双方都非常清楚语言中所蕴含的价值观念体系，正如我们在第三章第二节中所论述的，语言的变革其实就是价值观念体系的变革。在文言与白话的斗争中，开明派坚定地站在新文化立场上，反对文言及其背后所蕴含的封建传统文化体系，坚持用白话文替代已经失去生命力的文言文。1934—1935年，在夏丏尊和叶圣陶主持的《中学生》杂志上，曾经发起过一次中学国文程度的讨论，专门就国粹信徒对中学生国文程度的责难展开讨论。在讨论中叶圣陶说："最近上海有人发起什么存文会，据说是鉴于青年国文程度日益低落，希图设法挽救的，但是看他们的方案，无非写文言和读古书那一套，换句话说，就是使青年离开现实，忘却自己，而去想古人的念头，说古人的话语，作古人的文章。如果真的如了他们的愿，他们当然会说青年的国文程度'高升'了，可是青年跟时代跟实际生活却相去十万八千里了。头脑清醒的青年决不愿意自己这样地'高升'。"[1] 显然，为了适应民族的现代化转型，开明派就是要用现代的语言，传播现代的观念，以培养现代的人。

问题在于，民族文化是一条割不断的河流，文言文中包含着大量的中国历史与文化，这是无法视而不见的，所以关键在于如何摆正两者的关系。在破除封建思想观念体系的前提下，也要向学生传授文言文中所包含的历史与文化。只是，必须根据不同的年龄和学习阶段，正确地划分白话文和文言文的比例；所入选的文言文，也"应该选取那些切要的，浅易的，易于消化的"[2]，目的仅仅是帮助学生读懂，而不是学会文言文写作。正如朱自清所说："至于'文白'之别，我以为初中应全作白话文，高中亦应以白话文为主，其愿意作文言文者听之——因为无论如何，我相信将

1　叶圣陶：《再读〈中学生国文程度的讨论〉》，《叶圣陶集》第13卷，第47页。

2　叶圣陶：《国文教学的两个基本观念》，第59页。

来通用的只有白话文。"[1]

正是基于这样的立场，在同时代许多教科书把白话文仅仅当作点缀[2]的时候，开明派在他们所编写的国文教科书中则坚持以白话文为主导的方向。夏丏尊、叶圣陶编写的《国文百八课》共有选文 144 篇，其中白话文86 篇，文言文 58 篇，白话文在总选文中的比例为 60%。这样一个比例，充分体现了开明派的教育理念和思路。

第三，在语文教学的读、写、听、说等多环节中，针对语文教育的核心，紧紧抓住读与写的中心环节，在读与写的互动互促中，尽快地提高学生的语言素养和综合运用语言的能力。

课程内容的变革，必然引发课堂教学方式的变革。白话文的进入课堂，一时让教师非常不适应。一方面，白话文的通俗易懂，不再需要教师在疏通字句、解释典故上面花费大量时间，空出的时间不知如何分配。沈仲九曾经这样描述国文教师的困惑："自从白话提倡以后，有许多吃国文教员饭的，根本上虽然赞成他，但很觉得在教授上不能教。因为教白话却又用不着从前教古文的翻译法了；教古文可以叫学生抄典故，现在典故又用不着抄了。翻译不要翻译，典故不要查考，那末教员还有什么事可做呢？这几年来，教授白话文很困难的声浪，常流动在教育界中；而白话文教授很不易普遍的原因，也大半为此。"[3] 另一方面，教师很少分析课文，却将时间浮泛地探讨各种社会、人生、思潮、主义，以时尚新潮为要，结果使得国文课教学变了味。这种状况不仅引起教育界的担忧，在《教育杂志》第 17 卷第 6 号、《中等教育》第 2 卷第 5 号等展开专门讨论，也引起

1　朱自清：《中等学校国文教学的几个问题》。
2　譬如庄适编辑，朱经农、任鸿隽、王岫庐校订：《现代初中教科书·国文》（商务印书馆1924 年版）第一册全是文言文，叶楚伧主编《初级中学国文》第四册文言文占 85%，张弓编著《初中国文教本》第二册文言文占 76%。
3　沈仲九等述，教育杂志社编辑：《国文科试行道尔顿制的说明》，商务印书馆 1925 年版，第 5 页。

了新文化界的重视，胡适就先后做了《中学国文的教授》《中学的国文教学》等讲演，系统阐述他对国文教学的看法。他认为"讲堂上没有逐篇逐句讲解的必要，只有质疑问难，大家讨论两项事可做"[1]，提出以学生自行"看书"代替课堂"讲读"，国文教学的主要内容是演说和辩论，因为"凡能演说，能辩论的人，没有不会做国语文的"[2]。由于新文化运动旗手的身份，胡适的观点引起了广泛的注意。譬如朱经农就说："胡适之先生主张用看书来代替'讲读'，是很有道理的。我们如果希望学生对于国文一门有一点确实的心得，除非把'被动的听讲'改成'自动的阅读'不可。"[3]一些人还在课堂上尝试采用胡适提倡的这种方法。

但这种方法也受到了质疑，被认为是理论脱离实际。朱自清说："论者所定的标准太高，事实上不能做到"，因为"那实在超乎现在一般的中等学生的时间与精力以上了！""近人多提倡演说、辩论、演剧。这都很好，但在中学校里，实施的机会一定很少"[4]，因为有更基础更紧要的事情做，那就是阅读与写作。

开明派同人基本都有从事中等教育的经历，丰富的经验和认真的思考，让他们认识到中学教育[5]的目标就在于阅读与写作。所谓阅读与写作，从教学目标上说，前者由教师指向学生，后者由学生指向社会，实际就是学习与表达、吸收与释放，体现了知识和能力的获取与表现的基本过程。这一点，在开明派那里是非常清楚的。早在 1924 年，沈仲九就说过："国文最重要的功用，是在人与人的心的沟通联络和文明文化的遗传。……要得到这种功用，须养成两种能力；一是发表的能力，就是能表现自己的情

---

1 胡适：《中学的国文教学》，《晨报副刊》1922 年 8 月 28 日。

2 胡适：《中学国文的教授》，《新青年》第 8 卷第 1 号，1920 年 9 月。

3 朱经农：《对于初中课程的讨论（五）》，《教育杂志》第 16 卷第 4 号，1924 年 4 月。

4 朱自清：《中等学校国文教学的几个问题》。

5 这里的"中学"和胡适文中的"中学"均指初中。

意；二是读书能力，就是能了解别人所表现出来的情意。"[1] 后来，叶圣陶更多次在文章中申说：国文科的目的就是 "'整个的对于本国文字的阅读与写作的教养'，换一句话说，就是'养成阅读能力'、'养成写作能力'两项"[2]。"国文科的目标在养成阅读能力跟写作能力，阅读跟写作又须切近现代青年的现实生活……"[3]

为了最大程度地体现他们的主张，开明派在读与写两方面做了许多切实的工作。叶圣陶和夏丏尊合作编写了《文心——读写的故事》一书，着力在读写两方面以及读写什么和如何读写方面给学生以系统的指导。朱自清在该书的《序》中说："丏尊、圣陶写下《文心》这本'读写的故事'，确是一件功德。书中将读法与作法打成一片，而又能近取譬，切实易行。不但指点方法，并且着重训练；徒法不能自行，没有训练，怎么好的方法也是白说。"[4] 此书可以看作是一种特殊的教材，出版后大受欢迎，实际上也确实有不少学校把它当作教材。在阅读训练上，如何理解课堂内与课堂外的关系，如何处理详读与略读的侧重和要点，开明派也是殚精竭虑。叶圣陶说："要养成一种习惯，必须经过反复的历练。单凭一部国文教本，是够不上说反复的历练的。所以必须在国文教本以外再看其他的书，越多越好。"[5] "精读文章，只能把它认作例子与出发点，既已熟习了例子，占定了出发点，就得推广开来，阅读略读书籍，参读相关文字。"[6] 为此叶圣陶和朱自清合作编写了《精读指导举隅》和《略读指导举隅》二书，给中学教师的国文课教学提供切实的帮助。

1　沈仲九：《中学国文教授的一个问题》，《教育杂志》第 16 卷第 5 号，1924 年 5 月。
2　叶圣陶：《国文科之目的》，《叶圣陶集》第 13 卷，第 32 页。
3　叶圣陶：《读了〈中学生国文程度的讨论〉》，《叶圣陶集》第 13 卷，第 45 页。
4　朱自清：《〈文心〉序》，《朱自清全集》第 1 卷，第 283 页。
5　叶圣陶：《略谈学习国文》，第 105 页。
6　叶绍钧、朱自清：《精读指导举隅·前言》，氏著《精读指导举隅》，四川省政府教育厅 1941 年 2 月初版，第 17 页。

围绕着阅读与写作，叶圣陶、夏丏尊、朱自清、刘薰宇等人除了不断地就学生在读写中的问题进行具体指导而外，先后出版了《文章作法》（夏丏尊、刘薰宇）、《文章例话》（叶圣陶、夏丏尊）、《文章讲话》（夏丏尊、叶圣陶）、《阅读与写作》（夏丏尊、叶圣陶）、《国文教学》（叶圣陶、朱自清）等多种著作。

第四，在教科书体例的编排、内容的择取和语言的表达中，坚持语文教育的完整性和灵活性，以学校教育为主，同时兼顾失学和辍学青年的自修需要，以争取最大程度的受惠面和影响力。这种方法，奠基于他们对中国中等教育现状的深刻观察和对自己所应承担的历史责任的深刻理解，具有鲜明的现实针对性。

抗战胜利后，叶圣陶、朱自清、吕叔湘等人新编了三套国文教材：《开明新编国文读本》《开明新编高级国文读本》和《开明文言读本》。他们在向社会推广这些教科书的时候，都特地标明了"教学及自修适用"的字样。如果留意《中学生》等期刊上的开明书店图书广告和新书介绍，就会发现，这样一种教科书的"教学"和"自修"都适用的两栖现象并非是个例，而是开明派同人始终坚持的一个基本原则。全面抗战爆发前，全国能够进入中学学习的青年仅有 50 多万，这在整个适龄青年中占极少数，大量青年由于各种原因无缘于学校教育。他们的求学要求，对于始终以青年的全面成长为己任的开明派而言，是不能无视的。因此，一方面，开明派强调形式上的能否进学校或从学校毕业并不重要，重要的是"学和受教育是'终身以之'的事情，离开了学校还可以学，还可以受教育，而且必须再学，必须再受教育"[1]，所以叶圣陶以自学出身的胡愈之和夏丏尊为例，鼓励"有志的青年大可不必进学校。……要读有用的书，求有用的知识，就该进社会大学，这是个自由的天地"[2]。通过这样的呼吁，努力打消青年

1　夏丏尊：《"自学"和"自己教育"》，《夏丏尊文集·平屋之辑》，第 313 页。
2　叶圣陶：《有志青年何必一定要高攀学府的门墙》，第 228 页。

对于学校的迷信和不能进入学校学习所造成的人生挫败感。另一方面，在教科书编写中，他们始终坚持兼顾教学与自修的原则，在体例和讲解中，重知识点，更重素质的全面提升，重教学内容，更重课堂外的自修和学习方法的提示、学习习惯的养成。

上述四个方面，涵盖了中文教育的根本宗旨和体系建构、教材建设、课堂教学、学校教育和非学校教育四个方面或者说四个层面，比较完整地体现了开明派对于国文教育在科学性、系统性、针对性、适用性等方面的思考和探索。

第三节 以《中学生》为主阵地的期刊建设

开明函授学校的结束使得开明派损失了一个重要的文化阵地，对于他们实现自己的文化理想是一个挫折。好在，他们还有一个更重要的阵地，那就是期刊。而且，摆脱了办学所必须面对的学制、课程、教师、学员、作业批改、费用、学校管理等一连串具体的行政工作，也摆脱了程度不一水平参差的具体个体，他们可以更加集中精力地去追求自己的文化理想。这样的追求，更少制约而更具普遍性和完整性，由此也就具有更大的意义。

一

开明派在其二十多年的发展历程中，先后办有多种期刊。从早期的《春晖》、《我们的七月》、《我们的六月》、《立达》季刊和《一般》，到成熟期依托开明书店所办的《中学生》《新少年》《中学生文艺季刊》《月报》《开明少年》《国文月刊》《国文杂志》《英文月刊》《进步青年》《开明》等等，总数有10多种。这些期刊中，《立达》季刊只出一期，随即被《一般》所替代；《新少年》是《中学生》的姊妹刊，是全盛时期的《中学生》细分读者群的产物（《新少年》主要面对初中和高小程度的少年，《中学生》则主要面对初中和高中程度的青年）；《开明少年》是《新少年》的后身；《英文月刊》由《中学生》的英文栏目扩展而来，《开明》是开明书店的内部刊物，主要在于新书的推介等。可见，其中最重要的无疑是《一般》和《中学生》。而《中学生》更是其成熟时期的产物，最具代表性，因此我们的考察也主要以这个刊物为主。

《一般》是由立达学会编辑、开明书店发行的大型综合类文化季刊，属于同人刊物，1926 年 9 月创刊，1929 年底停刊，历时三年多。《中学生》是由开明书店编辑发行的以中学程度的青年为主要读者对象的综合性月刊，[1]1930 年初创刊，先后由夏丏尊和叶圣陶主编。他们俩在文化主张、编辑理念等方面高度一致，所以使得该刊的风貌始终保持一致。该刊一直坚持到新中国成立后，历时二十多年。

这两本期刊不仅各自存在的时间相当长且在时间上基本衔接，编者和作者队伍有许多重合，都由开明书店出版发行，更主要的，它们在精神气质和文化追求上前后相接，相当完整地体现了开明派的价值观念和文化立场。它们内在的精神是如此地相似，以至于在许多人心中形成了一个鲜明印象，即两者之间有一种血缘关系，《一般》就是《中学生》的前身。章克标是开明派早期的活跃分子，曾经帮助夏丏尊和方光焘编过《一般》，在晚年他回忆此事的时候，还言之凿凿地说："《中学生》杂志是由《一般》月刊转化而来的。"[2]这种误解在民国年间就普遍存在，所以顾均正不得不出面解释："有人以为《中学生》的前身是《一般》杂志，那是不确的。因为《一般》杂志当时虽由开明书店出版发行，却是由立达学会主编的。立达学会与开明书店并非一体，所以开明书店对于《一般》杂志并没有主张存废之权。……事实上是因为《一般》杂志停刊以

1　全面抗战爆发前，《中学生》每年出 10 期，有两个月休刊。
2　章克标：《开明书店的书和人》，第 536 页。

后，立达系作者有较多的机会来替《中学生》杂志写文章，于是外界就有此幻觉吧了。"[1]

　　正如笔者在第二章第二节所论述的，从《一般》到《中学生》的发展历程，就是开明派的文化主张逐渐清晰、文化思路日益坚定的历程。顾均正在回顾《一般》创办和发展历史的时候曾经说：《一般》杂志"以一般的人说一般的话，给一般人看，所以定名《一般》。该杂志提倡杂志文体，'注重趣味，文学作品不必说，一切记述都采用清新的文体，力避平板的陈套。'初时一鼓作气，颇能达到上述理想，其后因大家推诿编辑责任，以致内容渐趋沉闷，而且屡次脱期，终于在十八年夏季停刊。夏丏尊先生有'起初人办杂志，后来杂志办人'的话，即有感于此而发"[2]。从这里可以看出，他们希望就社会改造的各个方面广泛发言，一方面"救济思想界混沌的现状"[3]，一方面又将现代文化"开发起来给大多数人共往共享"，"以供给青年的一些补充的知识"。[4]创办之初，杂志固然生气勃勃，"颇能达到上述理想"，但缺陷也逐渐暴露：以一个同人刊物的封闭框架[5]和有限的作者队伍，就一切社会问题发声，未免漫无边际，力量分散，难成声势。久而久之，杂志终不免落入夏丏尊所感慨的"杂志办人"的困境。

　　而到《中学生》时期，在夏丏尊、叶圣陶等人的主持下，《中学生》编辑部的全体人员[6]对杂志做了多方面的探索和革新。在办刊方式上，他们放弃了同人刊物的做法，由封闭走向开放，在与文化教育界广泛联系

1　顾均正：《〈中学生〉是怎样创刊的》，《中学生》第200期，1948年6月。

2　同上。

3　《〈一般〉的诞生》。

4　刘薰宇：《重编本刊》，《立达半月刊》第13期，1926年4月30日。

5　《一般》中也有少量的会外稿件，但作者队伍仍然以立达学会会员为主。

6　除夏丏尊和叶圣陶外，先后在《中学生》编辑部署名的编辑还有章锡琛、丰子恺、顾均正、金仲华、徐调孚、贾祖璋、王鲁彦、宋云彬、胡愈之、唐锡光、张梓生、傅彬然。这其中，开明派成员占了绝大多数。

的基础上形成了一支强大的作者队伍,[1]从而保证了稿源的充足和稿件的质量，避免了"杂志办人"的尴尬；在内容上，他们由四处出击走向专注于一点，即将读者群设定为全国几十万中学生和更多的中学程度的青年，将刊物的宗旨确定为"如何使青年身体、品性和知能各方面的基础坚实起来"[2]。顾均正说："就教育的立场来说，中学生是最初尝到人间味与最初憧憬到未来理想的一个人生阶段，在这个阶段中，他们的生活经验还不多，需要学习做人的方法，他们的见闻还不广，需要满足知识的饥荒，他们具有热情，易受暗示，需要一些忠实的顾问，辅导他们辨善恶，明是非，才不致误入歧途。所以针对中学生而出版一种刊物，对于中等教育当有不少的助益。"[3]

由于《中学生》定位准确，内容充实，态度诚恳，编校精良，非常符合中学生的需要，故而一面世立刻受到他们的热烈欢迎。其创刊号初版两万册，不到一个月就告再版，第二号一万册也同样要求再版，所以编者感慨道这"不能不说是出版界稀有的盛况"[4]。近二十年后，顾均正还在《中学生》第200期纪念特辑中，满怀感情地提起当年的这件事。[5]到第二年上半年，《中学生》的销路就达到了一万八千份。到1935年8月，《中学生》"已有五万以上的读者了"[6]。

1　顾均正对于《中学生》第一卷的作者有一个统计：章锡琛、叶圣陶、周予同、王伯祥、
　　高觉敷、徐调孚、黄幼雄、敖弘德、陶希圣、沈雁冰、顾均正、赵廷为、倪文宙、顾寿
　　白、向达、郑贞文、胡伯恩、张梓生、谢六逸、孙君立、贾祖璋、夏丏尊、刘薰宇、丰
　　子恺、程祥荣、刘叔琴、匡互生、黄涵秋、朱光潜、章克标、朱自清、卢冀野、林语堂、
　　李宗武、陈建功、谢似颜、王文川、钟子岩、索非、陶秉珍、赵景深、巴金、陈之佛
　　（见顾均正：《〈中学生〉是怎样创刊的》）。《中学生》的作者阵容在创刊第一年已如此强大，
　　全盛时期更为豪华。
2　叶圣陶：《〈中学生〉的〈编辑室〉》，《叶圣陶集》第18卷，第207页。
3　顾均正：《〈中学生〉是怎样创刊的》。
4　《编辑后记》，《中学生》第3号，1930年3月。
5　见顾均正：《〈中学生〉是怎样创刊的》。
6　中学生杂志社启：《读者诸君注意》，《中学生》第57号，1935年9月。

看到《中学生》大受欢迎，许多书店纷纷仿效，也出版学生杂志，但结果无一能与《中学生》相比肩。其主要原因，在笔者看来有两点：

一是内容至上，始终追求创新。1936 年，顾均正曾经说过这样一段话：

> 其中最明显的是中学生杂志的出版，一时书业界的眼光都集中到中学生身上去了。那时不但给中学生读的刊物跟着出了不少，连专出中学生书籍的书店也开起来了。可是大多数人没有明白中学生之所以有这样广大的读者，决不是因为《中学生》这个名称，而在他的独创的内容。虽然有人连内容也在模仿着，但是像《文心》之类的作品，实在是无法模仿得像的。所以过了不久，这些杂志就一个个被淘汰了。[1]

顾均正的口气颇有点自得，但作为这本杂志的"编辑人"，顾均正从创刊开始就与夏丏尊、叶圣陶等人为它呕心沥血，个中甘苦最清楚，他是有足够的资格说这样的话的。

二是不计利害，亏本经营[2]也在所不惜。如他们自己所说的，"开明书店办的几种杂志，原不以营利为目的"[3]，所以面对贺玉波的"不过《中学生》所给全国中学生的益处实在不浅，较其他同类的杂志要优胜多了。这也是好处，虽然书店的损失巨大"的话，夏丏尊坚定地说："就是为了这个缘故，无论怎样，《中学生》不得不办下去。"[4]

1　顾均正：《开明的独创精神》，《申报》1936 年 8 月 1 日。
2　夏丏尊曾经说："办杂志哪能赚钱？《中学生》印刷纸张成本要一角三分，外加发行邮费，刚刚等于定价一角五分。编辑费和稿费完全要亏本，明年需一万元。所以，《中学生》多销一份，书店方面便多亏损一份杂志的本钱。"见贺玉波：《夏丏尊访问记》，《读书月刊》第 2 卷第 3 期，1931 年。
3　《编辑后记》，《中学生》第 192 期，1947 年 10 月。
4　见贺玉波：《夏丏尊访问记》。

　　根本上，这两点可以归结于一点，那就是创办《中学生》的初衷并不是为了挣钱，而是把它当成新文化建设的一项重要事业，以文化陶冶为宗旨，扎扎实实为中学生服务。

　　本着这样的精神办杂志，《中学生》自然一直广受中学生的喜爱，许多中学生和青年都在文章中满怀深情地述说《中学生》给他们在精神上、人格上、学业上、处世上所带来的帮助和启迪。譬如署名"吻心"的作者说："本志于一九三〇年以稳健的步调出现于中国出版界，是一件值得纪念的事。……以态度稳健和内容丰富见长的本志遂接受到青年学生底空前的欢迎，有压倒当时一切的学生刊物之势。一直到最近为止，还没有其他的刊物能代替本志的地位而获到青年学生底更大的热爱与拥护。"[1]饱尝失学痛苦的陈企霞因爱读《中学生》，所以寄希望于《中学生》"不一定呆板地拘守着专供中学生阅读的成例，而应当更进一步同样地散布到半路失学而程度相同的不幸者。这就是说：不但要成为中学生的读物；更扩大而成为失学者的'书本上的学校'"[2]。

　　类似的读者反响在《中学生》第 30 号"本志应怎样改进"专栏、第 171 期"《中学生》的老朋友"特辑以及多期的"读者之页""通信问答"等栏目中有大量的翔实的反映，这里不赘述。也因此之故，1935 年初，储安平在鸟瞰全国出版界的时候特意荡开一笔专门说到这本杂志："《中学生》杂志出版了已经好几年，因为内容的适当精实，仍然获得多数中学读者的欢迎。这一个刊物的态度，中庸稳健，所以对于一切中学生，实在有很好的影响……"[3]

　　有这样良好的发展势头，假以时日，《中学生》必定能够获得更大的成就。只是，战争的烽火，打断了《中学生》的前进步伐。淞沪战争几乎

1　吻心：《本志应怎样改进（二）》，《中学生》第 30 号，1932 年 12 月。

2　陈企霞：《本志应怎样改进（一）》，《中学生》第 30 号，1932 年 12 月。

3　储安平：《一年来的中国出版界》，《读书顾问》季刊第 4 期，1935 年 1 月。

带给《中学生》灭顶之灾，[1] 不仅正在印刷中的《中学生》1937 年 7 月号化为灰烬，而且让《中学生》失去了稳定的作者群和编者群，失去了印刷厂，失去了发行网，《中学生》只得暂时停刊。但是，把《中学生》当作一项文化事业来做的思路，使得开明派同人无论什么时候遇到什么情况，都能坚守自己的承诺，担当起自己的责任，即使在颠沛流离、物价飞腾的战乱环境也不例外。仅过一年半，《中学生》就在极其简陋的条件、极其动荡的背景下 [2] 复刊了。《中学生》在《复刊献辞》中说：

> 在这一年半中间，日本强盗所干下的罪恶是不能衡量计算的。它不仅侵占我田园，轰炸我城市，屠戮我平民，奸淫我姊妹，抢劫我资源，毒化我同胞，而且更企图着灭绝我文化，根绝我智慧。凡是日寇铁蹄所践踏的地方，学校图书馆都被烧光了，一切文化事业都被毁灭了。不知有多少青年失了学业；有多少学童失掉了学校和家庭，过着流亡的生活。本刊的被毁，不过是日寇摧残我们文化事业的滔天罪恶中的沧海一粟而已。

> 日本帝国主义不仅是我们民族的大仇，世界和平的公敌，而且

1　不只是《中学生》，整个开明书店都遭受了巨大损失。唐锡光在《开明的历程》中说："'八一三'炮声响了，开明设在虹口梧州路（闸北区附近）的经理室、编译所、货栈，以及美成印刷厂，于战争发生后的第三天中了日本帝国主义的炮弹，开明所有的图版纸型、藏书资料、几百万册的存货，以及正在印刷厂待印的《二十五史》全部锌板，和美成印刷厂的所有器材，全给日本帝国主义的炮火击毁了，损失惨重，竟达开明全部资产的百分之八十以上。"见《我与开明》，第 301 页。

2　傅彬然在《从复刊到"复员"》（《中学生》第 200 期，1948 年 6 月，署名"彬然"）一文中对《中学生》的复刊有这样一段回忆："整个复刊计划商量停当了，不料到四月间工作正要开始的时候，敌人突然又在赣北发动攻势，南昌失陷，浙赣铁路被截断，桂林与江浙交通受阻，同时，敌机又开始空袭西南各都市，人心惶惶，大家恐怕西南局势就会发生变化，于是对于已经决定了的本志复刊的事情不免又踌躇起来。当时丰子恺先生的态度最为坚定，他说，'决定复刊就复刊，尽其在我，出一期算一期，就是出一期也好！'经丰先生这么一说，我们便立即动手工作，到五月一日，《复刊号》终于与大后方的青年朋友相见了。"

也是人类文化和智慧的蟊贼。法西斯侵略者和文化智慧，本来是势不两立的。法西斯侵略者存在一天，文化和智慧就要遭一天的噩运。但是文化和智慧的光辉，要是有一天不熄灭，法西斯侵略者终究不免要败亡。人类历史中，有着无数次文化与野蛮的斗争，疯狂与智慧的斗争，结果都是文化战胜了野蛮，智慧战胜了疯狂。现在是这样，将来也是这样。

……

旧的炸毁了，新的建造起来。一千个一万个被战争毁灭了，十万个百万个都从瓦砾堆中重建起来。只怕信念不坚，不愁事业不成。《中学生》杂志是抱了这种坚定的信念在西南抗战根据地宣告复刊的。[1]

复刊后的《中学生》，初以半月刊的形式出现，虽然"分量单薄，装帧简陋，文字也往往嫌粗糙"，但在战时的环境下"读者却表示热烈欢迎"，到1941年春印数即增加到近两万份，并且获得了"短小精悍，富有活力"[2]的赞誉。自复刊后第49期始，《中学生》又改回月刊，并且取消了抗战前每年休刊两个月的传统，一年出满12期。

总之，复刊后，《中学生》克服了战时的动乱、胜利复员的艰难、战后通货的膨胀和国民党当局的高压控制等无数常人难以想象的艰难险阻，拖着疲惫的身躯，虽然步履有些趔趄，却依然咬牙坚守着自己的文化岗位，一直前行到中华人民共和国成立后。

二

翻开任何一期《中学生》杂志，你会惊讶地看到其内容之丰富。这里有"作文讲话""数学讲话""历史讲话""物理讲话""化学讲话""生

1 见《中学生》战时半月刊复刊号，1939年5月。
2 彬然：《从复刊到"复员"》。

物讲话""科学讲话"等与中学生课业密切相关的专栏，也有"美学讲话""名人传记""学习指导""精读举隅""青年谈荟""青年论坛""修养·学习·思想方法""公民常识及其他"等用学校课程设置很难界定的栏目，有"中学生的出路""升学与就业""我的中学时代""出了中学校以后""致文学青年"等与青年生活息息相关的专辑，还有"世界现势""中国现势""华北与国防""国际政治""农村经济""新工业参观记""研究和体验"等不可能出现在中学课程中的专栏或特辑。除了丰富多彩的栏目之外，《中学生》还有许多专题连载，譬如祝伯英的《社会科学讲话》、张明养的《国际政治讲话》、金仲华的《太平洋巡礼》、李广田的《文艺书简》、傅彬然的《学习心理之话》、朱光潜的《谈美》、顾均正等人的《现代战争丛谈》、千家驹的《中国战时经济》、徐盈的《抗战中的中国》，以及丰子恺创作的漫画，撰写的有关美术、音乐、建筑的赏析介绍等等。如此丰富的内容传递出一个重要信息，即它绝非单纯的中学生学习辅导读物，而是有着更宏大的办刊理念和阅读定位。

这里且援引三则编者的说法：

从明年起，誓将就力之所及，加以改进。内容拟更力求切近实际，注重于学习指导，每期就各学科揭载有系统的学习方法，务期实现本志的理想，做到"中学生的课外导师，中等教育的后援军队"的地步。

——夏丏尊：《编辑后记》（《中学生》第 10 号，1930 年 12 月）

我们将守着四年来的一点信念，永远"为中学生的一切利益而努力！"

——叶圣陶：《编辑后记》（《中学生》第 41 号，1934 年 1 月）

本志原以辅助中学程度青年性行知能各方面的基本学习为主旨……

——叶圣陶:《编辑室》(《中学生》第 183 期，1947 年 1 月)

这三种说法，来自于《中学生》初创、全盛、艰难维持时期的三个时间节点，其表述不一，侧重有自，但传达的精神实质是完全一致的，这就是通过基础性的语言、历史、文化、科学知识的传授，学习能力的培养，个性品质的训练，人的意识的陶冶等，造就精神独立、人格健全、适应社会转型需要、有抱负有思想有能力的现代青年。这种教育模式，今天被称为"通识教育"，用以救正当下教育体制过于功利、短视、狭窄的缺失。它虽然被文化界教育界热议推崇了很久，却始终难以落到实处，却不曾想，早在半个多世纪前，前辈们早就付诸实践且有了精彩的表现。

这样一种办刊理念，不仅需要落实到期刊的栏目设置、组稿写稿、编稿校对、印刷发行等各个环节，更需要落实到内容、态度等方面。内容与态度，从价值论到方法论，构成了开明派进行全面素质教育的一个完整系统。

第一，在内容上，反对知识本位而强调生活本位。前者把知识看作一种独立自足的系统，人围绕着知识转。而在开明派看来，人是学习的主体，学习是为了回答生活提出的问题、满足生活的需要，因此学习应该围绕着人展开，既注意基础知识传授，注意学生对知识的真正把握吸收，更注重知识的拓展和融会贯通，注重知识蕴含的价值和情怀。在开明派看来，人的精神世界的丰富与完整是比单纯的知识更为重要的。因此，他们坚持全面突破学校的课程设置及其背后隐含的脱离现实脱离人生的功利立场，坚持教育的开放性、综合性和整体性，坚持将知识的传授与价值态度、人文关怀融为一体。换句话说，举凡作为一个独立健全的人所应具备的知识、能力和良知，不论其是否进入学校课堂，都在介绍传授之例，《中学生》上如此丰富的内容恰恰说明了这一点。

问题在于，作为一类特定年龄段的青年，中学生血气未定，活跃多变，彼此的性向志趣、能力水准和人生目标有着很大差异，知识结构、心理结构和情感倾向也各不相同。他们有人偏好自然科学，有人偏好社会科学，各自希望《中学生》提供更多的相关知识和训练。这些要求，都有其合理性，但都不全面，如果走向偏至，则有违素质教育的初衷和基本立场。所以叶圣陶曾代表编辑部特意予以解释："有人以为在现在，社会科学比自然科学重要，希望本志多登关于社会科学的文字；有人却嫌自然科学的文字太少。从某一点着眼来看，各人所说的都有理由。但本志是供中学程度青年阅读的综合性杂志，各个方面都得顾到，不能过分偏重某一方面。"[1]

问题还在于，这种重在人的全面成长的素质教育通常需要有一个相对安定、从容的教育环境，而这恰恰是 20 世纪 30—40 年代的中国所严重缺乏的，穷凶极恶的侵略者和频仍的自然灾害，把中国大地搅得支离破碎。面对这种不利局面，《中学生》因势利导，通过相关专题，把历史沿革与现实关怀、地理形貌与政治动态、自然知识与人间情怀等融为一体，帮助读者自己去思考，去做出判断。1933 年 2 月下旬，日本侵略军分三路进犯热河，一个月后热河全境沦陷，史称"热河事变"。在日寇进行大规模进犯前夕，王伯祥著文《寇氛侵逼中之热河》，从山川形势说到矿产农牧，从历史沿革说到热河危局，从义勇军奋勇抵抗说到当地驻军之迎战态势。这样的文章，将历史文化、地理知识、时政热点与人文立场熔于一炉，比起简单的情绪鼓动和单纯的政治表态，显然更具价值。《中学生》编辑部特意推荐说："近来国人的目光集注于热河，报纸上连篇累牍登载着的，会谈间这般那般讨究着的，大部分是热河的问题。热河在形势上占着怎样的重要地位呢？敌人在那边取着怎样的军事配布呢？想来是读者所

---

[1] 《编辑后记》，《中学生》第 181 期，1946 年 11 月。

亟欲知道的。因此，我们特请王臻郊先生写一篇《寇氛侵逼中之热河》，就地理的状况，说明军事的局势，并为明了环境起见，附摹地图一幅，俾读者有所指证。在本册付印的当儿，热河的战事已经爆发了，局势正在发展中，平津也有风雨欲来之象。但是根据了这篇所述，再去留心最近的变化，就能得其要领，不致嫌报纸记载的纷攘无序了。"[1]1933 年夏，黄河发生特大洪水，波及河北、山东、河南、江苏、陕西、山西、绥远、宁夏、甘肃等省，其中尤以冀鲁豫三省为重，造成灾民无数。《中学生》编者说："数月来，黄河泛滥成灾，其祸患不下于前年的长江水灾。黄河和我国的文化发展极有关系，所谓'黄祸'则又为我国历史中一个常见的名词。因此，我们特请臻郊先生把黄河的源流变迁与历来的祸患作一有系统的讲述。这篇应时的文字，无论在灾区与非灾区的青年，都应当仔细一读。"[2]王伯祥的《黄河》系统梳理了黄河的源流水系、河道变迁、物产与文化、水患与治理等，从而在更广阔的层面上为青年理解黄河问题提供了广阔的背景和多维的视角。

　　问题更在于，这种注重人的全面成长的素质教育还会受到来自时代潮流的冲击。40 年代中后期，国统区民主运动日益高涨，这个浩荡的时代潮流，鼓动着青年人的政治热情，这种热情便转化为对《中学生》的压力。出于对"立人"宗旨的深刻理解，面对部分读者对《中学生》"整个基调"的"政治性淡薄""缺乏现实性，对于时代反映得不够"的批评，叶圣陶认为并非如此，但"慷慨激昂的政治号召性的文字"确实很少，因为"本志原是一种偏重教育性的刊物，教育与政治固然无法绝缘，可是两者的着重点究竟不同"。叶圣陶强调：

　　一个人到了青年，在身心的发展上正当渐趋成熟的时期，所谓

---

1 《编辑后记》，《中学生》第 33 号，1933 年 3 月。
2 《编辑后记》，《中学生》第 38 号，1933 年 10 月。

"打铁趁热"，该在各方面打好个良好的基础。基础打好了，关于做
人，做事，为学有了个良好的开端，再求继续发展也就容易。这看
似迂远，其实很关重要。还有，我们特别把性行和知能并举，不单
讲知能。性行上的基本学习，指做人所应具备的若干基本修养。像
孟子所说的"无恻隐之心，非人也；无羞恶之心，非人也；无辞让
之心，非人也；无是非之心，非人也。"这个话在今天看起来，仍然
非常合理。……现在有许多人在做坏事，在做危害人群的坏事，就
因为他们对做人的基本修养有欠缺。要望社会安定与进步，必须多
数人在性行上少有欠缺，才有可能。我们强调性能的基本学习，理
由在此。[1]

在风云激荡之际，叶圣陶强调性行与知能并重，坚持人的综合素质
全面提升的教育立场，是深谋远虑的。后来几十年政治运动中人性的阴暗
缺失、沉滓泛起、恶性膨胀的现象和道德滑坡、人伦失范的恶果，反复验
证了叶圣陶等人的先见之明。

第二，在态度上，反对灌输教训而强调启发辅导。《中学生》诚恳亲
切平易的文风向来受到读者的交口称誉，正如读者刘捷所说："本志文章
诚挚恳切，富有兴趣，希望以后能够保持优点，而更加精进。"[2] 只是，文
风是期刊态度的一种外显形态，其内在是期刊和读者关系的一种立场定
位，而这种定位是与他们的办刊宗旨紧紧联系在一起的。在这个意义上，
内容与态度恰恰构成表与里的关系。

对青少年进行全面的素质教育，进行精神启蒙，期刊与读者之间自
然形成启蒙与被启蒙的关系。这样一种关系，最让人质疑也最让人诟病的
是前者特别容易以精英或权威的姿态居高临下地对后者进行耳提面命式的

1　本刊同人:《谈谈本志的旨趣》。
2　刘捷:《本志应怎样改进（十三）》,《中学生》第 30 号, 1932 年 12 月。

灌输教训。其实，此等做法于全面素质教育而言是缘木求鱼、南辕北辙的，因为，全面素质教育只能以受教育者为中心，需要受教育者发挥主观能动性，其中众多内容诸如能力培养、方法训练、人格熏陶等是不可能通过灌输教训获得的。对此，开明派始终惕然于心、深自戒惧，坚决力戒灌输教训的姿态。

对此，叶圣陶专门有一段话：

老师有两种，大概说来可以分为两个派头。一派是取教训态度的。自己方面好像什么都没有问题，样样懂，件件能，立身处世，所作所为就是标准。他们把学生或者比作一张白纸，五颜六色都待涂上去，或者比作一个空瓶子，甜的咸的固体的液体的都待装进去。于是根据自己的见解来"涂"来"装"，什么应该怎样怎样，什么不应该怎样怎样，这就是他们的教训。……还有一派是取辅导态度的。不承认自己全知全能，自己也还在学习的中途，（学习哪里有止境呢？）不过比学生多走这么一步两步，或许多一点知识经验，能够尽一点导引与辅佐的责任罢了。……这就自然而然站到学生的旁边，安排好适宜的环境，让他们自己去活动，他们忽略了什么的时候，给他们提醒一下，他们弄错了什么的时候，给他们纠正一下，他们遗漏了什么的时候，给他们补充一下，不过如此而已。而在提醒与纠正与补充的当儿，又必然像亲切的朋友似的，用商量的口气说，……以上说的两个派头很不相同，要我们挑选，我们愿意属于后面一个派头，我们愿意取辅导的态度，我们十几年来也一直取的这种态度。我们时常把读者诸君称为青年朋友，这个"朋友"不是一种浮泛的称谓，却表示我们真心诚意地把诸君认作朋友。[1]

---

1 圣陶：《我们的宗旨与态度》，《中学生》第 200 期，1948 年 6 月。

《中学生》如何以"朋友"式的态度对待读者，内容很丰富，这里可以从两个方面来考察。

首先，《中学生》经常围绕读者中普遍存在的困惑或者他们关心的问题等组织讨论。在讨论中，摆出各种意见，启发读者去思考，而不是给出一个简单的结论。30—40 年代的中国是一个内忧外患、民族矛盾阶级矛盾社会矛盾纠结缠绕剧烈碰撞的时代，对心智未成熟的青少年而言，在这个时代中他们如何自处，小至读书升学、就业成家，大至时代的路向、民族的前途，他们心中有无数的问题，亟须有人为他们指点迷津。《中学生》经常就青少年普遍存在的困惑或关心的问题组织专题讨论，让大家畅所欲言，但编辑部最后并不"盖棺论定"给出结论，让读者感到不过瘾也不满意。所以他们呼吁："每次的问题讨论请编者写一篇'问题讨论的总讨论'，因为仅登几篇讨论，各人发表一些零星讨论的意见，一无系统，且每次讨论后亦无结果，有失设问题讨论栏之本旨。如编者将各讨论者之意见集合，并加以正确的结论，如此则不独参加讨论者得无上进步，其他读者亦可对各问题有一明了正当的意识。"[1]其实，这恰恰是《中学生》的编者们有意为之的，他们就想启发读者自己去思考去探索。

不给出明确的结论，并不代表他们放弃自己的责任。1946 年，国共内战之势已是硝烟四起，国统区的青年虽然未必能充分领会这场民族命运大决战的分量，但惶惑也罢，憧憬也罢，他们已经清晰地听到了命运的敲门声。这年 11 月下旬，《中学生》举办了一次"中学生与政治"的座谈会，邀请大学教授、中学校长、杂志编辑等，站在教育的立场，就"现实政治所及于中学生的影响""中学生应否参加政治活动""中学生应否加入党团""中学生应否接受政治教育和政治训练"等问题，座谈青年与政治的关系。与会者立足于中学生的身心特点、教育的使命和中国的现状，都

---

1 杨仲甫：《本志应怎样改进（六）》，《中学生》第 30 号，1932 年 12 月。

认为中学生应关心政治，认识时局，明辨是非，投身民主运动。这样的结论，对于中学生认识社会、坚持正义、踏准时代的节拍无疑是有启发和指导意义的。正因为如此，社会给予了《中学生》很高的评价：

> 有的人说，《中学生》是一种平淡无奇的杂志。是的，你想从这里找寻刺激，那你尽会失望。不消说这里边"眼睛吃冰淇淋"之类的东西一定没有，即使是慷慨激昂的政治号召性的文字也不常有的。然而平淡并不等于衰萎。……当你不知不觉的从它那里学会了呼吸正义，诅咒黑暗的时候，才会惊骇于一种平淡的刊物也会在人的心中唤起一种力量来。[1]

其次，注重与读者的互动，努力将《中学生》办成中学生自己的杂志。尽管对中等教育有着丰富的经验，对中学生的现状和身心特点了然于胸，但要想办好杂志，真正做到《发刊辞》中所说的"指导前途；解答疑问；且作便利的发表机关"的承诺，离开读者的支持是不可能的。这种设想无疑有扩大影响力的市场考虑，但毫无疑问，实现对青少年进行全面素质教育的办刊理念是他们的根本出发点。正因为如此，他们做了非常周详的安排，一是针对中学生的爱好需求，开设了"中学生问题讨论会""美术竞赛""文艺竞赛""读者之页""青年文艺""通信和答问"等众多与读者互动的栏目，极大地调动了中学生的参与热情；二是就如何办好《中学生》随时听取读者的意见，并根据这些意见不断做出调整。1932年初，《中学生》杂志上就出现了《〈中学生〉与中学生——站在中学生立场上的批判》的文章，对杂志一年来的情况进行全面点评，到年底，《中学生》干脆以"本志应怎样改进"作为中学生问题讨论会"第十五次讨论"的议

1　转引自本刊同人：《谈谈本志的旨趣》。

题，一口气发表了 13 篇读者来信。在文章中，读者抒发自己的阅读感受，表达对作者的感谢和对好文章的喜爱，同时也提出自己的要求。"卷头言"是《中学生》独特的栏目设置，很受读者喜爱，称"关于国内外的大事和目前青年学生的各种问题，都有扼要的检讨和解决，无论那一篇言论，都能予读者以深刻的印象"[1]，多年来《中学生》始终保持这一栏目。但在1949 年初，鉴于国统区独特的政治文化生态，《中学生》取消了这个栏目，但"有很多读者写信来，要求恢复"[2]，结果只停了两个月便又恢复。在《中学生》存在的那些年间，《中学生》应读者的要求而调整栏目和重点的事例不胜枚举。

编者和读者之间的互相信赖和充分互动，营造了《中学生》良好的氛围，让杂志真正成了中学生自己的刊物。所以读者动情地说："事实上已经有证明，《中学生》的确是属于中学生的刊物，他的一切的改进，在过去，是因为'属于中学生自己的刊物'而健长，今后，当然还是走上'属于中学生自己的刊物'的路而前进。"[3]

从 1930 年初创刊到中华人民共和国成立，《中学生》始终以丰厚的内容和诚挚的态度伴随着青少年的健康成长，由此也得到了青少年真心的喜爱和尊敬。正如读者孙源所说：

> 它的成功在乎它不事虚浮夸张，不崇时髦，不唱高调，不喊口号的那种镇静，坚稳，实干的精神。也就是说，在乎《中学生》诸位先生诲人不倦，看准读者对象，把握读者需要，以读者为自己的子弟门生，教育之，训练培养之的那种精神。在这种精神下，加上

1　黄灵圣：《一九三六年的中学生和本刊》，《中学生文艺季刊》第 3 卷第 1 号（春季号），1937 年。

2　《编辑室》，《中学生》第 210 期，1949 年 4 月。

3　激厉：《本志应怎样改进（三）》，《中学生》第 30 号，1932 年 12 月。

年岁，自自然然地造成了若干人才，也从此立定了它本身的地位与价值。[1]

第四节　以青少年读物为主体的出版建设

一

开明书店由章锡琛主编的《新女性》杂志发展而来。开明书店的老人唐锡光对其创办过程有一个简括的介绍：

> 《新女性》杂志出版后颇得好评，但是当时办杂志是个亏本生意，销路虽好，也维持不了章锡琛一家人的生活。于是有人主张出版几本书来卖，把杂志社改成书店，出杂志，也出书籍；主张最力的是胡愈之、吴觉农等；尽力帮助创办书店的有钱经宇、郑振铎等。开明书店这个店名是孙伏园取的，第一块招牌也是孙伏园写的。胡愈之为开明书店出谋划策，制定了规模。[2]

从这个简单的描述中，我们可以发现：

第一，这是一群新文化人的自然集合，是所谓的文人办书店而不是商人办书店，不以单纯的商业盈利为目的而以新文化的传播和建设为宗旨。对此，叶圣陶曾在《开明书店二十周年》一文中有过清晰的表述。

第二，在书店创办的过程中，开明派起到了重要的甚至是决定性的作用。也因此之故，开明派的文化立场和事业追求在书店创办发展的过程

1　孙源：《〈中学生〉——这是一本成功的刊物》，《中学生》第 171 期，1946 年 1 月。

2　唐锡光：《开明的历程》，第 290 页。

中能够得到最大程度的体现。这种立场和追求，后来在叶圣陶的一段话中表述得非常完整：

> 办书店原有各种做法。兼收并蓄，无所不包，是一种做法；规定范围，不出限度，是一种做法；漫无标的，唯利是图，又是一种做法；前一种做法需要大力量，不但财力要大，知力也要大，我们担当不了。后一种呢，与我们的意趣不相容，当然不取。与我们相宜的只有中间一种，就是规定范围的做法。我们把我们的读者群规定为中等教育程度的青年，出版一些书刊，绝大部分是存心奉献给他们的。这与我们的学识修养和教育见解都有关系。我们自问并无专家之学，不过有些够得上水准的常识，编选些普通书刊，似乎能胜任愉快。这是一层。我们看出现在的教育继承着旧教育的传统，而新教育继承着旧教育的传统是没有效果的。我们也知道教育不是孤立的事项，要改革教育必须其他种种方面都改革，但是改革教育的意识不能不从早唤起，改革教育的工具不能不从早准备，这又是一层。[1]

将开明书店的读者对象确定为青少年，源于开明派坚定的启蒙主义立场和平民主义思路。因此之故，开明书店出版的图书有取舍有侧重。经过创办之初的探索，"一九三〇年，《中学生》杂志出版后，开明就确立了以出版中学教本和中学生课外读物为主的出书方针，直到解放为止，这个方针始终保持，没有改变"[2]。

据笔者统计，从创办到 1949 年 10 月中华人民共和国成立[3]，开明书

1　叶圣陶：《开明书店二十周年》，第 226 页。
2　唐锡光：《开明的历程》，第 296 页。
3　上海解放后，开明书店适应新的时代而出版的书籍，超出了本研究的范围，故这里不列入统计。

店共出版各类图书 1437 种。[1] 这些书，从使用功能来分类，大致可以分为社科著译类，如列入"开明文史丛刊"的《诗言志辨》《周易阐微》、列入"妇女问题研究会丛书"的《妇女问题的各方面》《中国妇女文学史纲》等共 309 种；古籍整理类，如列入"古佚小说丛刊"的《游仙窟》《照世盃》、列入"宋人笔记小说"的《鹤林玉露》《齐东野语》以及《六十种曲》、"二十五史"等共 28 种；文学作品（创作和翻译）类，如《子夜》《爱的教育》《缘缘堂随笔》等共 475 种；教材和教学参考书类，如《国文百八课》《开明英文读本》等共 256 种；而青少年课外读物类，如"开明青年丛书""开明少年丛书""开明中学生丛书"等等，共有 334 种；实用及其他类，如《交际舞》《家庭电器》《丝厂管车须知》《战时救护》等共 35 种。将教材和教学参考书与青少年课外读物简单相加，即为 590 种，占开明书店所出版书籍总数的 41%。从这种简单的分类中，不难看到开明书店的主要以青少年读者为主的出版方向（参见表 3）：

表 3　开明书店出版书籍分类

社科著译	古籍整理	文学创作与文学翻译	教科书	青少年教育	实用	总计
309	28	475	256	334	35	1437

需要强调的是，这种分类是极其粗略的，不能完全说明问题。因为，除古籍整理类著作和社科著译类包括实用类中的一部分，以及教材类中少

1　因大量书籍无法见到实物，中国青年出版社也无完整档案，只能依赖当时出版物上的广告、介绍或回忆文字，故进行这种统计非常困难，遗漏或重复恐在所难免。这里的统计方式与开明版教材的统计方式相同，即 1. 以单独出版（有独立的出版时间和定价）为算；2. 再版或重新出版时书名与初版或有差异，不重复计算；3. 有些书籍在多次出版中有分有合，同如一书的上下册则记合订方式，不同主题如《开明算学课本》分代数、几何、三角、算术则记分开方式，不重复计算。4. 一般的内容修订不重复计算。莫志恒在《说说开明书店及其出版物的装潢艺术》一文中说："开明书店自一九二六年到一九四九年出版的书籍，先后约计一千四百数十种。"（见《我与开明》，第 242 页）因其统计方式和具体书目，故这里无从比较。

数大学教材而外，大量著作都是为青少年而写。譬如文学类中有占总数30%以上的100多种作品本来就是专门为青少年而创作翻译的，除68种的"世界少年文学丛刊"而外，朱自清的《欧游杂记》、夏丏尊的《爱的教育》、叶圣陶的《古代英雄的石像》等许多作品都是为青少年准备的，有许多也在《中学生》杂志上连载过。这种情况在社科著译类中同样普遍存在，如茅盾著的《世界文学名著讲话》、李广田著的《文艺书简》、曹孚译的《励志哲学》、千家驹著的《中国战时经济讲话》等等，本来就是写给中学生的。如果考虑到这个因素，我们干脆从读者对象的角度，以青少年为界，将开明书店出版的书籍简单地分为两类，则得到的结果是以青少年为读者的出版物有800多种，占开明出版物总数的57%以上。

这一点，当时的人们就很清楚。储安平说："开明书店这几年来经章锡琛先生和夏丏尊先生等的惨淡经营，已获得很健全的根基。……开明书店的读者对象是中学生，所以他们的出版计划，也是针对着中学生而进行的，他们出版的书，泰半都是给中学生看的，许多自然科学及历史地理，都成为了一般中学生很好的课外读物。"[1]

开明书店出版的图书，当然是整个书店全体员工共同努力的结果，这里无意将其完全归于开明派的名下。但显而易见的是，开明派在从书店的出版方针、选题设计，到组稿审稿、出版过程、市场推广等涉及书籍出版全过程的各方面，均起了主导性甚至决定性的作用。不仅如此，开明派也积极为开明书店撰稿或将自己的著述交给书店出版。除匡互生因英年早逝没有在开明书店出版过著作外，其余开明派同人统统在开明书店出版过相当数量的著作，从而在最严格的意义上彰显了开明派的核心和引领作用。

统计显示，开明派同人在开明书店共出版285种图书，其中专门为

1　储安平:《一年来的中国出版界》。

青少年编纂的图书共 206 种，占他们在开明书店所出版图书总数的 73%，如果加上虽非为青少年而写却适合青少年阅读的图书，其总量则更多。这样一个数据，是很能够说明问题的。如果把这一数据再展开一下，则可以看得更清楚（参见表 4）：

表 4　开明派同人在开明书店所出版著述总数[1]
与其中青少年读物数量占比

姓名	在开明书店所出图书总数	其中青少年读物	比率
夏丏尊	23	14	61%
叶圣陶	30	24	80%
朱自清	9	7	78%
丰子恺	56	40	71%
郑振铎	11	4	36%
胡愈之	4	1	25%
周予同	7	7	100%
刘大白	10	1	10%
徐调孚	9	5	56%
王伯祥	7	5	71%
章锡琛	7	1	14%
朱光潜	10	7	70%
顾均正	35	33	94%
宋云彬	9	8	89%
方光焘	6	3	50%

1　这里的著述包括个人与合作的著、译、编、校，以版权页的作者项下署名为准，故与通常列入他们名下的著述统计略有差异。因其中有的著述为合作，故列到作者名下有重复，其总数大于 285 种。

续表

姓名	在开明书店所出图书总数	其中青少年读物	比率
刘薰宇	21	19	90%
刘叔琴	7	4	57%
傅彬然	13	13	100%
贾祖璋	20	19	95%
周建人	11	8	73%
章克标	16	10	63%

从上述数据中，我们可以获得两个信息：

第一，无论是从青少年读物的总量还是从比例上，编纂适合青少年的读物，不是开明派少数人的自发的行为，而是他们集体的有意识的追求。

第二，他们中不少人，把培养青少年作为他们终身的事业，并为此贡献了毕生的精力。

由此可以判断，开明派对于自身在现代文化建设中的角色定位是非常清晰的，他们为此付诸实践的行动能力也是超凡的。因此完全可以说，他们在最严格的意义上，体现了全心全意为青少年服务的出版宗旨。

二

在开明书店为青少年出版的 800 多种图书中，教科书和教学参考书无疑是其中重要的一个方面。对于开明派而言，在教科书的编写中彰显他们所坚守的文化主张并体现他们所意识到的社会责任，是他们的追求，也是他们的特色。此事上节已述，此处不赘。

在开明书店为青少年出版的图书中，与教科书具有同等意义的、规模和影响力更大的是他们编写出版的青少年课外读物。

历年来，截止到 1949 年 9 月，他们编辑出版了"开明青年丛书"（105 种）、"开明少年丛书"（28 种）、"开明中学生丛书"（23 种）、"中学生杂志丛刊"（38 种）、"世界少年文学丛刊"（68 种）、"开明青年英语丛书"（17 种）、"开明少年英语丛刊"（23 种）、"开明英汉译注丛书"（8 种）、"详注现代英文丛刊"（16 种）、"简易英语丛书"（5 种）、"开明英文详注丛书"（5 种）等。其中，除英语类的几种丛书明显带有工具性，其余的也主要是着重从各方面对青少年进行素质教育。

其中最主要的是两种。

一是"开明青年丛书"。这套丛书持续时间最久，从 1927 年一直持续到中华人民共和国成立后，总量达到惊人的 126 种。这套丛书把青年完全从课堂教学和考试中解放出来，给予更加丰富更加鲜活更加精彩的内容。它有着鲜明的特点：第一，学科全覆盖。从语文、数学、英语，到历史、地理、物理、化学、生物、绘画、音乐以至于实用；从文学艺术、科学知识，到文化修养、动手能力；从知识到能力到人格熏陶，无所不包。第二，针对性强。开明派同人尽管大多有着作家、学者、编辑、出版家、翻译家等多重身份，但他们有一个共同点，即绝大多数是或曾经是中学教员，他们对中等教育的历史与现状，对青少年的生理心理特点，对青少年培养的重点难点均了然于胸，因而在丛书内容的设计上，举凡成为一个独立健全的青年所需要的知识学习、能力训练和人格熏陶统统都有。为了适应青少年的需要，他们甚至对名著进行改写。叶圣陶说："作为中等学生国文科课外读物的文艺书籍，不但要估量它的文艺价值，同时还要估量它的教育价值。有许多好书，因为有一些不适宜于青年的部分，从教育的观点看来，是应该排斥到学校的门外头去的。然而青年不看这种好书，究竟是一种精神上的损失。为此，我们就打算出版洁本旧小说。所选的是《水浒》《三国》《红楼梦》等具有普遍性的作品，经过专家订定，把其中不适宜于青年的部分逐一删去，使它成为并不缺乏教育价值的东西。又由订定者撰作序文，对于各书本身既有公允的批评，对于阅读方法又作详细的指导。读者阅读这种本子，在理解与欣赏上自然比较阅读他种本子便当得多了。"[1] 第三，活泼生动。开明派反对板着面孔训诫或做高头讲章，他们特别注重将知识的学习、能力的训练与亲切平易的态度、生动活泼的文字融为一体，在富于艺术气息和故事情节的形式中让学生易于学习，乐于接受。在这方面，叶圣陶、夏丏尊的《文心》，朱光潜的《给青年的十二封信》，贾祖璋的《鸟与文学》，周建人的《花鸟虫鱼》，顾均正的《电子姑娘》，刘薰宇的《数学的园地》，丰子恺的《绘画与文学》，宋云彬的《玄武门之变》等众多作品，都做出了重要贡献。他们的努力，甚至形成了一种特殊的散文样式——科学小品。茅盾曾说，他应夏丏尊之邀为开明书店办的《新少年》写一部连载中篇小说《少年印刷工》，在写作下半部时因要满足夏丏尊提出的"通过故事能使小读者得到一些科学知识"的要求，"以致犯了大忌，没有把主要笔墨放在人物的塑造上，而且割断了与前半部中出现的众多人物和情节的联系，专注于技术知识的介绍"，造成了小说的"不成功"。[2] 这种结果对茅盾自然是个损失，不过从中我们清晰地看到开明派在为青年着想方面是如何的念兹在兹、不遗余力。

二是"世界少年文学丛刊"。如果说"开明青年丛书"着眼于全方位地对青年开展素质教育的话，那么，"世界少年文学丛刊"便专注于对少年进行文学熏陶。

关于这套丛书，下文将展开专门论述，这里暂且从略。

在这套丛书中，读者最多、影响最大的无疑是夏丏尊翻译的《爱的教育》。

---

1 叶圣陶：《洁本小说：〈红楼梦〉茅盾叙订、〈水浒〉宋云彬叙订、〈三国演义〉周振甫叙订》，《叶圣陶集》第 18 卷，第 283 页。这三种名著改写未收入"开明青年丛书"，但其基本思路是完全一致的。
2 见《茅盾全集》第 35 卷，人民文学出版社 1997 年版，第 35—37 页。

　　《爱的教育》是 19 世纪意大利作家亚米契斯的代表作，以日记的方式表现儿童生活，原名《考莱》。1923 年，在春晖中学任教的夏丏尊动笔翻译《爱的教育》，每译出一部分学校同事朱自清和刘薰宇总是先睹为快，成为译稿的第一批读者。与此同时，译稿交给《东方杂志》编辑胡愈之，由他安排在《东方杂志》上连载。全书译成后由商务印书馆出版。作为出版界的航空母舰，商务印书馆每年要出版许多著作，对这部译稿或许并未予以格外重视，由此造成销路不好。于是夏丏尊干脆收回版权交给刚刚成立的开明书店，夏丏尊的学生兼春晖中学同事丰子恺为新版设计了封面并画了多幅插图。在开明书店的大力推介下，《爱的教育》新版发行后风靡一时，成为最受欢迎的儿童文学译作和中小学生课外读物，也成为开明书店的畅销书、长销书。

　　《爱的教育》从翻译到出版，从中可以发现两个重要信息：第一，开明派的不少同人介入了该书的成书过程。夏丏尊曾专门说到此事："《东方杂志》记者胡愈之君，关于本书的出版，曾给予不少的助力，邻人刘薰宇君，朱佩弦君，是本书最初的爱读者，每期稿成即来阅读，为尽校正之劳；封面及插图，是邻人丰子恺君的手笔。"[1] 所以，它实际上蕴含了一种集体的力量，体现了一种集体的文化立场。第二，表面上，这部译著是由于商务印书馆的"疏忽"而"偶然"成全了开明书店，但更深层的原因在于，它归属于开明书店是必然的，因为它深刻契合了开明派对于教育的理想，直接回应了 20 年代教育界对于教育改造的呼声，充分地体现了开明派的文化追求。这一点，夏丏尊在《译者序言》中说得非常明确：

　　　　我在四年前始得此书的日译本，记得曾流了泪三日夜读毕，就是后来在翻译或随便阅读时，还深深地感到刺激，不觉眼睛润湿。

1　夏丏尊：《〈爱的教育〉译者序言》，《夏丏尊文集·平屋之辑》，第 43 页。

这不是悲哀的眼泪，乃是惭愧和感激的眼泪。除了人的资格以外，我在家中早已是二子二女的父亲，在教育界是执过十余年的教鞭的教师。平日为人为父为师的态度，读了这书好像丑女见了美人，自己难堪起来，不觉惭愧了流泪。书中叙述亲子之爱，师生之情，朋友之谊，乡国之感，社会之同情，都已近于理想的世界，虽是幻影，使人读了觉到理想世界的情味，以为世间要如此才好。于是不觉就感激了流泪。

这书一般被认为有名的儿童读物，但我以为不但儿童应读，实可作为普通的读物。特别地敢介绍给与儿童有直接关系的父母教师们，叫大家流些惭愧或感激之泪。[1]

从孤立的角度，《爱的教育》固然是一部成功的文学译著和教育译著，但放到开明派的整个文化思想体系和文化实践活动中，我们就会发现，它不仅自身具有一种轰动社会的影响，甚至形成了一种放大的社会效应。这从它的两种衍生产品可以看出。

一是《爱的教育实施记》。开明书店版《爱的教育》问世后，它固然受到中小学生的广泛喜爱，也得到不少学校教师的重视，把它当作教材或补充教材，甚至运用《爱的教育》的原则在学校具体实施。"上海商务印书馆附设的私立尚公小学是一所名校，该校教师王志成运用《爱的教育》中的原则，在尚公小学里实施起来，效果竟意外的好。"[2] 王老师将他的教育笔记整理成《爱的教育实施记》一书，由开明书店出版。这本书提供了教师来自教学一线的最鲜活的观察和感受，因而受到教育界的重视，到1932 年就印行了 4 版。

二是《续爱的教育》。由于《爱的教育》的成功，许多读者写信希望

1　夏丏尊：《〈爱的教育〉译者序言》，第 42 页。
2　王利民：《平屋主人——夏丏尊传》，浙江人民出版社 2005 年版，第 135 页。

夏丏尊翻译更多的类似作品，有人甚至把作品也寄来了。夏丏尊在湖南一师时的同事孙俍工便特意从东京寄来了《续爱的教育》的日译本。《续爱的教育》是《爱的教育》的姊妹篇，书中人物与《爱的教育》相联系，作者孟德格查也是《爱的教育》的作者亚米契斯的好友。承接了读者的厚望，夏丏尊又翻译了《续爱的教育》。它不仅在《教育杂志》上连载，而且于 1930 年由开明书店出版。与《爱的教育》一样，《续爱的教育》也大受欢迎，到 1949 年 3 月共印行 26 版。夏丏尊在《译者序》中说：

> 亚米契斯的《爱的教育》是感情教育，软教育，而这书所写的却是意志教育，硬教育。《爱的教育》中含有多量的感伤性，而这书却含有多量的兴奋性。爱读《爱的教育》的诸君，读了这书，可以得着一种的调剂。
>
> 学校教育本来不是教育的全体，古今中外，尽有幼时无力受完全的学校教育而身心能力都优越的人。我希望国内整千万无福升学的少年们能从这书获得一种慰藉，发出一种勇敢的自信来。[1]

《爱的教育》和《续爱的教育》，作者不一，内容有自，但它们从情感和意志两个侧面切入教育的本质与核心，体现了开明派对于教育的完整性及其对于青少年全面发展的重要性的认识，也体现了夏丏尊教育思想的丰富内涵。

三

除了教师的身份，开明派成员大多还有一个新文学作家的重要身份。这种身份使得他们在确立为青少年服务的出版方针外，还为开明书店确立

1　夏丏尊：《〈续爱的教育〉译者序》，《夏丏尊文集·平屋之辑》，第 123 页。

了一个重要的出版方向，那就是自觉地为"五四"新文学的健康成长摇旗呐喊、擂鼓助威。

这种工作至少包括以下几个方面。

第一，通过新文学作品的出版努力壮大新文学的阵地，为新文学的健康发展竭尽绵薄。

在开明书店出版的所有图书中，文学作品占据了相当大的比重。根据本研究所列《开明书店出版书籍分类》表，仅新文学作家的创作和翻译外国作家的创作，即有 475 种。当然，这还不是全部，105 种的"开明青年丛书"是从各方面开展青年教育，文学也是其中的一个重要方面，宋云彬的《玄武门之变》、周建人的《花鸟虫鱼》、顾均正的《电子姑娘》、贾祖璋的《鸟与文学》等，后来或被纳入历史小说，或被纳入科学小品，自然也在此范围之内。如果以这样的眼光看待，那么可以说，开明书店出版的文学著译（不含理论性的文学著述），当在 485 种左右，约占出版物总量的 34%。

在这些文学作品著译中，仅新文学创作集，就达 283 种，[1] 约占文学作品著译的 58% 和开明书店出版物总量的 20%。这个数字，对于一家偏重于青少年教育的中型出版社而言，是一个相当大的比重。需要强调的是，由于新文学读者基本限于受过新式教育的青年和知识分子，所以新文学作品的销路一般，市场占有率并不高，开明书店往往是用出版教科书赚的钱来补贴新文学作品的出版。由此可见，如果不是强烈的使命意识，是没有人愿意做这种贴本买卖的。

这些新文学创作，就体裁论，以小说和散文为最多，各占约 35%，也包括诗歌、戏剧、儿童文学、报告文学等各种体裁。就作家论，囊括了周作人、茅盾、郁达夫、冰心、庐隐、俞平伯、王统照、老舍、巴金、丁

1　叶桐在《新文学传播中的开明书店》一文中说，开明书店出版的新文学创作共 184 种，因未见书目，无从比较，但无论如何其总数远远超出 184 种。

玲、沈从文、胡也频、废名、王鲁彦、骞先艾、台静农、彭家煌、许钦文、许杰、汪静之、赵景深、芦焚、施蛰存、张天翼、曹禺、钱锺书、吴祖光、夏衍、朱湘、靳以、蒋牧良、艾芜、端木蕻良、陈衡哲、柯灵、李广田、梁遇春、韦丛芜、陈白尘、黄裳、臧克家、顾仲彝、孙福熙、陈梦家、闻一多、周文、李霁野、黎锦明、林庚、高长虹、罗黑芷等人，至于开明派作家，叶圣陶、夏丏尊、朱自清、丰子恺、郑振铎、刘大白、朱光潜、顾均正、宋云彬、刘薰宇、贾祖璋、周建人、章克标等，更是不在话下。

观察这个名单，我们可以得出几点印象：

一是这些作家在很大程度上代表了中国现代文学的基本力量，或者说构成了其中的主力军团，他们的作品，在文学史上都占有重要的位置。能够把他们纳入一家书店的作者范围，不能不说是令人惊叹的。夏丏尊说过："开明自从创立的那一年起，就把刊行新体小说作为出版方针之一。到现在，大家都承认开明这一类的出版物中间，很有一些在现代文学史上占有地位的佳作。这是开明的荣誉。"[1]

二是从"五四"时代至40年代，新文学作者队伍并无中断或偏废，这说明开明派是始终关注新文学的发展并与之共同成长的。

三是作者阵容基本属于现实主义流派，这与开明派所坚持的文学观念相一致，也与作为中国现代文学主潮的现实主义相吻合。

四是在通常分为左、中、右的文坛阵营中，作者中有不少"左联"成员，也有众多不属于"左联"但立场并不右倾的作家，总体上处于中间偏左的状态。这意味着开明派在政治立场方面的温和开明，也隐含了他们始终坚持的民间立场。

对于新文学作品的出版，开明派同人经历了一个从自在走向自为的

1　夏丏尊：《〈十年〉小说集序》，《申报》1936 年 8 月 1 日。

发展过程。在开明书店成立之初，他们仅仅凭借推动新文学发展的良好愿望去努力，但并无细致周密的出版规划，正如唐锡光所说："开明初创时，没有一定的出书计划，只想印一些朋友们的好著作。"[1] 在这种指导思想的制约下，开明书店出版的书籍，除多寡不等的"文学周报社丛书""微明丛刊""黎明社丛书""狂飙丛书"等，其余多显零乱而不见章法。至于这几套丛书，无论开明派与这些社团或作者有多深的渊源，其体现的主要都是别人的成绩。

从 30 年代上半叶开始，随着新文学的成长，也随着书店出版局面的打开，开明派对于自己在新文学事业方面的角色定位逐渐清晰，开始打造属于自己的文学品牌，这就是此时推出的"开明文学新刊"。这套丛书从30 年代上半叶起步，至 40 年代后期，共出版了 54 种，[2] 它标志着开明派对于新文学作品的出版从自在走向自为。这 54 种"开明文学新刊"，从体裁的角度，有批评 1 种、诗歌 2 种、戏剧 8 种、小说 15 种，而散文则有28 种，占总量的二分之一强。如此偏重散文，显然与开明派作家中多散文家有关，但毫无疑问体现了开明派在体裁方面的有意识追求。

第二，将新文学引入课堂，通过文学教育从根本上扩大并夯实新文学的社会土壤。

"五四"新文学自诞生后，无论是精神层面，还是形式层面，始终在与传统旧文学和市民通俗文学的对抗冲突中前行。要谋求新文学的健康发展和话语空间，必须迅速壮大其社会基础，由此，学校国文教育的价值便空前凸显。在语言层面上，它用白话文去打破文言文的一统天下，以展现白话文旺盛的生命力；在文学层面上，它将新文学作品直接引入课堂，以展现新文学强大的表现力。本章第二节已经在语言层面做了论述，不再赘

---

1 唐锡光：《开明的历程》，第 293 页。

2 其中包括如《爱的教育》《背影》等此前出版的作品，这些作品以再版的方式纳入"开明文学新刊"。

述，这里专在文学层面展开。

所谓将新文学"引入课堂"，在一般的意义上，至少体现为三个方面：一是在教材体系中引入新文学作品；二是在课堂内外构建新文学的氛围；三是为学生的新文学习作提供发表园地。这三个方面形成了中学新文学教育的一个完整过程。在这三个方面，开明派同人不仅表现出非凡的观念自觉，更表现出惊人的实践能力。

但把中学的新文学教育收束到出版层面，我们会遇到一个非常大的困难，即中学教育有着比新文学教育更为宏大的使命。这就意味着，无论观念如何新锐如何激进，新文学教育要进入课堂，必须穿越国文教育、文学教育两个层级，每穿越一个层级，新文学的比重都会剧烈衰减，由此，总体上新文学在中学教育中的份额是相当低的。即使在新文学早已获得话语权威的今天，为新文学教育编写专门的教科书也是不可能的。但即便如此，开明派同人还是在其中找到了缝隙，那就是出版于 30 年代初的《开明语体文选类编》。在这套共 6 册的准教科书中，其第二册是小品文，第三、四册是小说。这些小品文和小说，体现了新文学最初的成绩，大多直到今天依然是中国现代文学中的经典。它们作为《开明活页文选》的衍生产品，[1] 第一次以集体亮相的方式将新文学集中呈现给学生。

比起新文学在教科书方面腾挪空间的逼窄，开明派在课堂内外营造新文学氛围方面则有着广阔天地。在这方面，开明派花了大量精力，也收到了显著成效。他们所做的工作大致可以归纳为这样几点：

一是约请著名作家为《中学生》写稿，再结集出版。先后为中学生撰稿的有茅盾、郁达夫、叶圣陶、王统照、夏丏尊、俞平伯、朱自清、丰子恺、郑振铎、巴金、王鲁彦、施蛰存、靳以、谢六逸、徐盈、许钦文

---

1 《开明活页文选》以单篇作品的方式呈现，先后大约辑录 1600 篇古今中外作品。这些作品或应客户需要编册，或书店以多种方式编册，如"注释本""定装册""分级盒装册""类编"等。

等。从 1935 年到 1944 年，开明书店把发表在《中学生》上的若干文章结集为"中学生杂志丛刊"出版。在 38 种"丛刊"中，文学方面的就有散文集《都市的风光》《没字的书》《我的旅行记》、小说集《投资》《小花》和《有志者》等。在这方面，朱自清可以称是一个代表。他的两部游记《欧游杂记》《伦敦杂记》就是先在《中学生》上发表，然后又结集出版的。在《欧游杂记》的"序"中，朱自清说得很清楚：因为在中学教过五年书，所以这便算是送给中学生的"小小的礼物"。为了切合中学生的阅读能力和欣赏习惯，朱自清在叙述笔法和文字运用上悉心揣摩，仔细打磨，力求写出动感，写出鲜明的印象。他的苦心不仅得到同人叶圣陶的高度评价，也得到了读者的赞赏。淑之说："你读这本书，请注意这本书的语句的干净，几乎不能增减一字，单是看，也许看不出来；你如果用说话的声调念一定有数。所谓干净，就是语句里没有一个可有可无的字，每一个字都以必需而存在；又并不故意节省，节省了必需的字，就将辞不达意，那里还说得上干净呢。对于这一点，在国内文人，作者最为用力，也最多成功。"[1]

二是在各科的课外读物中广泛运用文学笔法，从而引起学生对新文学的普遍兴味。这里暂且把"世界少年文学丛刊"这种专门的文学启蒙读物放在一边，无论是国文、历史，还是物理、化学、生物、医药，"开明青年丛书""开明少年丛书"中的许多读物，如顾均正的《电子姑娘》、刘薰宇的《马先生谈算学》、贾祖璋的《鸟与文学》、周建人的《花鸟虫鱼》等等，甚至包括叶圣陶、夏丏尊的《文心》，宋云彬的《玄武门之变》，丰子恺的《少年美术故事》，等等，都是这样的产物。这种"文学＋科学"的独特方式，自然含有亲近读者便于接受的考虑，但它对学生新文学启蒙的作用无疑是巨大的。而他们的努力，也成就了 30 年代盛极一时的科学

---

[1]　淑之：《欧游杂记—赣皖湘鄂考察记—萍踪寄语》，《中学生》第 51 期，1935 年 1 月。

小品的辉煌。关于开明派与科学小品运动的关系问题，下文再展开。

青少年对文学的自然喜好，加上开明派对新文学氛围的悉心营造，引发了青少年对新文学创作的浓厚兴趣。尽管夏丏尊、叶圣陶等人从教育的完整性出发一再提醒学生对各科的学习不应偏废，不能以新文学代替国文，但学生旺盛的创作欲却日益高涨。《中学生》除了辟出专栏刊登学生的新文学习作而外，更每年专门出版一册《中学生文艺》。1935年底，《中学生文艺》的编者有这样的一段话："从一九三〇年冬天出版第一册《中学生文艺》后，每年一册；直到去年，因为材料太多，改为两册。今年索性改为季刊，年出四册。到今天居然四册也已出齐了。"[1]除每年一至二册的《中学生文艺》外，历年来，在夏丏尊、叶圣陶的主持下，开明书店在1935年"中学生杂志丛刊"名下出版了3种"征文当选集"——《我是燕子》《游泳》《自己描写》，到40年代后期又出版了4种"开明少年应征文选集"——《少年们的一天》《我》《忘不了的事》《熟悉的人》，以及"中学生社"的《挣扎》。总计，除连续出版物《中学生文艺季刊》[2]而外，专门为中学生新文学习作而出版的作品集达14种15册。这种对新文学土壤的悉心培育也收到了回报，著名记者彭子冈、徐殷，台湾作家尹雪曼等人就是直接从《中学生》起步的。

第三，接续新文学出版的火炬。未名社是新文学阵营中的一个重要社团，他们致力于新文学创作和俄苏文学的翻译，建树颇多。在1931年，他们把5种创作——韦丛芜诗歌《君山》《冰块》、台静农小说集《地之子》《建塔者》、李霁野小说《影》；以及10种翻译——曹靖华译《白茶》（班珂等）、《蠢货》（柴霍甫等），韦素园译《黄花集》（俄国散文诗）、《外套》（果戈里），韦丛芜译《格里佛记游》、《穷人》（陀斯妥夫斯基）、《罪与罚》（陀斯妥夫斯基），李霁野译《不幸的一群》（陀斯妥夫斯基）、《黑

---

1 编者：《卷头言》，《中学生文艺季刊》1935年冬季号。
2 从1935年初到1937年夏，《中学生文艺季刊》共出版10册，后因全面抗战爆发而中止。

假面人》(安特列夫)、《往星中》(安特列夫);它们的图书版权转让给了开明书店,由开明书店继续出版发行。

从以上的概述中我们可以发现,开明派同人参与"五四"新文化建设的一个基本思路或曰价值取向,那就是当许多人在专注于旧文化破坏的时候,他们则致力于在最基本的层面上从事新文化建设。鲜明的建设性是他们区别于许多人的根本之处。

第五章　审美与启蒙
——开明派的文学实践

　　与开明派的文化实践同步展开的，是他们的文学实践。他们都是与"五四"新文学共同成长的，在 20 世纪 20 年代初就投入新文学创作，与现代文学史上第一个新文学社团文学研究会渊源深厚，叶圣陶、郑振铎、胡愈之、夏丏尊、朱自清、周予同、周建人、刘大白、王伯祥、徐调孚、丰子恺、章锡琛等都是会员，其中叶圣陶、郑振铎二人还是其创始人。此外，方光焘是创造社成员，除匡互生和刘叔琴外，其他人如朱光潜、顾均正、宋云彬、傅彬然、贾祖璋、刘薰宇、章克标等人都有不少文学创作，在新文坛上发出了自己的声音。

　　开明派的文学实践是多维展开的，有文学创作、文学理论、文学批评、文学翻译、文学史研究、文学活动等等。这样一种全方位的开拓探索，恰恰反映了"五四"以来对民族文学现代化全面转型的急切吁求，具有重要的意义。当然，面对一个松散的流派，我们必须注意到一个基本事实，即他们的创作，有的体现出非常鲜明的流派性，有的则带有更多的流派所无法涵括的个人色彩。这提醒我们必须非常审慎地面对他们，不能也不应该把他们所有的文学实践都纳入流派的叙述框架。故而，这里将围绕小品散文、儿童文学、科学小品三个最具流派色彩的专题展开。

第一节　开明派的小品散文创作

作为新文学作家，开明派成员以众多的作品参与到中国现代文学建构的历史进程中，其中许多都成为经典。他们在众多体裁和题材领域都体现了非凡的创造力，譬如朱自清曾经是诗人，他的抒情长诗《毁灭》一发表即引起文坛的广泛注意，被誉为新诗运动以来利用了中国传统诗歌技巧的第一首长诗，是新文学中的《离骚》和《七发》；叶圣陶是现代文学史上的重要小说家，除大量短篇小说外，他的长篇小说《倪焕之》描写辛亥革命至大革命前后青年知识分子的生活历程和精神历程，被茅盾称为是新文学的"扛鼎"之作。不过，无论是诗歌还是小说，它们更多地显示了个人对于相关体裁、题材的独特兴趣和独特理解，更多地打着鲜明的个人烙印。唯有在散文领域，开明派作家显示了共同的兴趣和惊人的一致。朱自清和丰子恺是著名的散文家；叶圣陶不仅是小说家，也是重要的散文家；夏丏尊的作品虽不算多，但他的《平屋杂文》留给人们深刻印象；郑振铎有《山中杂记》《海燕》《西行书简》《蛰居散记》等多种散文集。此外，宋云彬的《破戒草》《骨鲠集》、刘薰宇的《南洋游记》、章克标的《风凉话》、贾祖璋的《鸟与文学》和周建人的《花鸟虫鱼》等等，显示了他们在散文领域多方面的探索追求。即使理论气质最重的朱光潜，除了《给青年的十二封信》之外，也有《慈慧殿十号》这样的抒情散文。基于此，正如本研究"导论"所述，有人甚至直接把这一批作家定义为散文流派。

所以，在回顾新文学第一个十年的散文成绩的时候，郁达夫在所编《中国新文学大系·散文二集》中，就收录了丰子恺、朱自清、郑振铎、叶圣陶四人的作品，占入选十六家中的四分之一。而按周作人的理解，

《中国新文学大系·散文一集》"本拟收入"而未能如愿的，还包括了章克标等人的散文。此外，问世早于《中国新文学大系》的阿英《现代十六家小品》，专注于散文的代表性与影响力，与"新文学大系"一样，向来被视为深具文学史意识的经典选本。此选本入选散文十六家，其中就包括了朱自清和叶圣陶。此书后删削更名为《现代小品文钞》，朱、叶二人依然在列。就此可以看到，开明派作家不仅创作了大量的散文作品，更在散文领域做出了突出的贡献。

这一切，都在提示我们需要对开明派的散文创作进行一个整体的审视。

一

散文在中国有悠久的历史，但这里所要探讨的白话散文却是从"五四"新文化运动开始出现的，是文学革命的产物。作为一个理论倡导先行的运动，文学革命要打破旧文学自以为的"美文不能用白话"的迷信，就必须以坚实的创作业绩印证文学革命理论的正确性和运动的必要性。由此，从创作层面正面回应旧文学的质疑和挑战，从而与已经锋芒毕露的议论性散文即"杂感"一道，开启中国散文现代化的历史进程，就成为新文学作家的当务之急。

从这样的背景下来观察开明派散文家的创作，就可以发现，1924 年成为开明派散文的出版元年[1]。这一年，其两大代表性人物，分别出版了他们的第一本散文集：叶圣陶的《剑鞘集》和朱自清的《踪迹》。《剑鞘集》是叶圣陶与俞平伯的散文合集，其中包括了叶圣陶早期的美文名篇《没有秋虫的地方》《藕与莼菜》等。只是，正如《剑鞘集》的广告所说，"中含

1　为叙述的便利和标准的一致，这里统一以散文集的出版时间为准，暂不考虑单篇作品的写作或发表时间。

两人的论说美文小说札记书评等"[1]，繁复的内容，使得体式过于驳杂，反而基本面目模糊，干扰了读者的注意力。比较起来，朱自清《踪迹》的面貌则清晰得多。它虽是诗文合集，内中散文不算多，但包括了朱自清得以成名的《桨声灯影里的秦淮河》和《温州的踪迹》，尤其是前者。《桨声灯影里的秦淮河》以与俞平伯夜游秦淮为线索，细致描摹了大自然的美景，也曲折传递出作者无法逃遁的怅惘，隐含着知识者普遍的时代苦闷。全文笔调漂亮缜密，细腻婉曲，真挚清幽，发表后传诵一时，被世人誉为以"漂亮缜密的写法，尽了对旧文学示威的任务"[2]，是"白话美术文的模范"[3]。此文与俞平伯的同名散文同时同刊发表，两文一时瑜亮，成为新文坛的一段佳话。

因了《桨声灯影里的秦淮河》的成功，朱自清在《踪迹》出版之后，便把创作重心转向了散文，并于1928年出版了散文集《背影》。集中的《荷塘月色》与《背影》非常引人注目，因而都被收入了郁达夫主编的《中国新文学大系·散文二集》。两篇散文代表了朱自清散文的两种风格，《荷塘月色》基本延续了《桨声灯影里的秦淮河》的路向，注重用优美的文字描摹清幽的画面，在精细的工笔中传递作者的心曲。《背影》则放弃了精细的笔法而以自然质朴、真情贯注取胜。作品平静地叙述父子间的一些琐事，但作者表达的是发自内心的真情实感，抒发的是人类最美好的亲情，把被生活的漩流冲得趔趔趄趄的平凡人和他们的平凡事表达得格外真切，也打动了无数的读者。此后，朱自清多采取这样的笔法，尤其在进入30年代以后，作品体现出一种返璞归真、豪华落尽见真淳的意趣。《背影》获得了巨大成功，直到近一个世纪后的今天，它仍然被视为小品散文的代表性作品。朱自清也凭借此作，成为文坛有代表性的散文家。李广田曾

1　见《文学》第 128 期，1924 年 6 月 30 日。

2　王瑶：《朱自清先生的诗和散文》，《人民日报》1950 年 8 月 13 日。

3　浦江清：《朱自清先生传略》，《文学杂志》第 3 卷第 5 期，1948 年 10 月。

说："《背影》一篇，论行数不满五十行，论字数不过千五百言，它之所以能够历久传诵而有感人至深的力量，当然不是凭借了什么宏伟的结构和华赡的文字，而只是凭了它的老实，凭了其中所表达的真情。这种表面上看起来简单朴素，而实际上却能发生极大的感动力的文章，最可以作为朱先生的代表作品。因了这样的作品，也正好代表了作者之为人。由于这篇短文被选为中学国文教材，在中学生心中，'朱自清'三个字已经和《背影》成为不可分的一体。"[1]

到 1929 年，开明派在散文上又有了新的收获。这就是朱光潜的《给青年的十二封信》。作者以平易近人、深入浅出的书信方式，跟青年谈社会人生，谈思想修养。夏丏尊特地作《序》予以推荐："作者曾在国内担任中等教师有年，他那笃热的情感，温文的态度，丰富的学殖，无一不使和他接近的青年感服。……各信以青年们所正在关心或应该关心的事项为话题，作者虽随了各话题抒述其意见，统观全体，却似乎也有一贯的出发点可寻，就是劝青年眼光要深沉，要从根本上做功夫，要顾到自己，勿随了世俗图近利。"[2] 对在时代苦闷中沉浮的青年，此书无疑是一剂清凉败火的良药，所以出版后大受欢迎，先后印行数十版。几年后，朱光潜又出版了被称为是给青年第十三封信的《谈美》，也同样受到青年的欢迎。这一年还值得一提的是章克标的杂文集《风凉话》。杂文是"五四"新文化运动时期发展起来的一种散文样式，以议论性、批判性见长，在破坏传统中国的旧思想、旧道德方面发挥过巨大作用。总体上，开明派作家多诚挚朴讷之辈，持论平和公允，批判性的杂文非他们所长，就此，章克标的杂文集可算另类。《风凉话》讽刺挖苦各种污浊奇怪的社会现象，文字犀利刻薄，颇有特点。对《风凉话》，章克标晚年反思道：它"内容多半是对于

1　李广田：《最完整的人格——哀念朱自清先生》，《观察》第 5 卷第 2 期，1948 年 9 月 4 日。
2　夏丏尊：《给青年的十二封信·序》，《朱光潜全集》第 1 卷，中华书局 2012 年版，第 3—4 页。

社会现象的批评、介绍、检讨、研究，有时也发点牢骚，唱点高调，或讽刺俏皮一下，谈点似是而非的大道理，说些幽默滑稽的小名堂，……不免流于浮浅、油滑"[1]。此后，章克标又出版了《文坛登龙术》，以统一的结构夸张地戏谑挖苦文坛乱象。后来章克标说："此书不过把那时文坛上有些情况夸张地否曲了一下，如同是哈哈镜里的影像那样，是真而又不是真的，对文坛现象的讽刺，也只是负面的抒写而绝不深刻苛求，原不过略作戏弄罢了。"[2] 只是，此书与《风凉话》一样，过于随性肤浅，讽刺有余而深刻不足，在艺术上成就有限。

进入 30 年代以后，开明派在散文的各个领域获得了全面发展。

1931 年初，丰子恺推出了他的第一本散文集《缘缘堂随笔》。作品以自然隽永、质朴率真的笔法述人生忆往事说子女谈艺术，带着童真之趣和佛性智慧，充溢着人间凡尘的温暖和煦，在文坛形成独树一帜的风格，影响很大。所以郁达夫在所编《中国新文学大系・散文二集》中，收录了丰子恺的多篇作品，并在《导言》中给了丰子恺散文充分的肯定："所以浙西人的细腻深沉的风致，在他的散文里处处可以体会得出。……人家只晓得他的漫画入神，殊不知他的散文，清幽玄妙，灵达处反远出在他的画笔之上。"[3] 此前，在创作方面，丰子恺以漫画著称，从此时开始，丰子恺的文名与他的画名一样为世人所知。此后，丰子恺又陆续推出了《随笔二十篇》《车厢社会》《缘缘堂再笔》等多种散文集，这些散文集有着与《缘缘堂随笔》相同的视野、情怀、笔法和风格。

同样是在 1931 年，贾祖璋出版了他的《鸟与文学》。作品在科学与文学的双线结构中，以富于文学意味的笔调，展现了鸟类与文学之间的深

1　章克标:《辑三・回忆・世纪挥手》第六章《海上文谭・第一本书及其后》,《章克标文集》（下）, 第 125 页。
2　同上, 第 175—176 页。
3　郁达夫:《中国新文学大系・散文二集・导言》, 第 17 页。

厚渊源，既加深了对传统文学作品中多种常见的经典意象的理解，也以浅近而完整的知识展现了大自然生命造化的神奇，充满文学和科学的趣味，夏丏尊特地在《序》中对作者的追求予以充分肯定。《鸟与文学》的出版拉开了开明派科学小品创作的大幕，此后开明派作家在此方面一发而不可收，先后出版了贾祖璋、刘薰宇、顾均正、周建人等人的《生物素描》《数学的园地》《科学趣味》《花鸟虫鱼》等多种。

《鸟与文学》的创作初衷，是从知识和素养的层面给青年学生提供丰富的课外读物。出于同样的目的，从 1934 年起，开明书店又推出了一套共 23 种的"开明中学生丛书"，开明派作家成为这套丛书的主力军，周予同、宋云彬、贾祖璋、刘淑琴分别撰写了《孔子》《王阳明》《玄奘》《达尔文》《陶渊明》和《产业革命》。这套丛书，以散文的笔法描述名人的历史和社会的重大发展，这是编者在确定编写思路时特意强调的。

除了科学小品，开明派在游记散文方面也有了新的收获，这就是朱自清的《欧游杂记》。此前开明派也有游记散文问世，如刘薰宇的《南洋游记》、郑振铎的《山中杂记》等，但影响均有限。《欧游杂记》专为中学生而作，又以一种精炼鲜活的口语生动地描述在欧洲的所见所闻，在青年学生中影响很大。可以说，《欧游杂记》是继 20 年代瞿秋白《饿乡纪程》《赤都心史》之后，游记散文在 30 年代的重要收获和代表性作品。叶圣陶曾经拿它与朱自清早年的散文进行比较，说："他早期的散文如《匆匆》《荷塘月色》《桨声灯影里的秦淮河》都有点儿做作，太过于注重修辞，见得不怎么自然。到了写《欧游杂记》《伦敦杂记》的时候，就不然了，全写口语，从口语中提取有效的表现方式，虽然有时候还带一点文言成份，但是念起来上口，有现代口语的韵味，叫人觉得那是现代人口里的话，不是不尴不尬的'白话文'。"[1] 在《欧游杂记》完成之后，朱自清随即

---

[1]　圣陶：《朱佩弦先生》。

开始《伦敦杂记》的写作,在《中学生》杂志上陆续发表并结集交开明书店出版。"但是抗战开始了,开明的印刷厂让敌人的炮火毁了,那排好的《杂记》版也就跟着葬在灰里了。"[1] 到此书由开明书店重排面世,已是七年之后的 1943 年了。

1935 年是开明派散文创作值得记忆的年份。开明派作家中的老大哥夏丏尊出版了他生平唯一的创作集《平屋杂文》。这个"杂文",不是指散文家族中的杂文,而是什么都包括因而"杂"的意思,正如夏丏尊所说:"就文字的性质看有评论,有小说,有随笔,每种分量既少,而且都不三不四得可以,评论不像评论,小说不像小说,随笔不像随笔。"[2] 尽管夏丏尊谦称他的作品"不三不四",其实集中每一篇都是严肃不苟之作,而且无论小说还是随笔都从作者的身边琐事着笔,都是自己人生的体验和心灵的自白,见出平易亲切恳挚慈悲的风范,影响不小。不过,因为始终存在作者的清晰面影,对集中某些作品到底该归入小说还是随笔,直到今天看法依然不一。

与《平屋杂文》同时面世的,是叶圣陶的《未厌居习作》。叶圣陶说:"最近两三年来,又写了一些散文。朋友劝说,不妨再来一本。我就把这些新作也选剔一番,再把《剑鞘》和《脚步集》里比较可观的几篇加进去,又补入当时搜寻不到的几篇,成为这一本集子。"[3] 由此可知,这本散文集带有某种自选集的意味。因为是"自选集",所以它基本包括了叶圣陶主要的散文作品,代表了叶圣陶在散文方面的追求和业绩。这些作品,无论记事忆往还是写人述怀,在立意、构思和语言等方面,都有着平实淳朴、真切隽永的基本特点。

1937 年全面抗战的爆发,彻底打乱了开明派作家平稳的生活方式和

1　朱自清:《伦敦杂记·自序》,《朱自清全集》第 1 卷,第 379 页。
2　夏丏尊:《平屋杂文·自序》,氏著《平屋杂文》,开明书店 1941 年版。
3　叶绍钧:《未厌居习作·自序》,氏著《未厌居习作》,开明书店 1947 年版。

工作节奏，也给他们此后的散文创作，从题材、体式到风格烙上了鲜明的时代印记。其最突出的表现，就是杂文取代美文成为主角。抗战年间敌寇的残暴、汉奸的丑恶，整个社会的动荡、个人生活的流离，都刺激着作家的神经、激荡着他们的胸怀，使他们产生一种骨鲠在喉、不吐不快的冲动。在这样的背景下，宋云彬的杂文集《破戒草》《骨鲠集》便应运而生。面对这个大暴露、大分化、大蜕变的时代，作为历史学家的宋云彬说古论今，指陈时弊，娓娓道来，意态平和，寓褒贬于史实，是一种学者杂文。宋云彬说："抗战以来，……我结习未忘，偶尔得到某人变节或某公消极等消息，总是愤恨与感慨交并，想写些短文来发泄一下；有时看到一些倒退与落后的现象，更是腐心切齿，觉得有许多话要说。"[1] 虽然宋云彬自谦自己的杂文缺乏鲁迅的"投枪""匕首"的风采，"对于事物观察得不深刻，……往往浅露而少含蓄，浮泛而不深入"，但借古讽今，侃侃而谈，一针见血，切中肯綮，是打到某些丑陋者或某种丑恶现象的痛处的。宋云彬自己也明确地说："我明知道厌恶、憎恨我的人并不在少，但不想改悔，以后还要继续写我的杂文。理由很简单：第一，骨鲠在喉，一吐为快；第二，我相信鲁迅的话，'说话说到有人厌恶，比起毫无动静来，还是一种幸福'。"[2]

抗战胜利后，民族劫后余生，百废待兴，同时，内战烽烟再起，社会民不聊生，旧弊未除又添新患，社会再次进入"动乱时代"[3]。在这个时代中，每一个有良知有正义感的人，都在密切关注社会的走向，积极响应民主的呼声，认真思考个人的责任。这其中，社会现实的动向、民族新文化的创造和知识分子的道路，成为朱自清特别关注的三大问题。朱自清以

1　宋云彬：《宋云彬杂文集》，生活·读书·新知三联书店 1985 年版，第 56 页。
2　宋云彬：《我怎样写起杂文来的（代序）》，氏著《骨鲠集》，文献出版社 1942 年版。
3　朱自清在杂文《动乱时代》中，就把中国抗战胜利后的时代定义为"动乱时代"。此文收入《朱自清全集》第 3 卷。

对这三个问题的观察为主体，连续出版了杂文集《标准与尺度》和《论雅俗共赏》。作为一个曾经以美文享誉于世的散文家，此刻，他以大量的精力，写了许多充满现实针对性和思想锋芒的杂文，为新时代的到来呐喊助威。当然，多年的教师生涯和温雅的个性，使得朱自清的杂文形成了一种温厚从容的风貌，与宋云彬的杂文类似，也是一种学者杂文。这种杂文，内容上富于学术性，写法上平易亲切，侃侃而谈，旁征博引，涉笔成趣。朱自清在评论冯雪峰杂文的时候曾说："这种新作风不象小品文的轻松、幽默，可是保持着亲切；没有讽刺文的尖锐，可是保持着深刻，而加上温暖；不像长篇议论文的明快，可是不让它的广大和精确。"[1]这段话是同样可以用来评价朱自清自己的杂文的。

在大致的描述后，这里用表格的方式对开明派在散文创作方面的业绩做一个完整呈现（参见表5）：

表5　开明派的散文创作情况

时间	作者	作品	出版单位	备注
1924	叶圣陶	《剑鞘集》	霜枫社	与俞平伯合著
	朱自清	《踪迹》	亚东图书馆	诗文合集
1927	郑振铎	《山中杂记》	开明书店	
1928	朱自清	《背影》	开明书店	
1929	朱光潜	《给青年的十二封信》	开明书店	
	章克标	《风凉话》	开明书店	
	刘薰宇	《苦笑》	开明书店	
1930	刘薰宇	《南洋游记》	开明书店	

1　朱自清：《历史在战斗中——评冯雪峰〈乡风与市风〉》，《朱自清全集》第3卷，第42页。

时间	作者	作品	出版单位	备注
1931	丰子恺	《缘缘堂随笔》	开明书店	
	贾祖璋	《鸟与文学》	开明书店	
	胡愈之	《莫斯科印象记》	新生命书局	
	叶圣陶	《脚步集》	新中国书局	
1932	郑振铎	《海燕》	新中国书局	
	朱光潜	《谈美》	开明书店	
	贾祖璋	《动物珍话》	开明书店	
1933	章克标	《文坛登龙术》	自费，时代书店代理	
	刘薰宇	《数学的园地》	开明书店	
1934	丰子恺	《随笔二十篇》	天马书店	
	朱自清	《欧游杂记》	开明书店	
	刘薰宇	《数学趣味》	开明书店	
	周予同	《孔子》	开明书店	
	宋云彬	《王阳明》	开明书店	
	刘淑琴	《产业革命》	开明书店	
	郑振铎	《欧行日记》	良友图书印刷公司	
1935	丰子恺	《车厢社会》	良友图书印刷公司	
	宋云彬	《玄奘》	开明书店	
	贾祖璋	《达尔文》	开明书店	
	叶圣陶	《未厌居习作》	开明书店	
	夏丏尊	《平屋杂文》	开明书店	

续表二

时间	作者	作品	出版单位	备注
1936	周建人	《花鸟虫鱼》	开明书店	
	顾均正	《科学趣味》	开明书店	
	贾祖璋	《生物素描》	开明书店	
	朱自清	《你我》	商务印书馆	
1937	丰子恺	《缘缘堂再笔》	开明书店	
	郑振铎	《西行书简》	商务印书馆	
	宋云彬	《陶渊明》	开明书店	
1938	丰子恺	《漫文漫画》	大路书店	
1940	刘薰宇	《马先生谈算学》	开明书店	
	宋云彬	《破戒草》	创作出版社	
1941	顾均正	《电子姑娘》	开明书店	
	丰子恺	《子恺近作散文集》	普益图书馆	
1942	宋云彬	《骨鲠集》	文献出版社	
1943	朱光潜	《我与文学及其他》	开明书店	
	朱自清	《伦敦杂记》	开明书店	
1945	叶圣陶	《西川集》	文光书店	散文小说合集
	傅彬然	《学习心理之话》	开明书店	
1946	朱光潜	《谈文学》	开明书店	
	丰子恺	《率真集》	万叶书店	

续表三

时间	作者	作品	出版单位	备注
1948	丰子恺	《博士见鬼》	儿童书局	
	朱自清	《语文零拾》	名山书局	
		《标准与尺度》	文光书店	
		《论雅俗共赏》	观察社	
	顾均正	《从原子时代到海洋时代》	开明书店	
1949	贾祖璋	《生命的韧性》	开明书店	

　　面对这份涉及十多人、几十部作品的庞大名单,[1] 我们在讨论它们的时候,将会遇到很大的困难。

　　因为,从广义的角度,散文家族有众多成员,它不仅包括抒情散文或者说小品散文,也包括《给青年的十二封信》《谈美》这样偏于说理的议论文,包括《破戒草》《风凉话》这样谈古论今、嬉笑怒骂的杂文,包括《孔子》《陶渊明》这样重在叙述人物生平事迹的传记,包括《鸟与文学》《花鸟虫鱼》这样把文学与科学融为一体的科学小品等。但小品散文一向居于散文家族的核心位置,也最能体现这一文体的特质、代表这一文体的成就。鲁迅所说的"到五四运动的时候,……散文小品的成功,几乎在小说戏曲和诗歌之上"[2] 指的是此类散文,《中国新文学大系》所选录的主体同样是此类散文。在通常的意义上,它构成了判断一个人或一个社团、一个流派散文成就的基本点。由此,本研究将把其他类型的散文暂时搁置或者放入相关论题,而着力探讨其小品散文也即"美文"。

1　此外,郑振铎还有《蛰居散记》,大部分发表于 1945—1946 年间的上海《周报》,1951 年由上海出版公司结集出版。因在出版时间上超出本研究时间下限,这里不再列入。
2　鲁迅:《小品文的危机》,《鲁迅全集》第 4 卷,第 576 页。

问题还在于，散文是一种最富于个人色彩的文体，正如郁达夫所说："现代的散文之最大特征，是每一个作家的每一篇散文里所表现的个性，比从前的任何散文都来得强。……我们只消把现代作家的散文集一翻，则这作家的世系，性格，嗜好，思想，信仰，以及生活习惯等等，无不活泼泼地显现在我们的眼前。"[1] 这种鲜明的个性，对于完整地展现作家的个人创作是非常重要的，但本研究的任务在于从文化文学流派的层面去揭示他们在众多散文作品中所蕴含的共同精神质地与审美气象。因此，这种鲜明的个性，某种程度上恰恰构成对他们的散文创作流派特征的遮蔽或干扰。为此，本研究将努力割舍对专属于作家的个人风格的探讨，而将目光聚焦于他们个人风格背后的更深层的共同特征。

二

阅读开明派作家的散文，最先引起人们注意的是他们对江南山水风物的鲜活描摹和缠绵其间的浓浓乡情、乡思、乡愁。春天歇在石埠头边的小船和舱中嫩绿的莼菜，夏日清晨深巷传出的"卖栀子花来"的爽脆叫卖，新秋时节的青花头巾、夏布短裙和紫赤的胳膊、玉色的藕枝，冬令深夜霜月当窗、松涛如吼、湖水澎湃的白马湖风声，以及水光迷离、灯影晃荡的蔷薇色秦淮河，穿梭在城墙的倒影、飘拂的柳枝、酒旗茶幌中的小艇和艇中悠然的茶客、艇尾粗头乱服的船娘，小河边的弯弯钓竿和中秋月下的紫砂酒壶，白胖胖的蚕虫和紫甜甜的桑葚，[2] 交织成一幅立体的多姿多彩的烟雨江南风景风情风俗画，也明确无误地给这些作品打上鲜明的江南印记。

开明派作家绝大多数是江南人，其余个别成员也在江南生活多年，早已被江南所同化。所以，对他们而言，江南不仅是他们"生于斯，长于

1　郁达夫:《中国新文学大系·散文二集·导言》，第5页。
2　见朱自清《看花》《扬州的夏日》《桨声灯影里的秦淮河》、叶圣陶《藕与莼菜》、夏丏尊《白马湖之冬》、丰子恺《忆儿时》诸篇。

斯，歌哭于斯"的家乡，也是他们的题材宝库和灵感源泉，是他们审美触角最敏锐、情感趋向最稳定的所在。可以说，江南始终是开明派作家的一个情结，是他们创作内容和美学意象的一个巨大存在。丰子恺的《缘缘堂随笔》《缘缘堂再笔》固然几乎通篇说的是江南，朱自清写得最动人、流传最广的散文也始终离不开江南。郑振铎身材的高大魁梧似北方人，性格的质直单纯也似北方人，然而他却是福建人。他甫离家乡，立刻兴起浓浓的乡思之情，他从翻飞的海燕身上，看到了家乡燕子的身影：

> 当春间二三月，轻飔微微的吹拂着，如毛的细雨无因的由天上洒落着，千条万条的柔柳，齐舒了它们的黄绿的眼，红的白的黄的花，绿的草，绿的树叶，皆如赶赴集市者似的奔聚而来，形成了灿烂无比的春天时，那些小燕子，那末伶俐可爱的小燕子，便也由南方飞来，加入了这个隽妙无比的春景的图画中，为春光平添了许多的生趣。小燕子带了它的双剪似的尾，在微风细雨中，或在阳光满地时，斜飞于旷亮无比的天空之上，唧的一声，已由这稻田上，飞到了那边的高柳之下了。再几只却隽逸的在潋潋如谷纹的湖面上横掠着，小燕子的剪尾或翼尖，偶沾了水面一下，那小圆晕便一圈一圈的荡漾了开去。

只是，这样的景色，分明不是北方也不是福建，而是江南。江南水土上的成长经历和江南文化中的多年浸润，早已把他锻造为一个地道的江南人，所以他的眼中景色和心中景色都是江南，他的"家乡"也只能是江南。这或许应了叶圣陶的一句话："所恋在哪里，哪里就是我们的故乡了。"[1]

---

[1] 叶圣陶：《藕与莼菜》，《叶圣陶集》第 5 卷，第 69 页。

从上述描述中，可以发现他们江南风景风物描写中的一个核心元素——水。所谓"烟雨江南"，离开了水，江南就不再是江南了，至少也大为逊色。所以他们的作品中，不仅有湖、河、潭、塘、瀑等各种形态的水，以及各种与水有关的物象、意象，更满溢着由水引发的情思。仅在朱自清笔下，就不仅有人们熟悉的桨声灯影中的秦淮河与满溢着荷香月色的清华园荷塘，还有荒寒素净的玄武湖，蔓衍曲折的护城河，绿得醉人的梅雨潭、梅雨瀑，淡若飞烟的白水漈……朱自清甚至觉得北方无水，水是江南的专利。显然，对朱自清和开明派作家而言，这里的水不是实指，而是一种文化符号，一种审美内涵丰富的情感指征。无论是朱自清《春》那样的欢快、《绿》那样的缠绵，还是郑振铎《海燕》、叶圣陶《藕与莼菜》那样的怅然，抑或丰子恺《忆儿时》那样的从容，开明派作家在对与水相连的物事的描画中，丝丝缕缕之间，都浸透着对江南故乡的无言夸耀和"能不忆江南"的深深情愫。

水的元素之所以重要，是因为，对于开明派作家而言，水不仅是一个审美对象，更是一种审美方式。水的轻盈灵动、清新秀美，赋予了江南文化的婉细精巧，也磨练了江南文人审美触角的细腻柔婉、舒卷自在。开明派作家的散文中无处不在的那种对自然物象、意象的灵巧捕捉和精致表达，那种糅合了自然风物与人生感悟的物我无间的韵味，有着一种江南文人专属的审美风致。当他们用这样的审美方式去面对并非江南的景物时，也能写出江南特有的氤氲气息。清华园里的荷塘，是北国常见的景色，并非江南所独有。但在朱自清的笔下，"我"因郁闷而踱步荷塘，视线由亭亭如舞女裙的荷叶和碧天星星般的荷花，而过渡到流水般泻在花与叶上的月光，由光影奏出的和谐旋律而注意到树上的蝉噪水中的蛙鸣，由眼前的热闹而联想起六朝江南的风流，由慨叹历史的旖旎不再而回归现实的冷寂，于是，散文在工笔与写意的交织、描摹与想象的转换中，借助视觉、听觉和联觉的延展，以及写景与抒情的穿插，一笔笔、一层层地渲染烘托出了江南游子在北国美景中的所见所感所思，传递出一种触目伤怀的感伤和隐隐约约的不安。朱自清所见所写并非江南，但在作者"江南式"的审美观照下，北国的风光却因江南的意象、江南的人文和江南的情致而被赋予了浓浓的江南趣味。于是，清华园的荷塘，其地理属性早被忽略，在人们的审美视野中，它分明属于江南。

如果对开明派散文的江南风味做进一步解读，可以发现他们的作品多取材于身边的日常琐事、凡间景物，与乡土和市井有深刻的关联，充溢着新鲜的泥土气息和世俗的平民喜好。叶圣陶对乡野秋虫的牵挂、对在水门汀天井中种植花草的执着，丰子恺对二胡的赞许、对杨柳和燕子的偏好，都充满了平民气息。朱自清钟爱的江南美食，从扬州的红烧猪头、烫干丝到南京的芝麻烧饼，都是寻常物事，不脱平民享受。同样，天井里的牵牛花，路灯下的麻将桌，深巷夜半的叫卖，松江街头的胡桃云片，[1]也与市井凡尘紧紧相连。这样一类景象，与由婉转的昆曲、名贵的绣品、雅致的书斋、闲逸的谈吐、意境悠远的文人书画、散发着墨香古韵的线装书等物事所构建的江南意象形成鲜明的对照。如果把这种江南称为"文人江南"的话，那么开明派作家笔下的江南，姑且可以称为"平民江南"。这里不拟对何为文人江南何为平民江南进行严格的概念界定，因为两者之间很难有明确的界限。在笔者个人的理解中，一般而言，在精神向度上，文人江南指向由历代文人创造的文学、艺术和学术经典，指向文人推崇的闲雅精巧的生活方式和审美习尚，与江南厚重的文化积淀和精神结晶相勾连；平民江南则指向鲜活的市井生活和乡土气息，与江南文化中那些质朴本真的世俗生活和清新灵动的自然环境相勾连。从它们都能够涵养江南文人的文人情怀，都能够传递江南文化特有的诗性诗意的角度，它们有着内在的一致性、共通性，但文人江南更多代表着人文的精神的层面，平民江

1　见叶圣陶《没有秋虫的地方》《天井里的种植》《牵牛花》《骨牌声》《深夜的食品》、丰子恺《山中避雨》《杨柳》《胡桃云片》、朱自清《扬州的夏日》《南京》等文。

南则更多代表着世俗的自然的层面，两者分属江南文化的两翼，其精神向度由此也存在明显区分。正如第二章第一节所分析的，开明派作家对自然和泥土的依恋，对世俗生活的认同与投入，对民间的情感寄托和精神皈依，指认了他们平民的文化身份和情感趋向，是有别于文人士大夫所代表的文人江南的。由此，他们无疑应该属于平民江南的文化阵营。

需要指出的是，在开明派作家身上，这两种江南并不是对立的、互相隔绝的，他们的作家和学者的双重身份就内在地规定了他们并不排斥文人江南，只是，平民的文化个性和精神气质，决定了他们在文人江南与平民江南之间取舍的情感天平。

1926 年夏，郑振铎为逃避沪上的酷热，与几位亲友来到风景胜地莫干山，他的散文集《山中杂记》便记录了这次山居避暑的经历。摆脱尘俗，投入自然的怀抱，在潺潺流水和皎洁月光的陪伴下，偕三二好友随兴闲聊，谈往事，思故友，论才学，诗酒相伴，清静悠闲，这是江南文人所激赏所向往的一种生活方式，也是历代江南文人的笔记书札中常见的场景。无独有偶，《山中杂记》集中所收《月夜之话》，也给读者提供了这样一幅场景：

> 月色是皎洁无比，看着她渐渐的由东方升了起来。蝉声叽～～叽～～叽～～的曼长的叫着，岭下涧水潺潺的流声，隐约的可以听见，此外，便什么声音都没有了。月如银的圆盘般大，静定的挂在晚天中，星没有几颗，疏朗朗的间缀于蓝天中，如美人身上披的蓝天鹅绒的晚衣，缀了几颗不规则的宝石。大家都把自己的摇椅移到东廊上坐着。
>
> 初升的月，如水银似的白，把她的光笼罩在一切的东西上；柱影与人影，粗黑的向西边的地上倒映着。山呀，树林呀，对面的许多所的屋呀，都朦朦胧胧的不大看得清楚，正如我们初从倦眠中醒

了来，睁开了眼去看四周的东西，还如在渺茫梦境中似的；又如把这些东西都幕上一层轻巧细密的冰纱，它们在纱外望着，只能隐约的看见它们的轮廓；又如春雨连朝，天色昏暗，极细极细的雨丝，随风飘拂着，我们立在红楼上，由这些蒙雨织成的帘中向外望着。那末样的静美，那末样柔秀的融和的情调，真非身临其境的人不能说得出的。

　　……红栏外是月光，蝉声与溪声，红栏杆内是月光照浴着的几个静思的人。

　　此刻，与皎月朗星的环境和闲雅空灵的意境、与他们文化人的身份相匹配的，或许该是李白《静夜思》、苏东坡《水调歌头》、张若虚《春江花月夜》之类的文人的月夜咏怀吧？然而偏不，是民谣。从"月光光，／照河塘，／骑竹马，／过横塘"的童稚天真，到"共哥相约月出来，／怎样月出哥未来？／……不论月出早与迟，／恐怕我哥未肯来"的痴情女对负心郎的怨怼；从"采萍你去问秋英，／怎么姑爷跌满身？／他说相公家里回，／也无火把也无灯"的妻子对夫君的猜疑，到"真鸟仔，／啄瓦檐，／奴哥无母这数年。／看见街上人讨母，奴哥目泪挂目檐。有的有，没的没，／有人老婆连小婆！／只愿天下作大水，／流来流去齐齐没"的独身汉对社会不公的愤恨，都充溢着民间乡土的质朴爽利和赤裸裸火辣辣的激情。于是，雅与俗、庙堂与草野，两种情调在散文中相遇相碰撞，形成明显的张力。如果说，散文起首所渲染的意境是搭建了一座优雅的文人舞台的话，那么这个舞台所上演的，却是一出俚俗的乡野大戏。或许有人认为，散文中的场景设置，并不是郑振铎的刻意选择，更多只是不经意的如实的再现。然而，唯其不经意，也许更能体现那种无意识的文化偏好。对民生艰辛的关注，早已融入了他们的血脉，这是可以从散文集《山中杂记》中的《三死》《苦鸦子》等散文中反复得到验证的。

三

与开明派散文对自然江南、平民江南书写所紧密联系的，是其真诚质朴的情感表达。当我们关注开明派散文家创作个体的时候，我们会注意到朱自清的清新隽永、叶圣陶的凝重厚实、丰子恺的流畅平和、夏丏尊的愁苦慈悲和郑振铎的真率质直等，但把他们合为一个整体的时候，真诚质朴便成为他们情感表达的共同基础。

抒情本是小品散文最基本的文体特征。只是，如何抒情，常因作家知识背景、个性气质、文学观念、审美追求的不同，以及对作品构思立意的不同，会形成不同的表达。正是基于这些不同，才造成了散文世界的千姿百态。在新文坛上，无论是周作人的平和冲淡，还是徐志摩的繁复富丽，抑或郭沫若的激情慷慨、冰心的轻倩隽丽，都有自己的鲜明特点，都有很高的成就和影响。但对于开明派散文家而言，他们则以抒情的真诚质朴，构成了不同于他人的共同特点：第一，在对日常琐事的娓娓叙述中，自然地触发情感的开关，导入情感的流脉，既保留着生活原生态的毛茸茸的质感，也由此进入以情主导、情理相融的境界。第二，情感的表达完全遵从个人生活和精神欲求，不做作也不滥情，不夸饰也不雕琢，质朴诚挚，直抒胸臆，有一种英华内蕴、温润腴厚的美感。第三，对真实的生活和情感的真诚表达，是从他们生命中自然流淌出来的，成为他们自我灵魂的写照，作品的"文格"直接对应于作者的"人格"，有读其文如见其人之感。

这样一种抒情方式，源于他们质朴本真的个性气质，以及他们所尊奉所追求的君子文化人格（关于他们的个性气质和文化人格，下文再做具体分析），也与他们建立在"真诚"文学观基础上的对散文的独特理解和审美追求直接相关。正是这种理解和追求，决定了开明派散文的独特面目。在他们看来，散文是一种非虚构文学，这种"非虚构"的特性就内在地、本质地规定了散文无法借助于叙事作品的虚构戏剧化或抒情作品的夸张想象，不仅需要忠实于个人经验，更需要见个性见心灵见人格。在这个意义上，散文的本质和生命便在于"真"。

这种"真"至少包含了这样几层含义：

第一，散文所表达的，是"真"的生活和情感。它本于内心的郁积，发乎性情的自然要求，任何虚伪浮夸玩戏、只注重形式而忽略"真"精神的文字，都是有违真实必须力戒的。郑振铎曾经直率地指摘旧文学："我们中国的文学，最乏于'真'的精神，它们拘于形式，精于雕饰，只知道向文字方面用工夫，却忘了文学是思想，情感的表现。"[1]《文艺知识》编者曾询问朱自清"《背影》的创作过程是怎样的？怎样发现题材？怎样产生那意境？怎样写成的？"这些问题都隐隐指向朱自清从谋篇立意到运营文字的匠心，指向散文写作的技术层面。但朱自清的回答却拒绝了编者的诱导而直指情感层面："我写《背影》，就因为文中所引的父亲的来信里那句话。当时读了父亲的信，真是泪如泉涌。我父亲待我的许多好处，特别是《背影》里所叙的那一回，想起来跟在眼前一般无二。我这篇文只是写实，似乎说不到意境上去。"[2] 在最严格的意义上表现"真"的生活和"真"的情感，成为开明派散文的立根之基。

第二，正源于对这种"真"的情感的看重，散文必须勇敢地袒露自我、直视心灵，也不回避自己的心灵弱点或精神杂质。朱自清说他自己"是大时代中一名小卒，是个平凡不过的人。才力的单薄是不用说的，所以一向写不出什么好东西"[3]，这并非一般人以为的作家的自谦，而是他的大实话。夏丏尊在《怯懦者》中，以大量细节描述了他自己在面对兄弟病

1　郑振铎：《俄罗斯名家短篇小说集·序》，郑振铎著，陆荣椿、王爱玉编：《郑振铎选集》
　　第 2 卷，四川文艺出版社 1990 年版，第 622 页。
2　朱自清：《关于散文写作答〈文艺知识〉编者问》，《朱自清全集》第 4 卷，第 483 页。
3　朱自清：《背影·序》，第 33 页。

危亡故时的种种手足无措的纠结怯懦，那种"没有直视苦难的能力，却又具有着对于苦难的敏感"的真切况味，烙着夏丏尊特有的印记。叶圣陶曾经说，"他是个非常真诚的人，心里怎么想笔下就怎么写，剖析自己尤其深刻，从不隐讳自己的弱点，所以读他的作品就象听一位密友倾吐他的肺腑之言"[1]。在这个意义上，朱自清把"我意在表现自己"[2]当作自己散文创作的基本准则或根本旨归，叶圣陶也奉劝青年朋友"我们作文，要写出诚实的自己的话"[3]，这里，"表现自己"和"写出诚实的自己的话"的内涵，至少如叶圣陶所说的："完全表现你们自己，不仅是一种主张，一个意思要是你们自己的，便是细到游丝的一缕情怀，低到象落叶的一声叹息，也要让我认得出是你们的，而不是旁的人的。"[4]1924年，朱自清曾写过《旅行杂记》等旨在揭露、讽刺大人物可笑嘴脸的散文，但叶圣陶却不喜欢此类作品，认为他"是在模仿着什么人"[5]，失去了作者自己的面目，而对朱自清的《背影》《飘零》之类的重在表现作者自己情感的作品则大加赞赏，给予很高评价。这一褒一贬，其价值立场是不言而喻的。

第三，因为这样的"真"是与作者的自我心灵和精神世界紧密相连的，因而它不应该是部分的浅层次的真实，而应该是整体的深层意义上的真实，从而，作品中隐含的人格形象须对应于作者的人格，两者形成相互映衬相互支撑的关系。余光中曾经批评朱自清的散文"摆不脱自己拘谨而清苦的身份"，说："朱自清在散文里自塑的形象，是一位平凡的丈夫和拘谨的教师。这种风格在现实生活里也许很好，但出现在'艺术人格'里却不见得动人。"余光中认为："作家在作品中表现的风格（亦即我所谓的'艺术人格'），往往是他真正人格的夸大，修饰，升华，甚至是补偿。无

1　叶圣陶：《夏丏尊文集·序》，《夏丏尊文集·平屋之辑》，第2—3页。

2　朱自清：《背影·序》，第34页。

3　叶圣陶：《诚实的自己的话》。

4　叶圣陶：《读者的话》，《文学旬刊》第82期，《时事新报》1923年8月6日。

5　见朱自清《背影·序》，第34页。

论如何，'艺术人格'应是实际人格的理想化：琐碎的变成完整，不足的变成充分，隐晦的变成鲜明。读者最向往的'艺术人格'，应是饱满而充足的；作家充满自信，读者才会相信。"[1]这里不打算评价余光中"艺术人格"说的对错，也无意由此推断余光中散文中的艺术人格都是作者"夸大""修饰""升华""补偿"的结果，只是需要指出的是，在开明派散文家那里，这种理解不仅不适用而且是要尽力避免的。任何在作品中将其艺术人格"夸大""修饰""升华""补偿"的做法，都偏离了开明派散文家所追求所坚守的"真诚"立场。果真如此，则他们的作品，就不再是心灵中自然流淌出来的"真"的结晶，而是与他们所批评的旧文学一样，是"做"出来的。

正因为开明派散文家普遍坚持从自己的身边琐事出发，自然地袒露内心情感，所以众多论者都肯定、激赏他们的散文带着"体温"的能够映照其人格的"本色"风范。譬如对于朱自清散文，赵景深说："朱自清的文章有如他自己的名字，非常'清'秀。他不大用欧化的句子，不大谈哲理，只是谈一点家常琐事，虽是像淡香疏影的梅花似的不过几笔，却常能把他那真诚的灵魂捧出来给读者看。"[2]杨振声说："他论人论事，遣词造言，到处是那末恰当，那末正常，那末入情入理。他的文章没有惊词险句，也没有废词败句。没有奋郁不平，也没有和光同尘。有的是讽刺但不是刺激；有的是幽默但不是冷嘲。与他的为人一模一样，一切是平正，是温厚，是情理得中，一句话，中庸之至。"[3]对于叶圣陶的散文，丁玲有这样的判断："叶老的文章，正如他的为人一样：严谨、仔细、温和、含蓄、蕴藉，才情不外露，不随风使舵，不含小便宜，经得起历史的考验。"[4]对

1　余光中：《论朱自清的散文》，《名作欣赏》1992年第2期。
2　赵景深：《现代小品文选·序》，赵景深选注：《现代小品文选》，北新书局1933年版。
3　杨振声：《纪念朱自清先生》，《新路周刊》第1卷第16期，1948年8月。
4　丁玲：《叶圣陶论创作·序》，《叶圣陶论创作》，上海文艺出版社1982年版。

于夏丏尊的散文，郑振铎的评价是："他毫不做作，只是淡淡的写来，但是骨子里很丰腴。虽然是很短的一篇文章，不署名的，读了后，也猜得出是他写的。……他的风格是朴素的，正和他为人的朴素一样。他并不堆砌，只是平平的说着他自己所要说的话。然而，没有一句多余的话，不诚实的话，字斟句酌，绝不急就。"[1]

在这个意义上，开明派散文家带着真性情的散文，常常成为作者人格的真实写照。他们作品的感人，不完全来自艺术上的高妙，而是与他们人格的坦荡率真紧密联系的，是人与文互相映衬互相支撑的结果。由此，他们的散文，实实在在进入了古人所说的"人文合一"的至高境界。

四

朱自清在提到自己的散文《谈抽烟》的时候说："《谈抽烟》下笔最艰难，八百字花了两个下午。"[2] 如何"艰难"不得而知，但无外乎作者从谋篇立意到遣词造句各个层面的反复斟酌再三推敲，因为朱自清曾经说自己"写作散文，很注意文字的修饰。语句的层次和词义，句式，我都用心较量，特别是句式"[3]。不妨即以《谈抽烟》为例提供一则旁证。文中有这样一段：

> 客来了，若你倦了说不得话，或者找不出可说的，干坐着岂不着急？这时候最好拈起一支烟将嘴堵上等你对面的人。若是他也这么办，便尽时间在烟子里爬过去。各人抓着一个新伴儿，大可以盘桓一会的。

1　郑振铎：《悼夏丏尊先生》，《文艺复兴》第 1 卷第 5 期，1946 年 6 月 1 日。

2　朱自清：《你我·自序》，第 114 页。

3　朱自清：《关于写作答问》，《朱自清全集》第 2 卷，第 111 页。

此文在《大公报》的《文艺》副刊发表前，两位编辑杨振声和沈从文为文中一个字的用法发生了分歧。杨振声觉得"时间"如何"爬"？应该用"消逝"才准确。但沈从文则同意作者的用法，觉得"爬"字更好。揣度沈从文的意思，是否可以理解为这个"爬"字，将抽象的"时间"概念过程化、具象化了，有动感，见精神，是比同样抽象的"消逝"更好的。有趣的是，这一字之争，本为细枝末节，但显然，朱自清为沈从文体察并认同了自己的匠心而欣然而得意，所以郑重其事地在日记中留下了一笔。[1] 如此考究语言，在朱自清那里是一个长期养成的习惯，他曾在《欧游杂记·序》中，以"是"字句、"在"字句和"有"字句为例，具体说明他是如何"费了一些心在文字上"[2]的。对此，叶圣陶曾深有感触地说："他作文，作诗，编书极为用心，下笔不怎么快，有点儿矜持。非自以为心安的意见决不乱写。不惮烦劳的翻检有关的材料。文稿发了出去发现有些小节目要改动，乃至一个字的不妥，宁肯特写一封信去，把它改了过来才满意。"[3]

朱自清如此重视散文的语言问题，是因为其中隐含了他对自己散文创作的独特定位。朱自清说过："我是一个国文教师，我的国文教师生活的开始可以说也就是我的写作生活的开始。这就决定了我的作风，……我的写作大体上属于朴实清新一路。一方面是自己的才力只能作到这地步，一方面也是国文教师的环境教我走这一路。"[4]这段话透露了一个重要信息，即朱自清散文与他的国文教师身份之间密不可分的关联。这就是说，朱自清在创作散文的时候，心中有一个明确的预期读者，那就是青年学生，尤

1　1933 年 10 月 10 日朱自清在日记中说："容（按指容庚）告我金甫拟改《谈抽烟》中'爬'字为'消逝'，从文为余辩护，'消逝'二字似不如'爬'字为好。"见《朱自清全集》第 9 卷，第 255 页。

2　朱自清：《欧游杂记·序》，《朱自清全集》第 1 卷，第 290 页。

3　圣陶：《朱佩弦先生》。

4　朱自清：《写作杂谈》，第 105 页。

其是需要通过阅读和写作来理解把握白话文的表情达意功能的中学生。始终关注中学国文教育的朱自清，对于文学教育之于中学生的作用和中学生国文教学的关键点有着深刻的理解，他说："文艺增进对于人生的理解，指示人生的道路，教读者渐渐悟得做人的道理。这就是教育上的价值。文艺又是精选的语言，读者可以学习怎样运用语言来表现和批评人生。国文科是语文教学，目的在培养和增加了解、欣赏与表现的能力，文艺是主要的教材。""所以文艺教学应该注重词句段落的组织和安排，意义的分析……"[1] 由教育而国文教学而语言，朱自清建构了一条三段论式的清晰的逻辑线索。这条线索，揭示了朱自清散文隐含着一个许多散文家所忽略的与教育功能相联系的独特维度。

重要的是，朱自清散文的教育维度，并非仅是朱自清散文的个人特征，而是开明派散文家群体的共同特征。譬如叶圣陶对自己的散文，也表达过与朱自清几乎完全一样的意思："由于识见有限，不敢放笔乱写，就把范围大致限制在文字和教育上。"[2] 普遍的国文教师经历和对中学国文教育的持续关注，使得开明派散文家们熟悉青年学生的国文程度，并根据他们的国文训练水平创作能满足他们需求的作品。翻检开明派作家的散文创作，他们的大量作品本就是为青年学生而作，如朱自清的《欧游杂记》《伦敦杂记》，如《中学生》杂志上叶圣陶、夏丏尊、朱自清、丰子恺等人的大量散文作品。即使是面对社会发声，他们也努力将散文写得符合青年学生的认知能力和审美习惯。阅读他们的作品，无论作者是谁，都离不开质朴平实、温润蕴藉、周密妥帖、简练晓畅、明白如话、清新隽永的基本判断，这已经成为学界的基本共识。甚至，针对不同作者的评价，经常是可以互换的，譬如在说到朱自清散文的时候，叶圣陶称"论到文体的完

1　朱自清：《中学生与文艺》，《朱自清全集》第 4 卷，第 472—475 页。
2　叶圣陶：《西川集·自序》，氏著《西川集》，文光书店 1945 年版。

美，文字的全写口语，朱先生该是首先被提及的"[1]，而这样的评价，是完全可以移赠给叶圣陶自己的。

之所以强调开明派散文内在的教育维度，是因为这一维度，构成了开明派散文最与众不同的特质。简而言之，它不再是一种纯粹放飞自我的个人精神游戏，也不再是仅仅考虑文学审美的单向度结构，而是构成了兼顾文学与教育的复式空间。在这个空间中，散文从内容到形式，都形成了自己的独特规定。在内容层面，为体现作品的"美育"功能，讲求意义的表达。但这个"意义"，不是那种完全个人化的超迈甚至幽玄的深思妙想、灵心慧性，而是人类基础性的具有最大公约数的普遍情感和共同认知。在形式层面，为建立现代汉语写作可遵循的基本规范，在结构上讲求层次丰满而不复杂，意思表达清楚完整、文气贯通；在语言上力避冷僻晦涩的字眼，也不堆砌形容词，更不夹杂外来语，通过对质朴真切的常用语词的有效组织，达到准确生动、朴素传神、洗练流畅、朗朗上口的效果；在笔调上不主张天马行空逞才使气或掉书袋抖机灵，而是提倡有真意，勿卖弄，去雕饰，见平实，追求一种清新隽永的韵味。证之夏丏尊、刘薰宇的《文章作法》，夏丏尊、叶圣陶的《文心》《文章讲话》《阅读与写作》，叶圣陶、朱自清的《精读指导举隅》《略读指导举隅》《国文教学》，叶圣陶的《文章例话》等，可以轻易发现，开明派的散文与他们的文章学、语文教学论著有着内在的一致性，是完全可以互相说明互相支撑的。

这里不妨以朱自清的《春》与俞平伯的《赋得早春》为例，来具体观察两类散文的差异。两文不长，全文照录。

朱自清《春》：

盼望着，盼望着，东风来了，春天的脚步近了。

1　圣陶：《朱佩弦先生》。

一切都像刚睡醒的样子，欣欣然张开了眼。山朗润起来了，水长起来了，太阳的脸红起来了。

小草偷偷地从土里钻出来，嫩嫩的，绿绿的。园子里，田野里，瞧去，一大片一大片满是的。坐着，躺着，打两个滚，踢几脚球，赛几趟跑，捉几回迷藏。风轻悄悄的，草绵软软的。

桃树、杏树、梨树，你不让我，我不让你，都开满了花赶趟儿。红的像火，粉的像霞，白的像雪。花里带着甜味，闭了眼，树上仿佛已经满是桃儿、杏儿、梨儿！花下成千成百的蜜蜂嗡嗡地闹着，大小的蝴蝶飞来飞去。野花遍地是：杂样儿，有名字的，没名字的，散在草丛里，像眼睛，像星星，还眨呀眨的。

"吹面不寒杨柳风"，不错的，像母亲的手抚摸着你。风里带来些新翻的泥土的气息，混着青草味，还有各种花的香，都在微微润湿的空气里酝酿。鸟儿将窠巢安在繁花嫩叶当中，高兴起来了，呼朋引伴地卖弄清脆的喉咙，唱出宛转的曲子，与轻风流水应和着。牛背上牧童的短笛，这时候也成天在嘹亮地响。

雨是最寻常的，一下就是三两天。可别恼。看，像牛毛，像花针，像细丝，密密地斜织着，人家屋顶上全笼着一层薄烟。树叶子却绿得发亮，小草也青得逼你的眼。傍晚时候，上灯了，一点点黄晕的光，烘托出一片安静而和平的夜。乡下去，小路上，石桥边，撑起伞慢慢走着的人，还有地里工作的农夫，披着蓑，戴着笠的。他们的草屋，稀稀疏疏的在雨里静默着。

天上风筝渐渐多了，地上孩子也多了。城里乡下，家家户户，老老小小，他们也赶趟儿似的，一个个都出来了。舒活舒活筋骨，抖擞抖擞精神，各做各的一份事去。"一年之计在于春"，刚起头儿，有的是工夫，有的是希望。

春天像刚落地的娃娃，从头到脚都是新的，它生长着。

春天像小姑娘，花枝招展的，笑着，走着。

春天像健壮的青年，有铁一般的胳膊和腰脚，他领着我们上前去。[1]

俞平伯《赋得早春（为清华年刊作）》：

"有闲即赋得"，名言也，应制，赋得之一体耳。顷有小闲，虽非三个，拈得早春作成截搭，既勾文债，又以点缀节序排遣有涯，岂非一箭双雕乎？

去冬蒙上海某书局赏给一字之题曰"冬"，并申明专为青年们预备的，——阿呀，了不得！原封原件恭谨地璧还了。听说友人中并有接到别的字的，揣书局老板之意岂将把我配在四季花名，梅兰竹菊乎？

今既无意于"梅兰"，"冬"决计是不写的了。冬天除掉干烤以外，——又不会溜冰，有什么可说的呢？况且节过雨水，虽窗前仍然是残雪，室中依旧有洋炉，再说冬天，不时髦。

六年前的二月曾缀小文名曰《春来》，其开首一引语"假使冬天来了，春天还能远吗？"然则风霜花鸟互为因缘，四序如环，浮生一往。打开窗子说，春只是春，秋只是秋，悲伤作啥呢？

"今天春浅腊侵年，冰雪破春妍，东风有讯无人见，露微意柳际花边，寒夜纵长，孤衾易暖，钟鼓渐清圆"，闲雅出之，而弦外微音动人惆怅。过了新年，人人就都得着一种温柔秘密的消息，也不知从那儿得着的，要写它出来，也怕不容易罢。

"饭店门前摆粥摊"。前数年始来清华园，作客于西院友家。其

---

1 《朱自清全集》第4卷，第314—315页。

时迤西一带尚少西洋中古式的建筑物，一望夷旷，惬于行散，虽疏林衰草，淡日小风，而春绪蕴藉，可人心目，于是不觉感伤起来：

> 骀荡风回枯树林，疏烟微日隔遥岑，暮怀欲与沉沉下，知负春前烂缦心。

这又是一年，在北京东城，庭院积雪已久，渐渐只剩靠北窗下的一点点了，有《浣溪沙》之作：

> 昨夜风恬梦不惊，今朝初日上帘旌，半庭残雪映微明。渐觉敝裘堪暖客，却看寒鸟又呼晴，匆匆春意隔年生。

移居清华后，门外石桥日日经由，等闲视之。有一个早春之晨去等"博士"（按指 bus）而"博士"不来，闲步小河北岸，作词道：

> 桥头尽日经行地，桥前便是东流水，初日翠连漪，溶溶去不回。春来依旧矣，春去知何似。花草总芳菲，空枝闻鸟啼。

文士叹老嗟卑，其根柢殆如姑娘们之爱胭脂花粉，同属天长而地久，何时可以"奥伏"（按指 off），总该在大时代到了之后乎，也难说。就算一来了就"奥伏"，那末还没有来自然不会"奥伏"的，不待言。这简直近乎命定。寻行数墨地检查自己，与昨日之我又有什么不同呢？往好里说，感伤的调子似乎已在那边减退了——不，不曾加多起来，这大概就是中年以来第二件成绩了。

不大懂人事的小孩子，在成人的眼中自另有一种看法：是爱惜？感慨惆怅？都不对！简直是痛苦。如果他能够忠实地表示这难表示的痛苦，也许碰巧可以做出很像样的作物的。但说他的感觉就是那孩子自己的呢，谁信，问他自己肯不肯信？

把这"早春"移往人世间的一切，这就叫"前夜"。记得儿时，姊姊嫁后初归，那时正是大热，我在床上，直欢喜得睡不着。今日已如隔世。憧憬的欢欣大约也同似水的流年是一样的罢。

诸君在这总算过得去的环境里读了四年的书，有几位是时常见面的，一旦卷起书包，惋惜着说要走了，让我说话，岂可辞乎？人之一生，梦跟着梦。虽然夹书包上学堂的梦是残了，而在一脚踏到社会上这一点看，未必不是另外一个梦的起头，未必不是一杯满满的酒，那就好好地喝去罢。究竟滋味怎样，冷暖自知，何待别人说，我也正不配说话哩，只好请诸君多担待点罢。

一九三三年二月二十二日[1]

之所以选择《春》与《赋得早春》，是因为两者有太多的相同，也有本质的不同。二文可称同题，且均作于 1933 年，写作时间仅差一天；作者年岁相仿，时年朱自清 35 岁、俞平伯 34 岁；二人同时出道，20 年代初均以新诗闻名于时，20 年代中期以后均把主要用力点转移到散文方面；二人经历类似，又长年生活在同一座城市同一所校园，任教于同一个院系，经常出入于同一类文学空间甚至同一个文学活动；二人为挚友，往还密切，心意相通，凡有新作均相互传观，相互评点。只是，如此多的相同依然掩不住两文的明显差异。虽说朱自清的《春》是为初一国文教材所写的课文，俞平伯的《赋得早春》是给大学毕业生的临别赠言，为适应不同的对象和不同的要求，两文在行文语气上自然会有所差异；但即使撇开这

---

1 《俞平伯全集》第 2 卷，第 407—409 页。

种差异，两文在整体面貌和精神气质上的不同，依然是巨大的甚至是根本性的。

朱自清的《春》，在内容上，围绕着春草、春花、春风、春雨等自然和生活景象，一步步描摹出春意盎然的鲜活画面，一层层渲染出春天来到时的勃勃生机和人们对于春天的欣悦之情，洋溢着逼人的青春气息。在形式上，经过提炼的纯粹口语，形成生动流畅的语势；短句构成的轻快节奏，如春泉般地活泼、富有弹性；精心挑选的常用语词经过周密安排恰如其分，构成画面饱满、笔调单纯、不含一丝渣滓的澄明纯粹。由此，全文从内容到形式互相照应，构成一个紧密的整体。

不同于《春》的重在抒发人类对于春天的共同感受和示范语体文的基本描摹技巧，《赋得早春》重在传递作者对于春天的个人体验和借叙议相间笔法体现的独特审美追求。作者以自己与春有涉的诗词文旧作为主体，以一种悠哉游哉的文人风度，在从从容容、散散漫漫的笔调中，传递出生命如"风霜花鸟互为因缘，四序如环，浮生一往"的人生感慨。在内容上，作者将八股应制的陈年古董、鲁迅与成仿吾的笔墨官司、开明书店的专题稿约、雪莱关于"春天"的诗歌名句都信手拈来，古今中外，涉笔成趣，颇得议论风生之妙。在语言上，作者杂糅文言与白话、书面语与口语、中文与英文音译，嘻嘻哈哈、曲曲折折，也很见亦庄亦谐之趣。不同于《春》的清澈见底，《赋得早春》如浑浊的老酒，在涩味和回甘中散发出十足的书卷气，笔调老到老辣甚至有点老气横秋。其文如阅遍人世、饱经沧桑的老者，他袖笼着双手，眯缝着狡黠的眼睛，看着自己恍如隔世的生命过往和四季代序的春花秋月，面对在残梦与新梦中交替的学生，以"究竟滋味怎样，冷暖自知"的不置可否，见出某种过来人的洒脱闲逸或者满不在乎。所以朱自清称它"文太俏皮，但老到却老到"。

显然，《春》与《赋得早春》之间存在着巨大的差异，两位作者也意

识到这种差异，所以俞平伯称《赋得早春》"与《春》比殆差二十年也"[1]，
而朱自清则把此评语记入了自己的日记。作为同时出道的同龄人写于同时
的同题散文，笔法韵味的老嫩相差了二十年，这显然不是才具高下或用心
与否所能解释的。唯一的可能在于：在散文写作方面，两人有着不同的美
学追求，由此带来不同的用力方向。朱自清关注着白话文或曰语体文运动
的历史进程，将自己的散文定位于向青年学生推广语体文的教育性散文，
并在文学性与教育性之间寻找到语言这个关节点，这就决定了他的散文偏
于普及性，追求"切题"，着力方向在于基本的语言规范。他曾向青年学
生推荐自己的写作经验："不放松文字，注意到每一词句，我觉得无论大
小，都该从这里入手。"[2]他反复告诫青年学生："先把话写清楚了，写通顺
了，再注重表情，注重文艺性的发展。这样基础稳固些。否则容易浮滑，
不切实。"[3]俞平伯则不考虑散文的教育功能，而是在意于周作人所指点的
"涩味与简单味"，在意于物外之言题外之旨，追求文人的雅趣高致和纯属
个人的文学气息，追求"人书俱老"的为文境界。这是两类质地完全不同
的散文，周作人分别称为"纯粹语体文"与"雅致的俗语文"。[4]周仁政认
为，在某种意义上，朱自清散文和俞平伯散文恰可视为两类散文的代表。
他们二人，一个以"平民化的文化人格"体现"淑世主义（民本主义）的
文学精神"，追求散文的"雅俗共赏"；一个以"贵族心态的知识分子情
趣"体现"趣味主义、审美理想主义"，追求散文的"曲高和寡"，由此见
出，"趣味主义的小品文与淑世主义的'语体文'之间确乎寓有一条不可
逾越的界限"。[5]这样的观察，不管其界限是否"不可逾越"，无疑是深有
见地的。

1　1933 年 2 月 23 日朱自清日记，《朱自清全集》第 9 卷，第 200 页。
2　朱自清：《写作杂谈》，第 108 页。
3　朱自清：《关于散文写作答〈文艺知识〉编者问》，第 484 页。
4　见周作人：《燕知草·跋》，《俞平伯全集》第 2 卷，第 221 页。
5　周仁政：《朱自清和俞平伯：京派散文的两极》，《中国文学研究》2009 年第 3 期。

对开明派散文的这种兼重国文教育的特点，他们的同时代人看得很清楚，也给予了高度评价。早在 30 年代中期，郁达夫就说过："叶绍钧风格严谨，……所作的散文虽则不多，而他所特有的风致，却早在短短的几篇文字里具备了：我以为一般的高中学生，要取作散文的模范，当以叶绍钧氏的作品最为适当。"[1]1948 年朱自清去世的时候，多篇悼念文章都提及朱自清的散文的教育性及其与语体文运动的深刻关联。李广田说："作为文学工作的一部分，在语文方面朱先生下过许多工夫。语文是文学的主要工具，他对于文学的看法也就决定了他对于语文的看法。"[2]沈从文说："对于生命在成长发展中的青年学生，情感方面的启发与教育，意义最深刻的，却应属冰心女士的散文，叶圣陶、鲁迅先生的小说，丁西林先生的独幕剧，朱孟实先生的论文学与人生的信札，和佩弦先生的叙事抒情散文。在文学运动理论上，近二十年来有不断的修正，语不离宗，'普及'和'通俗'目标实属问题核心。真能理解问题的重要性，又能把握题旨，从作品上加以试验、证实，且得到有持久性成就的，少数作家中，佩弦先生的工作，可算得出类拔萃。"[3]朱光潜说："他的文章简洁精炼不让上品古文，而用字却是日常语言所用底字，语句声调也确是日常语言所有底声调。就剪裁锤炼说，它的确是'文'；就字句习惯和节奏说，它也的确是'语'。任文法家们去推敲它，不会推敲出什么毛病；可是念给一般百姓听，他们也不会感觉有什么别扭。……佩弦先生的作品不但证明了语体文可以做到文言文的简洁典雅，而且可以向一般写语体文底人们揭示一个极好底模范。我相信他在这方面底成就是要和语体文运动史共垂久远底。"[4]

正因为开明派散文突出的教育功能和示范意义，所以在不同时代它

1　郁达夫：《中国新文学大系·散文二集·导言》，第 18 页。
2　李广田：《朱自清先生的道路》，《中建》（北平版）第 1 卷第 10 期，1948 年 12 月 5 日。
3　沈从文：《不毁灭的背影》，《新路周刊》第 1 卷第 16 期，1948 年 8 月 28 日。
4　朱光潜：《敬悼朱佩弦先生》，《文学杂志》第 3 卷第 5 期，1948 年 10 月。

们均受到教育家们的青睐，朱自清、叶圣陶、夏丏尊、郑振铎、丰子恺等人的多篇作品，都反复出现在中小学各级国文教材中。即使在语文教育体系已经相当成熟的当下，他们的散文，还依然是语文教材中的常客。在这一点上，他们确实做到了如朱光潜所说的"在这方面底成就是要和语体文运动史共垂久远"的。当然，放到中国现代散文史的宏大视野中，开明派散文，其文学与教育兼重的特征，在某种程度上，造成了个人独特性偏弱的局囿，限制了在文学审美上所可能达到的高度。

第二节　开明派与现代儿童文学的发展

经历了"五四"新文化运动的猛烈冲刷，在封建纲常名教下匍匐了数千年的中国人，第一次争得了做人的权利，终于发现了过去被压在社会和家庭最底层的女性和儿童，也是一个独立的人，有着完整的存在和生命的价值。于是，妇女解放运动在各个层面轰轰烈烈地兴起，在与强大的传统势力和男权社会的顽强抗争中取得了长足的进步。比起女性的发现和女性的解放，儿童的发现和儿童的解放更加艰难。作为心智尚未健全的群体，无论在哪个意义上儿童都更加弱小，总是处于被遮蔽被训诫被选择的地位，他们无法如女性解放那样实现自我解放并争取与男人平等的地位。在动力机制上，儿童解放运动永远是外生性的，只能依赖成人世界更多的呵护和理解，并且其解放的结果也无法改变他们弱小的位置。因此，这样的解放，更准确地是一种"被解放"，也更多地带有象征的意味。这种象征性，先天地决定了儿童解放的更加艰难，也先天地决定了儿童解放很难像女性解放那样从社会和家庭的各个层面展开，而只能主要集中在教育和文学等方面。如果从广义的角度理解儿童教育，儿童文学和儿童教育的关系比之于成人更加密切，某种意义上甚至可以看作一枚硬币的两个面。因此可以说，儿童文学是儿童问题的核心和关键所在。

中国现代意义上的儿童文学，伴随着西学东渐的浪潮起步于 19 世纪末 20 世纪初，相当数量的儿童期刊和经过改写的西方童话初步展现了其学步的蹒跚姿态。不过，由于缺乏理论自觉和观念变革，也缺乏真正的本土儿童文学创作，因而在摸索中艰难跋涉，并未获得广泛的社会的反响和重视。这些，在王泉根的《现代中国儿童文学主潮》[1] 中有详细的描述。

儿童文学的本体自觉时期始于"五四"新文化运动。在彻底破除传统精神桎梏的时代浪潮下，在"人的文学"的倡导和启蒙精神的鼓舞下，叶圣陶、郑振铎、夏丏尊、丰子恺、徐调孚、顾均正、胡愈之等开明派成员积极投入了儿童文学的探索实践。这种实践在理论倡导、文学创作、文学批评、文学翻译等各个领域各个层面全面展开，从而形成了一个声势浩大又深入持久的儿童文学运动，全面开启了现代儿童文学的新的道路。

一

开明派与儿童文学有着深厚的渊源。探讨两者的关系，需要上溯到 20 世纪 20 年代初开明派形成之前，以展现一个连续的历史性过程。由此，必须在历史的时空中建立两个观察维度："五四"新文化运动和文学研究会。

"五四"时代是冲决一切传统罗网的时代，是全面开启人的自觉、追求人的解放的时代。在"民主"与"科学"两大旗帜下，启蒙思想家们对封建的纲常名教发起了猛烈的冲击，这其中，对"父为子纲"的批判就与儿童问题直接相关。如果说，鲁迅在《狂人日记》中所发出的"救救孩子"的呐喊，只是泛指未被戕害的可以寄予希望的下一代，未必确指儿童的话，那么 1919 年 10 月，鲁迅所写的《我们现在怎样做父亲》，便直接指向了儿童问题。鲁迅抓住"父为子纲"这个儒家的"伦常"，对传统的

1　见王泉根：《现代中国儿童文学主潮》，重庆出版社 2000 年版。

父子关系进行了深刻的考察，指出，中国从来不知道有儿童，只把他们当作缩小了的成人，永远是规范训诫，却从来不知道儿童其实是与成人完全不同的存在。"直到近来，经过许多学者的研究，才知道孩子的世界，与成人截然不同，倘不先行理解，一味蛮做，便大碍于孩子的发达。所以一切设施，都应该以孩子为本位……"因此，必须把被传统"父为子纲"颠倒了的父子伦理，重新颠倒过来。从人的生存发展的现实要求和根本目的出发，站在儿童本位的立场，去呵护扶持儿童的天性。对于子女，父母没有权利，只有责任和义务。因此鲁迅大声疾呼，"此后觉醒的人，应该先洗净了东方古传的谬误思想，对于子女，义务思想须加多，而权利思想却大可切实核减，以准备改作幼者本位的道德"。而父母，则应该"各自解放了自己的孩子。自己背着因袭的重担，肩住了黑暗的闸门，放他们到宽阔光明的地方去"。[1]

　　不过，鲁迅着眼于全民族的思想状态和精神面貌，着眼于全民族整体的文化革新，很难把思考和批判的目光始终盯着儿童问题。比较起来，他的二弟周作人则对儿童问题给予了更多、更持续的关注。在新文化运动前，他就开始谈论儿童问题，写有《童话研究》《儿歌之研究》等。在新文化运动中，他更在《儿童的文学》《儿童的书》《关于儿童的书》等文中反复强调："儿童在生理心理上，虽然和大人有点不同，但他仍是完全的个人，有他自己的内外两面的生活"，"儿童教育，是应当依了他内外两面生活的需要，适如其分的供给他，使他生活满足丰富"。[2] 同样，"儿童同成人一样需要文艺"，这种文学应当"顺应满足儿童之本能的兴趣与趣味"，"顺应自然，助长发达，使各期之儿童得保其自然之本相"。因此，"儿童的文学只是儿童本位的，此外更没有什么标准"。周作人不仅致力于探究儿童问题的价值立场和儿童文学的特点定位，而且努力擘画开展儿

1　鲁迅:《我们现在怎样做父亲》,《鲁迅全集》第 1 卷，第 130—135 页。
2　周作人:《儿童的文学》,《新青年》第 8 卷第 4 号，1920 年 12 月。

童文学的方向途径。他在《儿童的文学》一文中呼吁，"我希望有热心的人，结合一个小团体，起手研究，逐渐收集各地歌谣故事，修订古书里的材料，翻译外国的著作，编成几部书，供家庭学校的使用，一面又编成儿童用的小册子，用了优美的装帧，刊印出去，于儿童教育当有许多的功效"[1]。以周作人在新文化运动中的广泛影响力，他的主张，在随后成立的文学研究会的活动中获得了充分的实现。

关注儿童问题的并不仅仅是周氏兄弟，这其实已经成为新文化界共同的聚焦点。新文化运动的大本营《新青年》率先刊载安徒生等人的童话，《东方杂志》《教育杂志》《妇女杂志》和《晨报副刊》《京报·副刊》《民国日报·副刊》《时事新报·学灯》四大副刊更发表大量文章，对儿童问题展开热烈探讨，《晨报副刊》1923年还开设了"儿童世界"专栏。可以说，在教育界、文学界、妇女界、新闻界等社会各界的大力鼓吹下，全社会初步形成了关心儿童问题的社会氛围，以儿童为本位的新型儿童观，也同新妇女观一样，迅速成为新文化界的共识，成为体现新文化运动在"人的发现"方面的一个重要成果，也成为新文学作家从事儿童文学活动的基本价值立场和思想武器。茅盾曾经回忆道："'五四'时代的开始注意'儿童文学'是把'儿童文学'和'儿童问题'联系起来看的，这观念很对。记得是一九二二年顷，《新青年》那时的主编陈仲甫先生在私人的谈话中表示过这样的意见，他不很赞成'儿童文学运动'的人们仅仅直译格林童话或安徒生童话而忘记了'儿童文学'应该是'儿童问题'之一。"[2]在这样一种思想文化氛围中，作为儿童解放和社会改造之一翼的儿童文学得到新文学作家的广泛注意，迅速得以勃兴，儿童文学在理论倡导和实践探索等多方面层出不穷，一时蔚为大观。所以胡适说："近来已有一种趋

1　周作人：《儿童的文学》。
2　江（茅盾）：《关于"儿童文学"》，《文学》第4卷第2号，1935年2月。

势，就是'儿童文学'——童话，神话，故事，——的提倡。"[1]

在儿童文学的各路大军中，文学研究会成为其中的主力军。

文学研究会1921年初成立后，在文学层面对新文化运动的一个呼应，就是儿童文学。没有文字记载表明文学研究会对儿童文学有着怎样的整体部署，但是从研究会创始人的大力呼吁、全方位投入与众多会员的广泛参与，可以判断，文学研究会实际以一种"集团作战"的方式，对于现代儿童文学的发生发展，发挥了主导性甚至关键性的作用。

这里简单地开列一个文学研究会从事儿童文学的"大事记"（1920—1928）：

1920年12月，周作人所作《儿童的文学》在《新青年》发表。此为新文学史第一篇系统论述儿童文学的重要文章。

1921年3月，叶圣陶所作《文艺谈》开始在《晨报副刊》陆续发表，其中多篇涉及儿童文学。

1921年7月，郑振铎在《时事新报·学灯》开辟"儿童文学"专栏。此为中国第一个儿童文学副刊。

1922年1月，郑振铎主编（至次年年初）的《儿童世界》周刊创刊。此刊为儿童文学的社会推广起到重要作用。

1922年1月，郑振铎根据日本长篇民间童话《竹取物语》所译述的《竹公主》开始在《儿童世界》连载。此作后由商务印书馆出版（1927年），收入商务印书馆"儿童世界丛刊"。

1923年11月，叶圣陶所著童话集《稻草人》由商务印书馆出版，收入"文学研究会丛书"，后收入开明书店"世界少年文学丛刊"。此为新文学史上第一部童话集。

1　胡适：《儿童文学的价值》，本社编：《1913—1949儿童文学论文选集》，少年儿童出版社1962年版，第481页。

1924 年 1 月，郑振铎在《小说月报》开辟"儿童文学"专栏，刊载大量儿童文学作品。此举有力推动了儿童文学发展。

1924 年 9 月，茅盾所译希腊神话与北欧神话故事开始在《儿童世界》陆续发表，此为现代儿童文学史上系统介绍神话故事之始。后以《希腊神话》名由商务印书馆出版（1925 年 8 月），收入商务印书馆"儿童世界丛刊"。

1924 年 10 月，郑振铎所译《莱森的寓言》开始在《小说月报》连载，后更名《莱森寓言》由商务印书馆出版（1925 年 8 月），收入"文学研究会丛书"。

1924 年 11 月，郑振铎所译《印度寓言》开始在《小说月报》连载。此作后由商务印书馆出版（1925 年 8 月），收入"文学研究会丛书"。

1924 年，赵景深所编《童话评论》由上海新文化书社出版。此为新文学史上第一部儿童文学论文集。

1925 年 1 月，郑振铎、高君箴所译童话集《天鹅》由商务印书馆出版，收入"文学研究会丛书"。

1925 年 4 月，小说月报社所编童话集《牧羊儿》由商务印书馆出版，收入商务印书馆"小说月报丛刊"，内收叶圣陶、严既澄、徐志摩、顾均正、徐调孚等人的童话著译。

1925 年 8 月，郑振铎所译述的童话《列那狐的历史》开始在《小说月报》连载。此作后由文学周报社出版（1926 年 6 月），开明书店发行，收入文学研究会"文学周报社丛书"，又更名《列那狐》收入开明书店"世界少年文学丛刊"。

1925 年 8 月，文学研究会会刊《文学周报》发表徐调孚、顾均正、赵景深、茅盾纪念安徒生的著译 5 篇，成为"安徒生专号"。

1925 年 8—9 月，郑振铎所主编《小说月报》为纪念安徒生诞生一百二十周年、逝世五十周年，连续两期刊出"安徒生号"，刊载安徒生童话22篇，评论与史料13篇，照片与插图21幅。此为新文学史上第一次以如此规模介绍一位外国儿童文学作家。

1925年12月，俞平伯所著新诗集《忆》由北京朴社出版。此为新文学史上第一部描写儿童生活的新诗集。

1926年1月，顾均正所编译的《世界童话名著介绍》开始在《小说月报》连载。此文详细评介12种世界童话名著，为新文学史上第一次以如此规模介绍外国儿童文学名著。

1926年3月，夏丏尊所译《爱的教育》由开明书店出版，1935年收入开明书店"世界少年文学丛刊"。

1926年5月，冰心所著《寄小读者》由北新书局出版，后收入开明书店"世界少年文学丛刊"。

1926年，顾均正应上海大学文学系主任陈望道邀在该校讲授世界童话。此为童话在中国第一次进入大学课堂。

1927年1月，徐调孚所译童话《木偶的奇遇》开始在《小说月报》连载。此作后更名《木偶奇遇记》由开明书店出版（1928年6月），收入开明书店"世界少年文学丛刊"。

1927年7月，赵景深所著《童话概要》由北新书局出版。此为中国第一部童话学专著。

1927年9月，赵景深所著《童话论集》由开明书店出版，收入文学研究会"文学周报社丛书"。

1927年11月，胡愈之译《东方寓言集》由开明书店出版，收入文学研究会"文学周报社丛书"，后先后更名《猪的故事》《寓言的寓言》收入开明书店"世界少年文学丛刊"。

1927年，褚东郊所作《中国儿歌的研究》在《小说月报》"中国文学研究"号发表。此为中国儿童文学史上第一次对中国传统儿歌的内容和形式做较科学的分类探讨。

1928 年 1 月，文学研究会会刊《文学周报》推出"世界民间故事专号"，发表徐调孚、郑振铎、赵景深、顾均正、徐蔚南、黎烈文著译 7 篇。

1928 年 3 月，郑振铎所编译的《希腊罗马神话传说中的恋爱故事》开始在《小说月报》连载。此作后更名《恋爱的故事（希腊罗马的神话与传说之三）》由商务印书馆出版（1929 年 3 月），收入"文学研究会丛书"。

1928 年 6 月，郑振铎所译《高加索民间故事》由商务印书馆出版。

1928 年 9 月，顾均正所著《安徒生传》由开明书店出版。

用"大事记"的方式来表现文学研究会对儿童文学做出的贡献是有缺陷的。因为，它一是舍弃了丰富的历史细节，譬如文学研究会郑振铎、叶圣陶、夏丏尊、徐调孚、丰子恺、谢六逸、赵景深、徐玉诺、许地山、冰心、庐隐、严既澄、徐蔚南、朱湘、顾仲彝等众多成员在《小说月报》《儿童世界》等刊物上发表的大量创作、翻译和评介文字；二是无法反映连续的活动，譬如《儿童世界》在内容与形式方面的逐步改进，《小说月报》对儿童文学的持续关注等；三是无法包容文学研究会成员在研究会成立之前的活动，譬如从 1916 年到 1920 年，茅盾先后编纂《中国寓言初编》和 17 册《童话》丛书等。就此，"大事记"难免有挂一漏万之讥。但即使如此，它依然清晰地反映了文学研究会"集团作战"的力量：

第一，就文学活动的内容而言，从理论倡导到本土创作、翻译介绍、整理编纂和批评研究，各领域全覆盖。在理论倡导方面，周作人以《人的文学》《儿童的文学》等多篇文章，为儿童文学从价值尺度到发展方向和进入路径，奠定了基本范式和基本形态。叶圣陶在《文艺谈》中对儿童文学的大声呼吁，对周作人的主张做出了积极的回应，赵景深与周作人在《晨报副刊》发表的关于童话的通信，也纠正了文坛对童话的一些错误认识。周作人在新文化运动中的广泛影响和叶圣陶、赵景深等人对周作人的理论呼应，体现着文学研究会对儿童文学的持续关注，也使得这种理论倡导能够获得广泛的社会认同。在本土创作方面，叶圣陶的童话集《稻草人》、冰心的抒情散文《寄小读者》和俞平伯的怀旧散文《忆》等，展现了儿童文学创作的最初收获。在翻译介绍方面，夏丏尊的《爱的教育》、郑振铎的《列那狐》、徐调孚的《木偶奇遇记》、顾均正的《风先生和雨太太》等大量翻译作品，使得国人初步领略了世界儿童文学的独特风貌。在整理编纂方面，1917 年，茅盾从 27 种先秦诸子、两汉经史子集等典籍中博览广搜，编写了中国文学史上第一部专供少年儿童阅读的寓言集——《中国寓言初编》。

第二，就文学活动的过程而言，从生产到传播，各环节全覆盖。观察发端期的儿童文学，一个鲜明特点是传播阵地起到了关键性的作用。无论是理论倡导还是文学实践，都围绕着传播阵地展开，传播阵地主持人的胸襟、眼光和组稿能力，成为该阵地影响力的核心元素。譬如，《儿童世界》第一卷至第四卷共 52 期，绝大多数作品均来自于文学研究会会员，这显然离不开主编郑振铎的热心张罗。同样，叶圣陶收集在《稻草人》中的童话，也都是郑振铎拉稿的结果。叶圣陶说过："郑振铎兄创办《儿童世界》，要我作童话，我才作童话，集拢来就是题名为《稻草人》的那一本。"[1] 文学研究会自己主要的传播阵地有《儿童世界》《小说月报》两大期刊，以及不属于文学研究会但文学研究会成员起重要作用的一些报纸副刊如《晨报副刊》等等。除开报纸杂志，文学研究会还通过出版书籍推广儿童文学。"文学研究会丛书"出版了包括鲁迅《爱罗先珂童话集》、叶圣陶《稻草人》、赵景深《天鹅歌剧》在内的 8 种儿童文学作品集。"文学周报

1　叶圣陶：《杂谈我的写作》，《叶圣陶集》第 9 卷，第 291 页。

社丛书"也有胡愈之译《东方寓言集》、郑振铎译《列那狐的故事》和赵景深著《童话论集》3 种儿童文学出版物。

第三，在儿童文学各领域，都出现了影响深远的领军人物。以周作人、赵景深等人为代表的理论倡导和理论探讨，体现了"五四"新文化运动至 20 年代中叶新文学界对儿童文学观念和理论的认识高度；以叶圣陶、冰心、俞平伯等人为代表的本土创作，体现了儿童文学在草创时期的创作力量和创作水平；以夏丏尊、郑振铎、顾均正、徐调孚、赵景深等人为代表的翻译介绍，体现了一种为儿童提供更多更好精神产品并迅速改变中国儿童文学现状的热切追求和开放眼光；以茅盾等人为代表的古籍整理，体现了从本民族文化传统中寻找儿童文学资源的执着努力。这些领军人物不仅团结、带领了文学研究会同人在儿童文学领域努力探索、勤奋耕耘，而且推动了整个新文坛对儿童文学的广泛热情。

这三个方面，清晰揭示了文学研究会进入儿童文学领域的广度和深度，所以，1929 年朱自清在清华大学开设的"中国新文学研究"课程中，明确指出了文学研究会的"儿童文学运动"。[1]

借助于"五四"新文化运动和文学研究会这两个维度，我们可以看出，开明派成员叶圣陶、夏丏尊、郑振铎、徐调孚、顾均正、胡愈之等人早在 20 年代初即已深深地进入了儿童文学领域。当然，那时开明派还没有形成，他们是以文学研究会成员的身份开展活动的。不过，由于他们所取得的突出成绩，即使在文学研究会的旗帜下，也无法遮掩他们作为"儿童文学运动"主力军的光彩。

二

从上文的梳理可以看出，中国现代儿童文学起源于"五四"新文化

1　朱自清：《中国新文学研究纲要》，《朱自清全集》第 8 卷，第 84 页。

运动有着历史的必然性与合理性。但这样一种过于借重文化运动来解决文学问题的路径也潜藏着巨大的风险，即一旦文化运动转向，那么儿童文学很可能一改此前的红火而遭遇无人问津的尴尬。从 20 年代中叶开始，随着工农运动的高涨，新文化界的兴奋点开始转移，时代主题开始由思想启蒙让位给社会革命和阶级解放。到 1928 年革命文学兴起之后，文化界的流行话语更迅速演变为"阶级""反抗""革命"等。于是，在 20 年代中期风光一时的儿童文学被大多数人抛至脑后，甚至连推广儿童文学极为热心的茅盾也不例外，在 1926 年至 1932 年底之间，茅盾没有为儿童文学发表过片言只字。同样，《小说月报》对儿童文学的态度也有了很大变化。这里且将《小说月报》1921—1930 年间所刊发的有关儿童文学[1]的专文[2]做一个基本统计。十年间，从初创时的 1 篇，发展到 20 年代中叶时的 64 篇，到经过革命文学论争之后又回到 1 篇，形成了一个巨大的"山"形（参见图 7 ）：

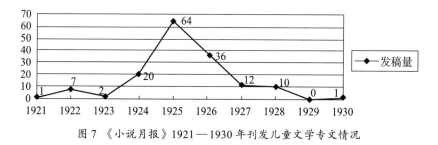

图 7 《小说月报》1921—1930 年刊发儿童文学专文情况

从《小说月报》儿童文学发稿量的变化中，我们清晰地看出了时代主

1　这里牵涉到"儿童文学"概念的历史变迁。从历史语境出发，当年尽管并无一个经过严格定义的概念，但以著、译、编者心目中的儿童文学为准，暂不考虑后人对此概念的扩充完善。

2　这里的"专文"指专门谈论儿童文学的著译，或明确以儿童为读者对象的作品，故不包括部分涉及儿童文学的文章，仅从作家作品而不是从儿童文学作家作品的角度发表的著译，以及"卷头语""海外文坛消息""国内文坛消息""读书杂记""读后感""通信""最后一页"等。

题和社会氛围对于儿童文学强大的左右力量。在这种状况下，稚弱的儿童文学就此夭折的风险是相当大的。但儿童文学却未倒下，究其原因，在于叶圣陶、郑振铎、夏丏尊、徐调孚、顾均正、丰子恺等真正热爱儿童文学的开明派作家没有受时代风气转变的影响。大浪淘沙，浮沫在追逐浪潮，而岩石却始终挺立。他们沿着文学研究会开辟的道路，在开明派的旗帜下继续为儿童文学勤奋耕耘。正因为有感于此，所以钟敬文对顾均正说："我想到你和调孚兄等，不管什么伟大和热闹与否，对于曾经时髦过一次，而现在已不大有人过问的'儿童文学'，诚恳地埋着头去从事，不息地把自己所能得到的成绩，呈现给大家，这一点，至少在我个人觉得它是可敬与感谢的。"[1]

20 世纪 20 年代中期开明派同人逐渐聚集后，他们文学活动的一个重要方面就是儿童文学。其最显著成果，就是总数为 68 种[2]的"世界少年文学丛刊"。

关于这套丛刊的缘起经过，如今留下的资料很少。但从现存史料中，我们可以看出这是一套在宗旨、体例、组织等方面考虑周详的丛书。1926年冬，徐调孚在《文学周报》发表的《一个广告——世界少年文学丛刊》[3]一文中，完整揭橥了他们的设想：

> 我们该尽我们的能力，给他们（按指少年儿童）以充分发展的机缘，我们要灌喂以滋养剂，使他们得长成一个健全的人！
>
> 我们应给他们的生活以愉快；我们应满足他们游戏的精神；我们应与他们以正确的观察的能力；我们应扩展他们情绪的力量，启发他们想象的能力，训练他们的记忆，运用他们的理性；我们应增

---

1 钟敬文:《〈安徒生传〉》,《文学周报》第 349 期, 1928 年 12 月 23 日。
2 这 68 种已见书影或著录，另有 4 种见广告，但未见实物或著录，暂存疑不收。
3 调孚:《一个广告——世界少年文学丛刊》,《文学周报》第 255 期, 1926 年 12 月 19 日。

加他们对于社会的关系的强度；……

于是，我们要给他们以文学适宜于他们的文学，他们自己的文学。

根据着这样的信条，我们几个人便忘其无似，想做一些工作，贡献给我们亲爱的孩子，作为我们的敬礼。

我们都是对这件工作感觉到兴趣的，而且，我们自信这是我们的纤弱的能力所能及的；于是，我们更把这个工作引为我们自己的责任，将永久地永久地在这块田土里垦殖！我们还想约集几位在这件工作上已有成就的朋友一齐努力。

我们的最初的工作，是编译一部"世界少年文学丛刊"。

……

我们想在这部丛书里分成下列各类，幼儿期以奇异幻想为尚，所以童话，故事，儿歌，等是适宜于这期的；少年期为浪漫的情绪发达之期，故小说，神话，传说等是最适宜的了。

章锡琛先生允许这个丛刊在他的开明书店出版，丰子恺先生肯替它加上美丽的扉画，都是我们所永久感激的！

"丛刊"的发起、策划和组织者，应该是赵景深、徐调孚和顾均正。唐锡光在完整回顾开明书店发展历程的时候明确地说："此外由赵景深、徐调孚、顾均正搜集世界名著以及国内文学家的新作，选取那些足以润泽少年人心灵的，编辑成一种《世界少年文学丛刊》。"[1]另外，也可以从"丛刊"各书卷首常常附有的徐调孚或顾均正的"付印题记"得到印证。不统计再版，"丛刊"自1927年5月的《风先生和雨太太》至1947年4月出版的《昆虫世界漫游记》，前后持续达二十年。

1　唐锡光：《开明的历程》，第293页。

这套丛刊，在适龄读者、体裁、国别、选材等方面，倾注了开明派同人的巨大心血，成为系统地向少年儿童推荐世界优秀儿童文学作品的重要丛书。这套丛刊，就读者对象而言，涵盖了 6—15 岁即从学龄前到少年的各个年龄段；[1] 就体例而言，分为九类：故事、传说、神话、童话、小说、寓言、诗歌、剧本、名著述略；就国别而言，有英国、美国、法国、德国、日本、丹麦、挪威、苏俄、埃及、意大利、西班牙、古希腊、印度、波兰等等，当然也少不了中国，叶圣陶的《稻草人》《古代英雄的石像》、冰心的《寄小读者》等均在其列；就作家作品而言，安徒生、格林、史蒂文生、保罗·塞缪尔、科洛迪、马克·吐温、爱罗先珂等经典作家，以及《爱的教育》《宝岛》《皇帝的新衣》《灰姑娘》《鲁滨孙漂流记》《木偶奇遇记》《汤姆莎耶》等经典作品自然不会缺乏，而《堂吉诃德》等一些原本并非纳入儿童文学范畴的作品，也通过改写的方式得以呈现。

作为这套"丛刊"的主持人，徐调孚和顾均正付出了巨大的努力。[2] 这不仅体现在他们对"丛刊"从适龄读者到类别、国别、选材等内容和形式各方面的设计，体现在他们对稿源的组织，也体现在他们为这套"丛刊"承担了最多的翻译任务。"丛刊"共 68 种，其中译著 64 种，而由他们俩承担翻译任务的即达 17 种，占总数的四分之一。除此而外，他们还想做更多的事，譬如顾均正曾想编一部《世界童话概要》，这本书最后的成品，就是 1930 年 6 月出版的《白猫》（世界童话杰作集）。在付印之前，顾均正写下这样一段话：

1　李丽说："在顾均正翻译的《风先生和雨太太》一书最后几页有徐调孚执笔的世界少年文学丛刊的广告。这套丛书有明确的阅读对象，即'我们在这里所以称为的"少年文学"，自然是适用于少年期的，然而，其中一部分却也适宜于后期幼儿期的。'徐调孚所指的'少年期'是'十岁到十五岁'；后期'幼儿期'是指'六到十岁'。"见李丽：《生成与接受：中国儿童文学翻译研究（1898—1949）》，湖北人民出版社 2010 年版，第 333 页。

2　赵景深在什么样的层面和时间段内介入这套"丛书"的发起、策划和组织，因未见到具体史料，难以判断，仅知他为这套"丛书"翻译了 4 种童话故事。由于他不是本研究的重点，这里暂且按下不表。

三四年前，我想编一部《世界童话概要》，把自古代的 Jntakas
（中译《佛本行经》等）起至现代的拉绮格洛夫，吉卜林为止的古典
童话，民间故事采集家和童话作家，一一加以系统的叙述，并分别
附入例话。……结果就以例话为主体以著者的小传为附录，编成一
部童话集，并在时间的可能范围以内，增加了一些必要的东西，所
以就这书的形式论，它是一部童话集，就这书的内容论，它却是一
部具体而微的《世界童话概要》。[1]

其实，不仅是徐调孚和顾均正，可以说，开明派中的众多作家都对
此倾注了巨大心血。这至少表现在两个方面：第一，在 68 种作品中，开
明派同人承担翻译的有 22 种，加上叶圣陶的《稻草人》和《古代英雄的
石像》，共 24 种，占了总数的三分之一；第二，众多作品，在版权页的作
者项下，只会列一两个人名，但实际上常常蕴含着团体的力量。徐调孚在
译完《木偶奇遇记》后写下这样一段话：

我首先应该谢谢帮助我的几位朋友：第一是顾均正先生，因着
他的引诱和怂恿，使我对于本书，发生兴趣和翻译的决心。郑振铎
先生，他允许我陆续翻译，陆续在《小说月报》上发表，更增加我的
勇气。翻译时承赵景深先生做我的"顾问"，翻译后又承叶圣陶先生
的修润；他们都使我的译文超出我的能力以上。谢六逸先生知道我
在搜集本书的各种英译本，慨然的把他自己所有的一本送给我，也
是使我不能忘的。尤其是丰子恺先生，他不但给本书画一个漂亮的
封面，又多承他的好意，劝我把本书速印做单行本；……再说，如果

---

[1] 顾均正：《白猫·付印题记》，氏译《白猫》，开明书店 1930 年版。

没有章雪村先生，像这样拙劣的译文，还有谁肯印呢？[1]

这种状况并非个例，在开明派中是一个普遍现象。这里再引一例：

> 《中学生》杂志社筹备创刊号时，要一篇给中学生读的长篇小说，叫我来翻译。……对于译文自信还能忠实，有几处难懂的地方，曾就正于夏丏尊林语堂丰子恺章克标王文川诸先生，尤其是夏丏尊先生，他不但替我就日译本校正了好几处的错误，并且有许多词难达意的句子，都得他的有力的帮助。
>
> 关于作者的生平，已承徐调孚先生把他所作的《史蒂文生小传》转载在卷首。[2]

由于开明派同人的通力合作，"丛刊"受到了少年儿童的普遍欢迎，多少人在成年之后还撰文深情怀念《爱的教育》《宝岛》等所给他们的影响。1936年以后，开明派主要以重版的方式扩大"丛刊"的社会影响。许多儿童文学名著曾经再版多次，譬如《爱的教育》，至1935年出20版，至1936年7月，累计销量已经超过15万册，至1949年又出修订版19版，加上全面抗战期间的成都版等，共出40版以上，成为儿童文学中的经典出版物。而这种状况并非个例，譬如，至1949年3月，《续爱的教育》有28版，《宝岛》有8版，《鲁滨孙漂流记》有11版，《木偶奇遇记》有15版等。正因为如此，1931年，作为中国儿童文学早期主要代表人物的叶圣陶，对中国出版界的儿童文学书籍有一个总体评价："起初商务印书馆有几本杂乱无章的西洋童话的翻译本，但也没有什么好处。后来开明

1　徐调孚：《木偶奇遇记·译者的话》，〔意〕科罗狄：《木偶奇遇记》，徐调孚译，开明书店1928年版。

2　顾均正：《宝岛·付印题记》，〔英〕史蒂文生：《宝岛》，顾均正译，开明书店1930年版。

书店的世界少年文学丛刊继起，算是对于西洋儿童读物有个比较有系统的介绍。此后，虽然北新书局出版过小朋友丛书，又有儿童书局专门刊行儿童读物，但都没有良好的成绩。"[1]

需要强调的是，开明派对于儿童文学的贡献远不止于"世界少年文学丛刊"这一种。实际上，进入 30 年代以后，开明派对于如何开展儿童文学有了更完整更深入的认识，那就是从为社会进步提供具有健全人格和综合能力的合格人才的角度，把儿童文学纳入对青少年全面素质教育的整体框架中。为此，开明派同人先后组织了"开明青年丛书""开明少年丛书""开明中学生丛书""中学生杂志丛书"等几套丛书。其中最主要的是"开明青年丛书"和"开明少年丛书"，都具有持续时间长、总体构思大的特点，由此见出他们连贯而稳定的发展思路。

从整体上观察这几套丛书，我们可以发现，随着开明派对于自身文化使命和文化身份的进一步明确，他们对原儿童文学发展路径做出重要调整：一是在年龄上压缩幼儿阶段而以少年、青年阶段为主；二是在内容上更灵活地处理文学，把文学与科学、文化等全面素质教育紧密结合。于是他们对童话、神话、传说、寓言等适合幼儿的作品类型做了大幅度压缩，[2]而倾力打造有助于青少年认识自己、认识社会、认识人生的作品类型。在这总量为 100 多种的作品中，我们发现，如"开明青年丛书"中的胡仲持著《三十二国风土记》、胡仲持译《南极探险记》、宋云彬著《玄武门之变》、贾祖璋著《鸟与文学》、周建人著《花鸟虫鱼》，"开明少年丛书"中的叶芙译《我是个飞机制造家》、丰子恺著《少年美术故事》、田惜庵著《名人之芽》等，符合最严格意义上的"儿童文学"概念；而其中绝大多

1　见贺玉波：《叶绍钧访问记》，《读书月刊》第 2 卷第 3 期，1931 年。
2　这种"压缩"的结果是，在全面抗战爆发前，他们只出版了顾均正译《白猫》（世界童话杰作集）、谢颂羔译希腊神话《十二件难事》、索非译波兰童话《小国王》、章士佼著童话《小泥人》、杨荫深著儿童剧《少年英雄》以及顾均正编剧《三只熊》等儿童歌剧 6 种，"中国民间故事汇编" 4 种等，总量仅 17 种。

数作品，在文学的表现形式和青少年的阅读对象方面，仍然是儿童文学家族中的一员。而且，由于文学与科学等非文学元素的紧密结合，它们形成了一种独特的边缘性的儿童文学"亚型"，即科学小品。由于它们总量巨大，成就突出，我们将在下文专门展开论述，这里暂且搁在一边。就具体作品而言，它们都有自己的侧重和独特视角，或人生哲理，或生命奥秘，或世间万象，或科学常识，但在总体上，它们以文学的笔墨在娓娓动人、循循善诱中回答青少年对自己、对人生、对社会、对自然的疑惑和追问，构成了儿童文学最常见也是最重要的主题——成长。只是，由于大量非文学元素的进入，这几套丛书的"文学"色彩明显减弱，以至于人们在谈论儿童文学的时候经常忽略它们。

三

在开明派儿童文学的活动中，以规模的宏大和规划的精密见长的，是"世界少年文学丛刊"，它体现着开明派的集体的力量和智慧；而以艺术的成功作为标志性成果的，无疑是叶圣陶分别在 1923 年和 1931 年出版的童话集《稻草人》和《古代英雄的石像》等创作。[1] 它们体现着作者对儿童文学独具的理解力、想象力和创造力，也代表着中国现代儿童文学草创时期在本土创作方面的最初收获。

《稻草人》出版伊始，人们就开始从作品题旨风格上谈论叶圣陶童话创作"爱与美"的诗意与"成人的悲哀"的差异，探讨"前期"和"后期"的变化，纠缠于儿童本位文学观与成人本位文学观给叶圣陶童话创作带来的影响，进而延伸到叶圣陶的童话品质与儿童文学的本质精神、儿童

1　儿童文学是专门为儿童而创作的文学，由此，有无明确的儿童读者预设是鉴别儿童文学的根本标准。丰子恺的散文创作，内容大量涉及儿童并且大力讴歌童心，常被人视作儿童文学的一个重要代表。但丰子恺并没有明确的儿童读者预设，这就是说，他并不是以儿童作为读者来进行创作的。所以严格说来，他的书写童趣、讴歌童心只具有题材意义而缺乏文体意义，不应视为儿童文学，至少不是经典形态的儿童文学。

文学的现实主义与浪漫主义等等。直至今日，这样的探讨仍然在继续。所有这些，对于中国儿童文学的健康发展都是有价值的，但这些不是我们所要关注的重点。

我们要探讨的是三个问题：为什么是叶圣陶而不是别人开启了中国儿童文学创作的道路？叶圣陶童话的整体性体现在哪里？为什么叶圣陶30年代中期以后不再从事专门的儿童文学创作？这三个问题，都与"五四"新文化运动有着深刻的联系。

（一）由叶圣陶开启中国儿童文学创作的道路并非偶然，这是他对儿童文学长时间学习、思考、融合的结果，也是他将他意识到的新文化启蒙任务落实到自己创作中的结果。

在谈到他为什么会从事儿童文学创作时，叶圣陶曾经说过："我写童话，当然是受了西方的影响。五四前后，格林、安徒生、王尔德的童话陆续介绍过来了。我是个小学教员，对这种适宜给儿童阅读的文学形式当然会注意，于是有了自己来试一试的想头。还有个促使我试一试的人，就是郑振铎先生，他主编《儿童世界》，要我供给稿子。"[1]这里，叶圣陶提到了三个原因：一是"五四"运动前后大量西方儿童文学的引进，让叶圣陶领略了西方童话的风采；二是叶圣陶做过多年小学教员，熟悉儿童生活，由此也关注适宜儿童阅读的文学形式；三是郑振铎约稿。这三方面原因的提示有着叶圣陶一贯的简略和低调，但结合他在同期所发表的《文艺谈》系列文章等，可以发现其中蕴含着丰富的内容。

第一，在新文化运动中，叶圣陶对在中国发展儿童文学的重要性、紧迫性进行了深入思考，从而形成了为中国现代儿童文学的成长贡献力量的"责任自觉"。站在"儿童本位"的立场，叶圣陶认为传统的儿童读物与"人的发现"的时代潮流是完全相悖的："我欲选没有缺憾而也可以

---

1 叶圣陶：《我和儿童文学》，第384页。

使他们欣赏的文艺品，竟不可得。……充满于我眼前的，只是些古典主义的，传道统的，或是山林隐逸、叹老嗟贫的文艺品。"[1]这里所列举的"古典主义的"、"传道统的"、"山林隐逸"的、"叹老嗟贫"的种种，在精神上"都含有神怪和教训的素质"[2]，在目的上都是为了"驯服"儿童从而为维护封建统治和传统纲常服务，不仅毫无价值，更是虐杀儿童精神、戕害儿童人格的毒药，"倘若叫儿童依着老路，只是追踪前人"，那么，他们难免"才一入世，便堕落在陈腐束缚的境遇里"。[3]由此，叶圣陶大声呼吁儿童文学的重要性和紧迫性："为最可宝爱的后来者着想，为将来的世界着想，赶紧创作适于儿童的文艺品，总该列为重要事件之一。"[4]

第二，从儿童的认知心理出发，叶圣陶对儿童文学的文学特质和文体特征进行了深入分析，从而形成了儿童文学初步的"文体自觉"。作为曾经在小学任教多年的教师，叶圣陶对于儿童的心理特征有着深入的观察，指出儿童"纯任直觉"的天性，决定他们感受世界的独特方式基于两点，一是想象："儿童刚刚跨进世界，一切对于他们都新鲜而奇异，他们必然有种种想象，与成人绝对不同的想象。……星儿凝眸，可以做母亲的项饰；月儿微笑，可以做玩耍的圆球；清风歌唱，娱人心魄；好花轻舞，招人作伴：这些都是想象"[5]；二是情感："儿童心里无不有一种浓厚的感情燃烧似的倾露。他们对于文艺、文艺的灵魂——感情——极热望地要求，情愿相与融和混合为一体"[6]。由此，叶圣陶相信，儿童文学就是一种根植于儿童想象和情感的文学，它借助于想象，以情感的力量使儿童

1　叶圣陶：《文艺谈》，第 15 页。
2　同上，第 17 页。
3　同上，第 76 页。
4　同上，第 15 页。
5　同上，第 18 页。
6　同上，第 14 页。

获得情绪的"共鸣","于不知不觉之间受其熏染"[1]。所有与此相悖的因素，诸如传统儿童读物中的神怪和说教，都是于儿童文学有害的。所以叶圣陶强调："总之，儿童文艺里要含有儿童的想象和感情。含有神怪和教训的素质，决不是真的儿童文艺。"[2]

　　第三，站在新文学作家的立场，叶圣陶对如何开展儿童文学创作进行了深入探索，从而形成了投身儿童文学创作的"身份自觉"，并由此开启了中国儿童文学发展的基本方法和基本路径。叶圣陶认为，儿童的情感是最纯真的，儿童的想象是最可爱的，"儿童若能将他们自己的直觉抒写出来，一定是无上的美。曾听有人说过，文艺家有个未开拓的世界而又是最灵妙的世界，就是童心"[3]。问题在于，作家如何才能深入儿童世界，写出"童心"？叶圣陶指出，观察和体验是进入儿童世界的基本方法。没有外部的观察，自然"难期真切""远违人生"，但仅有观察，即使是精密的观察，也是远远不够的，因为，"譬如作图，一粒种子可以画成种种图样，或是纵剖，或是横断，观察不可谓不精密了，然而这种子所含有发荣滋长的活力，还是描绘不出"。所以，"文艺家不得不于外面的观察之外，从事于深入一切的内在的生命的观察"，这种"内在的生命的观察"用今天的概念讲就是"体验"："只有我潜入他们的内心，体会他们的经历，默契他们的呼吸，我和他们是一是二几无分别，我就是叶，是花，是鸡，是小孩子，是乡下老头儿，才可以对于他们知道一些。"[4]这种把作家自己和审美对象融为一体的感受方式，是作品获得童心童趣的前提条件，它自然排斥"神怪""教训"等所有与儿童世界相悖的因素，所以叶圣陶指出："教训对于儿童，冷酷而疏远；感情对于儿童，

1　叶圣陶：《文艺谈》，第 15 页。
2　同上，第 19 页。
3　同上，第 21 页。
4　同上，第 19—21 页。

却有共鸣似的作用。所以谆谆告语不如使之自化，儿童既富于感情，必有
其特质。文艺家体察其特质，加以艺术的制炼，所成的作品必然深入儿童
的心。"[1]

　　叶圣陶在探讨中国儿童文学创作的时候，已经阅读了许多西方的童
话作品，但叶圣陶清醒地意识到："读别国的文艺品，最重要的在领略他
们的思想和感染他们的情绪。但是获得了这等思想情绪，不就是情绪终止
点，也不是从事创作的发轫点。""当创作之时，于他人作品的实质方面或
形式方面一有取携，便同写字的临摹，图书的翻版，只是徒劳精力，不能
为文艺界增益些什么。"这就是说，儿童文学创作，只能来自作家对审美
对象的直接体验，来自"自己独特的思想和情绪"和对生活的独到发现，
而不是"模楷他人而强作的"。对于还在孕育之中的中国儿童文学来说，
走什么样的路至关重要，外国优秀的儿童文学应该学习，但自己的路只能
自己走，走独创的而不是模仿的路。所以叶圣陶强调："有独创的精神的
人，其创作决不会与人从同，他也不肯与人从同。"[2]这一点，在外国儿童
文学作品大量引进而本土儿童文学作品尚付阙如的时候，有着鲜明的现实
针对性，也有着深远的理论意义。

　　从上述三点可以看出，叶圣陶在从事儿童文学创作之前，对于中国
儿童文学所应承担的时代任务，对于儿童文学的特质和中国作家如何进行
儿童文学创作，都有了深入的认识，形成了清晰的"责任自觉""文体自
觉"和"身份自觉"。有着这样的自觉意识，有着别人所缺少的对儿童生
活和儿童心理的切身体验，加上郑振铎这个中国现代儿童文学"催生婆"
的作用，可以说，叶圣陶毫不犹豫地拿起了笔，以一种喷薄而出的态势进
入创作，一段时间内几乎每天一篇，从而写出了第一部中国现代童话《稻

1　叶圣陶:《文艺谈》，第17—19页。
2　同上，第42—43页。

草人》。所以，由叶圣陶而不是由别人[1]来迈出中国现代儿童文学的第一步，有着某种历史的必然性。

（二）叶圣陶童话的整体性在哪里？

对于叶圣陶童话的理解，学界通常的看法是将其分为前后两个时期，两个时期在主题和色彩上有着强烈的对比或者说明显的不同。从《稻草人》出版到当下，近一个世纪以来，这种看法一直流行。

1923年，郑振铎在为《稻草人》作的《序》中说：

> 圣陶最初动手作童话在我编辑《儿童世界》的时候。那时，他还梦想一个美丽的童话的人生，一个儿童的天真的国土。……然而，渐渐地，他的著作情调不自觉改变了方向。……在成人的灰色云雾里，想重现儿童的天真，写儿童的超越一切的心理，几乎是个不可能的企图。……虽然他依旧想用同样的笔调写近于儿童的文字，而同时却不自禁地融化了许多"成人的悲哀"在里面。……及至他写到快乐的人的薄幕的破裂，他的悲哀已造极顶，即他所信的田野的乐园此时也已摧毁。最后，他对于人世间的希望便随了稻草人而俱倒。[2]

1936年，贺玉波在评论中说：

> 叶绍钧的童话可以分作两种，即是前期与后期的两种。前期的作品是充满快乐的情调的，而且富有兴趣与美感，如《小白船》，《傻

---

1 譬如说朱自清。1921年1月1日，朱自清发表了儿童小说《新年的故事》，它以第一人称的视角描写幼童经历的和他眼中的新年景象，充满童心童趣。但对于儿童文学，朱自清未从理论上也未从生活上做好准备，故此作之后并未继续。

2 郑振铎：《〈稻草人〉序》，叶至善、叶至美、叶至诚编：《叶圣陶集》第4卷，江苏教育出版社1987年版，第159—160页。

子》,《燕子》,《芳儿的梦》,《新的表》,及《梧桐子》等篇是。后期
的作品则是含有灰暗的色彩与浓烈的悲哀的;在它们里面找不到一
般童话所有的快乐而幸福的成分,只找到人世间的苦闷,只听到弱
者或被压迫者的呼声。属于这一种的很多,如《画眉鸟》,《玫瑰和
金鱼》,《花园之外》,《瞎子和聋子》,《克宜的经历》,以及《古代英
雄的石像》全本所包含的作品都是。[1]

两人注意到叶圣陶每篇童话主题的不同和色彩情绪的差异,自有其
独到的眼光,但总体判断能否成立是值得怀疑的,因为:第一,将一本创
作过程并无中断、创作时间仅半年出头的童话集分为前后两期,而其中所
谓"前期"仅有一个半月8篇童话,是否失之武断?第二,由此是否带来
对作品整体性的割裂?

也许正为了补正这一质疑,当代学者王泉根采取了折中的处理,他
说:"叶圣陶的童话创作可分为两个时期:1921年年底至1922年上半年
共写了二十三篇童话,于1923年结集为《稻草人》出版,此为第一期;
自1929年下半年至1930年为第二期,这一时期的九篇作品于1931年结
集为《古代英雄的石像》一书出版。"[2]直到近年这种看法仍然被许多人认
可,譬如洪汛涛说:"我们可将叶圣陶的童话创作,按两本集子划为前期、
后期两个时期来分析。"[3]这里,分期的时间节点与郑振铎、贺玉波有所不
同,但将叶圣陶的童话分为前后两期的做法则是一致的。只是,按下葫芦
浮起瓢,它解决了"武断"和"割裂"的嫌疑,却又暴露出前后分期内在
依据的不足,譬如王泉根认为:"叶圣陶后期的童话创作,现实主义精神

---

1 贺玉波:《叶绍钧的童话》,《现代中国作家论》第1卷,大光书局1936年版,第176页。
2 王泉根:《现代中国儿童文学主潮》,第67页。
3 洪汛涛编著:《中国童话大师经典作品赏析》(上),贵州人民出版社2014年版,第10页。

更为明显，艺术技巧也更为圆熟。"[1] 以两个"更"作为分期依据，未免含混不清，显然牵强。但如果不纠缠于叶圣陶每篇童话的主题和风格，进入"五四"启蒙文化的视域，联系叶圣陶的启蒙文化立场，我们就会发现，叶圣陶童话的所有差异性都可以忽略不计。两部童话集在基本面貌上的一致，让我们几乎意识不到中间隔着六年的时差。因为，无论是快乐还是悲哀，是推崇还是暴露，它们有着内在的统一性：统一在启蒙的语境下，统一在启蒙的任务中。

叶圣陶开始童话创作的时候，正是新文化运动的高潮时期。启蒙是时代的主题，"人的发现""儿童的发现"是时代的声音，把儿童从非人的封建桎梏中解救出来，培育成具有独立健全人格的现代公民，是新文化运动的使命，也是叶圣陶始终坚守的文化自觉。强调这一点，是因为，正如我们在第二章和第三章中所分析的，叶圣陶始终服膺启蒙主义的文化立场，不仅在新文化运动高潮期不可能离开此基本立场，即使在阶级斗争激烈、民族危机深重的30—40年代也未曾改变，对少年儿童进行文化启蒙、精神启蒙，本是叶圣陶毕生的事业。因此，联系叶圣陶的启蒙立场去观察他的童话，不仅可能，而且必需。

仔细解读叶圣陶两部童话集以及集外所作共40多篇童话，它们的主题是多种多样的。具体到每篇作品，或如《小白船》《燕子》等抒写"爱与美"，或如《一粒种子》《祥哥的胡琴》等讴歌自然的力量，或如《地球》《绝了种的人》等展现劳动与创造的伟大，或如《古代英雄的石像》《聪明的野牛》等推崇平等与自由的意义，或如《将做些什么》《它支持着大众的脚》等强调汇入集体、服务大众的价值，或如《毛贼》等展示精神愚昧的恶果，或如《大喉咙》《稻草人》等暴露人间的苦难，或如《花园外》《瞎子和聋子》等抨击社会的黑暗……但如果站在一个更广阔的角度，

1 王泉根：《现代中国儿童文学主潮》，第68页。

我们就会发现，它们都有着同一的文化立场和文化视角，有着严整的叙事逻辑和叙事语调，那就是从启蒙主义的立场出发，启发儿童正确地认识自己、认识人生、认识社会、认识世界。无论是正面推崇强调，还是反面暴露批判，所有作品所宣示的爱与美善，公平、正义与自由，自然、劳动与创造，都构织为一种培养独立健全人格所应具备的基本内涵，所暴露的社会黑暗和人间悲哀，都凝聚为一种认识社会的基本立场和方法。对内和对外，或者说对自我和对社会，两方面构成一个人完整的应然的社会性存在，由此体现出叶圣陶坚守的启蒙价值。因此，在启蒙文学的意义上，叶圣陶的所有童话，无论创作于新文化运动高潮期还是创作于阶级矛盾尖锐的 30 年代，都显示了它的完整性和一致性。有论者认为叶圣陶的童话注重社会认识功能，带给读者的不是审美的趣味和感动，而是一种认识，指向健全的人和正确的人生态度，这种特点恰恰反映了叶圣陶童话立足于启蒙的文化选择。

（三）在两部童话集后，叶圣陶很少再从事专门的童话创作，这样的变化显示了叶圣陶对时代路向变化的一种理解和选择。

叶圣陶良好的儿童文学创作状态，在《稻草人》出版后几乎戛然而止。直到 1931 年，他才出版了第二部童话集《古代英雄的石像》。由于未见任何文字记录，第二部童话集的创作缘由不得而知。通常而言，它基于两种可能：第一，经过六年的积累和思考，叶圣陶对于童话创作有了新的感悟，需要通过新的创作实现这种感悟。但一者两部童话集保持着一致的精神和风格，未见叶圣陶在《古代英雄的石像》中有更多更精彩的构思，也就是说，在整体上后者并未超越前者；二者在篇幅上《古代英雄的石像》远逊于《稻草人》。由此可见这种可能性不大。第二，1929 年前后，徐调孚和顾均正等人正在主持"世界少年文学丛刊"。既然是由中国人主持的"世界少年文学丛刊"，自然不应缺少中国的原创作品；既然《稻草人》已经体现了中国作家的童话创作能力，无论出于公谊还是私情，叶圣陶都有责任以新的童话支持此"丛刊"。以《古代英雄的石像》作为"世界少年文学丛刊"之一种而出版来判断，我们可以大胆推断，后者的可能性远远大于前者。这就意味着，如果没有"丛刊"的推动，也许就没有这第二部童话集。由于这种"推动力"来自外部而并非自身，那么叶圣陶沿着原有的启蒙主义思路继续前行则是顺理成章的。从作品的分量来观察，叶圣陶也没了创作《稻草人》时的激情，所以在满足了"世界少年文学丛刊"的篇幅要求后就偃旗息鼓、匆匆收兵了。1935 年，鲁迅说过这样一段话："十来年前，叶绍钧先生的《稻草人》是给中国的童话开了一条自己创作的路的。不料此后不但并无蜕变，而且也没有人追踪，倒是拼命的在向后转。"[1] 这里，鲁迅着眼于中国儿童文学的整体发展，并不专指叶圣陶，但他对《稻草人》印象深刻，而对包括《古代英雄的石像》在内的此后儿童文学创作并不满意则无须待言，这也从一个侧面反映了叶圣陶的《古代英雄的石像》没有引起鲁迅足够的重视。

如果上述推断不算离谱的话，那么问题随之产生：既然叶圣陶始终关注着青少年的健康成长，并在儿童文学方面做出了显著的成绩，个人和家庭生活又没有任何足以影响他创作的变故，身边还有郑振铎、夏丏尊、徐调孚、顾均正、丰子恺等一群酷爱儿童文学的朋友同道，这就是说，无论外在环境还是内在精神，叶圣陶都处于一个非常有利于继续从事儿童文学创作的状况，那么，为什么叶圣陶在开启中国儿童文学本土创作的道路之后，没有乘势而下，收获更多的成绩？

这个问题非常难以回答，却必须回答。

说难以回答，是因为作家的创作，自有其内在规律，也会受环境左右，受自身生活变化制约，受自己总体创作规划影响，甚至受一些偶然因

1　鲁迅：《〈表〉译者的话》，《鲁迅全集》第 10 卷，第 396 页。

素干扰，是无法用理性的逻辑来解释的。所以通常我们只能就作家做了什么进行探讨，而很难对作家没有做什么说长道短。说必须回答，是因为它与叶圣陶在《稻草人》中所体现的文化立场相联系，与新文化统一阵线分化后社会巨大的思想转向相联系，也与开明派在儿童文学方面呈现的整体精神特征相联系。

从《稻草人》出版的 1923 年，到开始创作《古代英雄的石像》的 1929 年，尤其是到叶圣陶童话创作截止的 1936 年，中国社会的时代主题早已发生了深刻变化。随着新文化统一阵线的解体和工农运动的高涨，启蒙话语逐渐衰落而阶级话语迅猛兴起，经过"革命文学"的倡导，左翼文学运动成为文坛最醒目的存在，中国共产党领导的"左联"也在与国民党文化围剿的抗争中日益壮大，并且掌握了文坛的话语权，在各类文学活动中起重要的导向作用。1930 年初"左联"刚刚成立，其机关刊物《大众文艺》就发表了一个关于设立"少年大众"专栏的座谈会记录。座谈会的要旨，就在于强调把儿童文学纳入阶级反抗的"革命范式"："应该特别注意""给少年们以阶级的认识，并且要鼓动他们，使他们了解，并参加斗争之必要，组织之必要"，"应该尽可能地利用富于宣传性和鼓动性的文字、插图，等等式样来形成他们的先入的观念，同时要加紧组织他们的工作，竭力和一切革命的斗争配合起来"。[1] 在这样一种带有强烈政治功利倾向的文学观念的主导下，儿童文学逐渐远离了"五四"时代有关人的发现和人的全面成长的启蒙主题，以一种前所未有的理想主义激情投身社会革命的历史进程，与此同时也染上了服务于阶级解放任务的鲜明政治色彩。钱杏邨就曾用这种激进的文学观从政治上简单地批评叶圣陶的两篇童话，说《古代英雄的石像》"所缺陷的是，灰色的伤感的气分"和"虚无的倾向"；说《书的夜话》有"伤感的情调"，"不免是承继着他过去的悲观的

---

[1] 《〈大众文艺〉第二次座谈会记录》，《大众文艺》第 2 卷第 4 期，1930 年 5 月 1 日。

基调，只有阴暗的叹息"。[1]

　　全面抗战爆发后，在事关民族存亡继绝的大背景下，价值功能重新定位后的儿童文学，其政治化、工具化色彩更加浓重，对"五四"儿童文学的不满甚至否定也更加明显。约在 1938 年，此前一直在上海从事中共地下文学工作的儿童文学作家钟望阳说："虽然有安徒生格林等等的西洋童话翻译过来，但是，国王呀，王子呀，公主呀，甚至仙子呀等等，又似乎跟我们的孩子们不大适合，或者甚至可以这样说：那些童话只是引我们的孩子们做一场美丽的、空虚的、不可捉摸的幻梦罢了！"[2] "若干所谓儿童文学作家所努力的目的，只是骗骗孩子们而已。他们有的把文字写得高深莫测，自以为行文绮丽，艺术高超，而自鸣玄博，然一推其内容，那只是一架可怕的骷髅罢了。他们所努力的，是要使千万的儿童们忘掉血淋淋的现实，而推使他们进入一种空幻的'仙境'里去！这无形中杀害了我们中华民族的幼芽！"[3]

　　在否定"五四"儿童文学的同时，钟望阳全力推崇社会主义苏联的儿童文学："良友图书公司翻译的一套《苏联童话》，例如《童子奇遇记》《白纸黑字》《书的故事》和《钟的故事》等以及《译文》上面鲁迅先生译的《表》，曹靖华先生译的《远方》，还有另一位先生的《第四避弹室》，以及生活书店的《文件》等等的苏联儿童和少年的文学，这给中国一辈从事于儿童文学的作家的，的确是一个很有力的刺激，中国童话的向着新的前途上猛进，而对蕴有的自国的封建气味的和西洋的贵族气味的童话的有批判的作为文学遗产来接受，可说是已有了它的基础了！"[4] 这一褒一贬的鲜明态度，其中蕴含的文学观念的转变自不待言，有意味的是，这种态度

1　钱杏邨:《批评与介绍：创作月评（一九三○年一月份）》,《拓荒者》第 1 卷第 2 期，1930 年。
2　钟望阳:《我们的儿童读物》,《1913—1949 儿童文学论文选集》, 第 270 页。
3　苏苏（钟望阳）:《少年出版社缘起》,《1913—1949 儿童文学论文选集》, 第 272 页。
4　钟望阳:《我们的儿童读物》, 第 271 页。

并非来自理论家或批评家的泛泛之论，而是来自儿童文学作家自身。这就表明，这种文学观念的转变已经被儿童文学作家所认同甚至成为儿童文学作家的共识。

这种转变不仅仅是一种呼吁，也不仅仅体现在文学观念上，而更落实到作品的层面。且不说左翼作家的儿童文学创作以众多具有鲜明政治倾向性的苦难少年和红色少年的形象塑造体现出这种转变，即在儿童文学作品的译介上也是如此。李丽以定量分析的方式具体展现了这种转变的历史进程：

> 关于俄/苏儿童文学的译介，在 1910—1919 年内，没有单行本出现。到了 1920—1929，则有 11 部翻译作品出现，成为同时期儿童文学作品翻译最多的国家，占 1920—1929 翻译作品总量的 17.8%（11/62）。及至 30 年代，上升到 32 部，占同时期翻译作品总量的 12.4%（32/258），位居第二，仅次于英国（38 部）。在 40 年代，则占据了绝对多数的主导地位，作品总量为 80 部/本，占同时期翻译总量的 38.1%（80/210），而位居第二位的英国仅有 28 部。[1]

从 10 年代到 40 年代，俄苏儿童文学作品译介数量的高速增长，为我们解读时代路向的变化和政党意识形态的介入，提供了一个非常有说服力的证据。

时代思想路向的深刻变化和政党意识形态的强力制约，对于始终服膺启蒙精神、坚守启蒙岗位并深受安徒生、格林等西方童话影响，却在 1928 年革命文学论战后屡遭左翼作家粗暴批评并被"左联"拒之门外的叶圣陶而言，显然是难以适应的。在这样的时代氛围中，在被"边缘化"

---

[1] 李丽：《生成与接受：中国儿童文学翻译研究（1898—1949）》，第 33 页。

的境遇下，继续启蒙主题的童话写作似乎有些不合时宜了。于是，叶圣陶选择了沉默。显然，这是他在 30 年代中叶以后放弃童话创作乃至儿童文学创作的最深层的文化原因。

在 30 年代中期以后选择沉默的，不仅仅是叶圣陶，也包括徐调孚、顾均正主持的"世界少年文学丛刊"。仔细观察"丛刊"，就体裁、题材、主题、国别、作家、作品等方面所具有的广泛性、多样性和代表性，充分体现了全面素质教育从而造就具有独立健全人格的新型少年儿童的"五四"启蒙精神。这样一种文化立场，在 30 年代中期以后的"不合时宜"也是显而易见的。所以，1936 年 1 月《杨柳风》出版以后，"丛刊"基本处于停顿状态。整个 40 年代，"丛刊"总共续出 5 种，只占总数的7%。因此，如果认定"丛刊"在整体设计上基本完成于 1936 年也未尝不可。出版规模上"丛刊"30 年代与 40 年代的巨大反差，恰恰说明时代路向的变化和政党意识形态的制约对于开明派在儿童文学方面的深刻影响。

无论是缘于坚守启蒙岗位，还是缘于 30 年代中期以后被"边缘化"的境遇，叶圣陶和开明派同人的"沉默"，大约是既无奈又"有所不为"的选择吧。

第三节　开明派与科学小品运动

在论述"科学小品"的时候，人们都注意到 1934 年 9 月创刊的《太白》半月刊首次设立了"科学小品"专栏，注意到同时发表的柳湜《论科学小品文》一文首次明确了"科学小品"的概念，并且由此顺理成章地认为科学小品这种文体是在《太白》的推动下开始起步的。譬如有论者说："1934 年陈望道主编的《太白》半月刊创刊，辟有'科学小品'专栏，借小品文形式宣传科学、普及知识。一时间，《中学生》、《新少年》、《妇女

生活》等众多杂志纷纷刊登科学小品,还有不少结集出版的,其中有许多
是适合儿童阅读的,科学小品很快成为儿童科学文艺的主要体裁。"[1] 这种
说法到 21 世纪 10 年代依然风行:"在《太白》的带动和影响下,《读书生
活》、《中学生》、《妇女生活》、《通俗文化》等杂志纷纷刊载科学小品。这
是左联在积极倡导和开展'大众需要科学知识,科学要求大众化'的运动
中,新涌现出来的文学品种。"[2]

　　此类表述中隐含着这样一个逻辑:先有《太白》的推动,后有多家杂
志的响应,两者形成因果关系。但这种看法,不得不说是一种建立在想当
然基础上的因果倒置。证之于科学小品真实的历史发展进程,我们发现,
就 1934 年 9 月《太白》创刊这个时间节点而言,科学小品运动有着一个
并非因名求实而是实至名归的过程。之所以如此说,是在于这种文体的题
材、体裁、风格特征等基本写作范式,不是从柳湜的《论科学小品文》开
始确立的,而是开明派作家从 20 年代中期开始探索,[3] 到 1930 年《中学生》
创刊后通过反复实践而逐渐形成的,到《太白》创刊的时候,这种文体已
经相当成熟并取得了丰硕的果实。在科学小品运动已经偃旗息鼓并逐渐被
人们淡忘的时候,开明派仍然在坚持自己的追求。只是,在叶圣陶那里,
他们的追求,大致可以表述为青少年教育读物的"散文化"或"小品化"。

一

　　在《太白》创刊满一卷的时候,陈望道邀请众多作家就小品文和漫
画发表看法,并将包括叶圣陶《关于小品文》在内的 50 多篇文章编成一

1　杜传坤:《论晚清至三四十年代的儿童科学文艺》,《山东社会科学》2005 年第 5 期。
2　黄科安:《科学小品:中国现代知识者热心的引进与实践》,《泉州师范学院学报》2011 年
　　第 5 期。
3　中国近代开始的以科普文章和科幻文学为主要表现形式的对于科学文化的传播和"五四"
　　前后对于科学精神的弘扬,是本论题的基础和远因,这是不应忽略的。但它们与本论题
　　距离过远,这里不展开。

本《小品文和漫画》特辑。在《关于小品文》中,叶圣陶把小品文和讲义体或教科书体相对,称所谓讲义或教科书体,一是板紧面孔,"把人的感情赶到露不得嘴脸的角落里去",只剩下由名称、数字、原理等构建的概念空间;二是搭足架子,永远是由章节、结论构成的貌似"有条有理,脉络分明"实则"好比在马路上看见的出殡或者娶亲的仪仗,一组军乐队,一组细乐队,到末了是一口棺材或者一乘花轿,谁都知道无非这么一回事"的八股。这样的东西,"无论讲的甚么,总使人有一种毫不亲切的感觉,仿佛是生活以外的事情",由此而给学生带来的"厌倦"是不可避免的。问题在于,它的后果不仅仅是"厌倦"那么简单,作为一个在教育领域耕耘多年的教育家,叶圣陶深知:"一个学生如果单只接触讲义跟教科书,即使记诵得烂熟,他可以在考试的时候得到一百分,他可以在学校里做一个成绩优良的得奖者,可是他未必能应付一件日常的事情,用了他从各科的学习所得到的知识。在关心世运的人看来,这正大可忧虑。然而一班教育者还是把讲义跟教科书看做唯一的宝贝,好像除了讲义跟教科书的传授以外就无所谓教育,岂不叫人焦心?"

救治这种讲义体或教科书体弊病的就是"文学的散文"或者说"小品文"。叶圣陶描摹了它的特征:

> 跟讲义体相反的文件甚么样子呢?那是决不搭足空架子的:作者见到甚么想到甚么就说甚么,见不到想不到就不硬要来说。那是不只是提供一些概念的:作者怎么得到这一些概念的过程,也在文字里精密地叙述出来,有时还用了画家的画笔似地描出一些生动的印象。那是抱着一种亲切的态度的:读者读了,总觉得自己跟作者同在这个世界里,所谈论的也正是这个世界里的事,即使读者被骂了被讥讽了,也会发生反省或者愤怒,但决不会看得漠然,认为同自己绝不相干。

为了说明什么是小品文，叶圣陶特地举了法布尔的《昆虫记》等作为例证，称："他讲昆虫跟教科书完全不一样。他把昆虫的全部生活描写出来；它们怎样斗争，怎样恋爱，怎样处理它们的子女，怎样消遣它们的闲暇，都给精细地记载在纸面，好比摄了一套活动影片。我们看了他的书，就同踏进了昆虫的世界一样；只觉得昆虫世界并不比我们的世界简单无聊，而且处处跟我们的世界有着关联，参览得越周到，也就对于我们的世界知道得越多。"[1]

这里之所以不厌其详地介绍此文，是因为此文不是一般性地探讨一种文学样式，而是在科学小品的语境中，围绕初中等教育专门谈论小品文的实际应用。这显然有着特殊的用意和特定的所指。这个特殊的用意，就在说明小品文在初中等教育方面的巨大作用，这个特定的所指，就是宣示开明派在青少年教育读物小品化方面的不懈追求。所以，在某种意义上，此文可以看作是理解开明派教育读物小品化追求的一把钥匙，或者说，一个纲领性文献。

对于始终关注青少年健康成长的开明派来说，如何补正教科书的缺陷，用内容和形式都新颖有趣的课外读物给青少年提供丰富的精神食粮，是他们始终不懈的一项任务。在长期的探索中，他们逐渐意识到：实现这项任务的基本条件是同时具备活泼的内容与亲切的态度，而要做到这一点，最佳方法是教育与文学的结合。换句话说，在教育的内容中融入生动的场景、个人化的感受、活泼有趣的文笔乃至于文学的传说典故，由此吸引读者，在作者和读者之间搭建起一座沟通心灵的桥梁，也在不动声色之中进行基本的人文素养熏陶。这种方式，在叶圣陶的《关于小品文》中，被概括地表述为教育读物的"小品化"。

教育读物的小品化，在人文和社会科学领域不是特别困难，因为它

---

1 叶圣陶:《关于小品文》，陈望道编:《小品文和漫画》，生活书店 1935 年版，第 31—34 页。

们面对的都是人、人的历史和人的社会，诉诸的是人类生存中基本的情感、意志、心理和认知，就此，它们之间有着先天的亲缘关系，譬如朱光潜的《给青年的十二封信》，用散文的笔法与青年谈做人谈人生，收到极好的效果，而这本书，也在散文家族的众多门类中，成为其中一类的代表性文本。比较起来，自然科学与人文和社会科学有着完全不同的认识对象、知识谱系和研究方法等，它们离文学的距离比人文与社会科学远得多，与文学的结合也困难得多。因此，开明派的探索重点也在科学教育读物的小品化。

在开明派那里，对科学教育读物小品化的探索始于 20 年代中叶。

1926 年 9 月，《一般》创刊，在创刊号和随后的 10 月号上，匡互生发表了《趣味丰富的秋的天象》，拉开了开明派同人探索科学教育读物小品化的序幕。

文章一开头，匡互生写道：

在四季的天象中，最有趣味，最能引人注意的要推秋季了。古来的神话或传说中，所含的天文现象，都是属于秋季的。如嫦娥奔月，牛女渡河，傅说成星，吴刚伐桂，即是实例。

不但神话传说为是，从来诗歌中所含的天文现象，也以属于秋的为多。

"三星在户"——《绸缪》

"七月流火"——《七月》

"倬彼云汉"——《云汉》

"维天有汉，监亦有光，跂彼织女，终日七襄……睆彼牵牛，不以服箱。"——《大东》

"维南有箕，不可以簸扬；维北有斗，不可以把酒浆。"——《大东》

……

秋天的天象本来具有很丰富的趣味，因为人们注意的机会很多，更造成了一些特别的趣味。所以叙述天象的人也常觉得叙述秋天的天象特别容易着手。我因为根据了这实在的事实来叙述这秋天的天象，自然对于系统方面不能十分顾到，而特别地偏重到趣味方面去了。

在匡互生那里，这种文学性的笔法并不仅仅在文章的开头，而是穿插始终的，譬如，在论述潮汐的时候匡互生说："这样看来，潮发生的原因完全在乎月和太阳对于地球所有的吸力上面。所谓'子胥弄潮'自然只算神话，而钱镠'弯弓射潮'和海宁海滨的居民'顶礼退潮'亦同为白费心力了。"

匡互生的这一做法，不是他个人的独出心裁，而是代表了立达学会或者说《一般》同人的追求。《一般》代发刊词《〈一般〉的诞生》一文明确标明了这一点："我们将来想注重趣味，文学作品不必说，一切都用清新的文体。力避平板的陈套，替杂志界开个生面。"[1] 一年多后，他们再次指出这一点："本志的文章，原来是力求一般化的；无如一涉学理的探讨，往往容易成为一种论文式，或讲义式的文字。此后当益加努力，免去此弊，务使读者不至感到沉闷。"[2] 只是，对教育读物的追求，这里只强调了"趣味"和"清新"，在文体特征和适用对象等方面，还很笼统，并不清晰。

近一年后，贾祖璋发表了《杜鹃研究》。文章一起笔，贾祖璋写道：

每逢春暮夏初，百花飘零，麦黄椹熟，芳草萋萋，绿荫弥野的时节，总忆起了这一时遗忘，不知谁氏所作的，悲凉哀婉的诗句：

---

1 《〈一般〉的诞生》。
2 《编辑后记》，《一般》第 3 卷第 4 号，1927 年 12 月。

"望帝春心托杜鹃"。杜鹃在中国文学上，已成为一个主要的题材；无论谁，只要稍微涉猎一些中国文学书籍，就可发见这个望帝化为杜鹃的故事。[1]

1931 年 4 月，贾祖璋把类似的文章结集为《鸟与文学》交由开明书店出版，[2] 此文经修改定名为《杜鹃》收入集中。结集时，贾祖璋觉得原文还不能完全满足他在科学教育读物小品化方面的追求，于是又对文字进行了修改：[3]

　　春暮夏初的时候，我们经过了活泼美丽的春光，踏入一个日见阴密的境地。我们是眼见绚烂的春花，飘零于泥涂，婆娑的翠柳，迷混于绿阴，芳草萋萋，树木沉沉；鲜明显豁的大地，渐渐着上了一重稠密的新装。蝶舞也为之隐匿了，鸟鸣也为之隔离了；只有深林中的杜鹃，她开始来哀诉狂鸣。于是，我们听着她仿佛深怨幽郁的鸣声，我们不禁要忆起了一时遗忘不知谁氏所作的，悲凉哀婉的诗句："望帝春心托杜鹃。"杜鹃在中国文学上，已成为一个主要的题材；无论谁，只要稍微涉猎一些中国文学书籍，就可发见这个望帝化为杜鹃的故事。[4]

　　没有任何证据表明那时贾祖璋与匡互生有联系或贾祖璋受匡互生的影响启发，笔者宁愿把它看作是个人行为，是文化背景类似、文化志趣相

1　《东方杂志》第 24 卷第 7 号，1927 年 7 月。

2　开明书店抽出书中部分作品以同名收入"开明青年丛书"，故该书有两种版本，各有版次。

3　此后，贾祖璋对文字又进行过修改，所以收入《贾祖璋全集》（福建科学技术出版社 2001 年版，第 1 卷，第 87 页）的文字与此又有不同，当然这是后话，但也充分说明作者在追求科学教育读物小品化方面的良苦用心。

4　贾祖璋：《鸟与文学》，开明书店 1931 年版，第 127 页。

投的人不约而同地，而且是有意识地探讨着同一件事：科学教育读物的小品化。贾祖璋后来在回忆他的科学小品写作时说，"第一次就以杜鹃为题材来写习作。杜鹃在文学上有'不如归去''啼血深怨'等情趣；在科学上，有奇异的育雏习性和对于农林的特殊关系，把这些项目交织起来，那篇文章尚能含有相当的趣味。自从这篇《杜鹃》的习作发表以后，又续成《黄鸟》《鸳鸯》《雁》和《燕子》等篇。后来集成《鸟与文学》一书，在开明书店出版。这本书内各篇文字的内容：在文学方面包括历来的诗歌，故事和现在的民间传说等；在科学方面包括形态、习性、种类和与人的关系的说明；除外还有关于名称的考证和迷信的辩证等，这是想用比较有趣味的文字来写科学书的第二回尝试"[1]。

在匡互生发表《趣味丰富的秋的天象》一年后，丰子恺发表了《秋的星座及其传说》，无论在内容上还是在笔法上都对匡互生一文做了有力的呼应。此后，在 1928—1929 年间，胡愈之、贾祖璋和刘薰宇又先后发表了《化学战争》《关于雁》[2] 和《数的启示》等，继续在科学教育读物小品化的道路上进行探索。

总体而言，在 20 年代下半叶，这样的探索还是少数人的行为，成果既不丰富，成绩亦不出色，有散兵游勇不成阵势之感。但随着 1930 年《中学生》的创刊，对科学教育读物小品化的追求，就成为开明派的有意识的集体行为了。虽然迄今没有发现开明派成员在此方面直接的、正面的、完整的论述，但是从夏丏尊、叶圣陶等《中学生》同人的一些零散论述中，从《中学生》相关栏目的设置和写作中，从开明书店作者共同的有意识追求中，我们依然能够勾勒出一幅清晰而完整的画面。

1933 年初，《中学生》推出"科学特辑"，刘薰宇、顾均正、夏丏尊、贾祖璋等和多位外聘专家一道为"特辑"撰写了稿件。叶圣陶特地指出：

1　贾祖璋：《我写科学小品的经过》，《小品文和漫画》，第 161 页。
2　收入《鸟与文学》的《雁》即由此文略做修改而成。

"这一册例应是倍大号，增多的篇幅现在由'科学特辑'占了。我们先拟了若干题目，分头恳请各专家择定，然后由他们执笔。……各专家的文字大都'浅近言之'，那是依从了我们的要求之故。"[1]"浅近言之"，这里虽淡淡一笔，却告诉我们，《中学生》编辑部对于涉及科学的文章，在写法上是有明确具体的要求的。1934 年 9 月起，开明书店出版了"开明中学生丛书"一套共 23 种，内分"名人传记"与"历史记载"两类。这套书的《编辑例言》中有这样一段话："本丛书依照学科的区分分做若干类，现在先出'名人传记'和'历史记载'两类。这是《初级中学国文课程标准教材大纲》的'阅读'项'略读'目下所规定的教材。编纂的时候，特别注意于文辞的修整文学的趣味的富足，务使读者在培养阅读能力之外，更可以得到写作能力方面的进益。"可见，无论哪一类，所有的著述，包括人文与社会科学和自然科学，对写作方式都有大致相同的要求。在这种要求中，体现着开明派对于教育读物小品化的深入思考。关于人文与社会科学读物的情况下文再说，这里先谈自然科学读物。

如果循着这样的思路去考察《中学生》的众多栏目，考察开明书店的相关出版物，对开明派在科学教育读物小品化方面的努力，我们就会比较容易地择出头绪。为节省篇幅，这里仅以离文学距离最远的数学为例。

1933 年，刘薰宇在开明书店出版了《数学的园地》一书，书中是这样展开他对"函数"的论述的：

有一个穷书生，讨了一个有钱人家的女儿做老婆，因此，平日就以怕老婆出了名。后来，他的运道亨通了，进京朝考，居然一榜及第；他身上披起了蓝衫，许多差人侍候着，回到家里；一心以为这回可以向他的老婆复仇了。那知老婆见了他，仍然是神气活现的

---

1 《编辑后记》，《中学生》第 31 号，1933 年 1 月。

样子。他觉得这未免有些奇怪，便问："从前我穷，你向着我搭架子，现在我做了官，为什么你还要搭架子呢？"

她的回答很妙："愧煞你是一个读书人，还做了官，'水涨船高'，你都不晓得吗？"

你懂得"水涨船高"吗？船的地位的高低，就是随了水的涨落变的，用句数学上的话来说，船的地位就是水的涨落的函数。说女子是男子的函数，也就是同样的理由。在家从父，出嫁从夫，夫死从子，这已经有点像函数的样子了，但还嫌粗些，我们无妨再精细一点说。女子一生下地来，父亲是知识阶级，或官僚政客，她就是千金小姐；若是父亲是挑粪担水的，她就是丫头；这个地位一直到了她嫁人以后才得改变。这时改变也很大，嫁的是大官僚，她便是夫人；嫁的是小官僚，她便是太太；嫁的是教书匠，她便是师母；嫁的是生意人，她便是老板娘；嫁的是 x，她就是 y；y 总是赶了 x 变的，自己全作不来主；这种情形，和"水涨船高"真是一样，所以我说，女子是男子的函数，y 是 x 的函数。[1]

在轻松幽默、富于趣味的叙述中，由生活现象逐步导入对数学原理的理解，非常出色地体现了开明派同人对于科学教育读物小品化的追求。刘薰宇在《中学生》上主要负责"数学讲话"栏，不必援引具体文字，仅从《恨点不到头》《叠罗汉》《八仙过海》《棕榄迷》《韩信点兵》《王老头子的汤团》《假使我们有十二个手指》等题目，就不难看出文章的风格。后来他把这些文章结集为《数学趣味》一书，于 1934 年 9 月由开明书店出版。

这种笔法，并不是刘薰宇的个人偏好，而是《中学生》与开明书店作

---

[1] 刘薰宇：《数学的园地》，开明书店 1948 年版，第 25—26 页。

者的共同追求。由于《中学生》刊载的文章常常结集由开明书店出版，这里且以开明书店出版物为例看看著译者们对这一问题的认识：

现在我们将如管中窥豹的样子，将动物界中奇异可爱的生活现象，介绍一二于读者。蒙恩师夏丏尊先生指示，拟定这个书名，很可以表示内容的概略。只可惜作者文笔拙劣，原来灵妙多趣的材料，未能用生动活泼的词句，尽量达出，是为可撼耳！

——贾祖璋:《动物珍话·序》（1932 年 12 月）

本书用演义体，叙述二少年从叔父学习化学之经过，将文艺与科学冶于一炉，读之令人跃跃欲试此化学的奇迹而后快。

——《化学奇谈》广告语（《中学生》第 31 号，1933 年 1 月）

他不惟富冒险的精神，并且具文学的天才，他的游记，不胫而走，累译十数国语言而未有已。他更将他一生中顶有兴趣的事件，特别为中等学校的学生写出来叫作《探险生涯》。他这本书有法显玄奘丘处机诸人的翔实而不像他们的枯淡，有《鲁滨孙漂流记》的情趣而不像其书的架空，真全世界青年学生的良好读物……

——徐炳昶:《亚洲腹地旅行记·徐序》（1934 年 3 月）

著者之一种老当益壮的冒险的精神，与乎真挚的文学趣味，却给了初出茅庐的译者不少鼓励！……待我同徐先生谈及此书时，先生竟至鼓励我着手翻译，说此书简直是一部科学的《西游记》，是一本最好的少年读物。

——李述礼:《亚洲腹地旅行记·译后记》（1934 年 3 月）

一九三二年，英国戈兰兹图书公司出版了一部伟大的著作，名字叫做 *An Outline for Boys and Girls and Their Parents*，包括"科学"、"文化"与"价值"三大部分，各篇俱由专家撰述。当译者接到原书后把第一部分"科学"读完的时候，觉得本书文笔的简明，趣味的浓郁，不愧为不可多得的供青年阅读的好书，遂首先将这一部分译出，定名《少年科学大纲》，作为开明书店"青年丛书"的一种而出版。

——胡伯恩：《少年科学大纲·序言》（1934 年 11 月）

他是成功地把艰奥难懂的昆虫学诗化了，把昆虫的生活故事化了。

......

向来，科学者的著作，都是冷酷而机械，法布尔却是热情充溢着，他是兼有文学与科学的天才。所以他的书不但小孩子看得懂，即成人——尤其中国的成人——读来，也将会不忍释手。

——宋易：《科学的故事·译序》（1935 年 1 月）

这里，令人惊异的是，译品选择和作者写作的着重点，都指向一个共同的方向：通过科学内容与文学笔法的结合，达到科学教育读物受众最大化的效果。这类读物中，科学是其本质属性，文学更多的处于表现手段的层面，但在一些代表性作品中，由于科学与文学结合得非常紧密，文学也具有了自己的独立价值，因此，这些作品就具有了双重属性，它们既是科学的，也是文学的，是文学作品中一个独特的门类。

到 1934 年 9 月《太白》创刊前后，开明派在科学教育读物小品化方面，无论在出版物的量还是质上，都已经取得了突出成绩。在量的方面，据笔者统计，到 1934 年底，开明书店已经出版"开明青年丛书"33 种、

"开明少年丛书" 3 种、"开明中学生丛书" 12 种，其他相关著作 10 种（参见表6）。在共 57 种[1]的著作中，涉及科学方面的 18 种著译都具有"小品化"的共同特征。在质的方面，开明派有了自己的代表性作者和代表性作品。譬如，贾祖璋和他的《鸟与文学》《动物珍话》，刘薰宇和他的《数学的园地》《数学趣味》，顾均正和他译的《化学奇谈》《物理世界的漫游》，周建人和他主编、编写的多种动物学、植物学教材与读物等等。

表6　1930—1934 年间开明书店出版科学小品著作一览

书名	著译者	领域	丛书	出版时间
《鸣虫之话》	楼俊卿著	昆虫	开明青年丛书	1930.5
《鸟与文学》	贾祖璋著	鸟类	开明青年丛书	1931.4
《鸟与文学》[2]	贾祖璋著	鸟类		1931.4
《防疫针谈》	祝枕江著	防疫		1931
《处女及其他》	祝枕江著	生理卫生		1931
《化学奇谈》	顾均正译	化学	开明青年丛书	1932.10
《动物珍话》	贾祖璋著	动物	开明青年丛书	1932.12
《乳房及其他》	祝枕江著	生理卫生		1933.4
《航海的故事》	刘虎如著	地理	开明青年丛书、开明少年丛书	1933.5
《数学的园地》	刘薰宇著	数学	开明青年丛书	1933.9
《我们的身体》	胡伯恩译	生理卫生	开明青年丛书	1933.9
《亚洲腹地旅行记》	李述礼译	地理	开明青年丛书	1934.3

1　其中《航海的故事》同时被收入"开明青年丛书"和"开明少年丛书"，所以统计总数时需要减去一种。

2　《鸟与文学》，开明书店出过两个版本，其中一个纳入"开明青年丛书"，两个版本的篇幅有很大差异，故这里两种都列入。

续表

书名	著译者	领域	丛书	出版时间
《神秘的宇宙》	周煦良译	天文	开明青年丛书	1934.9
《数学趣味》	刘薰宇著	数学	开明青年丛书	1934.9
《星空的巡礼》	王幼予译	天文	开明青年丛书	1934.10
《十万个为什么》	董纯才译	日常科学	开明青年丛书	1934.10
《南极探险记》	胡仲持译	地理	开明青年丛书	1934.10
《昆虫的生活》	祝仲芳、卢冠六著	昆虫		1934.10
《物理世界的漫游》	顾均正译	物理	开明青年丛书	1934.11
《少年科学大纲》	胡伯恩译	科学	开明青年丛书	1934.11

正因为如此，《太白》"科学小品"专栏第一期作者，约请了贾祖璋、刘薰宇、顾均正和周建人。陈望道对这四位作者的选择，至少隐含着这样两重含义：既是认定这些作品都是科学小品，从而对他们在科学教育读物小品化方面的成绩予以充分肯定；也是以他们的作品作为推广科学小品运动的范本。

对于《太白》推动的科学小品运动，开明派同人予以了积极的响应。这至少可以从几个方面来判断：

其一，上述四人积极响应《太白》对科学小品运动的倡导，并成为这个运动的主力军。在《太白》存在的一年中，他们四人在该刊共发表科学小品 46 篇，占了总数 66 篇的 70%。

其二，《中学生》在原有的各种"××讲话"专栏之外，于 1935 年 1 月开始新增"是月也"专栏，从季节时令的角度进入科学小品领域，第一期稿件便由周建人、贾祖璋、顾均正等在科学小品领域驰骋的骁将撰写。

该专栏总共发表 32 篇科学小品，而他们三人便贡献了其中的 18 篇，占总量的 56%。"是月也"栏目结束后，《中学生》又相继推出高士其的"菌儿自传"和刘薰宇的"马先生谈算学"两个科学小品专栏，这样一波波地将科学小品运动推向深入。

其三，顺势接过"科学小品"的旗号，适时推出作品专集，积极配合科学小品运动。1936 年 1 月，开明书店把周建人、顾均正、贾祖璋三人在《太白》上发表的科学小

图 8 《中学生》广告：1934 年以来科学小品运动的总成绩

品文章结集为《花鸟虫鱼》《科学趣味》和《生物素描》，作为"开明青年丛书"的新收获予以出版。在出版广告中，《中学生》给他们冠上了"1934 年以来科学小品运动的总成绩"[1]的头衔（参见图 8），给予了高度评价。

其四，把科学小品中"科学"的含义通过细化的方式做进一步引申，于是便有了"医学小品""物理小品""生物小品"之类的说法。1939 年，作为"开明少年丛书"中的一种，开明书店出版了索非的科学小品集《孩子们的灾难》。有趣的是，在该书的封面和扉页上，堂而皇之地写上了"医学小品"的字样（参见图 9、图 10），这显然是对"科学小品"提法的灵活运用。

科学小品运动的发生，自有其历史的必然性，与开明派同人追求科学教育读物小品化的初衷并不完全一致，不过殊途而同归。站在历史的高度来审视科学小品的起源和发展，我们必须指出，无论是开明派从青少年

---

1 《中学生》第 62 号，1936 年 2 月。

图 9 《孩子们的灾难》封面　　　　图 10 《孩子们的灾难》扉页

教育出发而开展的科学教育读物的小品化，还是《太白》从教育大众化出发的意在普及科学的科学小品运动，都反映了那一代人的共同努力，在这个意义上，不必也不应把科学小品运动的发生和收获都归到开明派名下。但是，开明派在这一方面所显示的率先探索、集团规模和核心作用，则是毋庸置疑的，而他们所取得的骄人成绩，也是有目共睹的。所以贾祖璋说："开明书店仿佛是科学小品的起源地，这与开明书店原本对通俗科学文章和书籍比较重视有关。"[1]

二

如果认为开明派对科学小品的贡献仅限于自然科学领域，那是误解。其实，他们的追求是全方位的，包括了自然科学和人文与社会科学的全部领域，这是他们追求教育读物小品化的逻辑必然。但由于人们对"科学小品"概念的认知局限，他们在人文与社会科学方面的作用和功绩被大大地

1　贾祖璋：《丏尊师和开明书店的科学读物》，《我与开明》，第 47 页。

忽略了。

　　由于深受"五四"时代"民主"与"科学"两大口号的影响，人们心目中的"科学"便指 Science，于是科学成了自然科学的专属名词。即使到了 20 世纪 30 年代，这种观念依然根深蒂固。也许正因为如此，陈望道在为《太白》的"科学小品"栏目选择范文作者的时候，无一例外地邀请了长于自然科学的顾均正、贾祖璋、刘薰宇和周建人。只是，作为社会科学工作者的柳湜，有着他特殊的专业敏感，他在《论科学小品文》一文中对什么是"科学"提出了自己的理解：

　　　　我希望自然科学家和社会科学家与小品作家切实的取得合作，或者索性大家都来尝试地干一下。在题材方面，那是最自由不过的，只要与大众生活密切的保着关联，无论就自然现象或社会现象中，捡取一小片来描写都可以。[1]

　　尽管柳湜没有对什么是科学下精确定义，但他的意思是很清楚的："科学小品"中的"科学"，应该是一种泛指：既包含自然科学，也包含人文与社会科学。显然他希望通过这种方式来扩大概念的解释力和有效性，从而引起社会更多的关注和响应。果然，柳湜的观点得到了一些人的应和，譬如庶谦就说："说到科学，在近代，是应当包括着自然和社会两种科学的。只因为：在过去，自然科学比起社会科学来，是比较地先成立；因此，'科学'这个名词，就被自然科学所独占，而且成了习惯了。再，在目前也还有一部分人，他们故意地要否认近代的社会科学是一种科学；因此，也有许多人盲目地跟着他们走，说：'科学'就是自然科学，而没有所谓社会科学了。"[2] 应该说，柳湜的看法影响了《太白》的编者，所以

1　柳湜：《论科学小品文》，《太白》第 1 卷第 1 期，1934 年 9 月。
2　庶谦：《读过的书：越想越糊涂》，《读书生活》第 3 卷第 3 期，1935 年 12 月。

在"科学小品"栏中也刊登了一些属于人文与社会科学领域的作品。但似乎这种看法对社会的影响是有限的，所以从"科学小品"栏的用稿比例来看，属于人文与社会科学领域的作品，只占总数的 20% 弱。

不必强求柳湜在一篇短文中对"科学小品"下准确定义，但对于一直在教育领域耕耘的开明派来说，概念的普适性和精确性是他们无法忽视的。也许正因为如此，开明派同人只在自然科学的有限范畴内使用"科学小品"的概念。不过，因为他们对教育读物小品化的追求已经涵括了自然科学和人文与社会科学，所以，无论他们是否接受柳湜的看法，双方的观点是形异而实同的。如果用这样的认识来看待《中学生》和开明书店的青少年教育课外读物，我们可以毫不犹豫地说，其中的绝大部分都可以纳入科学小品的范畴。也就是说，无论是属于自然科学还是属于人文与社会科学，也无论是否被冠以"科学小品"的头衔，它们都具备了科学小品思想性、知识性、文学性和趣味性的本质特征。朱光潜在《给青年的十二封信》出版后，又写了《谈美——给青年的第十三封信》[1]，《中学生》摘录了一些先行发表。其中，《"子非鱼安知鱼之乐？"》谈美学中的"移情"审美心理：

> "移情作用"是把自己的情感移到外物身上去，仿佛觉得外物也有同样的情感。这是一个极普遍的经验。自己在欢喜时，大地山河都在扬眉带笑；自己在悲伤时，风云花鸟都在叹气凝愁。惜别时蜡烛可以垂泪，兴到时青山只觉点头。柳絮有时"轻狂"，晚峰有时"清苦"。陶渊明何以爱菊呢？因为他在傲霜寒枝中见出孤臣的劲节；林和靖何以爱梅呢？因为他在暗香疏影中见出隐者的高标。[2]

1　该书于 1932 年 12 月由开明书店出版。
2　朱光潜：《"子非鱼安知鱼之乐？"》，《中学生》第 26 号，1932 年 7 月。

这样的文字，内容是说理的，而文字画面鲜明，节奏舒徐，韵味悠长，文学典故穿插其间，极富文学的美感，是完全符合柳湜对科学小品的希望的。

类似的文字在《中学生》中比比皆是，这自然与夏丏尊、叶圣陶、顾均正等《中学生》编辑部同人的倡导分不开。叶圣陶和夏丏尊作为开明派的核心，不仅大力倡导，更身体力行，他们俩用《文心》等著述，实实在在地体现了他们对于教育与文学结合的追求。叶圣陶曾以第三者的口吻说："《文心》用小说体裁谈说关于阅读和写作的一切。除了这个要旨以外，对于故事的发展、人物的描绘，也不轻易落笔。"[1]对夏、叶二人的匠心，陈望道说过一段话："这部《文心》是用故事的体裁来写关于国文的全体知识。每种知识大约占了一个题目。每个题目都找出一个最便于衬托的场面来，将个人和社会的大小时事穿插进去，关联地写出来。通体都把关于国文的抽象的知识和青年日常可以遇到的具体的事情熔成了一片。写得又生动，又周到，又都深入浅出。的确是一部好书。"[2]类似的匠心，在开明派同人那里随处可见。丰子恺在把刊登于《中学生》"美术讲话"专栏的文章结集时说："各种艺术都有通似性。而绘画与文学的通似状态尤为微妙，探究时颇多兴味。"[3]显然，丰子恺是充分注意到文学与绘画的关系并努力在他的专栏文字中呈现这种"探究"的。同样，金仲华将他的一组《中学生》"青年谈荟"专栏的文字结集为《青年与生活》[4]时，专门改译房龙《宽容》的序言作为该书的《代序》，也意味深长。金仲华用房龙这首充满了睿智哲思又洋溢着青春激情的优美散文诗，不仅在价值层面体现了对青年勇敢探索知识、追求真理的鼓励，也在写作层面体现了一种最

1　《编辑后记》，《中学生》第 31 号，1933 年 1 月。
2　陈望道：《文心·序》，夏丏尊、叶圣陶：《文心》，开明书店 1934 年版。
3　丰子恺：《绘画与文学·序言》，氏著《绘画与文学》，开明书店 1934 年版。
4　该书于 1933 年 12 月由开明书店出版。

大限度向教育读物小品化靠拢的姿态和追求的向度，这是可以用他的整部《青年与生活》作为验证的。

在开明派的大力倡导下，也在开明派作家的带动下，无论在《太白》创刊之前还是在《太白》停刊之后，无论是否有柳湜的"科学小品"概念，《中学生》和开明书店的作者们始终如一地追求着文学与教育的有机结合，并取得了丰硕的果实。这里且从开明书店的出版物中列几种著译者自己的认识和读者的评价：

> 范龙（按指房龙）的这一种方法，实在巧妙不过。干燥无味的科学常识，经他那么的一写，无论大人小孩，读他的书的人，都觉得娓娓忘倦了。你一行一行的读下去，就仿佛是和一位白胡须的老头儿进了历史博物馆在游览。你看见一件奇怪的东西，他就告诉你一段故事。说的时候，有这老头儿的和颜笑貌，有这老头儿的咳嗽声音在内，你到了读完的时候，就觉得这老头儿不见了，但心里还想寻着他来，再要他讲些古代的话给你听听。
>
> 范龙的笔，有这一种魔力。但这也不是他的特创，这不过是将文学家的手法，拿来用以讲述科学而已。
>
> ——郁达夫：《古代的人·郁序》（1927 年 11 月）

> 用艺术的手腕，描写过去的生活，房龙的《人类故事》，算是一部成功的著作。……日本考古家鸟居龙藏氏对于原书非常推崇，以为不仅可作少年读物；作为一般人的读物，也是有价值的。我相信他的话是对的。但总以少年们为主体，所以文字方面，避去艰深晦涩，力求浅显明白。
>
> ——陶秉珍：《人类史话·编译者序》（1934 年 6 月）

理智与想像，表面上好像相反。科学是理智的产物，神话故事是想像的产物，两者好像冰炭不能相融。但是十余年前外国一位历史家房龙，用故事的体裁写了一本历史书，叫做《人类的故事》，登时故事式的科学书就时髦起来了。从此证明科学书不一定是干燥无味，它也有故事化的可能。又有一位昆虫学家法布尔，用故事体写了一本《昆虫的故事》，大家立刻认为成功的杰作，于是又证明不但历史，就是自然科学，也一样可以用有趣味的故事体写出来。给孩子们直接玩味，比在课堂里由教师拿注射管勉强贯注入孩子们的脑子里，更为有效。本书不敢说取法这种体裁，但作者有一个野心，就是要尝试一下，把科学的常识与趣味的故事，混合交织，让少年朋友同时得到两种享用。

——黄石:《星座佳话·编者的自白》(1935 年 9 月)

我读过作者的《疾病图书馆》，发现几个重要的优点，觉得确是一本有内容，有趣味而又达到"深入浅出"境界的好书。如今我又读到作者的《孩子们的灾难》，我更觉得应当把这种优良的读物介绍于读者。

……

在过去十数年中，因为感到中小学的学生没有良好的课外读物，我尝一再劝怂小学中学和大学的同事们，抽暇去写些这类的东西。结果，中小学的教师多苦于无暇可抽，而大学的教授朋友，似乎多数看不起这种工作。所以像欧斯瓦德（W. Ostwald）的《化学学校》(*Die Schule der Chemie*)、法布尔（H. Fabre）的《昆虫书》(*Souvenirs Entomologiques*)、格林飞（Wilfred Greenfell）的《你和你的身体》(*Yourself and Your Body*)等等著作，很难见之于我国，有之则自作者著作始。

——黄素封:《孩子们的灾难·序》(1939 年 1 月)

还是和写《疾病图书馆》的时候的心情一样，我是追随在西格里斯的后面，使用着文艺的武器，在一般文化的画布上，涂抹着一些不成样的画面。

——索非:《孩子们的灾难·序》（1939 年 1 月）

大家谈论到少年读物和通俗读物时，常注意到这类读物的写作技巧，寻求着应该怎样才能"灌注"各种知识给读者们。其中有的认为知识如苦药，应该把苦味的奎宁包了一层糖衣，那么吞食者在吞糖时，连奎宁一起吞下去了。这样，糖和奎宁是"拼合"了，而不是"化合"了：糖是糖，奎宁还是奎宁。倘能把苦药炼成糖，使接受知识成为一件吃糖的乐事，这该多么合于这个理想呢？

法布尔的书该就是合于这个理想标准的书。

为梅特林克颂为"昆虫的荷马"的法布尔，这科学的诗人的文字和谈话正是些美丽的散文，活的有生命的小品。

——宋易:《家常科学谈·译者序注》（1945 年 8 月）

王先生写《数学列车》，不但把微积分的基础，如无穷小的概念，极限的意义，变化率的应用等等，说得明白透彻，人人可懂，而且提出了一个独到的意见，即是"变为常而不变为非常"。这句话，大可让那些捧着古本与孤本的人，细细地咀嚼一下。此外，王先生更能将全书写得诗意盎然，尤属难能可贵。

——陈岳生:《数学列车·序》（1948 年 2 月）

这些（包括前述）引文，在领域上覆盖人文与社会科学和自然科学，在时间上覆盖 20 年代中叶到 40 年代末，而在目标和途径上却始终坚持如初。

综上所述，对开明派在教育读物小品化方面的追求，我们大致可以做以下的总结：

第一，目标追求的坚定性。从 20 年代中叶开始，开明派开始在中学生课外读物中尝试教育与文学的结合。经过前期的艰难探索，自《中学生》创刊开始，明确以教育读物"小品化"为目标。经过反复实践，开明派的努力获得了实效，不仅呈全面开花之势，而且一直持续到 40 年代末，夏丏尊、叶圣陶、顾均正、贾祖璋、刘薰宇、丰子恺、周建人等中坚力量，以丰富的成果集中展现了科学小品运动的独特风采和主要成就，《生物素描》《花鸟虫鱼》等众多作品被视为科学小品的典范之作。

在这一过程中，夏丏尊、叶圣陶、顾均正等人起到了关键性的作用。他们不仅以自己主持的《中学生》为主要阵地，以"开明青年丛书""开明少年丛书"和"开明中学生丛书"等丛书为主要展示平台，也不仅仅在选题确定、稿件组织、作者遴选等组织层面发挥主导作用，更以多方面的亲身实践，在探索和追求的道路上冲锋陷阵，始终行进在前列。这里且不说夏丏尊、叶圣陶的《文心》在国文教育读物中的深远影响，也不说顾均正在科学小品领域近 10 种著译成果的厚实贡献，仅以夏丏尊为例。作为开明派同人中的老大哥，作为《中学生》杂志的当家人，夏丏尊在教育读物小品化的探索中有着多方面的实绩。他不仅和叶圣陶一道贡献了《文心》这样的珍品，甚至在电子学、昆虫学、美术学等不同领域都有精彩的表现。这里不妨以他的《蟋蟀之话》作为例证：

> "志士悲秋"，秋在四季中确是寂寥的季节，即非志士，也容易起感怀的。我们的祖先在原始时代曾与寒冷饥饿相战斗，秋就是寒冷饥饿的豫告。我们的悲秋，也许是这原始的情感的遗传。入秋以后，自然界形貌的变化，反应在我们心里，引起这原始的情感来。
>
> 天空的颜色，云的形状，太阳及月亮的光，空气的触角，树叶

的色泽，虫的鸣声，凡此等等都是构成秋的情绪的重要成分。其中尤以虫声为最有力的因子，古人说："以虫鸣秋"，鸣虫实是秋季的报知者，秋情的挑拨者。

秋的鸣虫，可分为螽斯与蟋蟀二类。这里想只说蟋蟀。说起蟋蟀，往往令人联想到寂寥与感伤。"今我不乐，蟋蟀在床"，三百首中已有这样的话。姜白石咏蟋蟀《齐天乐》云："庾郎先自吟愁赋，凄凄更闻私语。……哀音似诉。正思妇无眠，起寻机杼。曲曲屏山，夜凉独自甚情绪。……候馆迎秋，离宫吊月，别有伤心无数。……写入琴丝，一声声更苦。"凡是有关于蟋蟀的诗歌，差不多都是带着些悲感的。[1]

这样的笔法，将自然的四季变化与人的情绪交织在一起，将古典诗词与小品的主角蟋蟀交织在一起，画面生动，情绪饱满，意象鲜明，过渡自然，在古典诗词的烘托下加深了对自然生物的认识，也在对鸣虫的描绘中突出了文学的意象，渲染了文学的意境，有着成熟的科学小品的迷人风致。

第二，实践范围的广泛性。开明派对于教育读物小品化的探索触角，伸向了包括自然科学和人文与社会科学在内的与中等教育有关的所有领域，如夏丏尊、叶圣陶的国文，王伯祥、周予同的历史，朱光潜的伦理学、美学，刘薰宇的数学，顾均正的物理学、化学，贾祖璋、周建人的生物学，朱自清的游记，丰子恺的美术、音乐等，都获得了很大的成功，具有广泛的影响力。如果仿索非《疾病图书馆》的"医学小品"例，我们也不妨称夏丏尊、叶圣陶的《文心》为"语文小品"，宋云彬的《玄武门之变》为"历史小品"，刘薰宇的《数学的园地》为"数学小品"，贾祖璋

1　默之：《蟋蟀之话》，《中学生》第 38 号，1933 年 10 月。

的《鸟与文学》、周建人的《花鸟虫鱼》等为"生物小品"，朱光潜的《谈美》为"美学小品"，丰子恺的《少年美术故事》为"美术小品"，等等。这其中，他们在一些主干方向上反复实践，收获甚丰，如"开明青年丛书"中，天文学领域有 6 种，地理学领域有 7 种，数学领域有 7 种，生物学（含动物、植物和微生物）领域更达到 11 种。

第三，文学手段的丰富性。在教育读物小品化的追求中，文学如何进入知识传播成为决定成败的关键。尽管大多数开明派成员都有着丰富的文学创作经验，尤其在小品散文领域造诣精深，但如何用文学的方式去表现非文学的内容，对他们而言依然是一个挑战。卢于道在品评开明书店出版的科学小品著作时曾深有感触地说，"科学通俗化之工作，已日见重要；如法国之法布尔，苏联之伊林，皆为成功之作者。科学专门家们看来，这些工作似乎是轻而易举，但是稍加思索，就知道这种工作，既需要工夫，亦需要创造能力。例如 Paul de Kruif 之 *Micrabe Hunters* 一书，是通俗细菌学史，亦为一本创作；有科学价值，亦有文学价值。故通俗科学书籍，并不易写；一须有彻底的科学知识，二须有文学修养。特别是文学修养"[1]。把文学创造能力视为科学小品写作的关键，是深有见地的，即如科学小品的斫轮老手顾均正也为此深感苦恼："我从经验上得到一个教训，觉得写什么实在是不成问题的，问题只在怎样写。一想起怎样写，我深深地觉到自己的文学的素养实在有点'不够格'。"[2] 知识传播是此类写作的本质，任何文学手段的运用不能以伤害知识的科学性为代价，因此，顾均正的苦恼，也是开明派作家始终探索的，就是如何把握文学的限度与文学的可能性的关系，换句话说，如何戴着知识的镣铐去跳文学的舞蹈。

在这方面，开明派作家主要从两个向度上展开探索。

向度一，引入神话传说和诗词歌赋，以建立知识与民族历史、文化

1　卢于道:《人和水·序》，方白:《人和水》，开明书店 1948 年版。
2　顾均正:《科学趣味·序》，氏著《科学趣味》，开明书店 1936 年版。

传统的密切联系。中国有着寓情于物、缘物传情的文学传统，借助于自然界的"物"，情感得到了鲜明而又巧妙的表达，而"物"在这种表意结构中也不再是冷冰冰的自然之物，而成了情感的象征之物，譬如匡互生笔下的嫦娥、牛郎织女，贾祖璋笔下的杜鹃、大雁，夏丏尊笔下的蟋蟀，等等。以神话传说、诗词歌赋中广泛存在的有关"物"的象征性意象为"催化剂"，将自然现象、科学知识进行一种与民族历史和文化传统相连接的文学性描述。于是，在这种富于历史纵深感和情感饱和度的叙事结构中，人们对科学知识有了更立体更深入的理解。当这种努力进入更深层次的时候，甚至文学与科学不再存在谁主谁从的问题，而是形成了双主体并立、双向度互动的复性结构。在这种结构中，文学与科学互相支撑互相说明，不仅文学有助于科学的呈现，科学也有助于对相关文学意象和文学意境的体悟。在贾祖璋的《鸟与文学》中，人们可以轻易地发现其中的文学描述和相关诗词歌赋的征引过于繁多细腻甚至"繁缛"[1]，从单纯的科学小品的立场即文学为科学服务的立场来看，它是弱点；但如果细心揣摩"鸟与文学"的双主体命名，揣摩书中各篇修改过程中作者对相关文学典故的征引是强化而不是弱化，就会发现，作者的用意是在探索科学与文学双向互动的可能性。作为贾祖璋的老师，夏丏尊是洞悉作者的用意的，所以他在该书的序言中说："文学不能无所缘，文学所缘的东西，在自然现象中要算草虫鸟为最普通。孔子举读诗的益处，其一种就是说'多识乎鸟兽草木之名'。试翻《毛诗》来看，第一首《关雎》，是以鸟为缘的，第二首《葛覃》，是以草木为缘的。民族各以其常见的事物为对象，发为歌咏或编成传说，经过多人的歌咏及普遍的传说以后，那事物就在民族的血脉中，遗下某种情调，呈出一种特有的观感。这些情调与观感，足以长久地作为酵素，来温暖润泽民族的心情。日本人对于樱的情调，中国人对于鹤的趣

1　汪文顶在《贾祖璋的科学小品》（《福建师大学报》1983 年第 4 期）中称贾祖璋的《鸟与文学》有着一种"系统研究的体式和繁缛铺排的文风"。

味，都是他民族所不能翻译共鸣的。事物的文学背景愈丰富，愈足以温暖润泽人的心情，反之，如果对于某事物毫不知道其往昔的文献或典故，就会兴味索然。故对于某事物关联地来灌输些文学上的文献或典故，使对于某事物得扩张其趣味，也是青年教育上一件要务。"[1] 后来，贾祖璋放弃了这种双主体复性结构的探索，因为感觉其"实在有些近于梦想"[2]，他就此专注于科学小品的写作，并以《生物素描》等众多作品为此做出了重要贡献。

向度二，运用文学的结构、语言和修辞，以建立知识与日常生活、现实人生的广泛联系。经过千百年的发展，无论人文与社会科学还是自然科学，知识成为具有强烈抽象性、逻辑性、系统性特征的专门体系，让普通人望而生畏。借助于各种文学方法的综合运用，诸如以连续的场景和人物构成具有情节性的故事，或使用诙谐、活泼、典雅、简洁的语言，或借助独白体、对话体、比喻、拟人等修辞手段，知识被有效地纳入了由日常生活现象和自然现象形成的亲切可感、充满生活情趣的叙述空间，知识的由一连串抽象的符号、概念、范畴带来的枯燥感和疏离感被冲淡或消除，而其帮助人们更好地认识社会人生、宇宙自然并指导人们生活实践的目的则得以实现。

第四，在借鉴中追求原创。在探索教育读物小品化的过程中，开明派作家从美国房龙、法国法布尔、苏联伊林等西方学者和科普工作者的经典作品中吸收了许多营养，不仅充分领略了文学在青少年知识传播中的可能空间和迷人风景，从而更坚定了自己的信念和目标，而且对文学进入知识传播的途径和技巧有了更深的理解，他们中甚至有人就是从学习这些西方作家的作品开始自己的科学小品创作之路的。贾祖璋曾说："有一天读到了密勒的《鸟类初步》和《鸟类入门》，觉得像他那样用浅明的文

1　夏丏尊：《鸟与文学·序》，《鸟与文学》。

2　贾祖璋：《我写科学小品的经过》，第 162 页。

字，并采取文学的材料来写初步的科学书，一定可以引起初学者的兴趣，对于科学的推行，当有极大的效力。于是就把这两本书译了出来，并更换了大部分的中国材料，编成《鸟类研究》和《普通鸟类》二书，这是我想用较有趣的文字来写科学书的第一回尝试。"[1] 所以，他在该书的"编辑大意"中明确表明："本书以引起读者热心观察鸟类的生活和形态，并鼓励其作深进的研究为目的。全用文学笔墨，叙述科学知识；枯燥材料，概未掺入，务使读者有娓娓不倦乐而忘返之感。"[2] 对作者的这种尝试，《中学生》给予了充分肯定："《鸟类研究》是一本专为初中学生编纂的有系统的书籍。……作者很想用文学的笔墨，叙述科学的知识，所以全书并无枯燥沉闷的材料，试举原文一节于此，以见一斑：'天气寒冷的时候，有些鸟类睡在雪下；这当然不是十分温暖，不能像我们睡在屋里，而且有棉被盖着那样适意；不过它们较之在树上，只有冻叶遮着寒风，是暖和得多了。落雪的时候，它们真是像我们得到棉被一样的快乐。地上生活的竹鸡，遇着雪堆，它就钻进里面，很安静的伏着。迫雪愈下愈多，将它完全盖住，于是寒风屏绝，而空气仍十分流通，它们觉得异常安适。'"[3] 其他人或许不如贾祖璋那么典型，但也在视野和思路上获得诸多启发。譬如夏丏尊、叶圣陶合作的《文心》和刘薰宇的《马先生谈算学》都运用了故事体，这种结构显然受到法布尔的影响。法布尔以保罗叔叔给他的侄儿们讲故事的方式普及科学知识，是深受青少年喜爱的，宋易曾在《科学的故事·译序》中说："顾均正先生译有法布尔氏的另一本同类著作，即《化学奇谈》，也是以保罗叔教育自己侄儿女的故事体材写的。读了本书后，如果爱上了保罗叔，那末译者敬推荐这部书。"[4]

---

1 贾祖璋：《我写科学小品的经过》，第 161 页。
2 贾祖璋：《鸟类研究·编辑大意》，氏著《鸟类研究》，商务印书馆 1928 年版。
3 非白：《适于中学生课外阅读的生物学书介绍》，《中学生》第 30 号，1932 年 12 月。
4 宋易：《科学的故事·译序》，〔法〕法布尔：《科学的故事》，宋易译，开明书店 1935 年版。

　　基于此，他们组织力量努力译介这些经典作家的作品，仅仅在开明书店，就推出了包括房龙《古代的人》、法布尔《化学奇谈》、伊林《不夜天》在内的西方科学小品 42 种，而其中法布尔、伊林两人的作品即达到 11 种。[1] 开明派作家也努力加入到译介的队伍中去，仅顾均正一人，就推出了《化学奇谈》等 4 种译作。这些译作受到青少年的广泛欢迎是毋庸置疑的，茅盾曾风趣地说："开明书店，从创办到现在注重出版文艺书和少年读物。究竟它这努力效果如何呢？我和开明书店的主持人一半是朋友，我的话不好算数。然而要是诸位相信小朋友的话是天真的，那么，我就介绍几位初中学生的批评罢：他们喜欢读巴金的小说，也喜欢读开明青年丛书内的浅近的然而有趣的科学译著。"[2]

　　借鉴是探索之路上的一根拐杖，其最终目的是扔掉拐杖实现自己的成长壮大。从这个角度，从翻译和原创的各自数量和所占比例，也许可以看出他们的成长过程。这里仅以最集中体现开明派教育读物小品化追求的"开明青年丛书"（共 105 种）为例，选取 30 年代以前、1930 年至全面抗战爆发、抗日战争时期、抗战胜利之后四个时间段，借助于图表（参见表7、图 11），看他们是如何一步步成长壮大的：

表 7　"开明青年丛书"翻译与原创作品数量及同期占比示意表

时间	1929年及以前		1930—1937年		1938—1945年		1946年及以后	
数量与占比	数量（种）	占比	数量（种）	占比	数量（种）	占比	数量（种）	占比
翻译作品	3	75%	25	42%	2	18%	6	19%
原创作品	1	25%	34	58%	9	82%	25	81%

1　中华人民共和国成立后，开明书店还继续出版了法布尔和伊林的科学小品多种，但它们已超出本论题的时间范围，故不列入。
2　茅盾手迹，见《申报》1936 年 8 月 1 日。

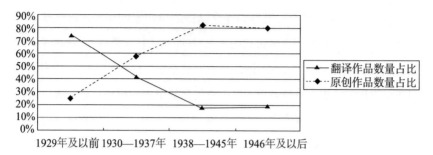

图 11 "开明青年丛书"翻译与原创作品变化趋势

从两图表可以看出，在同期占比上，翻译从最初的 75% 降到 42%，最后稳定在不到 20% 的水平，比例一路走低；而原创则从最初的 25% 升到 58%，最后稳定在 80% 以上的水平。这一低一高，深刻地揭示了在教育读物小品化追求方面，开明派从蹒跚学步到健步如飞的成长历程。虽然在自己的创作中还时时能看到受影响的痕迹，但从根本上说，正如《文心》《鸟与文学》《花鸟虫鱼》《生物素描》等众多名作所展现的，他们面向中国的读者，采用中国的材料，解决中国的问题，有着鲜明的中国风格和中国气派。

第六章　立身之本与性情之求

——开明派的精神建构

朱自清逝世的时候，无论是他的朋友、同事还是普通学生，无论是认识的还是不认识的，都纷纷撰文，对他的逝世表示悼念，其规模之大，构成了当时一个重要的文化现象。大量的文章涉及他生活的各个方面，而其中最集中的一点是对他人格境界和人格力量的由衷钦佩，称他具有"最完整的人格"[1]。四十年后，人们在纪念朱自清的时候，把当年的纪念文章汇集起来编成两本书，不约而同地用了几乎完全一样的书名：《最完整的人格》和《完美的人格》。[2]这说明了最能体现朱自清精神气质风貌的，也是最被人们所看重、最值得人们怀念的，就是他的人格。其实，不仅朱自清如此，人们在谈到开明派的许多成员的时候，都有类似的说法。1943年文艺界为祝贺叶圣陶五十岁寿辰，茅盾写下了这样一段话："二十多年的交谊，使我从圣陶的'为人'与其作品看到了最重要的一点，即两者的

1　李广田一篇纪念朱自清的文章题目就叫做《最完整的人格——哀念朱自清先生》，《观察》第5卷第2期，1948年9月4日。

2　俞平伯、吴晗等著，张守常编：《最完整的人格——朱自清先生哀念集》，北京出版社1988年版；郭良夫编：《完美的人格——朱自清的治学和为人》，生活·读书·新知三联书店1987年版。

统一与调和。作品乃人格之表现：这句话于圣陶而益信。凡是认识他的朋友们都不能不感到，和圣陶相对，虽然他无一语，可是令人消释鄙俗之心，读他的作品亦然。你要从他作品之中找寻惊人事，那不一定有；然而即在初无惊人处有他那种净化升华人的品性的力量。才笔焕发，规模阔大，有胜于圣陶的，但圣陶的朴素谨严的作风，及其敦厚诚挚的情感，自有不可及处。"[1] 夏丏尊逝世后，郑振铎在回忆文章中说："他常常愤慨，常常叹息，常常悲愁。他的愤慨、叹息、悲愁，正是他的入世处。他爱世、爱人、尤爱'执着'的有所为的人，和狷介的有所不为的人，他爱年轻人；他讨厌权威，讨厌做作、虚伪的人。他没有机心；表里如一。他藏不住话，有什么便说什么。所以大家都称他'老孩子'。他的天真无邪之处，的确够得上称为一个'孩子'的。……他永远是悲天悯人的。——连他自己也在内。……他很耿直，虽然表面上是很随和。他所厌恨的事，隔了多少年，也还不曾忘记。……他是爱憎分明的！"[2] 匡互生为立达学园鞠躬尽瘁，最终倒在他的岗位上，留给朱自清这样一副印象："互生最叫我们纪念的是他做人的态度。他本来是一副钢筋铁骨，黑皮肤衬着那一套大布之衣，看去像个乡下人。他什么苦都吃得，从不晓得享用，也像乡下人。他心里那一团火，也像乡下人。那一团火是热，是力，是光。"[3] 1945 年风传胡愈之在海外病逝，郑振铎特地撰文悼念："他宽恕，他忠厚恳挚，对于一切同道的人，他从来没有一句'违言'，没有一点不满的批评。但他却坚定忠贞，从来不肯退让一步，从来不曾放弃过他自己所笃信的主张和立场，无论在什么环境之下。在朋友们里，能够像他那样伟大而兼收并蓄，包罗万象的，恐怕只有一位蔡子民先生可以相提并论吧。"[4] 刘叔琴逝世的

1　茅盾：《祝圣陶五十寿》，《叶圣陶研究资料》，第 139 页。
2　郑振铎：《悼夏丏尊先生》，《郑振铎全集》第 2 卷，第 563 — 564 页。
3　朱自清：《哀互生》，《朱自清全集》第 4 卷，第 316 页。
4　郑振铎：《忆愈之》，费孝通、夏衍等：《胡愈之印象记》（增补本），第 500 页。

时候，周予同说："他沉着而恳挚，在茶香烟雾中，使你恍惚地觉得坐在你的面前的是一位'古之君子'。"[1] 不必再往下罗列，尽管类似的例子还可以举出许多。

如此众多的内涵相同、相通、相近的评价和感觉出现在同一群人身上，这强烈地提示我们，在自我精神发展和文化建构方面，开明派成员有着相当大的一致性，并且由此构成开明派的一个重要精神标识。

这种标识未必如文化启蒙主义那样体现在显性的层面，而是体现在他们文化行为的更丰富、更隐秘的层面。在某种意义上，正是由于这些精神标识的存在，决定了开明派区别于一般的启蒙主义者而建立了自己独特的文化形象。因此，有必要进入开明派成员的精神世界，从人格理想、精神底蕴、文化基调等方面，去探究那些隐秘而稳定地支配着也制约着开明派的文化元素。

第一节　开明派与儒家文化

一

1943 年，叶圣陶在《中学生》上发表一篇评论，向青年朋友们推荐《蔡孑民先生传略》和冯友兰为这本书作的《跋》。在文章中，他说：

> 他（按指冯友兰）说蔡先生的人格属于旧日所谓君子的类型。蔡先生的气象可用子贡形容孔子的"温、良、恭、俭、让"五个字形容之。他说君子率真，可是"发乎情，止乎礼"；"君子可欺以其方，难枉以非其道"；君子超然物外，可是不必放弃他在社会中的责任，

1　天行：《悼刘叔琴先生》，《中学生》战时半月刊第 14 期，1939 年 12 月。

即在日常事为之中，也可以超然物外：蔡先生的生平就实践了这些个。他在末了一节说，

> 我们可以说：蔡先生是近代确乎合乎君子的标准的一个人。一个人成为名士英雄，大概由于"才"的成分多。一个人成为君子，大概由于"学"的成分多。君子是儒家教育理想所要养成底理想人格，由此方面说，我们可以说，蔡先生的人格，是儒家教育理想的最高底表现。

> 与蔡先生接近的人，未必个个能像冯先生一样说得有条有理；可是提起蔡先生，谁都会想到"君子"两字，而且这"君子"两字必不含有"虚伪造作，无真性情"，"遇事毫无主张，随人转移"，"规规于尘网绳墨之中，必不能如名士之超然物外，潇洒不群"等等意义，如一般人的误解。[1]

叶圣陶对这本书的推重，显而易见是出于对蔡元培君子人格的推重，在这种推重的背后，恰恰透露了"君子人格"与开明派在人格追求方面的一种心有灵犀的共鸣。

强调人格的养成和人格的完善，并通过实行人格教育来达到做一个健全的现代人的目的，从而提高国民素质、推动全社会的进步，本是开明派文化思想的重要核心，是开明派文化实践的主要着力点，同样是开明派同人自己始终不渝孜孜以求的目标。

近代尤其是"五四"新文化运动以来，"立人"的观念在率先觉醒的知识者中已经深入人心，做一个具有新思想、新观念、新道德的现代意义

---

1 叶圣陶：《读〈蔡孑民先生传略〉》，《叶圣陶集》第 6 卷，第 27—28 页。

上的公民，也成为先进知识者的共同追求。但什么才是现代意义上的公民，或者说到底要做一个什么样的人，各人的理解并不一致，着力方向也不相同。有人追求思想的深刻，却难免陷入偏激；有人追求紧跟时代，却流于阿从时尚；有人追求自我的实现，却成了个人主义者；有人蔑视一切道德规范，则变为虚无主义者。对开明派同人来说，他们的着力方向是明确的，也是执着的，那就是从人格的实现和完善着手。他们不仅大力提倡人格教育，而且自己终其一生努力实践着追求着他们所倡导的人格规范和人格境界。

如前所述，开明派同人中有不少被人们称为具有一种人格的典范，而朱自清、叶圣陶更直接被人们认定为是一种"君子文人"[1]。这里，君子文人绝非意味着单纯的人品评价，而是一种人性和人生的把握方式、实现方式，一种个人对于社会所选择的文化态度、文化行为，可以说，君子人格成为开明派人格追求的一个重要方面。只是，从更精确的意义上，用"追求"一词来描述他们的人格实践未必十分准确，因为"追求"在某种意义上是一种刻意为之的行为，但一刻意，便未免显得不自然，带上了种种人工的斧凿的痕迹，而开明派之于君子人格并不是悬梁刺股般的时刻提醒、寝食不忘，甚至也不是把它刻于座右，每日三省。对他们来说，对君子人格的向往是与他们的生活方式紧紧联系在一起的，是熔铸进他们血液的一种自觉自愿的人生选择和道德实践。当然，我无意把他们描绘成道德主义者，他们的气质性格和人生观念，决定了他们不属于那种遗世独立、我行我素的人，而那个战祸连绵、国势日蹙、民众身处水深火热的动乱时代，更不具备让人不问世事、专心修身养性的条件，社会的一切，都在他们身上留下深深浅浅的烙印。不过，唯其如此，他们对于人格实现和人格完善的追求，才显出不同寻常的意义和价值。

1　见费振钟：《江南士风与江苏文学》，湖南教育出版社1995年版，第116页。

　　"君子"是一种传统而又笼统的说法，未必科学准确，但它却传神地体现了古来人们非常推崇的一种理想的人格范型。对这种君子人格的内涵各人的理解也未必完全一致，但它起码包括这样一些基本内容：严肃的人生态度，执着的社会责任感，严格的自我反省，真诚的情感倾向，求真向善的心灵追求和知行合一的实践精神。这些立身处世的基本品质规范可以说是中国知识分子的共同追求，在古今众多的圣人贤哲身上有着充分的体现。但在现代中国，以一生的时间自觉地实践这种人格理想，以至于成为心灵的内在要求，在任何境遇下都不动摇，并且由此而构成一个流派的显著特色，确是开明派所独具。朱自清在赠叶圣陶的一首诗中有这样两句："小无町畦大知方，不茹柔亦不吐刚"[1]，这种圆融浑然而又内蕴节操的人格境界，不仅适用于评价叶圣陶，也适用于评价朱自清自己和几乎所有开明派同人，是他们的共同特点。所以叶圣陶在回赠朱自清的诗中说"气类感应共翱翔"[2]。

　　君子人格的本质是一种原则、节操，更是一种道义、责任，一种承担的勇气，一种使命意识。个人的修身养性、道德完善都不是为了做一个洁身自好的自了汉，而是为了在社会中承担某种使命，实现某种理想，这在风云变幻的动荡年代表现得尤为明显。宋云彬曾说："翻开一部廿四史来看，所谓'忠臣义士'，大抵出现在改朝异姓或内乱外患的时候，这便是所谓'疾风知劲草'。那些忠臣义士，有的为别是非，有的为明顺逆，有的为反对暴君专制，有的为抵抗异族侵略……不顾一身利害，全家性命，英勇地，坚韧地干下去，有杀身成仁的，也有被窜逐，被追捕，而隐姓埋名，遁迹山林以没世的。他们在生前，虽享受不到生命势位富厚，然而名垂竹帛，炳彪千秋，而中华民族，赖以维系不坠，这就是中华民族的

1　朱自清：《赠圣陶》，《朱自清全集》第5卷，第263页。
2　叶圣陶：《次韵答佩弦见赠之作》，叶至善、叶至美、叶至诚编：《叶圣陶集》第8卷，江苏教育出版社1989年版，第179页。

脊梁。"虽然真正做出不朽业绩能够名垂竹帛、炳彪千秋的人是极少数，但崇尚气节并担负起时代的责任却是一致的。所以他强调："无论在什么社会里，封建制度也好，资本主义也好，社会主义也好，气节总是应当宝贵，应当提倡的；尤其智识分子，更应该担负起这个责任来。"[1]

修养人格、砥砺气节并勇敢地担负起自己的社会责任，是开明派同人明确的追求。他们并在实践中把这种追求概括为四个"有所"：有所爱，有所恨，有所为，有所不为。叶圣陶甚至有一篇文章就叫《四个"有所"》，他在文章中说：

有所爱，有所恶，有所为，有所不为。

……

兼爱是个理想。在还有善恶正邪的差别的时代，不能不"偏爱"那些善的正的。同时就得恶那些恶的邪的。若不恶那些恶的邪的，就是并没有爱那些善的正的。如果恶的一边恶的不强烈，也就是爱的一边爱得不深切。爱了恶了，如果不发而为行为，与没有这些意向并无不同。所以要有所为。……行为方面干得愈积极愈有劲儿，就是爱的意向愈深切，恶的意向愈强烈，……同时，凡是与这些意向违背的事儿自然不愿干，不屑干。[2]

在开明书店二十周年纪念会的答谢词中，叶圣陶将这个意思又强调了一遍："讲到开明同人的作风，有四句话可做代表：是'有所爱'，爱真理，爱一切公认为正当的道理。反过来是'有所恨'，因为无恨则爱不坚，恨的是反真理。再则是'有所为，有所不为'，合乎真理的才做，反乎真

1　云彬：《谈气节》，《中学生》战时半月刊第 7 期，1939 年 8 月。
2　叶圣陶：《四个"有所"》，《叶圣陶集》第 6 卷，第 106 页。

理的就不做。"[1] 这四个"有所"中，前两个着重个人的人格修持，后两个着重基于前者而形之于外的行为指向。多年来，开明派同人以此作为自己道德规范和行为准则，绝不稍移，朱自清、叶圣陶等被人称为"狷者"就说明了这一点。其实。不仅他们两人，开明派大部分成员都可以纳入"狷者"的行列。

所谓狷者，按郭绍虞的解释，就是一种持"淡泊而不躁进，有正义感而不抹煞良心""处世认真，生活严肃"[2] 的人生态度的人，这种人，有节操，不苟且，意志坚定，高自标持，即使在逆境中也不迷失人生的大方向。狷者首先让人想到的是"有所不为"，但仅仅"有所不为"，则偏于消极，易犯器度狭小、"虽清易挹"的毛病，成为明哲保身的自了汉，甚至成为虚无主义者。而朱自清等人则"汪汪如万顷之波，澄之不清，扰之不浊，其器深度，难测量也"，更超脱了一般的狷者，具有一种"雍容""沉潜"[3] 的气度风范。这种气度风范的由来，便在于他们对人生有担当，有追求，埋头苦干，坚韧不拔。开明派同人坚守文化阵地，为新文化的发展，为民众的启蒙，为青年的成长兢兢业业数十年奋斗不懈，正体现了这一点。

人格问题，从根本上来说主要不是理论问题，更重要的是一个实践问题，如果仅仅停留在口头上的提倡号召，实际上并不照此实行，心口不一，言行相悖，则必然造成人格分裂而成为一个伪道学，其所提倡的东西也必将沦为泡影和笑柄。可以说，身体力行或者说"修身"是人格修养得以有效的关键。由于开明派同人对此有明确的意识，并自觉地以四个"有所"作为自己的行为准则，在对君子人格理想的实践中追求着人性和人生的实现，所以他们能够数十年如一日地坚守自己的文化岗位，坚持自己的

1　叶圣陶:《开明书店二十周年纪念会上的答谢词》,《叶圣陶集》第 6 卷，第 241 页。
2　郭绍虞:《忆佩弦》,《文讯》第 9 卷第 3 期，1948 年 9 月。
3　同上。

文化使命，只计耕耘，不计收获，最大限度地贡献自己的光和热。《中学生》杂志从 1930 年创刊，到 1949 年中华人民共和国成立，坚持了二十年之久，其中还经历了抗战年间的动荡和内战时期的物价飞腾，文化人普遍衣食难周、事畜无力的困境，这在新文化期刊寿命普遍不长，短则三五期长则三五年的 20 世纪上半叶，不能不说是个奇迹。而这个奇迹的产生，用叶圣陶的话来说，就在于他们的岗位意识，他们的认真和"恒心"[1]。对于这一点，叶圣陶十分自信，所以他不容置疑地说，他和他的朋友对此"虽无标语，但确实以此态度做人，以此态度做出版编书等事，这是可以告慰于诸位先生的"[2]。

认真执着是开明派同人的共同特点，守住自己的岗位是开明派同人的座右铭。朱自清的凡事顶真、"责任心重"[3]在同事和朋友中是出了名的，叶圣陶对此有过非常传神的描述：

> 你每次来上海总是慌忙的。颧颊的部分往往泛着桃花色，行步急遽，仿佛有无量的事务在前头；而遗失东西尤为常事，……你的慌忙，我以为有一部分的原因在你的认真。说一句话，不是徒然说话，要掏出真心来说；看一个人，不是徒然访问，要带着好意同去；推而至于讲解要学者领悟，答问要针锋相对；总之，不论一言一动，既要自己感受喜悦，又要别人同沾美利。这样，就什么都不让随便滑过，什么都得认真。认真得利害，自然得见时间之暂忽。如何教你不要慌忙呢！[4]

1　《〈中学生〉的老朋友·前言》，《中学生》第 171 期，1946 年 1 月。
2　叶圣陶：《开明书店二十周年纪念会上的答谢词》，第 241 页。
3　叶圣陶：《佩弦的死讯》，《叶圣陶集》第 6 卷，第 296 页。
4　圣陶：《与佩弦》，《文学周报》第 192 期，1925 年 9 月 20 日。

由于凡事"不愿马虎",不论是教课还是有许多麻烦琐碎的行政事务,都是如此,这让朱自清深为"耽误自己的工作很大"[1]而苦恼,但他决不因此而放弃责任,相反,守住自己岗位的意识愈发强烈。他在西南联大的学生曾回忆道:"我有时问到对中国前途的看法,朱自清先生说:'三十年内中国不会太平静。但既生为中国人,有什么办法?该干什么还干什么,守住自己的岗位,并且得加倍努力干。'"[2]正是这种守住岗位加倍努力干的精神,使朱自清即使在病中,也不放下工作,尤其在他生命的晚年,他更产生一种"顾影忑忑"的恐慌感,"恐怕自己的成绩太少,对于人群的贡献太不够"。[3]为此,他抱病拼命工作,以大量极富现实意义的杂文,显示了他对社会对人生的责任感,并且在这种拼命一搏中实现了他的生命意义。相交近三十年的老友叶圣陶非常理解他的心情,所以在得悉朱自清病逝时,充满感情地说:"个人的名利有什么可以追求的呢?惟有实实在在的成绩足以贡献给大众,在大众的海洋里增一点一滴的,才是生命的真意义,才算没有虚度短短的几十年的寿命。"[4]

朱自清如此,开明派的其他人也如此。胡愈之"埋头实干的工作精神"[5]是他的一个重要特点。叶圣陶在晚年想到徐调孚的时候,念念不忘的是"他对工作丝毫不肯放松"[6]。即使是别人看来或许应该超凡脱俗的夏丏尊也不例外。众所周知,夏丏尊与李叔同多年知交,李叔同便是因了夏丏尊的助缘而皈依佛门的。在弘一法师的影响和指点下,夏丏尊也研读佛经,崇奉佛法,对佛的信念日益坚定,但终没有如弘一法师那样遁入空

1 朱自清:《致吴组缃》,朱乔森编:《朱自清全集》第 11 卷,江苏教育出版社 1997 年版,第 181 页。

2 尚土:《味如橄榄的朱自清教授》,《人物杂志》第 3 年第 1 期,1948 年 1 月。

3 叶圣陶:《佩弦的死讯》,第 296 页。

4 同上,第 297 页。

5 胡绳纪念胡愈之的文章标题就叫作《埋头实干的工作精神》,见费孝通、夏衍等:《胡愈之印象记》(增补本)。

6 叶圣陶:《追怀调孚》,《叶圣陶集》第 7 卷,第 243 页。

门。其原因，在笔者看来就在于他的"人间情怀"，一种对亲人、对朋友、对开明派同人所从事的共同事业的牵挂，一种对现实人生的执着精神。丰子恺有一段话很能说明问题：

> 凡熟识夏先生的人，没有一个不晓得夏先生是个多忧善愁的人。他看见世间的一切不快、不安、不真、不善、不美的状态，都要皱眉，叹气。他不但忧自家，又忧友，忧校，忧店，忧国，忧世。朋友中有人生病了，夏先生就皱着眉头替他担忧；有人失业了，夏先生又皱着眉头替他着急；有人吵架了，有人吃醉了，甚至朋友的太太要生产了，小孩子跌跤了……夏先生都要皱着眉头替他们忧愁。学校的问题，公司的问题，别人都当作例行公事处理的，夏先生却当作自家的问题，真心地担忧。国家的事，世界的事，别人当作历史小说看的，在夏先生都是切身问题，真心的忧愁，皱眉，叹气。[1]

"多忧善愁"正是一种对人间凡世的热切心肠，夏丏尊的自告奋勇担任学校"舍监"，[2] 对学生苦口婆心的母亲般的关爱教育，[3] 义务为立达学园上课，每日往返奔波数地白天上课编杂志晚上写稿，编杂志时从选题、组稿、改稿到回复各地读者的大量来信全部亲力亲为，[4] 等等，这些大量回忆所描画出的，正是一个充满了人间情怀的执着认真的济世者形象，而这些恰恰是对人生悠然、超然、淡然的绅士、名士或隐士所最缺乏的。

1　丰子恺：《悼丏师》，《丰子恺散文全编》（下编），第 159 页。
2　夏丏尊在《紧张气氛的回忆》一文中对他担任学校"舍监"一事有详细记载。见《夏丏尊文集·平屋之辑》。
3　丰子恺在《悼丏师》一文中称李叔同先生的教育风格是"爸爸的教育"而夏丏尊先生的教育风格是"妈妈的教育"。
4　叶圣陶：《夏丏尊先生》。

二

开明派对君子人格的推重和脚踏实地、注重实践的精神，显然受到儒家文化的深刻影响。这不仅在于叶圣陶所说的"既然作了中国人，而且是中国的知识分子，不能不在儒家的空气里呼吸"，更在于他们从未把儒家文化一棍子打死，相反，对儒家的"仁义忠恕""庄敬诚实""注重实践"等精神他们是肯定的，而且认为"必须把它们像食物一样消化一番，遍布在血肉骨髓里，才是真实的受用"。[1]

"君子"是儒家的一个重要概念，作为个人道德品质的判断标准，常用以与"小人"对举。梁启超说："古者君子小人，为身分上对待语。君子指贵族，含有'少主人'的意味；小人盖谓人中之低微者。其后意义全变，两语区别，不以阶级的身分为标准，而以道德的品格为标准。"[2]梁启超没有说明"其后"指什么时候，但至少从孔子时代起"君子"就成为一种具有高尚道德情操的人格标准了。孔子非常注重个人的道德自律，提出了"圣人""君子"和"小人"等不同的人格范畴。圣人人格是至善至美的理想人格，但这是常人不可能达到的。具有可操作性的是君子人格，它可以通过严格的道德修养而实现。因此之故，君子人格实际成为孔子最为看重的人格范型，《论语》中出现频率最高的一个词就是"君子"。孔子常以"君子"和"小人"对举的说法，来论述他认为的君子形象。他说："君子之德风，小人之德草""君子成人之美，不成人之恶；小人反是"（《论语·颜渊》），"君子喻于义，小人喻于利""君子怀德，小人怀土"（《论语·里仁》），"君子固穷，小人穷斯滥矣"（《论语·卫灵公》），"君子上达，小人下达"（《论语·宪问》），"君子和而不同，小人同而不和"（《论

1　叶圣陶：《深入》，《叶圣陶集》第6卷，第278—279页。
2　梁启超：《先秦政治思想史》，氏著《饮冰室合集》专集第13册，中华书局1936年版，第45—46页。

语·子路》），"君子周而不比，小人比而不周"（《论语·为政》）。那么什么是"君子"呢？或者说，君子有什么样的特征呢？孔子说："刚毅，木讷，近仁。"（《论语·子路》）在孔子看来，少言寡语、质朴内敛却真诚守信、言行一致、注重实践、操守严格的人就接近仁人也就是君子了，所谓"君子欲讷于言而敏于行"也（《论语·里仁》）。而能言善辩的人，在孔子看来，往往夸夸其谈、信口开河，甚至花言巧语、巧言令色，其意在于哗众取宠，其行不免轻浮，品行可疑，所以孔子斥之为"佞"人（《论语·公冶长》）。孔子还进一步为君子定下三条标准："君子道者三，……仁者不忧，知者不惑，勇者不惧。"（《论语·宪问》）

孔子之所以如此看重个人的道德修养和君子人格，是因为这是儒家一整套"内圣外王""修齐治平"理论体系的起点。"治国平天下"是"外王"，是君子的责任，而实现它的前提则在君子的"修身"，所以君子必须在"内圣"上下功夫。孔子的这些思想，经历代思想家的提倡和志士仁人的反复实践，成为古往今来知识分子立身处世的基本原则，君子人格也成为他们在人格修养上的最高追求。

儒家文化作为与皇权政治和小农经济互为因果、互相依存的官方文化形态，在皇权政治结束以后，其政治权威性已岌岌可危，而"五四"新文化运动更以一种前所未有的理性力量和道德勇气，对儒家文化做了彻底的价值否定，从而摧毁了孔子作为中国人精神偶像的神圣地位和儒家文化对人的精神统治。毫无疑义，开明派同人是从"五四"新文化运动中成长起来的新一代知识分子，他们深受"五四"思想解放、精神启蒙的时代浪潮的洗礼，在理性层面、价值选择上坚决认同新文化而否定儒家文化，在文化立场上也旗帜鲜明地捍卫新文化批判旧文化。但是儒家文化经过两千多年的发展，早已积淀下深厚的内涵，成为中国文化的一种底色，并且内化为中国人尤其是中国知识分子的一种生活方式和情感体验方式，一种文化本能。儒家的精神和儒家文化的规范常在不知不觉之中主导着许多人的行为方式，这是无法经过一次急风暴雨式的运动所能够驱除干净的，何况这个运动更多地体现为一种文化姿态，在纯粹学理的层面上是缺少理论严谨性和彻底性的；更何况儒家文化所包含的许多合理的积极的东西，有着悠久的生命力，是不应该被否定也不可能被否定的。明乎此，就可以解释为什么不少在"五四"新文化运动中冲锋陷阵的勇士后来又重新皈依儒家文化，也可以理解为什么不少对儒家文化持激烈否定态度的人其行为方式和情感体验方式仍不脱儒家文化的规范。

如前所述，开明派同人从事文化启蒙的一个基本立足点是从人格的实现和完善着手，这种思路，与儒家的"修齐治平"学说存在着深刻联系。儒家强调"修身"，认为这是"治国平天下"的第一步功夫，只有经过严格的人格修炼，培养起君子的"浩然之气"，才能承担起治国平天下的重任，所谓"士不可以不弘毅，任重而道远。仁以为己任，不亦重乎？死而后已，不亦远乎？"（《论语·泰伯》）同样，开明派也把修养健全人格作为承担社会使命的先决条件，并以"立达"二字对这一观念做了最凝练的概括。可以说，开明派的所有文化活动都是在这种观念的指导下展开的。所以，在"五四"新文化运动发生二十多年后，宋云彬还说："孔子，是我们中国的保民开化之宗，应当受我们崇拜。"[1]并且毫不避嫌地称"我爱孔子"。他给出的理由就是："更使我钦佩的，是孔子那种富贵不能淫，贫贱不能移，威武不能屈的精神。"[2]这三个"不能"的价值指向，正是开明派所追求的儒家的君子人格。

他们不仅在理论上、精神上服膺儒家的修身学说，更在实践中自觉地用儒家的人格修养来指导规范自己的言行。长期的熏染，使得他们在行事做派、个性风度等方面与儒家的君子表现出惊人的相似。许杰对周予同有这样的描述："在经学上，他研究孔孟儒家的学说却又否定并且批判

---

[1]　云彬：《怎样认识孔子》，《中学生》战时半月刊第 8 期，1939 年 8 月。
[2]　云彬：《我爱孔子》，《中学生》战时半月刊第 47—48 期合刊，1941 年 8 月。

孔孟儒家的学说。但是，他尽管彻底的批判了孔孟儒家的学说，他在他自己的生活规范上，还是极其讲究待人接物之诚，——也即是宋儒的诚意之诚，和孔孟之道所讲的仁爱之仁以及所谓'忠恕'之道，也即是所谓尽己之为忠、推己及人之谓恕的道德。"[1]这种行事做派，如前所述，在开明人中是非常普遍的。在开明人中，鲜有口若悬河、能言善辩之辈，质直木讷成为他们普遍的个性特征。朱自清说"我见了生人照例说不出话，圣陶似乎也如此"[2]；叶圣陶自承"从小很少受语言的训练，在人前难得开口，开口又不通畅"[3]；徐调孚称"我向来是'讷于言'的"[4]；匡互生是"不爱多说话，但常常微笑；那微笑是自然的，温暖的"[5]；郑振铎对丰子恺的第一印象是"他的态度很谦恭，却不会说什么客套话，常常讷讷的，言若不能出诸口。我问他一句，他才质朴的答一句"[6]。同样，朱自清对叶圣陶的第一印象是"那朴实的服色和沉默的风度与我们平日所想象的苏州少年文人叶圣陶不甚符合"[7]，而他自己留给钱基博的印象也是"短小沉默近仁之器"[8]，所以李健吾用"没有架子，人老实，却又极其诚恳，他写得最坏的东西也永远不违背他的良心，他永远表里如一"[9]来形容叶圣陶和朱自清。

在注重实践的精神上，开明派与儒家文化之间也有着深刻的联系。他们反感老子的"权变"和庄子的"玩世"，认为给人们带来的恶果是"玩世不恭，马马虎虎，于物无情，冷冷落落。明明各人有个生活，自己与生活原是拆分不开的，却仿佛那生活是站在路旁的破房子，自己不大乐意走

1　许杰：《怀念经学家、经学史专家周予同教授》，《我与开明》，第 180 页。

2　朱自清：《我所见的叶圣陶》，《朱自清全集》第 1 卷，第 155 页。

3　叶圣陶：《白采》，《叶圣陶集》第 5 卷，第 270 页。

4　徐调孚：《忆耿济之先生》，《文艺复兴》第 3 卷第 3 期，1947 年 5 月。

5　朱自清：《哀互生》，第 316 页。

6　郑振铎：《〈子恺漫画〉序》，《郑振铎全集》第 14 卷，花山文艺出版社 1998 年版，第 2 页。

7　朱自清：《我所见的叶圣陶》，第 155 页。

8　姜建、吴为公：《朱自清年谱》，第 121 页。

9　李健吾：《怀王统照》，氏著《切梦刀》，文化生活出版社 1948 年版，第 91 页。

进去似的"[1]。相反，他们很看重儒家的知行合一的"践履"精神，叶圣陶赞赏清初思想家颜元和李塨，认为他们"注重实践，专求生活的充实，可说是脚踏实地"。在叶圣陶看来，自我反省是必要的，"但是说这些话只是'知'方面的事，而且是属于消极的，若不改向积极的'行'，反省也是多事"。叶圣陶明确强调："洗涤熏染得从践履开始。打个比方，熏染给我们的影响，教我们站在岸上学游泳；现在我们要摆脱它的影响，就脱下衣服，一个猛子钻进水里去，钻进生活的水里去。这就是践履。"[2]"能说德目的字眼，能懂德目的意义，这与'为人之道'都不甚相干。'为人之道'必须要'为'，'为'就是'做'，就是实践，要让行为的态度和精神合得上德目，那才算尽了'为人之道'。……所以七八分的想和说，不如一二分的实践。"[3]

开明派与儒家文化不仅存在思路上和实践精神上的联系，而且在人格理想的内涵和人格完成的实践中，有不少精神、观念和原则都与儒家文化密切相关甚至径直取自儒家文化。比如儒家文化中的道义原则，知行合一原则，入世精神，反省精神，舍生取义的精神，立达观念，先器识而后文艺的观念，有所为有所不为的观念，等等，都为开明派所继承并成为开明派同人在人格实践中的自觉意识和行为。

三

儒家文化对开明派人格理想的影响，其根本当然在于儒家文化几千年来的社会主流文化地位和深厚积淀，使整个社会尤其是知识分子沉浸在它巨大的文化氛围之中，内化为知识分子的情感体验方式和行为方式，在不知不觉中左右着读书人的人格选择。何况对于开明派同人来说，其世界观形成的青少年时代，大多都接受过传统文化的训练。根据《匡互生年谱

---

1 叶圣陶：《深入》，第 278—279 页。
2 同上。
3 叶圣陶：《德目与实践》，《叶圣陶集》第 12 卷，第 123 页。

新编》，我们可以看到，匡互生在 1906—1909 年间，曾师从谢叔和、胡旭轩等人习王夫之、黄宗羲、王阳明学说。胡旭轩是"邵阳著名学者，注重研究王阳明（守仁）学说，发挥其'知行合一'论。……互生先生为胡先生得意高足，胡先生重思想品德并身体力行的言行，对他有终生影响"[1]。应该说，这样的例证并不是个别的。

就具体的影响途径而言，这里值得一提的是李叔同对于开明派同人的作用。

李叔同在 1918 年皈依佛门之前，与夏丏尊同事。那时，他与夏丏尊都是儒家人格理想的坚定信奉者和自觉实践者。夏丏尊说："我们那时颇有些道学气，俨然以教育者自任，一方面又痛感自己的力量不够。可是所想努力的，还是儒家式的修养"，因此所看的书，主要还是"宋元人的理学书"。[2] 李叔同有一本书是明代刘宗周著的《人谱》，书中列举了数百条古来贤人的嘉言懿行。他对这本书非常看重，始终放在案头作为座右铭，并在书的封面亲手写上"身体力行"四个字，每个字旁加一个红圈。关于这本书，丰子恺有这样一段回忆：

> 后来李先生当了我们的级任教师，有一次叫我们几个人到他的房间里去谈话，他翻开这册《人谱》来指出一节给我们看。

> 唐初，王（勃），杨，卢，骆皆以文章有盛名，人皆期许其显贵，裴行俭见之，曰：士之致远者，当先器识而后文艺。勃等虽有文章，而浮躁浅露，岂享爵禄之器耶……

1　吕东明、匡介人：《匡互生年谱新编》，本书编辑组编：《匡互生和立达学园教育思想教学实践研究》，北京师范大学出版社 1993 年版，第 312—313 页。

2　夏丏尊：《弘一法师之出家》，《夏丏尊文集·平屋之辑》，第 245—246 页。

他红着脸,吃着口(李先生是不善讲话的),把"先器识而后文艺"的意义讲解给我们听,并且说明这里的"贵显"和"享爵禄"不可呆板地解释为做官,应该解释道德高尚,人格伟大的意思。"先器识而后文艺",译为现代话,大约是"首重人格修养,次重文艺学习",更具体的说:"要做一个好文艺家,必先做一个好人。"……他认为一个文艺家倘没有"器识",无论技术何等精通熟练,亦不足道……[1]

毫无疑问,李叔同的这种人格教育,对学生的影响启发是相当明显的,丰子恺就说:"我那时正热中于油画和钢琴的技术,这一天听了他这番话,心里好比新开了一个明窗,真是胜读十年书。从此我对李先生更加崇敬了。"[2]但影响启发更大的是在于李叔同的高尚情操所带来的人格熏陶,所具有的典范作用。他的身体力行的实践精神,他的"凡事认真"的处世特点,他的"温而厉"的教学风格,他的庄敬自持的人格风度,给他周围的人很大影响,使他在学校享有很高威望。夏丏尊、丰子恺等人不止一次盛赞他的"感化力大",强调"他的受人崇敬使人真心的折服"的原因,"就是他的人格","好比佛菩萨的有'后光'",[3]"只要提起他的名字,全校师生以及工役没有人不起敬。他的力量全由诚敬中发出"[4]。

李叔同对君子人格的自觉追求和其强大的人格力量,不仅深刻影响着夏丏尊和丰子恺等,也通过他们影响到开明派同人。譬如叶圣陶,与弘一法师的接触并不多,但对弘一法师的人格精神有深刻的领会。在第一次见到弘一法师的时候,他就说"自以为有点儿了解他",这种毫不犹豫的说法的背后是叶圣陶与弘一法师心灵上的相通。正因为如此,所以叶圣陶

---

1 丰子恺:《先器识而后文艺——李叔同先生的文艺观》,《丰子恺散文全编》(下编),第534—535页。
2 同上,第535页。
3 丰子恺:《为青年说弘一法师》,《丰子恺散文全编》(下编),第146页。
4 夏丏尊:《弘一法师之出家》,第245—246页。

"真诚地敬服他那种纯任自然的风度"，将他比作"毫不愧怍地欣欣向荣"的"春原上一株小树"，[1]"极喜欢"他的"蕴藉有味"的书法，认为它"好比一堂温良谦恭的君子人，不亢不卑，和颜悦色，在那里从容论道"。[2]

第二节　开明派与江南文化

在开明派的精神建构中，儒家文化占了很重的分量，但这绝不是全部。否则，我们将遇到一个无法克服的困难，即儒家文化经世致用的入世精神，配合先忧后乐的忧患意识，天下兴亡、匹夫有责的社会责任感，知其不可而为之的进取心，以及舍生取义的牺牲勇气，造就的往往是文天祥、史可法那样宁折不弯的不贰忠臣，是岳飞、袁崇焕那样驰骋沙场的悲剧英雄，但这显然与开明派的风格有相当距离。

一方面，开明派同人对现实政治尤其是党派政治始终保持着相当的距离，甚至对任何带有明显政治倾向的集团包括文学集团也敬而远之；另一方面，他们崇尚生活的艺术化，看重个人的自由意志，强调个人精神生活的内在化、雅致化，追求雍容、平淡、中和的人生境界，凡此种种，都使得他们比起那种纯然阳刚硬朗、大开大阖的风格要机巧柔和得多、含蓄稳健得多、有韧性得多。这体现了他们独特的行世方式和生存智慧，即以生活艺术化、心灵化的方式来释放心灵的苦痛。

总之，他们不是辣得呛人的白干，不是夏日正午的骄阳，不是嵯峨峥嵘的峭壁陡崖，不是摧枯拉朽的狂风骤雨，他们是回味悠长的花雕，是林木葱茏的春原，是润物无声的清明雨，是秋日黄昏的下午茶。这种风格无法简单地归因于他们的个人气质，而是牵涉到他们精神建构中除儒家文化而外的其他基本支撑点。

1　叶圣陶：《两法师》，《叶圣陶集》第 5 卷，第 294—296 页。
2　叶圣陶：《弘一法师的书法》，《叶圣陶集》第 5 卷，第 442—443 页。

也许，这需要我们到他们生长的那片土地上去寻找。于是，我们没法不注意到江南文化的风调和特质投射在他们身上的浓重背影。

一

说到江南文化，人们立刻会想到昆曲、越剧、吴歌、评弹、茶艺、陶瓷、苏绣、烹饪、建筑、园林……感受到其清新柔美的格调和温文尔雅的风韵。确实，江南的一切无不给人以柔婉雅致、灵思巧构的感觉，即使是经济生活中的农耕、蚕桑、纺织、手工等也以精工细作见长。而如果对构成江南文化核心的江南文人文化做更深一层的考察，更可以从其文人画和文学艺术包括学术中，把握其追求自由放逸的生存智慧和雍容中和的人生境界的独特质地。无论是清新温雅，还是放逸雍容，它所体现的是江南文化对人与自我、人与社会和人与自然关系的一种理解和定位。这种独特的风韵和质地固然与江南秀丽的山水、崇文的风尚、务实的观念、开通的风气分不开，但更主要的还在于江南山水风物与经济政治等多种元素之间的复杂互动，在于江南文化形成过程中人对环境的一种抗争和调适。

梳理自泰伯奔吴以来的江南文明发展史，可以发现一条明显的脉络，那就是经济与政治的相反相成。换句话说，就是经济的发展伴随着政治的失败，甚至说政治的失败成就了经济的繁荣。江南的经济，得益于分明的季节、温润的气候、肥沃的土壤和勤劳的民风，也得益于江南政权的柔弱。江南的政权，无论是试图问鼎中原的战国豪强，还是以后众多只图偏安一隅的地方割据，总处于弱势地位，总难免在与中原政权的角逐中被消灭的下场。数千年间，仅在号称"帝王之都"的金陵建都的政权就十个，[1]但这些政权却无一例外地短命。这种弱势使得江南的君王缺乏一统天下的强悍政治欲望，只满足于维持小朝廷的偏安，从而减少了对生产力造成巨大

---

1 南京号称"十朝古都"，在此建都的政权有东吴，东晋，南朝宋、齐、梁、陈，南唐，明，太平天国，民国。

破坏的金戈铁马、杀伐兵燹，使江南的经济社会得以稳步发展。但政治失败的阴影却也由此被植入江南文化的记忆深处。魏晋以降，中国历史上的几次南迁，如魏晋、南北朝、唐中叶、南宋等时期，促成了江南经济的大发展，只是南下的中原豪门士族，都是在政权角逐中被判出局的失意者，他们在政治方面的远大抱负和利用经济实力东山再起的所有企图，都始终受到来自中原政权的强力打压，最终成为一枕黄粱。这种来自政治失败的创痕和无法恢复昔日尊荣的隐痛，构成了江南文化的一个独特背景。

在这样独特的社会生态环境中，江南文化尤其是江南文人文化便沿着在政治挤压下追求生命自由的轨迹前进。毫无疑问，江南文人文化中同样存在着儒家文化的深刻影响，范仲淹"先天下之忧而忧，后天下之乐而乐"的追求，东林党人"家事国事天下事，事事关心"的表白，都体现了江南文化中一种"天下兴亡、匹夫有责"的责任意识和忧国忧民的天下情怀。只是，江南文人的政治诉求却总是遭到朝廷的猜忌和防范。朝廷除了通过远重于其他地方的赋税来从经济上制约江南地区[1]而外，更对江南的文人严加管束控制。明代的东林党案，清代康雍乾三朝的"文字狱"，其迫害对象主要都是江南文人。龚自珍"避席畏闻文字狱，著书都为稻粱谋"的诗句，正表达了这种沉痛的感受。这种严峻的生存环境逼使江南文人在心灵上始终笼罩着挥之不去的忧郁和无尽的悲怆。为逃脱历史和政治旋涡的裹胁，他们对于体现着权力、意识形态和秩序规范的现实政治采取一种不即不离的姿态，甚至呈现出一种疏离的趋势。于是，他们更多地到

---

[1] 唐代韩愈在其《送陆歙州诗序》(郭预衡、郭英德主编：《唐宋八大家散文总集》(新版校评、修订本)卷1，河北人民出版社2013年版，第164页)中说："当今赋出于天下，江南居十九。"明人丘濬在其《大学衍义补》(丘濬：《大学衍义补》卷二四《经制之议》)中说："天下夏税秋粮以石计者，总二千九百四十三万余，而浙江布政司二百七十五万二千余，苏州府二百八十万九千余，松江府一百二十万九千余，常州府五十五万二千余。是此一藩三府之地，其田租比天下为重，其粮额比天下为多。"

老庄之学和佛学中去汲取思想资源，到大自然和文学艺术中去寻找精神寄托。他们将孔孟的秩序规范、老庄的自然心灵和佛陀的出世精神融为一体，互相渗透，调和互用，追求一种平淡中和的大境界，体现出宽容柔和而富有弹性的特点。他们退回到内心世界，在对人性和心灵的体验中寻求人生的自由境界，在对身边事物和个人趣味的赏玩中去享受智慧的愉悦。他们对生命的感悟、对个性的追求，他们的创造力和想象力，更多地通过文学艺术去释放，通过对生活的艺术化追求去实现。[1] 而江南发达的经济恰恰提供了雄厚的物质支撑，江南的青山绿水更为他们抵御人生压迫、舒缓精神紧张提供了最适宜的环境。在这个过程中，他们的人格精神得以伸展，他们的个性智慧得以张扬，他们的审美触角被打磨得愈发敏锐，而现实世界的纷扰则被拒于一定距离之外。由此，江南文人形成了一种感伤忧郁的、精致优雅的、闲适自由的、蕴藉含蓄的、哀而不怨的、缘情止礼的文化形象或者说"士风"。从某种角度来看，江南文化典籍之众多，江南文学之繁盛，江南文人画之发达，江南艺术门类之丰富和水平之高，乾嘉学派的代表人物之多为江南人士，正与这种独特的文化生态有密切关联。

至此可以判断，本质上，江南文化是一种儒释道都有相当比重但更偏重后两者的复合型文化，与儒家文化的追求理性、认同权威、热衷秩序不同，它更多地体现着生命精神和个性自由，在这个意义上，它不是一种理性文化，而是一种生命文化，一种凸显着智性特征和艺术趣味的文化，这在江南文人文化中表现得尤其明显。与北方黑土地文化、草原文化等质朴、强悍、豪放、热烈的文化类型不同，它有着江南的水的清新柔美、蕴藉灵动，也有着江南的水的悠闲柔弱，是一种水的文化。这样一种文化，它的文化基因，必然通过世代的积累遗传给生长在这片土地上的人们。

1　见费振钟：《江南士风与江苏文学》，第 18—19 页。

二

作为江南文人，开明派作家自幼便受到这种"士风"的深深熏陶，他们的生存方式和思想情感都打着江南文化的深深烙印。但困难在于：要通过他们的言论直接指认他们作为江南文人的文化属性并非易事。因为进入 20 世纪以来，社会剧烈转型所带来的王纲解钮、伦常废弛的状况和新旧文化的激烈斗争，为包括江南文人在内的所有新文化人搭建了广阔的人生舞台，而"五四"思想解放、个性觉醒的时代浪潮和狂飙突进的时代氛围，更赋予了他们深重的历史责任，所以在时代需求和现实可能两方面，都推动着他们走向社会。在时代的召唤下，也在青春热情的鼓舞下，他们愿意有所作为而且实际上也介入了社会实践，因而在外显层面，从个人对于社会所选择的文化态度、文化行为的角度，反而较多地表现出儒家积极进取的入世精神。但江南文化作为他们的一种文化底色，依然渗透在他们生活的点点滴滴之中，深刻地左右着他们的生活方式和情感表达方式。

开明派文人对于江南有一种特殊的迷恋，迷恋它的青山绿水、白墙黑瓦，迷恋它的用龙井花雕，用清明雨、杨柳枝，用幽深的小巷和墙脚的青苔所晕染出的那种独特的氛围。所以叶圣陶、夏丏尊、朱自清、丰子恺、郑振铎等人，用大量笔墨一而再、再而三地表现江南的佳山丽水和自然风土，《藕与莼菜》《长闲》《白马湖之冬》《扬州的夏日》《忆儿时》等众多篇什，正传达了他们对这片土地的无限眷恋。除了类似全面抗战这样的大变故，他们从不愿离开这片土地，即使不得已离家也总是满怀离愁别绪，总不免匆匆而返。譬如叶圣陶，20 年代初应朱自清所请，在杭州浙江一师待了两个月，没等学期结束就急急忙忙地回家了，后来他也曾去过北京、福州等地，但都无法久留，这在朱自清《我所认识的叶圣陶》一文中留下了生动的记录。像郑振铎这样赴欧访学，甫登邮船便情不自禁地思念起家乡燕子的例子，在开明派作家中，可以数出一大串。

在开明派同人中，朱自清的环境适应能力相当强，所以他能长期待在北平并且宣称自己"爱北平"[1]，只是他爱北平的理由——"闲"，却道出了江南文化与之相通的地方。更何况，尽管在北平生活多年，但在内心深处，在情感倾向和审美倾向上，他更爱的还是江南。刚到北平，他便不由自主地怀念"我的南方"。他怀念南方的生活，南方的亲友，甚至南方的水。他抱怨"北方和南方一个大不同"，"就是北方无水而南方有"。[2]说北平无水实是冤枉北平，朱自清自己也承认："北平的三海和颐和园虽然有点儿水，但太平衍了，一览而尽，船又那么笨头笨脑的。"显然，这里的水，不是自然界的、人们生活日用离不开的水，朱自清说得很清楚，"北方今年大雨，永定河、大清河甚至决了堤防，但这并不能算是有水"。朱自清说的水，是艺术家心中蕴含着无限情致的、可以歌咏的审美意义上的水，而这样的水，只有江南才有。水在江南文化中有着独特的说不尽的意味，既是江南文人的生活环境，更是江南文人的审美对象和情感载体。自古至今，无数的江南文人歌咏了无数的江南的水，留下了无数的美妙篇章。定居北平后，朱自清散文写得最多也最好的，如《荷塘月色》《扬州的夏日》《冬天》《白马湖》等，总离不开江南，也总离不开水，江南的水。这种情结并没有随岁月的消逝而冲淡，相反却愈发浓烈，所以到了晚年，他更在《我是扬州人》中干脆直书："扬州好也罢，歹也罢，我总该算是扬州人的。"这种大声告白，切不可从字面上、从表格填写的某一栏——籍贯或出生地的角度去理解它。它是朱自清对自己精神归属、情感趋向的最终认定，是朱自清对江南情结的总爆发。家乡的感召和其中所蕴含的自然的感召体现了一种精神的伸展和心灵的放纵，一种人与自然的和谐共存，对开明派这样的江南文人具有永恒的归宿性的意味。

迷恋江南水土的背后，是他们对于江南文人那种质地雅致精巧、姿

1　朱自清：《南行通信》，《朱自清全集》第 11 卷，第 289 页。

2　朱自清：《扬州的夏日》，《朱自清全集》第 1 卷，第 147 页。

态雍容悠闲的生活方式的高度认同。这种生活方式的内容很丰富，但其中一个重要的价值向度，是艺术和对艺术的审美感知能力，并且将日常生活纳入艺术观照的视野，玩味其中蕴含的艺术趣味和人生境界，将生活和艺术融为一体。夏丏尊说："艺术的生活原是观照享乐的生活，在这一点上，艺术和宗教实有同一的归趋。凡为实例或成见所束缚，不能把日常生活咀嚼玩味的，都是与艺术无缘的人。真的艺术，不限在诗里，也不限在画里，到处都有，随时可得。能把他捕捉了用文字表现的是诗人，用形及五彩表现的是画家。不会做诗，不会做画，也不要紧，只要对于日常生活有观照玩味的能力，无论如何都能有权去享受艺术之神的恩宠。否则虽自号为诗人画家，仍是俗物。"[1] 他们把这种富于趣味的、充满智慧的、彰显个性的、艺术化了的生活，看作一种人性和人生的把握方式、实现方式，朱自清把它概括为可以体悟心灵奥秘、洞察生命价值、获取人生真趣并养成"海阔天空"与"古今中外"的"襟怀"的生活。[2] 丰子恺是个周身充满艺术趣味的人，他不仅以绘画、音乐等体现对艺术的追求，更把这种追求放射至身边的事物，渗透进日常的点点滴滴，"小杨柳屋"的命名，"丰柳燕"[3] 的外号，都体现了这一点。譬如，他对书房的布置颇为挑剔，总不停地折腾家具，他说："我……把几件粗陋的家具搬来搬去，一月中总要搬数回。搬到痰盂不能移动一寸，脸盆架子不能旋转一度的时候，便有很妥贴的位置出现了。那时候我自己坐在主眼的座上，环视上下四周，君临一切。觉得一切都朝宗于我，一切都为我尽其职司，如百官之朝天，众星之拱北辰。……我统御这个天下，想象南面王的气概，得到几天的快适。"[4] 他甚至给自鸣钟刷上天蓝的底色，添上几枝绿柳，再在指针上贴上两只飞

1 夏丏尊：《〈子恺漫画〉序》，《夏丏尊文集·平屋之辑》，第 50 页。
2 朱自清：《"海阔天空"与"古今中外"》，《朱自清全集》第 1 卷，第 120 页。
3 俞平伯在《关于子恺漫画的几句话》中说："子恺工于作杨柳燕子，令人神往。若照古人号'张三影'之例，应当是号'丰柳燕'的罢？"《一般》第 2 卷第 1 号，1927 年 1 月。
4 丰子恺：《闲居》，《丰子恺散文全编》（上编），第 117—118 页。

燕。于是，在飞燕的穿梭往返中，实用与审美获得了完美的融合。显而易见，这种对生活趣味的捕捉，这种苦中作乐、陋中求雅的情致，从骨子里散发出江南文人的人生风度。

并非因为丰子恺懂艺术才有此表现，这在开明派文人中是一种普遍现象。朱自清爱赏花，叶圣陶学吹笛，至于夏丏尊，与丰子恺更是毫无二致。朱自清这样描写他眼中的夏丏尊："有一位 S 君，却特别爱养花；他家里几乎是终年不离花的。我们上他家去，总看他在那里不是拿着剪刀修理枝叶，便是提着壶浇水。我们常乐意看着。他院子里一株紫薇花很好，我们在花旁喝酒，不知多少次。"[1] "丏翁的家最讲究。屋里有名人字画，有古磁，有铜佛，院子里满种着花。屋子里的陈设又常常变换，给人新鲜的受用。"[2] 而夏丏尊的《长闲》，更水灵灵地描画出自己力图挣脱江南文化的氛围却不能够的苦恼。作品所表现的江南文人生活方式的魅力和自己甘愿受其魅惑的心理，透露的是他们对生活的精神品质和审美趣味的看重。即使在令他们厌恶的上海，他们也能在尘嚣中寻找到艺术的养分，建立起自己的生活趣味。章克标曾经回忆，"有一段时间，开明书店的夏丏尊、叶圣陶、王伯祥、宋云彬喜欢了昆曲，常到大世界仙霓社听昆剧，……这个已日趋衰败的剧种引起了他们的兴趣，几乎是入了迷的样子"[3]。

三

这种注重个人的精神趣味、追求生活的艺术质地的江南文人生活方式，深刻地介入和规定了他们的社会存在方式和现实进入姿态。离开这种纯粹个人化的文人生活，进入纷纷攘攘的现实世界，他们的表现就不再随

1 朱自清：《看花》，《朱自清全集》第 1 卷，第 153 页。
2 朱自清：《白马湖》，《朱自清全集》第 4 卷，第 285 页。
3 章克标：《开明书店的书和人》，第 548 页。

心所欲、游刃有余。在反对旧道德、传播新文化方面，他们以温和稳健而认真执着的努力，承担着对社会的道义责任，也实现着对人生的把握方式。而一旦进入与政治相关的敏感地带，他们就表现得格外谨慎，通常是以不即不离的姿态作壁上观。对于 20 年代后期沸沸扬扬的无产阶级革命文学论争，朱自清写有长篇论文《关于"革命文学"的文献》，可全文通篇仅做审慎的纯客观介绍，对其中的"是非曲直"一概"置之不论"，因为作者的立场就是"我是还不希望加入这种文艺战的"[1]。在私下场合，朱自清说得更直接："拿笔杆的人，最好不要卷入任何圈子里去。"[2] 这种态度，典型地体现了江南文人与现实保持距离的生存策略。

　　他们对文学如此，对政治更是如此。夏丏尊改名的故事最典型地体现了他们对于政治的态度。他原名"勉旃"，之所以在 1909 年改名"丏尊"，章锡琛说得很清楚："他的改名，是在前清预备立宪的时候。那时各省初办选举，他正在浙江第一师范教书，许多人想举他做省议员。他厌恶那种假面具的立宪，深怕当选，所以预先在选民册上填了和勉旃两字声音相近的丏尊，这样一来，写选举票的人，都把'丏'字写成'丐'，他的票便全成废票了。知道了这名字的来历，我们便可以明了他这人的性格。他始终厌恶政治，从来没有加入政治团体或任何党派，只把教育当作他的终身事业。"[3] 需要强调的是，夏丏尊对做省议员的恐惧，并不是因为那是"假面具"，是属于"坏"的政治，而根本上就是对政治的恐惧和厌恶。北伐战争如火如荼的时候，有人拉朱自清加入国民党，理由似乎很充分：正面的是入了党大有可为，负面的是"将来怕离开了党，就不能有生活的发展；就是职业，怕也不容易找着的"[4]。可即使如此，仍然被朱自清拒绝了。

1　朱自清：《关于"革命文学"的文献》，《朱自清全集》第 4 卷，第 259 页。
2　金溟若：《怀念朱自清先生》，《传记文学》（台湾）第 5 卷第 5 期，1964 年 11 月。
3　章锡琛：《夏丏尊先生》，《开明》新 4 号，1948 年 3 月。
4　朱自清：《那里走》，《朱自清全集》第 4 卷，第 229 页。

有意味的是，后来杨贤江要叶圣陶加入共产党，也被叶圣陶拒绝了。[1] 共产党是革命党，而 1927 年初在北洋军阀统治下的北京，国民党同样是革命党，可见，问题的实质不在这些政党的宗旨或信仰，也不完全在于个人的利害得失，而在于对于开明派这样的江南文人来说，远离政治是他们的本能反应，是他们来自江南文化遗传的一种处世之道和生存智慧。在 20 世纪上半叶那种政治搏杀异常激烈的环境中，开明派文人始终远离党派政治；在文坛历次带有意识形态色彩的论争中，开明派文人也始终保持缄默，置身事外，其根由便在于此。

他们顽强地抵抗着现实世界的纷扰和政治的挤兑，以低调的"灰色"的面貌行世。这无疑是退隐的，也显出几分柔弱，但也正是如此，他们才能为自己的心灵保留一份可以自由呼吸的空间。在这个空间里，他们的个人意志得到伸展，他们的感性经验得到尊重。朱自清清醒地看到，作为小资产阶级的一员，拒绝加入政党对他也许意味着"促进自己的灭亡"，但他宁愿如此："我也知道有些年岁比我大的人，本来也在 Petty Bourgeoisie 里的，竟一变到 Proletariat 去了。但我想这许是天才，而我不是的；这也许是投机，而我也不能的。"[2] 他的这种几近固执的坚守，是对那种政治投机客的不屑，更是对自己生活逻辑和心灵逻辑的服从，对个人独立精神和自由意志的看重。

开明派文人遵循着自己的行世原则，不屈从于外界的压力，在生活中如此，在艺术中也如此。他们对生活的描写总是出自个人的情感经验和建立在此基础上的审美理想，不去理会流行观念和理性原则。叶圣陶从自己的生活经验出发，真切地描写了大量挣扎在社会底层的暗淡无光的小人

1　叶圣陶在《纪念杨贤江先生》一文中说，杨贤江"曾经邀我加入共产党，有一天，他叫我晚上就去行入党式，我没有答应他"。
2　朱自清：《那里走》，《朱自清全集》第 4 卷，第 233 页。

物，也在作品深处表达了对"爱，生趣，愉快"[1]的向往。于是有人从现实主义的理念出发，称他为"冷静地谛视人生，客观地、写实地、描写着灰色的卑琐人生的"[2]现实主义作家，也有人从革命的政治立场出发，指责他的创作有"灰色感伤的气分"和"虚无的倾向"，称他"是中华民国一个最典型的厌世家"。[3]对于这些外在于他的创作实践的封号，无论是否带有偏见，他都不予理会。他自己说："我不大懂得什么叫做写实主义。假如写实主义是采取纯客观态度的，我敢说我的小说并不怎么纯客观，我很有些主观见解，可是寄托在不著文字的处所。曾经有人批评我厌世，我不同意，可没写什么文章，只把一本小说集题作《未厌集》，又给并无其处的斋名题作'未厌居'。"[4]柔弱，却并不逆来顺受，低调，却有自己的准则，这大约就是开明派文人立身处世的基本立场。这种立场固然无法造就搏击中流的弄潮儿或登高一呼的时代英雄，却保证了开明派文人精神世界的丰富完整，说不上热烈，却格外绵长，不显露锋芒，却格外坚韧。开明派在文化教育领域始终坚守启蒙立场，为青年的全面健康发展奋斗那么多年不动摇不走样，与他们身上流淌的江南文化的血液有着密切的关联。

第三节　开明派与佛家文化

在传统的思想资源中，对中国知识分子影响深远的，除儒学而外，

1　叶圣陶:《阿凤》，叶至善、叶至美、叶至诚编:《叶圣陶集》第1卷，江苏教育出版社1987年版，第168页。

2　茅盾:《现代小说导论（一）》，第109页。

3　1928年1月，冯乃超在《艺术与社会生活》(《文化批判》1928年第1期）一文中，称叶圣陶"是中华民国一个最典型的厌世家"。三年后，钱杏邨又在《批评与介绍：创作月评（一九三〇年一月份）》一文中批评叶圣陶的《古代英雄的石像》"所缺陷的是，灰色感伤的气分"和"虚无的倾向"，批评他的《书的夜话》有"感伤的情调"，"不免是承继着他过去的悲观的基调，只有阴暗的叹息"。

4　叶圣陶:《〈叶圣陶选集〉自序》，《叶圣陶研究资料》，第257页。

最重要的大概非佛学莫属了。这种状况，即使进入 20 世纪之后，依然没有改变。造成这种状况的原因很复杂，有佛学自身的精神魅力，有文人信奉的"儒以应世、佛以养心"观念的影响，有 20 世纪初叶思想界先驱利用佛教救国的推动，但更常见的，也许是近代以来知识者普遍的家国之痛和身世之伤，使他们把佛学当作平复悲苦情绪、疗治精神创痛的灵药。不过，无论什么样的原因，在中国知识分子迎接西学的强力输入和挑战，并且着手中国新文化最初建构的时候，佛学成为中国知识分子思想和精神的一个底色。

一

在开明派文人的身上有着或浓或淡、或显或隐的佛学背影。丰子恺一辈子茹素，还画了如《护生画集》等诸多佛教方面的画。夏丏尊信佛，被他的许多方外友人称为"居士"。叶圣陶曾说："你（按指夏丏尊）对于佛法有兴趣，你相信西方净土的存在。……我尊重你这一点，而且自以为了解你这一点。"[1] 对此，夏丏尊也直言不讳地承认，说："佛学于我向有兴味，可是信仰的根基迄今远没有建筑成就。平日对于说理的经典，有时感到融会贯通之乐，至于实行修持，未能一一遵行。例如说，我也相信惟心净土，可是对于西方的种种客观的庄严尚未能深信。我也相信因果报应是有的，但对于修道者所宣传的隔世的奇异的果报，还认为近于迷信。"[2] 朱自清也爱读佛典，他说少年时代最爱读的一本书就是《佛学易解》，而"到北平来上学入了哲学系，还是喜欢找佛学书看"[3]，特地跑到佛经流通处去买了《因明入正理论疏》《百法明门论疏》《翻译名义集》等。在白马湖春晖中学教书的时候，他因对人生的价值和意义感到迷茫而信奉"刹那主

1　叶圣陶:《答丏翁》,《叶圣陶集》第 6 卷，第 206 页。

2　夏丏尊:《我的畏友弘一和尚》,《夏丏尊文集·平屋之辑》，第 220 页。

3　朱自清:《买书》,《朱自清全集》第 4 卷，第 353—354 页。

义"，这个刹那主义，明显地受到佛教的影响。叶圣陶是无神论者，他曾以"教宗堪慕信难起"[1]的诗句明确表达了对包括佛教在内的任何宗教的态度，并多次在文章中说："要我起信，至少目前还办不到，无论对于佛法，基督教，或者其他的教。我这么想，净土与天堂之类说远很远，说近也近。到人民成了真正的胜利者的时候，这个世界就是净土，就是天堂了。如果这也算一种信仰，那么我是相信'此世净土'的。"[2]但这并不妨碍叶圣陶对佛教的理解欣赏和对佛教文化的情感亲和，他的散文《两法师》栩栩如生地描写了弘一法师和印光法师尤其是前者的形象，表达了见到弘一法师之前的"渴望"和"洁净的心情"，以及见到之后的"真诚的敬服"的感受，而对弘一法师的"他似乎春原上一株小树，毫不愧怍地欣欣向荣，却没有凌驾旁的卉木而上之的气概"的评价，令人感到叶圣陶与弘一法师心灵的相通。

在开明派与佛家的关系中，弘一法师起着重要的作用。因与夏丏尊和丰子恺的特殊因缘，弘一法师与开明派同人建立了深厚的友谊。夏丏尊说："师（按指弘一法师）与开明书店向有缘，他给我的信，差不多封封同人公看。遇到有结缘的字寄来，最先得到的也就是开明同人。所以他有信给我，不但我欢喜，大家也欢喜的。"[3]故而朱光潜说："当时一般朋友中有一个不常现身而人人都感到他的影响的——弘一法师。"[4]即如与弘一法师交往并不多的朱光潜自己，也坦承这一点："我自己在少年时代曾提出'以出世精神做入世事业'作为自己的人生理想，这个理想的形成不止

1　叶圣陶：《偶成》，《叶圣陶集》第 8 卷，第 178 页。

2　叶圣陶：《答丏翁》，第 206 页。

3　夏丏尊：《弘一大师的遗书》，《夏丏尊文集·平屋之辑》，第 250 页。

4　朱光潜：《丰子恺先生的人品与画品——为嘉定子恺画展作》，《中学生》复刊号第 66 期，1943 年 8 月。

一个原因，弘一法师替我写的《华严经》偈对我也是一种启发。"[1] 弘一法师是民国年间有影响的书法家，他不仅给朱光潜写过字幅，可以说，开明派中人大约都有弘一法师的字幅，在弘一法师的书信中，就留下了他应朱自清所请而写字幅的记录，[2] 这一点，在朱自清身后遗物中可以得到验证。[3] 弘一法师对开明派的影响是多方面的，未必一定意味着佛法的灌输，更多的也许在日常生活的点滴甚至一封信、一幅字、一个微笑、一种自然而谦恭的风度中所体现的人格精神。

至于跟弘一法师有师生之谊的丰子恺，受弘一法师的影响则更加明显了。赵景深曾经有过这样生动的描述：

> 后来有一次，子恺到开明书店来玩，使我很诧异的，竟完全变过一个子恺了。他坐在藤椅上，腰身笔一样的直，不像以前那样的衔着纸烟随意斜坐；两手也垂直的俯在膝上，不像以前那样的用手指拍着椅子如拍音乐的节奏；眼睛则俯下眼皮，仿佛入定的老僧，不像以前那样用含情的眸子望着来客；说起话来，也有问必答，不问不答，答时声音极低，不像以前那样的声音有高下疾徐。是的，我也常听丏尊说："这一晌子恺被李叔同迷住了！"[4]

熟悉弘一法师的人，都能看出这样一种待人接物的风度，正是李叔同出家后的"标准"方式。作为李叔同的弟子，丰子恺对乃师思想、精神、人格

---

1 朱光潜：《以出世就精神，做入世的事业——纪念弘一法师》，《弘一大师全集》编辑委员会编：《弘一大师全集》第 10 册，福建人民出版社 1993 年版，第 160—161 页。

2 弘一法师在 1930 年农历七月初八日给夏丏尊的信中说："佩弦居士及尊眷属书三幅，已写就。"见林子青编：《弘一法师书信》，生活·读书·新知三联书店 1990 年版，第 40 页。

3 《朱自清》（摄影集）（赵所生、吴为公主编，江苏教育出版社 1998 年版）中就收有弘一法师 1930 年写给朱自清的这幅立轴。

4 赵景深：《丰子恺和他的小品文》，《人间世》第 30 期，1935 年。

的追慕，是连日常起居、一言一动都不忽略的。

尽管佛教文化对于开明派的影响未必成系统，也许更多地呈一种驳杂的片断的状态，但不难看出，佛教文化在诸多方面影响着开明派文人的文化心理和人格建构，并构成开明派的一个深刻的精神背景。这一背景使得他们走出了独特的人生轨迹，也使得他们以独特的方式参与了新文化建构。

二

在佛教的基本教义中，人生就是一个无边的苦海。除生老病死等生命自然过程而外，人的精神层面，举凡认知、情感、意志、心灵等等，一切皆苦，而且这种痛苦由于客观现实刹那生灭、变幻无常的缘故，超越了人的追求通达顺遂的主观意志和主观努力，是无法改变的，因而人生只能是一个充满了挫败、幻灭和空虚的悲剧性过程。且不说这种对于人的现实存在的价值判断是否过于片面或极端，它在许多时候确能获得人们心灵上的共鸣，而且时代的苦难越重，个人的苦难越多，人们在情感上也越容易接近佛教。不必细究开明派同人是因为学佛而对人生持悲观态度，还是因人生的苦难而自然向佛，问题是，开明派同人对人生的基本看法确实趋向于悲观，晕染着浓重的人生皆苦、万法皆空的佛教空苦观色彩。名士风度的丰子恺，或许会给人恬淡自适的超脱印象，其实他心中不时泛起造化弄人、生命无常的感伤。他说，"儿时的欢笑，青年的憧憬，中年的哀乐，名誉、财产、恋爱……在当时何等认真，何等郑重"，然而到了"脆弱的躯壳损坏而朽腐的时候"，全都一去了无痕，所以丰子恺感慨："哀哉，'人生如梦！'"[1] 在他看来，"天地万物，没有一件逃得出荣枯，盛衰，生灭，有无之理"。既然如此，生荣也就不足道了，因而他甚至"宁愿欢喜赞叹一切的死灭"。[2] 朱自清是个心重的人，流离的生活、经济的窘迫、人事的

1　丰子恺：《晨梦》，《丰子恺散文全编》（上编），第150页。

2　丰子恺：《秋》，《丰子恺散文全编》（上编），第164页。

纷扰和前途的渺茫，都使他充分感受到"诸行无常""生本不乐"的痛苦，他说，在"天地的全局里，地球已若一微尘，人更数不上了，只好算微尘之微尘吧！"[1]个人是这么的渺小，能力是这么的有限，放眼茫茫尘海，"我们的生活，我们的将来，我们的世界，只是这么一个小小圈子。要想跳过它，除非在梦中，在醉后，在疯狂时而已！——一言以蔽之，莫想，莫想！"[2]这种悲凉的情绪，在朱自清20年代的《不足之感》《心悸》等诗歌中留下了深刻的烙印。

或许是出身平民、与底层社会血脉相连的缘故，他们不仅充分感受到自我的悲剧性，而且敏锐地感受到这种悲剧性在社会尤其是底层社会存在的普遍性。夏丏尊的朋友都知道皱眉叹气是夏丏尊的标志性情感表达，本章第一节所援引的丰子恺对夏丏尊的回忆，非常生动地反映了夏丏尊悲观而又敏感的气质，以及由此对芸芸众生正在或将要遭受的人生苦难的观察入微和感同身受。

既然无可避免地要在这个污浊的世界中承受无数不可知的劫难，那么，如何拯救自己守护自己呢？真正的勇士选择的是直面惨淡的人生，正视淋漓的鲜血，以决绝的姿态与黑暗进行殊死的搏斗，但这只有鲁迅这样的极少数人才能做到，大部分人难免如夏丏尊那样"有着对于苦难的敏感"却"没有直视苦难的能力"。在这样的无奈下，他们只能用佛教"无我"观来纾解心灵之痛。佛教认为，世间一切都是因缘和合的结果，人也不例外。面对迁流衍变、瞬息生灭的万物，人本无恒定的主体"我"可言，如果执着于自我，就会陷入俗世的贪嗔痴欲，就会产生无穷的烦恼。因此，唯有破除"我执"，勘破世间一切幻象，超越名缰利锁、成败得失，转迷成悟，方可进入"空无滞碍"的精神界。这就是说，要在承认人生的有限性和悲剧性的前提下，接受现实，随顺自然，以从容平和的心境和不即不离的

1　朱自清：《"海阔天空"与"古今中外"》，第124页。
2　朱自清：《信三通》，《我们的七月》，亚东图书馆1924年7月版，第204页。

姿态，既不愤世嫉俗也不沮丧绝望地面对命运的挑战，行走自己的人生之路。这样一种人生哲学，在朱自清那里，被概括为"既不执着，也不绝灭的中性人生观"[1]，或者说，是"丢去玄言，专崇实际"的"刹那主义"。"刹那"本为佛教名词，所谓"一弹指顷有六十刹那"，刹那之间有生、住、异、灭四相，是为"刹那生灭"；现在之一刹那称现在，前刹那称过去，后刹那称未来，是为"刹那三世"。佛家认为，世间一切事物都时时在变，永无停息，转瞬即逝，因此不要沉湎于过去或未来，不要往虚无缥缈的地方去寻求佛理，而应生活在当下世界中，在当下"一刹那"中去参禅悟道。真正把握住这一刹那的意义，获得一刹那的满足，就可以进入禅的境界，即所谓"平常心是道""随缘即是福"。朱自清在佛教"刹那说"的基础上，建构了自己的"刹那主义"，他不再苦苦追问人生的根本价值，而着力强调当下的意义："生活底各个过程都有它独立之意义和价值。——每一刹那有每一刹那的意义和价值！"[2]昨日不可追，明日无可期，早晨的葡萄太酸，傍晚的又太熟了，最可口的是正午摘下的，"这正午的一刹那，是最可爱的一刹那，便是现在"[3]。认清了这一点，于是朱自清在《毁灭》中宣告：

> 摆脱掉纠缠，
> 还原了一个平平常常的我！
> 从此我不再仰眼看青天，
> 不再低头看白水，
> 我只谨慎着我双双的脚步；
> 我要一步步踏在土泥上，
> 打上深深的脚印！

1　朱自清：《信三通》，第 205 页。
2　同上，第 197 页。
3　朱自清：《刹那》，《朱自清全集》第 4 卷，第 129 页。

这种人生观，从根本上说，带着佛家虚无颓废的色彩，但另一方面，它对执着现实和人的主观努力、实干精神的强调，体现了对生命的珍惜，对日常生活的尊重，以及对自我价值的承认。一句话，它体现了人对在缺陷中追求圆满、在刹那间追求永恒的向往。这种人生态度，在知识分子精神苦闷弥漫的 20 年代，显然具有积极意义。对朱自清的"刹那主义"，叶圣陶认为他"说了一般知识分子所想的"，"所以引起了多数的共鸣"，[1] 因此表示支持。而俞平伯更在《读〈毁灭〉》一文中，以洋洋万言大加赞赏："他所持的这种'刹那观'，虽然根抵上不免有些颓废气息，而在行为上却始终是积极的，肯定的，呐喊着的，挣扎着的。他决不甘心无条件屈服于悲哀底侵袭之下的。"[2] 叶圣陶和俞平伯等人的支持和赞赏，正说明这种人生观并非他一人所独具，而是在开明派文人中具有相当的普遍性。

三

佛家要世人破除"我执"，却并不要世人离弃现世，舍却众生，而是要以大慈悲的情怀利物济生、自度度人，因为人的行为因果相连、自业自报，人唯有去恶向善、自种善因，方能得到善果。换句话说，从消极的层面，人应该充分意识到自己的行为所带来的后果，从而通过修身来约束自己，改过迁善，自负自责；从积极的层面，人完全可以通过奋斗和创造来体现对自我和对社会的责任，在个人利益和社会利益、个人解脱和众生解脱的统一中实现一种超越时空的瞬间永恒，获得人生的大自在。这种观念，为世人在苦难的现世实现自我救赎、自我守护，提供了实践的可能和方向。

佛家的这种人生观念对开明派文人产生了深刻影响，引导着也规范着开明派文人的文化心理和文化立场，使他们对于人生的态度，在出世与入世、退撄与进取之间，建立起一个独特的坐标轴，并获得了一种奇妙的

1　叶圣陶：《新诗零话》，《叶圣陶集》第 9 卷，第 112 页。
2　俞平伯：《读〈毁灭〉》，《小说月报》第 14 卷第 8 号，1923 年 8 月。

协调平衡，用朱光潜的话说就是"以出世的精神，做入世的事业"[1]。因为看透了生命的有限和世事的无常，所以他们普遍有着逃禅心理，远离世俗喧嚣，拒绝政治侵扰，回避人事纷争，更不参与论争攻讦，20—30年代一波又一波的与旗帜、主义、山头、宗派相关的论战，从来看不到他们的身影；而朱自清在江浙一带几年中换了几个学校，其中一个重要原因也是不愿卷入人事纠葛。他们淡泊名利，洁身自守，在研读佛经、徜徉艺术、流连山水中努力营造闲适宁静而富有趣味的个人天地，企图以这种超脱的姿态去抵拒无常的侵袭，去调节心理平衡，抚慰心灵创痛，寻找精神归宿。在艺术和自然之中，他们也确实寻找到了心灵的栖息之所，他们与自然和艺术有关的大量散文，其中渗透着澄澈超迈、平和宁静的情思和境界，颇富禅宗所推崇的"乐道"的生活情趣和生活方式，这正可从一个侧面解释佛学之于他们的影响。

但另一方面，看透生命并非看破生命，既然人生有涯，生命短暂，那么就更应该珍惜生命，宝爱生活，以有涯攻无涯，用生命的每一刹那去进行真正的创造，从而体现自己的存在价值。正如俞平伯在评价朱自清的《毁灭》时说的，对人生既要"撇开"又要"执住"，撇开的目的是执住，摒除私欲，关怀众生，积极进取，有为人生。而夏丏尊说得更彻底："横竖'无奈'了，与其畏缩烦闷的过日，何妨堂堂正正的奋斗，用了'死罪犯人打仗'的态度，在绝望之中杀出一条希望的血路来！"[2]以这样一种精神去投身社会实践，使得开明派文人在参与新文化建设的时候以关注现实人生、守护人的心灵的悲悯情怀而形成了他们的独特立场。从这里，我们真切地感受到了他们在参透生命奥秘之后的明达和智慧，坦然和勇气。

经历过"五四"新文化的洗礼，关注现实人生、关注受侮辱受损害

1　朱光潜：《以出世就精神，做入世的事业——纪念弘一法师》，第160—161页。
2　夏丏尊：《"无奈"》，《夏丏尊文集·平屋之辑》，第44页。

的人们的生活，已经成为众多新文学作家共同的文化立场。他们或着力发掘病态社会中底层民众的精神病态，承担国民性改造的时代任务，或以人道主义情怀去批判社会的黑暗和罪恶，在或深刻峻切或声泪俱下的刻画诉说中，表达他们的价值立场和人生态度。开明派文人对底层平民和他们平凡琐碎的生活状态的关注，在佛家观念的影响下，着力于人性的守护和人的心灵的擦拭，在对社会罪恶的批判、对底层平民悲剧命运的揭示中，平添了几分悲天悯人的温暖。

佛家认为，"一切众生，悉有佛性"（《大般涅槃经·如来性品》），"心性本净，客尘所染"（《般若经》）。也就是说，人心本来是清净的，先天地具有成佛的因性种子，但由于外界的烦恼世俗的杂念，遮蔽了内心的灵性慧根，使心灵的明镜被污染了。因此，人们必须向内心追求，拭去心灵的尘垢，转迷成悟，彰显灵明，从而修真成佛。佛家的这种心性论理念给开明派文人提供了一种人性观察的视角。他们注意到人类两种截然相反的生存状态，一种是成人世界的麻木冷漠、世故虚伪、自私残忍、戒备猜忌，没有同情、理解、关爱，也没有心灵的撞击和情感的交融。叶圣陶《这也是一个人》《隔膜》《一个朋友》等小说所揭示的就是这种心灵蒙垢的状态，朱自清在杂感《憎》中愤然鞭挞的也是这种人与人之间互相"漠视""蔑视""敌视"的现象。从他们的描述中我们不难发现，这种现象之普遍，不仅存在于不相干的路人、茶客之间，而且也存在于同学、同事之间，甚至存在于家庭的夫妻、父母子女之间，如朱自清所说是"遍满现世间的"。正因为如此普遍和严重，叶圣陶甚至用"隔膜"来命名他的小说集。另一种则是儿童世界的纯真鲜活，他们的天真烂漫、毫无机心，富于友爱和同情，恰成为成人世界的鲜明对照。也就是说，儿童世界没有受到"客尘"的污染，因而可以最完整地体现佛家所说的"清净心"和"佛性"。这两个世界，在价值趋向上截然相反，但本质上揭示的是同一个问题。对此，赵景深看得很清楚，他说："我觉得子恺的随笔，好多地方都可以与叶绍钧的《隔膜》作比较观。在描写人间的隔膜和儿童的天真这两点上，这两个作家是一样的可爱。其实这两点也只是一物的两面，愈是觉得人间的隔膜，愈觉得儿童的天真。"[1] 正因为如此，丰子恺在散文和漫画中不遗余力地讴歌"童心"，赞美儿童有着"天真、健全、活跃的生活"[2]，是"身心全部公开的真人"，"世间的人群结合，永远没有像你们样的彻底地真实而纯洁"。[3] 丰子恺甚至因此有"儿童崇拜者"之称。"童心"给在世智尘劳的牵累下心灵日益疲惫残缺的世人些许慰藉，也给灰色病态的社会建立起一个鲜明的对照。

但"童心"的获得并不是要抛弃世间的秩序道德、知识习俗，回归人类的童年状态，而是要认识人类的本质存在，守护人类的自然本性，守护"童心"，这就是丰子恺的"护心"说。丰子恺在长达四十多年的时间中，画了 6 册《护生画集》，在画集之首，丰子恺写下五个大字："护生即护心。"意思是说，人应对天地间的一切生灵持有仁爱之心，包括草木虫鱼。这种仁爱之心，"始于家族，推及朋友，扩大而至于一乡，一邑，一国，一族，以及全人类。再进一步，可以恩及禽兽草木"[4]。在他看来，爱惜生灵体现了人类的同情和仁爱，如果随意虐杀生灵，那必然是丧心病狂、无恶不作之徒。在最艰苦的抗战年代，面对曹聚仁的《护生画集》可以烧毁了，因为现在需要的是救国杀生的说法，丰子恺期期不以为然，他强调说："'护生'就是'护心'。爱护生灵，劝戒残杀，可以涵养人心的'仁爱'，可以诱致世界的'和平'。故我们所爱护的，其实不是禽兽草木的本身，而是自己的心。……无端有意踏杀一群蚂蚁，不可！不是爱惜几个蚂蚁，是恐怕残忍成性，将来会用飞机载了重磅炸弹而无端有意去轰炸

1　赵景深：《丰子恺和他的小品文》。
2　丰子恺：《儿女》，《丰子恺散文全编》（上编），第 113 页。
3　丰子恺：《给我的孩子们》，《丰子恺散文全编》（上编），第 253、256 页。
4　丰子恺：《全人类是他的家族》，《丰子恺散文全编》（上编），第 681 页。

无辜的贫民。"[1]可见，护生是手段，护心是目的，通过护生，通过人的道德修养，戒除残忍与自私，养成善良、博大、容忍和慈爱的心灵。

提倡爱，用爱心来救治枯竭残疾的社会，是开明派同人的共同思路。朱自清、叶圣陶是如此，夏丏尊也是如此。他在翻译《爱的教育》的时候说的话至今依然言犹在耳："我在四年期始得此书的日译本，记得曾流了泪三日夜读毕，就是后来在翻译或随便阅读时，还深深的感到刺激，不觉眼睛润湿。这不是悲哀的眼泪，乃是惭愧和感激的眼泪。……平日为人为父为师的态度，读了这书好像丑女见了美人，自己难堪起来，不觉惭愧了流泪。"尽管这是一本儿童读物，但夏丏尊强调，应该把它当作一般读物介绍给全社会，因为"书中叙述亲子之爱，师生之情，朋友之谊，乡国之感，社会之同情，都已近于理想的世界，虽是幻影，使人读了觉到理想世界的情味，以为世间要如此才好"。[2]爱心，是这本书的关键词，也是中国社会现实中最缺乏的，所以夏丏尊甚至改变了原来的书名，而直接冠以"爱的教育"。

慈爱，对于宅心仁厚的夏丏尊来说，绝非一件时髦的衣衫或一个抽象的概念，它包含着非常丰富的内容和强烈的实践性指向。夏丏尊不仅以他的言论，更多的是以他一生的社会实践，在履行着他对人世间爱的承诺。弘一法师曾经为夏丏尊精研佛理而未能在宗教修持上下功夫感到不足，一再用"事理不二"的原则加以启发诱导。在弘一法师的角度，这确实不错，但换一种思路，我们不妨说弘一法师只见其一，未见其二。夏丏尊的精研佛理，"是把它当作苦难中的人类在自我拯救方面所创造的一种除却人们贪嗔怨恚无明烦恼的智慧"[3]，但夏丏尊不仅要自我拯救，更要济世救人。他最终没有皈依佛门，用丰子恺的话说是"因种种尘缘的牵

1　丰子恺:《一饭之恩》,《丰子恺散文全编》(上编)，第656—657页。

2　夏丏尊:《〈爱的教育〉译者序言》，第42页。

3　谭桂林:《20世纪中国文学与佛学》，安徽教育出版社1999年版，第117页。

阻"[1]，这"尘缘"，正如前引丰子恺的回忆，说穿了就是夏丏尊割舍不下的俗世情怀，是夏丏尊源于慈悲心而自觉承担起的社会责任。章锡琛曾这样描述夏丏尊对《中学生》的付出：

> 为了这杂志，他绞尽了心血，每期都是自己拟定了题目，约人写文章，杂志出来不到一年，销行数就到了两三万以上。每一个读者写信给他，他都要亲自回答；所有的读者，他都看作自己的亲子弟；题目所提出的问题，像学术，就业，婚姻，以及其他一切的疑难，他都要设身处地，替题目想得非常周到，谆谆不倦的告诉他们，因此所有的读者，都把他看作他们的慈父。[2]

可见，在另一个层面上，夏丏尊以菩萨行的信念去支撑自己施爱人间，普度有情，已超越了在家出家的分野，用佛家的菩萨行统一了"事"与"理"。只是，社会的苦难过于深重，个人的爱心奉献终难免如精卫填海，所以夏丏尊奉献了一生，也叹息了一生，"他至死没曾得到放开眉头无牵无挂的境界！"[3] 当然，这不是夏丏尊的悲剧，是社会的悲剧。

站在历史的角度，在佛学文化已基本不再成为民族文化建设的思想资源的今天，对照近一个世纪以来民族文化现代化的演变轨迹，我们来探究开明派群体那种带着浓厚佛学色彩的精神世界和文化主张，似乎有理由觉得它过于理想化，过于书生气，也过于迂缓。只是，在世俗欲望已经成为人们生活的主宰，社会的道德底线也一再被挑战被突破的当下，回首开明派文人当年那种高洁超迈的人格精神，那种执着坚韧的理想追求，那种

---

1 丰子恺：《悼丏师》，第 159 页。

2 章锡琛：《夏丏尊先生》。

3 王统照：《丏尊先生故后追忆》，《夏丏尊纪念文集》，上海哲学社会科学界联合会 2001 年版，第 57 页。

严肃认真的生活态度，那种以爱和奉献为核心的生命意识，我们也许该生出些不一样的感受和思考。

上述我们就开明派与儒家文化、江南文化和佛家文化之间的关系做了具体论述。通过这种论述不难看出，这个主要是由来自江南的本土平民知识分子组成的文化文学流派与传统文化有着怎样深刻的关联。在这里，他们与受过系统西方教育的西式知识分子形成了明显的差异。当然，强调这些，并不意味着除此而外的其他文化元素就没有进入开明派的精神世界。实际上，在历史转换时期文化变革的巨大浪潮中，传统与现代、东方与西方的各种文化元素都会在开明派的身上留下或深或浅的印迹，对此人们自然可以展开更丰富更细致的解析，我们前面也曾对启蒙文化和平民文化之于开明派的关系进行过具体论述。不过，在笔者看来，以上三个方面，已经融入了开明派的血脉，成为他们精神发展的内在需求，构成了开明派最具标识性的文化形象或曰文化气质。

需要指出的是，在本研究中，我们固然可以就上述三个方面分别论述，但在开明派的文化建构和文化实践中，儒家文化、江南文化和佛家文化等多种文化元素，是共同作用的，也是很难一一加以剥离的。且不说近代以来的儒释道，在三教合一的漫长历史进程中，各自的面目和边界已不是非常清晰，即如江南文化本身，其中也包含着多种文化元素。

当然，不同的文化元素有着不同的作用方面。大致说来，他们以儒家文化为立身之本，通过有所爱有所恨、有所为有所不为的实践来体现对君子人格的追求和对社会的道义担当；他们又以江南文化为性情之求，通过对自由意志、自由境界和人性道德理想的追求来丰富人生内涵，来体现人的自由本质和生命价值。而佛家文化，同时作用于他们的价值判断和人生追求，于是他们一方面以出世的情怀致力于利物济生，一方面以入世的执着致力于心灵守护。这种人生坐标的设置，使开明派在个人与社会、趣味与使命、出世与入世、独善与兼爱之间，获得了奇妙的协调平衡。前者的积极有为，引导着开明派文人对人的自由本质和生命价值的追求不陷入虚无或自了；后者的丰富完整，保证着开明派文人对社会理想的追求不走向偏激狭隘或人性异化。而开明派也以此将自己带入了更高的人生境界——江南文人文化理想的雍容中和之境。

同时，在开明派的精神建构中，上述文化元素的作用大小也不完全相同，其中起主导作用的仍是儒家精神。且不说被人视作"君子文人"的叶圣陶、朱自清，这里仍以夏丏尊为例。

夏丏尊因与弘一法师的特殊因缘，人们很容易看到他与佛学的关系，但也许正因此而掩盖了他与儒家的关系。实际上如前所述，夏丏尊与李叔同一样，在接触佛家文化之前是儒家人格理想的坚定信奉者和自觉实践者，这种文化底色不会因为信仰的改变而能轻易抹去。在学佛的态度上，夏丏尊着重于佛理的精研和信念的崇奉，把佛学当作在苦难的世界实现自我拯救的智慧，因此，他的佛教信念和佛教实践是分离的。尽管弘一法师多次劝导夏丏尊应该"事理不二"，但夏丏尊不改初衷，只在涵养人格和寄托精神方面与佛家建立联系，而将佛家的悲天悯人和儒家的济世教化精神融在了一起。也因为此，当夏丏尊去世的时候，他留给人的并不是一个茹素学佛的"居士"形象，而是如叶圣陶所概括的"朴实真诚，笃行拔俗，廉顽立懦，化遍朋从"[1]的济世者形象。这四句"盖棺"之论，体现更多的不是佛家的精神，而是儒家的精神。

1　叶圣陶：《夏丏尊先生追悼会启事》，《叶圣陶集》第 6 卷，第 211 页。

结　语

　　在上述六章中，我们分别从开明派的发展历程、文化立场、文化观念、文化实践、文学实践、精神建构六个方面，论述了开明派作为一个文化、文学流派的历史存在、思想内涵、行为方式和精神品质。这里，我们必须追问的是，这些内涵和特质在中国民族文化现代化的历史进程中意味着什么，也就是说，它们所具有的历史价值，以及这种价值所具有的启迪意义。

　　在比较概括的层面上，在我看来，开明派的历史价值，至少体现在以下三个方面。

　　第一，建立起一套比较完整的、有深度的、以"立人"为价值核心的育人体系。

　　中国的国门被西方列强打开以来，中国知识分子就开始探索民族文化现代化的发展路径。几经曲折，到"五四"新文化运动时期，先进的中国人痛感必须打破匍匐在封建宗法下的老中国儿女们愚昧落后的精神枷锁，从而挣得做人的权利，由此形成了"立人"的思想共识，即鲁迅所谓的"是故将生存两间，角逐列国是务，其首在立人，人立而后凡事举"，

"则国人之自觉至,个性张,沙聚之邦,由是转为人国"。[1] 于是,几乎在所有领域,新文化的倡导者、信奉者、践行者们都在鼓吹并探索社会变革时代"立人"的重要性、必要性与可能性,在思想领域反对封建宗法制度的精神桎梏,大力鼓吹人的发现,并形成了女性的发现与儿童的发现两大具体成果;在文学领域反对非人的封建文学,高扬以人道主义、个性解放为核心价值的"人的文学";在教育领域反对奴化的封建教育,大力提倡以人的全面发展为旨归的现代教育。在"五四"新文化时代潮流的推动下,开明派逐步形成了自己对于民族文化现代化转型的理论思考和实践路径,那就是紧紧抓住新文化运动的启蒙主题,建立起一套比较完整的、有深度的、以立人为核心价值的育人体系。这个教育体系的要义包括:一是以独立健全的人格教育为中心、德行智能全面发展的教育宗旨;二是以中学生和受过中等程度教育的青少年为主体的教育对象;三是以平等交流、精神熏陶的启发式教育为主的教育方式;四是以教科书和课外读物出版为主体的教育保障。这样一个教育体系,一方面从教育宗旨、教育对象、教育方式到教育保障,完整地涵括了教育的基本要素;另一方面,兼顾了课堂教学与课外辅导、课程教育与素质教育、学校教育与社会教育、能力培养与知识训练,协调了中等教育与初等教育、高等教育的不同特性,协调了教育目标和教育人口之间的巨大落差,从而在纵与横、广度与深度两个方面,为达成新文化运动倡导的"立人"使命,为实现民族文化的现代化转型,最大限度地提供了社会变革时代对培养新型人才所需求的精神养料,体现出他们高度的文化自觉。

第二,将坚定的文化信念落实于卓越的文化实践,执着于社会转型时代的新文化建设。

有学者说,"五四"新文化时代的最鲜明文化特征可以用"众声喧哗、

---

[1] 鲁迅:《坟·文化偏执论》,《鲁迅全集》第 1 卷,第 56—57 页。

泥沙俱下"来概括。当然，其中的意味是它固然元气淋漓，却也纷纭复杂。落实到社团流派的层面，且不说其前后的文化主张未必一致，文化立场不免游移，甚至在其文化主张与文化实践之间，也留下诸多罅隙龃龉。但这种状况显然不属于开明派。开明派以其一致性、建设性和实践性显出自己对于时代任务的深刻认知和对于文化岗位的准确定位。这里，"一致性"的要义在于：其文化立场，不受政治文化风云变化的影响而始终保持一致，流派成员所秉持的文化观念始终保持一致，其文化主张与文化实践之间始终保持一致，在开明派那里，理论与实践真正达到了一种无间的状态。"建设性"的要义在于：面对文化转型时代新旧缠绕的复杂状况和除旧布新的繁重使命，开明派坚持向社会传播符合社会发展趋势、满足时代转型需要的新型价值观念和现代知识系统，以为新文化添砖加瓦的责任担当，体现出鲜明的建设性。"实践性"的要义在于：围绕青少年展开思想文化启蒙的精准实践目标，从教育、文学、出版多角度，从课内到课外、从校内到校外多层面展开、持续推进的超强实践能力，二十多年成果丰硕、影响巨大的卓越实践成就。开明派以他们所独具的一致性、建设性和实践性特征，体现出他们高度的文化担当。

第三，紧密融合文学、教育、出版三个不同的领域，从而构成一个相互说明、相互支撑的有机整体。

文学、教育、出版分属不同的文化门类，在民族文化建构中也各自承担不同的功能。文学表达对外在世界和内在精神的认知，作用于人的情感心灵；教育是一种有目的的社会实践活动，作用于人的心智成长发展；出版则以具体可感的物质形态，固化并传递文学与教育的内涵与精神。它们各有传承，各自发挥作用，但也关系密切，时有交集，不过通常总是两两结合，有主有次。开明派在自己的文化实践中，不仅以新文学作品、教科书和青少年课外读物、系列出版物在文学、教育、出版三个领域均有重要建树，更为独特也更有价值的是，他们将这三者由最初的各自为战，有意识地熔铸成一个互相印证、互相支撑的有机整体。他们不仅通过出版对文学与教育形成强有力的支持，而且更将常以平行状态出现的文学与教育融合在一起，以现代散文、儿童文学、科学小品等新文学作品形式给教育提供新鲜的内容和新鲜的感受方式、表达方式，也以厚实的教育成果汇聚出众多的青少年文学习作，不仅扩大了新文学的影响力，培养了文学新人，更从本源的意义上夯实了新文学的社会土壤。文学与教育，各有不同的文化旨趣和文化功能，但经过资源整合形成新的文化语境，既强化了自身也不断反哺对方，形成一种双赢的局面，体现出他们高度的文化智慧。

有意味的是，上述三个方面构成了三位一体的浑融状态，开明派也以此兑现了他们对于那个时代的文化承诺。在这里，彰显了开明派卓尔不群的历史价值。

站在 21 世纪，回望这个大半个世纪前的文化、文学流派，我们需要进一步反思的是，前辈孜孜以求、始终不懈的文化工作，以及他们身上那种现代知识分子的精神风骨，给后世提供了哪些经验教训，对于我们今天并未结束的民族文化现代化征程，具有什么样的启迪。其实，开明派上述的历史业绩，在如何应世行事方面，本身就内含了许多的经验教训，这是一望可知的。这里需要进一步追问的是，从民族文化现代化历程的角度看，鲁迅当年提出的"立人"的历史命题是否已经过时，与之相应地，"五四"新文化运动的启蒙使命是否已经终结。毕竟，当年与眼下相距一百年，两个时代有着完全不同的文化语境。在民智未开的时代，开明派和他们的同时代人致力于思想文化启蒙，自然有力回应了时代的需求，也为全社会的文明进步提供了强大的文化动力。当下则进入了知识爆炸的时代，大众普遍的知识水准，大众所能享受的现代文化成果，早已与当年不可同日而语。于是，在新的文化语境中，启蒙任务是否已经终结，在 20世纪 90 年代的讨论中便大体有了两种不同的看法：一种认为启蒙时代已经过去，当下早已进入后启蒙时代；一种则认为我们始终必须补上启蒙这一课。不论这个讨论是否有结论，启蒙的声音渐趋式微而商品经济的狂欢席卷一切，倒也成为无法否认的事实。只是，物质的丰富是否意味着精神的丰富，欲望的满足能否代替心灵的满足，还是需要做进一步的观察，否则，就难以解释当下社会生活中普遍存在的丛林规则、趋利避害的行为模式、道德底线的一再被突破。时常见诸媒体的相关事件和大众的抱怨，未必是社会的常态，但它们的存在，则提示全社会注意，先哲提出的"立人"使命是否真的已经完成，我们是否真的跨越了启蒙时代。站在中华民族生存发展的千年大计的立场上，这是一个需要认真面对的问题。

　　且让我们共同思考。

附录一　丰子恺的"教育漫画"
与开明派教育改造运动

作为中国现代漫画的创始人,[1] 丰子恺一生创作了大量的漫画。这些漫画题材多样，山水风景、市井风情、平民农夫、人生百态、童心童趣、诗词意境等等，给人们留下深刻印象。这里不对他的漫画做全面评介，只就他 1926—1929 年间发表在《教育杂志》的几组"教育漫画"展开论述。

一

1922 年夏，丰子恺来到上虞白马湖春晖中学教书，由此开始了他的漫画创作之路。他把在生活中所观察到、在艺术中所领悟到的点点滴滴用毛笔随时记录下来，用笔简括，富于意趣，不求形似，但得神韵，自有一种稚拙单纯之美。作画的时候并不讲究，顺手抓过身边的东西，一挥而就。正如后来丰子恺自己所说："于是包皮纸，旧讲义纸，香烟簏的反面，都成了我的 Canvas（按指画布），有毛笔的地方，就都是我的 Studio（按

1　丰子恺在《教师日记》中说："国人皆以为漫画在中国由吾创始。实则陈师曾曾在太平洋报所载毛笔略画，题意潇洒，用笔简劲，实为中国漫画之始，第当时无其名，至吾画发表于文学周报，始有'漫画'之名也。"

指画室）了。"[1] 久而久之，他的"小客厅里，互相垂直的两壁上，早已排满了那小眼睛似的漫画的稿；微风穿过它们间时，几乎可以听出飒飒的声音"[2]。朱自清等春晖中学的好友同事非常喜爱他的漫画，称"我们都爱你的漫画有诗意；一幅幅的漫画，就如一首首的小诗——带核儿的小诗。你将诗的世界东一鳞西一爪地揭露出来，我们这就象吃橄榄似的，老觉着那味儿"[3]。朱自清请他为自己主编的《我们的七月》设计封面，并在其上发表了丰子恺的漫画《人散后，一钩新月天如水》，这是丰子恺发表的第一幅漫画。[4] 受此鼓励，丰子恺画得更起劲，创作并在郑振铎主编的《文学周报》等报刊上发表了更多的漫画作品。1925 年底，郑振铎将丰子恺的这些作品结集出版，定名为《子恺漫画》。由此，丰子恺和他的漫画受到社会的广泛喜爱，开始风行。

也许因此之故，在 1926—1929 年间，《教育杂志》特设了"教育漫画"栏目，专由丰子恺承担，每次发表四幅漫画。这样的栏目在《教育杂志》出现了十次。这十组漫画，其中六组是毛笔漫画，与丰子恺得以成名的漫画风格完全一致；其他四组为钢笔漫画，题材均与学校生活有关。十组漫画中，题名相同的有两次：《学校生活的断片》；题名一次的有《小瞻瞻底梦》《自然之默谕》《教育界的人物》《艺术的劳动》《我们设身处地地想象孩子们的生活》《社会的背景》，还有两次无题名。不过不管有无题名，每幅画作本身均有题名。

丰子恺在《教育杂志》发表"教育漫画"的缘起经过，目前没有发现他自己或别人对此有具体的直接的解说。但观察分析这些作品，我们仍然

1　丰子恺：《题卷首》，氏著《子恺漫画》，开明书店 1926 年 8 月再版，第 22 页。

2　朱自清：《〈子恺漫画〉代序》，《朱自清全集》第 1 卷，第 222 页。

3　同上。

4　据陈星考证（陈星：《丰子恺漫画研究》，西泠印社 2004 年版），丰子恺 1922 年底便在春晖中学校报《春晖》上发表过两幅漫画作品。但笔者仍倾向于认为这是第一次比较正式地发表漫画创作。

可以从中发现一些有意思的现象。一是这些画都属于组画形式，与自由创作自发投稿明显拉开了距离而配合期刊主题的痕迹则非常明显，比如《小瞻瞻底梦》和《自然之默谕》两组画直接配合了《教育杂志》的"儿童心理专号"；二是各组画之间不求一律，但每组画自身的画法和风格则保持一致，含着为杂志专门创作的意味；三是钢笔漫画中有时带有"急就章"痕迹，换句话说，为满足刊物定时出版的要求，丰子恺来不及从容构思，只能看到什么、想到什么就画什么。丰子恺曾经把自己的漫画创作分为四个时期："第一是描写古诗句时代；第二是描写儿童相的时代；第三是描写社会相的时代；第四是描写自然相的时代。但又交互错综，不能判然划界，只是我的漫画中含有这四种相的表现而已。"[1]这"四种相"都不包含"教育相"。翻检其时的《教育杂志》可以发现，除这十组冠以"教育漫画"的画作外，丰子恺在《教育杂志》还以插图的方式发表过多幅可以纳入"四种相"的其他毛笔漫画，可见这十组"教育漫画"带有特定创作的含义。由上述几点可以推断："教育漫画"不是丰子恺的一个稳定的创作题材领域，[2]却是一个特定的题材领域，是应一时之需，是丰子恺与《教育杂志》合作的结果。说得再明确些，就是丰子恺是应《教育杂志》之邀而创作的，对于丰子恺而言，这些"教育漫画"是《教育杂志》出的"命题作文"。

丰子恺为什么接受这一"命题"，这是本文所要探讨的问题。

二

丰子恺的"教育漫画"，与开明派大力推行的教育改造运动有着密切

1　丰子恺：《漫画创作二十年》，氏著《率真集》，万叶书店 1946 年 10 月版。
2　丰子恺曾经出版过《学生漫画》（开明书店 1931 年版）和《子恺漫画全集·学生相》（开明书店 1945 年版）等，与"教育漫画"内容比较接近。

的关联。

　　笔者曾经论述了开明派作为一个文化流派的主要工作和贡献，认为叶圣陶、夏丏尊等一批江浙文人，以相近的文化背景、文化气质、文化倾向和审美趣味自然地聚集在一起，在文化、教育和文学领域孜孜不倦地耕耘，以其稳健而稳定的文化倾向和文化活动，产生了深远的影响，形成了一个独特的可称为"开明派"的文学文化流派。[1] 在他们的文化背景中，有一个非常相近的地方，那就是他们大多做过多年的教师，如叶圣陶、夏丏尊、朱自清、丰子恺、匡互生、刘薰宇、刘叔琴、朱光潜、沈仲九等，或者本来学的就是教育，如周予同。在多年的教育实践中，他们对当下的教育从教育目的、教育制度、教育机构，到教育方法、教师、教材等涉及教育活动的各方面各环节都有深刻的认识和感受，痛感当下实行的是一种功利的、实用的甚至"非人"的教育，造就的是人格残缺、个性扭曲的奴隶，而不是能够体现并推动社会进步的现代意义上的真正的"人"，是无法承担改造社会的重任的。因此，必须站在"五四"新文化"立人"的立场上，根据人的解放和社会改造的时代任务，从理念到制度到实践的各个层面对教育进行彻底的有效的改造，从而掀起声势浩大的教育改造运动[2]，并以自己独特的持之以恒的努力产生了深远的影响。

　　在这个运动中，他们主要通过两个阵地来实现自己的追求，一个是立达学园，在实践层面上以一种全新的教育方式探索理想的教育；一个是《教育杂志》等期刊，在理论层面上猛烈批判封建的陈腐的教育观念而大力呼吁启蒙的先进的教育思想。《教育杂志》是上海商务印书馆编辑发行的大型教育类月刊，其时由周予同主编。正因此之故，它成为开明派成员重要的理论阵地，叶圣陶、夏丏尊、匡互生、丰子恺、朱自清、刘薰宇、

1　见笔者《一个独特的文学、文化流派——"开明派"论略》等文。
2　教育改造是全国新文化界非常重视的一个问题，蔡元培、蒋梦麟、陶行知、晏阳初等众多教育界人士都从不同侧面展开探索。本文因论题所限，对他们的活动不予涉及。

刘叔琴、朱光潜等许多开明派同人在《教育杂志》上发表论著，在社会上形成了相当广泛的影响。有着这样的背景，丰子恺接受周予同的邀约，在《教育杂志》上发表"教育漫画"也就是顺理成章的了。

开明派的教育改造运动内容非常丰富，这里无意全面展开，而仅就《教育杂志》中涉及丰子恺的部分进行论述。

开明派教育改造的中心环节始终围绕着人格教育进行。培养青年独立健全的人格意识和人格精神，是开明派关于人的全面发展的文化观念的核心问题，也是他们进行教育改造的根本旨归。他们坚信"'人'是一切改造的根基。任何改造，都是需'人'去负责的。没有较善的人，就不能有较善的改造。……第一步的'人'的改造，是一切改造的基础。而这种基础，只有用教育的工夫，比较的建筑得切实"[1]。他们认为，人格教育以青年的人格养成为目的，因而必然是一种青年本位的教育。这种教育在教育方式上要求教育者只能以人格感化为号召，以培养、启发为手段，以尽"扶植""保护"的责任，让青年在自由的环境中自然成长。他们指出：所谓"教育者，在他们底责任进行上，应当很小心地缩小了他们底成见，尽量给受教育者以自由活动的机会"。"绝对不容许因'扶植'和'保护'而侵害被扶植者和被保护者的自然生长，采那'揠苗助长'或'戕贼人以为仁义'的手段，将社会或个人作教育的牺牲。"[2] 可是，学校的现状却与他们倡导的人格教育背道而驰。教育者素质的低下和教育方式的陈旧成为两个痼疾，教育者一方面将教育"看作权势和金钱的阶梯"[3]，全无丝毫的人格典范作用在内；另一方面，把学生看作一只空瓶子，只管往里面填塞东西，不懂得启发扶持，更拒绝考虑学生的个性才能。学校只提供一种格式化或标准化的生产模式，任何逸出这一模式的行为都将受到无情的

1　沈仲九：《关于中等教育之一种小小的试验》。

2　薰宇：《非"国家主义的教育"》。

3　朱自清：《教育的信仰》，第 144、140 页。

图 12 丰子恺:《教育手段》   图 13 丰子恺:《毕业生产出》

束缚和删削。于是，在这种模式化的教育下，学生也都毫无个性，毫无生
命光彩。在漫画中，丰子恺把这一观点表达得极其透彻。他把教育比喻为
园丁侍弄盆景，学生如盆景般在剪刀的删削和绳索的束缚下扭曲地生长
（参见图 12）；毕业生也如工匠用一个模具批量生产出的小泥人那样千人
一面（参见图 13）。叶圣陶非常喜欢他的这幅画，[1]认为它传神地表达了传
统教育漠视人的个性的本质。几十年后，叶圣陶还意味深长地说:"是不
是还有人在认真地做这个工匠那样的工作呢？直到现在，还值得我们深刻
反省。"[2]

　　由此，他们强调以生活为本位的教育，主张青年更应该在实践中、
在生活中学习，要学以致用，要将知识的学习、能力的培养和人格的修养
完善统一起来。只要能做到这些，形式上的能否进学校或能否从学校毕业

1　丰子恺重新创作了《毕业生产出》，并改题《教育》（叶圣陶所说即为此版本），收入氏著
　《子恺画集》，开明书店 1927 年版。
2　叶圣陶:《子恺的画》，《叶圣陶集》第 7 卷，第 248 页。

图 14　丰子恺:《艺术教育的大教室》

倒在其次，叶圣陶甚至说:"有志的青年大可不必进学校。……要读有用的书，求有用的知识，就该进社会大学，这是个自由的天地。"[1]叶圣陶的说法固然有着宽慰失学青年的含义，但毫无疑问有着对现行学校教育的深深质疑。而这种质疑到丰子恺那里甚至发展为一种反学校教育的立场。他在《无学校的教育》一文中说:"我对于学校的怀疑心，到现在已牢不可破。我决不再送我的儿女入一般的学校。并且想象甚样才是合理的儿童教育。有时'废除学校'、'无学校的儿童教育'一类的观念，不期地浮现到意识的表面来。"[2]他非常赞同日本教育家西川伊作的话:"我以为过分把教育委托于学校，是不好的。现在几乎一切的人都以为非学校不能教育，不入学校就不能养成良好的人格。因此盲目地信赖学校，以为总要入上级的学校，总要入名望好的学校。做学校的奴隶了。"站在理性的立场，丰子恺这样的观点自然过于情绪化，但对于一个特别看重儿童天性的率真的艺术家而言，却是再自然不过的。

1　叶圣陶:《有志青年何必一定要高攀学府的门墙》，第 228 页。
2　丰子恺:《无学校的教育》，《教育杂志》第 19 卷第 7 号，1927 年 7 月。

落实到艺术教育的层面上来，丰子恺在"教育漫画"中也发出了摆脱束缚、自由发展的呼声。他有一幅画，画面上天朗气清，绿草茵茵，杨柳依依，燕子穿梭，喷泉周围游人自在地玩耍休憩，尽情享受着大自然慷慨的赠予，画作题名《艺术教育的大教室》（参见图14）。在丰子恺看来，艺术教育就应该在大自然中进行，这不仅在于"师造化"还是"师前人"的问题，更重要的是大自然对于开阔胸襟、陶冶情操、培植个性、激发灵感的重要作用，在于艺术的灵魂就蕴含在自由的空气中，这不是在教室里画石膏像能够实现的。

三

丰子恺做过多年的教师，对教育问题有着自己独到的认识和理解，并且留下了大量的著述。同时他也是一个浑身充满艺术趣味的人，所以在他的朋友同道用文字来表达对教育问题的思考的时候，他则善于用形象的方式来表达自己的思想，这在他的"教育漫画"中留下了丰富的记录。

"教育漫画"的丰富内容中，一个重要方面是生动地记载了学生的校园生活。

1924年底，丰子恺离开春晖中学，与匡互生等同人来到上海创办立达学园，担任了学园西洋画科的负责人。学园创办初期，条件很简陋，生活也很艰苦，但为了实行教育改造并追求理想的教育，大家团结友爱，师生相处也很快乐。丰子恺两组《学校生活的断片》对这种生活就做了生动的反映：[1] 匡互生为学校的生存和发展殚精竭虑四方奔走，但自己却终日如农夫一般粗茶淡饭粗头乱服，从不知道享受，偶尔穿了一件新衣裳，便

---

1 丰子恺在立达学园任教的同时也在他校任教，但笔者认为这组《学校生活的断片》多取材于立达学园。

成为轰动全校的事情，惹得大家纷
纷从教室内外探头探脑，啧啧称奇
(《学校生活的断片·"看！匡先生
穿新衣裳！"》)；寄宿在学校，伙
食是个大事情，去迟了怕没吃的
了，所以无论师生，时间一到，纷
纷赶向饭厅(《学校生活的断片·富
祥一打钟，无论那个都要奔向饭厅
去》)；平民家的孩子有书读就非常
好了，所以不可能在踢球的时候还
有专门的鞋子，一使劲，脚上的布
鞋和球就一起上了天(《学校生活的
断片·吴维纲踢球，连鞋子踢了上
去》)。尽管这些画不是毛笔画，但

图 15　丰子恺：《毕业后一年》

丰氏漫画那种幽默风趣的韵味是一以贯之的。当然，也不全是如此：一群
女生不知如何安慰趴在桌上哭泣的同学，因为她父亲给她定了亲，要她回
去完婚，她再也不能上学了(《学校生活的断片·郑璋底父亲今天来，说
要同她回家去结婚，不来读书了》)。一个无言的镜头，道出了女性在那个
社会普遍存在即使是新学校也无法抗拒的悲剧。

　　"教育漫画"的另一个重要方面是对教育界现状的深刻揭示。

　　从学校毕业后，毕业生自然会走上社会，在服务社会的同时养家糊
口。可《毕业后一年》中的这位毕业生而且是大学毕业生既没有趾高气扬
地夹着公文包，也没有挥汗如雨地振笔疾书，却垂头丧气地枯坐在家中发
呆，这是为何？原来他丢掉了饭碗或者压根儿没找到工作(参见图 15)。
显然，漫画在提示我们注意一个非常严重的社会现象：毕业即失业。在一
个教育基础薄弱、各界都大量需要受教育人才的社会，却无法为一个毕业

图 16 丰子恺:《学校生活的黄昏》

生提供就业岗位,这说明什么? 漫画不是在讽刺画中的这位毕业生无能,而是把批判的矛头指向了造成这种局面的社会。香港明川先生曾经就这幅画[1]发表看法说:"世间没有毕业这回事! 人生之途,长可以说长得漫漫无尽,短可以说短得只需一弹指顷,但不问长短,人都要承担许多'业'。谁能毕业? 就是死后,仍该有未毕之情,未了之缘,未竟之业啊! ⋯⋯毕业证书挂上了,又要思量升学找工作;工作做定了,又要费心结婚生子。人生之业,开始了,就难有完毕的一天! "[2]他说的固然有道理,只是他更多的是由此画生发开去谈人生哲理,却忽略了丰子恺创作此画的时代背景和创作意图,因而在对画作主题的理解上未能揭示其鲜明的现实针对性和批判性,未免隔靴搔痒了。学生的状况不容乐观,教员的状况也好不到哪儿去。丰子恺《学校生活的黄昏》描绘了这样一幅画面:黄昏下,教师在办公室里仍埋头批改学生作业,那袅袅的香烟和低垂的头颅烘托出教师说不尽的疲惫。这与其是在夸奖教员的敬业,毋宁说是在悲悯普通教员工作的繁重,以及在此背后清晰可见的生活的窘迫和谋生的艰难(参见图16)。

---

1 丰子恺曾经将此画重新创作并改题《毕业后》,明川先生依据的就是这个版本。
2 转引自陈星:《丰子恺漫画研究》,第71页。

学生和教师的状况都令人担忧，那么整个教育界的状况也就可想而知了。在绛帐中端坐着的，不是三军的统帅，而是学校的校长，他操心的不是运筹帷幄决胜千里的军国大事，而是平实到凡俗具体到琐细的学费（参见图17）。于是，在形式的庄重和内容的世俗之间便形成巨大的反差和喜剧性的对比，让人不禁莞尔。但在笑过之后却又无法不让人感慨。20世纪20年代的中国战乱频仍，民不聊生，教育经费本不充裕，却还经常被克扣挪用，公立学校一个学期教员领三四

图17　丰子恺：《绛帐》

个月薪水的事是家常便饭，私立学校的经费更是捉襟见肘。学校的正常运转和教员的薪水往往必须仰赖学费的及时和足额缴付，而这一点却常常做不到。全国多个省份中等以上学校的罢课和赴京请愿运动，向政府交涉的无一不是教育经费问题。于是，画中端坐在绛帐中的校长为学费和在学费背后的学校前途发愁便有了令人鼻酸的沉重内涵。教育界连续几年大声呼吁"教育独立"，意在使教育尽可能摆脱官僚、政客、军阀的染指和各种对教育的干扰，其中一个重要内容就在于教育经费的独立。朱自清曾一针见血地指出："要教育经费独立之后，才有教育独立可言，如若不然，那教育独立，却不过是门面语。"[1]在这些地方，丰子恺表现了他强烈的现实针对性和尖锐的批判意识，以及对中国教育现状的深深的悲悯。

1　知白（朱自清）：《教育经费独立》，《教育杂志》第14卷第1号，1922年1月。

丰子恺发表于《教育杂志》的这组"教育漫画",其数量在他一生的漫画创作中只占很小的一部分,但它以集中的题材、鲜明的针对性和强烈的批判性而显示出独特的价值,值得我们予以重视。

(原载《美育学刊》2012 年第 5 期)

附录二　论朱自清晚年的思想转变

　　在探讨近百年来中国知识分子道路和命运的时候，闻一多、吴晗等人文知识分子在 20 世纪 40 年代的"左"转，常常是一个重要的观察维度。比起他们，朱自清的代表性似乎不够，他不那么纯粹，不那么典型。确实，朱自清很少出现在公众视野中，也鲜有惊心动魄的事迹。不过，这只是问题的一个方面，换一个角度，站在普通人的立场，朱自清同样具有代表性。毕竟，人是复杂的，社会是复杂的，人在社会中的存在，很难达到一种纯粹的境地，以及常人难以企及的高度。绝大多数的人都如朱自清一样，在社会中俯仰沉浮。此其一。其二，朱自清一生经历丰富，他是作家又是学者。他是文学研究会会员，信奉"为人生"的文学，是"开明派"的重要骨干，坚持启蒙立场；又相当深地介入了"京派"的活动，固守文学的艺术本位。他早年在江浙沪从事中等教育，后长期在清华大学工作，抗战年间又是西南联大知识分子群体中的重要一员。在他身上，上海与北京、民粹主义与自由主义、左翼与右翼、中等教育与高等教育、青年人与中年人等等，都有不同程度的纽结。因此，朱自清晚年的"左"转，便具有了区别于闻一多、吴晗等人的独特意义。

　　朱自清晚年的转变，主要体现为立场的转变和观念的调整，有着丰富的内涵，比如政治立场上由与政治保持距离变为更多地介入现实，在思想观念上由坚守知识分子个人立场变为更多地向大众和集体靠拢，在文学观念上由艺术本位变为更多地容纳大众口味，等等。这些不是本文的重点。本文主要论述的，是朱自清转变的心路历程，以及转变过程中起主要作用的若干因素。

一 朱自清转变的外因与内因

全面抗战的胜利，让国民党在国统区民众中的威望一时达到了顶点。可是很快，随着国民党的"五子登科"把"接收"变为"劫收"，随着内战的烽烟再起而把喘息未定的民众再次拖入战争的泥淖，随着实施"戡乱"而对人民进行高压的独裁统治，随着战争而来的通货膨胀而使得社会各阶层赤贫化，国民党迅速耗尽了它在抗战中积累起来的政治信用，丧失了一个政权赖以存在的民心基础，国统区反饥饿、反内战、反迫害的民主运动此起彼伏。与此同时，在共产党领导的解放区，那种政治的清明，民主的氛围，民心的舒畅，军民同心的凝聚力，共产党对民族光明未来的许诺，则提供了完全相反的另一种图景。两相对照，共产党如初生的朝阳，而国民党则日薄西山。于是，从40年代下半叶开始，在时代氛围上，整个民族迅速地向"左"倾斜，朱自清也和大多数知识分子一样，开始明显地向"左"转。

朱自清的这种"左"转，既是他认真观察、思考的结果，也是个人为适应时代氛围、时代需要而做的一种努力，是时代大潮与他内在的生活逻辑和价值立场的一种合力。

朱自清自1928年经历了痛苦的"哪里走"的思考并宣布躲入书斋后，一直与现实政治保持相当距离。他拒绝加入任何政治党派，也远离任何带有明显政治意识形态色彩的团体，在私下场合明确表示："拿笔杆的人，最好不要卷入任何圈子里去。"[1]但40年代下半叶空前的历史风暴，让朱自清痛切感到以前那种书斋生活的无法复制，二十年前"哪里走"的问题再次被提出。而且，由于社会矛盾的急剧尖锐，以及随国共双方力量对比的转换而来的整个社会发展趋势的明朗化，这个问题带着更加不容回避、犹豫的气势。上一次，朱自清选择了遁世，躲进"国学"的故纸堆。尽管在退隐中仍然坚守着个人的生活逻辑和心灵逻辑，坚守着知识分子的独立立场，但那毕竟是被动的，有着许多的无奈和苦涩。如今，时代完全不同了，朱自清个人的经历也完全不同了，这给朱自清的观察和思考提供了新的基点。

作为生活在国统区的知识分子，朱自清对解放区知之甚少，他的观察对象，是国统区的社会现实；他的思考的立足点，是普通人的或者说是大众的立场。

朱自清是从"五四"新文化运动中成长起来的，他始终信奉并追求独立人格和自由意志，而又长期生活在以自由主义知识分子为主体的清华大学，这是他二十年来能够置身政治风云之外的一个重要原因。但"五四"民粹主义思潮对朱自清也有深刻影响，他对于民间的苦难非常敏感，并习惯于从民间的立场观察问题。30年代初朱自清在英国访学的时候，一次他专门去剧场听约翰·高尔斯华绥朗诵自己的作品。高尔斯华绥是朱自清非常重视的英国小说家、剧作家，能够亲耳聆听作家朗诵自己的作品是一件幸事，而从中揣摩文学诵读对于新文学创作和文学教学的意义，则是朱自清30年代为新文学的发展始终思考并致力探索的一个重要方向。当高尔斯华绥朗诵完自己剧作的一个片段时，安静的剧场内突然传来一个老人的抗议声。听众以鼓掌和跺脚支持高尔斯华绥，却对这个老人发出阻止的嘘声。朱自清也觉得他很"古怪"粗鲁，难以接受，但当发现那人原来是

1　见金溟若：《怀念朱自清先生》。

个穷工人的时候，朱自清虽然不清楚他在抗议什么，却"立刻改变了看法，重新评价他的挑战"[1]。这种不假思索的立场改变提示我们，普通民众的生存，始终是左右朱自清情感天平的重要砝码。抗战期间在成都休假，底层民众为生存而被迫"吃大户"的惨状，更让他为之动容。这种骨子里根深蒂固的平民意识，是朱自清最终向"左"转的内在依据。

而他个人和广大民众在抗战胜利后所经受的磨难，则成了他"左"转的催化剂。抗战期间，朱自清痛切于个人和民众的生存艰难，但全民族都在苦难之中，他只能寄希望于战后的民族重建。抗战胜利的时候他说："胜利了，可是千万不能起内战。不起内战，国家的经济可以恢复得快点，老百姓可以少受些罪。"[2] 但现实的景象却和朱自清的愿望截然相反，1946年他在诗中说：

> 凯歌旋踵仍据乱，极目升平杳无畔。
>
> 几番雨横复风狂，破碎山河天四暗。
>
> 同室操戈血飘杵，奔走惊呼交喘汗。
>
> 流离琐尾历九秋，灾星到头还贯串。
>
> 异乡久客如蚁旋，敝服饥肠何日瞻？ [3]

这种动荡的局面，在朱自清看来，显然源于国民党政权无可救药的腐败。他说：古往今来造成社会动乱的原因就在于统治阶级"不行仁政，不施德教，也就是贤者不在位，统治者不好"[4]。统治者凭借权力巧取豪夺，横征暴敛，大发国难财、接收财、胜利财，"于是富的富到三十三

1　1931 年 11 月 19 日朱自清日记，《朱自清全集》第 9 卷，第 74 页。

2　陈竹隐：《忆佩弦》，《新文学史料》第 1 辑，人民文学出版社 1978 年。

3　朱自清：《胜利已复半载，对此茫茫，百端交集，次公权去夏见答韵》，《朱自清全集》第 5 卷，第 336 页。

4　朱自清：《论不满现状》，第 512 页。

天之上。贫的贫到十八层地狱之下"。对此，朱自清愤怒地质问道：难道"大多数在饥饿线上挣扎的人能以眼睁睁白白供养着这班骄奢淫逸的人尽情的自在的享乐吗？"[1]"到了现状坏到怎么吃苦还是活不下去的时候，人心浮动，也就是情绪高涨，老百姓本能的不顾一切的起来了，他们要打破现状"[2]，要"造反"。

在西安事变的时候，朱自清的立场站在国民政府一边，但到了此刻，朱自清则站到了它的对立面。

二　朱自清转变的推动力

在朱自清立场"左"转的过程中，清华大学的左翼教授和青年学生是重要的推动力。

清华大学固然是自由主义知识分子的大本营，但随着 40 年代教授阵营的分化，也涌现出不少左翼教授，闻一多就是一个著名代表。闻一多固然对朱自清有重要影响，经常成为朱自清政治态度的重要参照，但从个人关系上说，吴晗对朱自清的影响也许更大更直接。从抗战前他们共同编辑《文学季刊》开始，朱自清与吴晗就交往密切。吴晗加入"民盟"并积极从事政治活动之后，像朱自清这类有影响而政治立场中立的中年教授，就成了吴晗重点联系的对象。每当有什么宣言需要签名的时候，常是吴晗持宣言稿来找朱自清征求签名，并动员朱自清运用他的影响在教授中征集签名。朱自清在 1947 年 5 月 27 日的日记中曾记载："下午吴晗送来宣言稿，并希望对签名运动尽力。我想，这个宣言可以说是对六月二日学生运动提出的忠告。为此，我愿尽力。到新林院和北院的朋友处拜访，有三人谢绝签名。"当然，并非吴晗每一次的签名请求都得到满足，朱自清也有

1　朱自清：《论且顾眼前》，《朱自清全集》第 4 卷，第 517 页。

2　朱自清：《论不满现状》，第 514 页。

拒绝的时候。朱自清在 1948 年 4 月 4 日的日记中有这样的记载："钱伟长和吴晗来，他们正征集教授在《声明》上签名，《声明》要求以三天罢教响应讲师和工友的要求。他们不希望开教授会。我坚持主张通过正常途径解决，故谢绝签名。"朱自清的岗位意识和稳健作风，使他特别看重学校正常的教学秩序和管理方式，绕开教授会，直接以教授罢教的方式来支持讲师和工友并向校方施压，势必与教授会形成对立，显然过于激进，这是朱自清所不愿意的。不过，总体上，吴晗等左翼教授的主张，代表了国统区广大人民反饥饿、反内战、反迫害的呼声，有着政治和道义的优势，所以，朱自清接受签名的时候更多。

青年学生对朱自清的影响是不可忽视的另一股力量。在这方面，朱自清经历了一个转化的过程。晚年他对青年人的看法是肯定多而批评少，此前则批评更多。

朱自清也是从青年时代过来的，在"五四"运动中曾相当活跃。但中年人的年龄和教师的身份，使他早已站稳了中年人的立场。他并从中年人的角度多次谈到青年人与中年人的关系。他的学生回忆说："联大结束时，在全系师生话别会上，闻一多说：'平常总是我们说，同学们听，我想今天的教育总应该改变一下，还是多听听同学们对于大学教育的意见。'于是同学们相继发言七八位，颇多激昂恺切之辞。朱自清平静地说：'青年人有青年人的好处，火力大，勇敢，进取，创造。但中年人也有中年人的好处，有经验，稳健。两下合作起来，才能办事，假如都照你们那样说，也未必全对吧。'"[1] 这里的"青年人"指的是接受大学教育的青年学生，"中年人"指的是在大学从事教学工作的教师。这段话口气婉转，却既不赞同闻一多的意见，也对青年学生的评价有所保留。强调青年人与中年人各有长处，双方合作才能成事，这是朱自清对青年人和包括自己在内的中

1　尚土：《味如橄榄的朱自清教授》。

年人的基本认识。

"五四"运动以后，青年学生的政治热情空前高涨，他们依托学生会之类的组织，向政府施压，向社会呼吁，成为历次民众运动、政治运动中不可忽视的一支重要力量。早在 20 年代就有人观察到："学生会是社会上什么事情都管得着的机关。学生运动是顶有势力的举动，学生事业已经造成了一个特殊阶级，一切阶级中顶高的阶级。"所以，"当今顶出风头的人，不是作官的，不是军人，也不是工商，更不是财产家，乃是青年的学生"。[1] 这样的说法自然夸大其辞，过于偏激，亦属皮相，但确实注意到了学生风潮、学生运动的影响力。如此，青年学生自然尽了他们的社会责任，只是，这种社会责任常常与他们的学生身份产生矛盾，与负责管理他们的学校形成冲突。清华大学实行教授治校制度，学生与学校的冲突经常就直接表现为与教授和教授会的冲突。不仅如此，任何组织为谋求自身的壮大总趋向于为自己谋取利益，学生组织也不例外。朱自清在 1934 年 1 月 3 日的日记中记过这样一件事：他听说清华学生会有一个议案，要求学校一方面取消教授休假出洋制度，另一方面不得在学生的毕业旅行费用中扣除欠费。朱自清听说此事非常愤怒，说："此事近于有计划的捣乱，否则自私至此，实令人心冷。"教授休假出洋制度是清华大学教授的重要待遇，对于开阔教授眼界、加强学术交流、提高学术水平具有重要作用，这是清华大学得以在短时间内跻身全国一流大学的重要举措。学生会的这一议案，便无可避免地与教授的利益发生直接冲突。而学生以运动的方式、以集体的力量传达自己的意愿要求，这给学校和教授以很大的压力。敏感而又拘谨的朱自清强烈地感受到来自学生的压力，他的日记多次留下了有关学潮的记载。每次出现这种状况，无论是作为系主任还是教师，朱自清常感到苦恼、无奈、沮丧、愤怒和强烈的挫败感，甚至为此而做噩梦。

1　章克标：《当今社会顶出风头的人》，第 19 页。

譬如，清华学生因参加"一二·九"运动而耽误大量功课，因此便要求免考或延期考试。1936年2月19日，清华学生为此在校内游行，并企图拥进教授会会场，左右教授会的决定。教授会无法容忍这种"胁迫"，以集体辞职相对抗，学生则既不改变自己的立场，却又要求教授会撤回辞职决定，甚至不让教授退场。师生双方针尖麦芒，各不相让，态势相当紧张。这样的场面，让一向平和的朱自清大受刺激，内心难以释怀，所以在事发一个月后做了个梦："昨夜得梦，大学内起骚动。我们躲进一座如大钟寺的寺庙。在厕所偶一露面，即为冲入的学生们发现。他们缚住我的手，谴责我从不读书，并且研究毫无系统。我承认这两点并愿一旦获释即提出辞职。"[1]

屡经这样的压力，所以朱自清既能充分看到青年人的优点，但同时也坦率地指出青年人的弱点，诸如"自私、撒谎、任性、恃众要挟"等等。1939年，朱自清专门著文《青年人与中年人》讨论两者之间的关系问题。他指出，青年人最大的问题就是"恃众要挟"。所谓"恃众要挟"，就是青年人在与教师和学校发生冲突的时候，运用集体的力量为自己争得权利。朱自清不否认青年人为自己争得权利的合理性，但他强调，学生不能就此而破坏秩序，蔑视学校纪律，因为"学校还有传授知识、训练技能、培养品性等等主要的使命，若只有集团组织和救亡运动两种作用，学校便失去它们存在的理由，至少是变了质了。这是居于直接指导地位的中年人所不能同意的"[2]。

当然，文章的主旨，与其说是指摘青年人的问题，毋宁说是强调在这种大背景下中年人的责任。他曾经说："对中年人的态度仍是我们这一代最重要、最麻烦的问题。然而，校方与我们教授也不能让学生独任其

---

1 1936年3月19日朱自清日记，《朱自清全集》第9卷，第408页。
2 朱自清：《中年人与青年人》，《朱自清全集》第11卷，第302页。

咎。"¹所谓"不能让学生独任其咎",也就是说,"将来的社会、将来的中国是青年人的;他们是现在的中年人的继承者。他们或好或不好,现在的中年人总不能免除责任"。在他看来,在与青年人的关系上,中年人仍然起主导作用。因此,"现在居于指导地位的中年人所能作的,似乎还只是努力学术研究,不屈不挠地执行学校纪律,尽力矫正和诱导青年人,给予他们良好的知识、技能和品性的训练"。这项工作"无论如何困难,总要本着孔子'知其不可而为之','不知老之将至'的精神作去"。²

随着国民党统治危机的日益加深,随着国统区民主运动的日益高涨,随着学生运动在各种社会政治运动中力量的日益壮大和表现的日益突出,朱自清对中年人与青年人关系的认识有了一些调整,他看到:中年人的"精力和胆量只够守着自己的岗位,进行自己的工作。这些人不甘颓废,可也不能担负改造的任务,只是大时代一些小人物",而青年人则以他们的热情和勇敢走向抗争,"他们要改造这个国家,要改造这个世界"。³逐渐地,朱自清更多地肯定青年人的优点,更多地表示要向青年人学习,认为他们不仅"孺子可教",而且"孺子可师"。在《论气节》一文中,朱自清否定了中年人的消极的"节",而给予青年人更高的评价:"他们无视传统的'气节',特别是那种消极的'节',替代的是'正义感',接着'正义感'的是'行动'。"⁴基于这样的认识,朱自清对学生组织的活动给予了更多的支持,常常出现在学生举行的诗歌朗诵会、讲演会、座谈会、时事报告会上,甚至在娱乐场合也加入了学生扭秧歌的队伍。由此,朱自清也给人留下了"年轻""活跃"的印象。

1　1937 年 10 月 20 日朱自清日记,《朱自清全集》第 9 卷,第 491 页。
2　朱自清:《中年人与青年人》,第 303 页。
3　朱自清:《动乱时代》,《朱自清全集》第 3 卷,第 117 页。
4　朱自清:《论气节》,第 154 页。

三　朱自清转变过程中的内心矛盾

不过，朱自清的转变仍在进行之中，并未完成。

他在真诚地努力地跟随汹涌澎湃的时代大潮，但他的跟随并不轻松。他很难像闻一多那样一旦转变就义无反顾一往无前，毕竟，几十年人生所形成的生活方式和价值立场不大可能在短时间内彻底转变。他说，"余虽极愿与青年人接近并互相了解，但性格素冷静，且愿保持较广阔之思想"[1]。这种冷静的性格和不愿一边倒的观念使得朱自清努力保持着理性，始终在不停地观察、分析、思考、判断，轻易不让自己受别人或时风的左右，更不让自己陷入亢奋甚至狂热的境地。注意到这一点，我们就能够发现朱自清内心存在着的若干疑虑和矛盾。尽管朱自清没有宣之于口，也不大愿意让别人察觉，但它确实存在。

矛盾之一是对这个时代的判断在个人感受和时代氛围之间存在明显距离。与"年轻""活跃"的朱自清相抵触的，是他内心对这个时代的认识总体上偏于悲观。他在1948年3月1日的日记中有一段记载："有些流氓向玻璃窗掷石头，打碎三扇。甚觉可悲。这是个分配与仇恨问题，反映了时代精神，没有安宁和秩序。"一件小事，引发了朱自清对于时代特征、时代精神的感慨，似乎小题大做，但半个月后他又在日记中写下"真是一个仇恨的时代"的话，可见这其实反映了朱自清的一贯认识。在学生的记述中，朱自清在抗战年间就有过"三十年内中国不会太平静"[2]的判断。这种对时代精神的独特理解，显然与亢

1　1947年5月17日朱自清日记，《中国现代文艺资料丛刊》第3辑，上海文艺出版社1963年版。

2　尚土：《味如橄榄的朱自清教授》。

奋并急切盼望新社会降临的社会氛围和朱自清留给公众的印象是不一致的。

应该说，朱自清对时代的悲观认识，并不源于 40 年代。成人以来饱经忧患的经历，使得朱自清早在 20 年代开始对社会的认识就偏于悲观，这在他的新旧诗以及散文中屡有反映。无论是"极目升平杳无畔""灾星到头还贯串"的感慨，还是"三十年内中国不会太平静"的判断，表达的都是对时代的悲观体认。在这个悲剧性的时代，朱自清之所以在晚年爆发出极大的生命能量，是因为他意识到："既生为中国人，有什么办法？该干什么还干什么，守住自己的岗位，并且得加倍努力干。"[1] 只是，这种社会责任感和他内心的悲剧感是无法互相替代的。

矛盾之二是在个人价值与大众力量的关系上内心存在着张力。早年，朱自清无疑属于民主个人主义者，他信奉自由意志和独立精神。1928 年，当个人意志和大众运动发生冲突的时候他选择了躲进象牙塔，以退隐的姿态保全自身精神的丰富和完整。他看重个人的价值，却怀疑集体的力量，他同情广大民众的悲惨生活，富于深厚的人道精神，但不相信他们在推动社会进步方面的巨大力量。开始使他认识到民众力量的是 1941 年夏天发生在成都的"吃大户"事件。目睹了那一幕惊心动魄的景象，朱自清深受触动，说："这是一群人，群就是力量：谁怕谁！"[2] 抗战胜利后，大众普遍觉醒，更加自觉地投入声势浩大的民主运动，朱自清对大众的力量也有了更清晰的认识。他说："现在这时代可改变了。不论叫'群众'，'公众'，'民众'，'大众'，这个'众'的确已经表现一种力量，这种力量……现在却强大起来，渐渐足以和统治阶级对抗了，而

1　尚土：《味如橄榄的朱自清教授》。
2　朱自清：《论吃饭》，第 156 页。

且还要一天比一天强大。"[1]

但这种"大众"的力量，同时也对朱自清一向坚守的知识分子的独立立场和冷静客观的理性精神产生了威压。这是一种看不见摸不着却在无形之中裹挟着他向前的巨大力量。这种力量主要来自青年学生。朱自清在日记中有不少此类的记载。且抄录几则：

> 罢课委员会二学生正式来访。我勉强地回答了他们的问题。这可能是不智之举，但我没办法。（1945 年 12 月 10 日）

> 学生们正在发起一项运动，其口号是"反迫害，抢救教育！"晚上居乃鹏来访并谈话，对我而言，这是无可奈何之举。我感到厌倦，但还得正经地回答。（1948 年 2 月 22 日）

> 晚招待冯芝生夫妇。学生两次来请我们参加大饭厅的学生集会，他们还请我们在临时搭起的台上扭秧歌。大众的压力确实不得了，使我整晚上感到不安。何达和张书城亦来。我们曾说要在集会上集体朗诵以代替个人节目。芝生就此情景引用了讽刺话："臣对，臣愚不敢对，臣谨对。"（1948 年 4 月 8 日）

学生采访朱自清，无疑是要求朱自清对学生运动做政治表态。朱自清既不能不表态，但内心又不愿意受这种压力的左右。在学生集会上扭秧歌，与跟学生在非政治性的游戏场合扭秧歌具有不同的内涵，是一种明确无误的支持学生并跟学生打成一片的政治姿态，而这姿态将会被解读为教授放弃自己的立场而成为学生尾巴的一种象征，这显然是跟朱自清"不屈

---

[1] 朱自清：《论不满现状》，第 512、514—515 页。

不挠地执行学校纪律，尽力矫正和诱导青年人，给予他们良好的知识、技能和品性的训练"的中年人立场相左的。有意思的是，从朱自清的日记中可以发现，这样的压力并非朱自清一人的，而是教授群体共同的压力，这种压力也是相当大的。冯友兰以臣属面对皇帝时唯唯诺诺、谨小慎微的模样，非常生动也非常深刻地刻画了教授面对学生压力时的难以承受的惶恐。从教授们以集体朗诵代替个人节目的安排来看，这种压力是无法摆脱的，顶多只能是部分地化解或减轻。

单纯学生的压力，未必让朱自清如此不安，因为朱自清知道，学生并不是这个压力的源头。这种压力的背后，有着一个强大的即将登上中国政治舞台中心的政治集团。未来的社会将是一种什么样的格局，朱自清并不完全清楚，不过有一点是肯定的，那就是新政权对知识分子的地位和作用的规范将不同以往。

1948年3月，郭沫若在香港出版的《大众文艺丛刊》第一辑《文艺的新方向》上发表了《斥反动文艺》的文章，对沈从文、朱光潜、萧乾等人进行了非常严厉的批判，认为他们都是游离于人民革命事业之外的封建买办旧文人，并把他们的文艺思想和文学创作定性为"反动文艺"。次月，郭沫若的文章就被学生抄出贴在了北大校园内。郭沫若的文章并非他的个人行为，而是共产党意识形态在文艺战线的一种方向性、纲领性的声音，代表着在新的社会格局下共产党对知识分子新的规范。郭沫若批判的这三个人，战前都是朱自清的好友，尤其是沈从文，朱自清与他相交甚密，即使联大复员回到北平以后，也与他时相往还。至今未发现任何资料证明朱自清知道沈从文被批判的事情，但不管朱自清知道与否，那种随着共产党夺取全国胜利之势而来的对文艺的新的要求和对知识分子的思想改造运动，并非是从郭沫若的文章开始的。它作为一种时代的要求，从各个方面反映出来，已经是大势所趋了。朱自清就曾经读过传达共产党思想主张的小册子《知识分子及其改造》，认为"它论点鲜明，使人耳目一新，知识分子的改造确很重要"[1]。

朱自清清晰地意识到，包括他自己在内的知识分子的道路将会发生巨大变化。站在别跟时代脱节的立场，朱自清努力地调节着自己，认可共产党主张的知识分子的思想改造，但朱自清也清晰地看到理性与固有生活方式之间的矛盾，意识到知识分子的思想改造是一个长期的艰难的过程，所以他主张知识分子的转变应该从实际出发，脚踏实地一步步来。1948年夏，他在"知识分子今天的任务"座谈会上说："要许多知识分子每人都丢开既得利益不是容易的事，现在我们过群众生活还过不来。这也不是理性上不愿接受；理性上是知道该接受的，是习惯上变不过来。所以我对学生说，要教育我们得慢慢地来。"[2]

这种宁慢勿快的说法至少有两层含义：一是在过去经验与未来规范之间有着巨大的差距，客观上很难一蹴而就；更深一层意思，朱自清说得很含蓄："扩大自己得一圈儿一圈儿的，得充实，得踏实。别像肥皂泡儿，一大就裂。……得寸是寸，得尺是尺。"[3]也就是说，这种转变必须立足自我，也适应自我，如果揠苗助长就会成为"肥皂泡"，走向预期的反面。但从上述朱自清对学生要求的"整晚上感到不安"反应来看，他对新的社会格局之于知识分子的要求尚存疑虑，对于自己能否跟上时代的步伐并无确信。至于改造的方式和改造的目标，朱自清仅从生活上"丢开既得利益""过群众生活"理解，更多的恐怕朱自清还不清楚。不过，从朱自清对中年人岗位定位的自觉来看，这也许是一个比表态更为艰难的更大的挑战。

1　1948 年 7 月 9 日朱自清日记，朱乔森编：《朱自清全集》第 10 卷，江苏教育出版社 1997年版，第 515 页。
2　朱自清：《知识分子今天的任务》，《朱自清全集》第 4 卷，第 539 页。
3　朱自清：《论自己》，《朱自清全集》第 3 卷，第 400 页。

朱自清的早逝，使得他的思想转变戛然而止，他没有亲身经历中华人民共和国成立后那么多次有关知识分子的改造运动，我们也无法逆料朱自清在这些运动中的遭遇和思想状况。对此，幸抑或不幸，朱自清均已无法回答。无论如何，朱自清留下的背影，足够我们深长思之。

（原载《江苏师范大学学报》2013 年第 1 期）

主要参考文献

一、著作类

1. 北京师范大学校史资料室编:《匡互生与立达学园》,北京师范大学出版社 1985 年版。

2. 蔡元培等:《中国新文学大系导论集》,上海书店 1982 年版。

3. 陈安湖主编:《中国现代文学社团流派史》,华中师范大学出版社 1997 年版。

4. 陈福康编著:《郑振铎年谱》,书目文献出版社 1988 年版。

5. 陈刚:《西方精神史:时代精神的历史演进及其与社会实践的互动》,江苏人民出版社 2000 年版。

6. 陈星:《白马湖作家群》,浙江文艺出版社 1998 年版。

7. 陈星:《丰子恺漫画研究》,西泠印社 2004 年版。

8. 陈星:《清空朗月——李叔同与丰子恺交往实录》,百花洲文艺出版社 1997 年版。

9. 陈星:《清凉世界——丰子恺艺术研究》,浙江文艺出版社 1996 年版。

10. 陈星:《人文白马湖》,方志出版社 2004 年版。

11. 陈星、朱晓江:《从"湖畔"到"海上"——白马湖作家群的形成及其流变》,上海三联书店 2009 年版。

12. 陈原:《记胡愈之》,生活·读书·新知三联书店 1994 年版。

13. 杜威:《杜威五大讲演》,胡适译,安徽教育出版社 2005 年版。

14. 杜维明:《现代精神与儒家传统》,生活·读书·新知三联书店 1997 年版。

15. 费孝通、夏衍等:《胡愈之印象记》(增补本),中国友谊出版公司 1996 年版。

16. 费振钟:《江南士风与江苏文学》,湖南教育出版社 1995 年版。

17. 丰一吟、潘文彦等:《丰子恺传》,浙江人民出版社 1983 年版。

18. 高军、胡庆云等:《无政府主义在中国》,湖南人民出版社 1984 年版。

19. 顾潮:《历劫终教志不灰·我的父亲顾颉刚》,华东师范大学出版社 1997 年版。

20. 顾颉刚:《古史辨》(一),朴社 1926 年版。

21. 顾志坤:《春晖》,吉林文史出版社 2008 年版。

22. 郭良夫:《完美的人格——朱自清的治学和为人》,生活·读书·新知三联书店 1987 年版。

23. 哈迎飞:《"五四"作家与佛教文化》,上海三联书店 2002 年版。

24. 贾植芳等编:《文学研究会资料》,河南人民出版社 1985 年版。

25. 贾植芳主编:《中国现代文学社团流派》,江苏教育出版社 1989 年版。

26. 江苏省政协文史资料委员会、扬州市政协文史资料委员会编:《朱自清》,江苏文史资料编辑部 1992 年版。

27. 姜建:《大地足印——朱自清传记》,江苏教育出版社 1993 年版。

28. 姜建、吴为公:《朱自清年谱》,光明日报出版社 2010 年版。

29. 蒋梦麟:《西潮·新潮》,岳麓书社 2000 年版。

30. 教育部教育年鉴编委会编:《第一次中国教育年鉴》,开明书店 1934

年版。

31. 李丽：《生成与接受——中国儿童文学翻译研究（1898—1949）》，湖北人民出版社 2010 年版。

32. 李泽厚：《中国现代思想史论》，安徽文艺出版社 1994 年版。

33. 林非：《现代六十家散文札记》，百花文艺出版社 1980 年版。

34. 林贤治：《中国散文五十年》，漓江出版社 2011 年版。

35. 林毓生：《中国传统的创造性转化》，生活·读书·新知三联书店 1988 年版。

36. 林子青编：《弘一法师书信》，生活·读书·新知三联书店 1990 年版。

37. 凌卫民、何大强主编：《匡互生与立达学园教育思想的研究与实践》，华文出版社 2010 年版。

38. 刘增人：《叶圣陶传》，东方出版社 2009 年版。

39. 刘增人、冯光廉编：《叶圣陶研究资料》，北京十月文艺出版社 1988 年版。

40. 鲁迅：《鲁迅全集》，人民文学出版社 1981 年版。

41. 马良春、张大明主编：《中国现代文学思潮史》，北京十月文艺出版社 1995 年版。

42. 茅盾：《我走过的道路》，人民文学出版社 1981—1988 年版。

43. 钱君匋主编：《李叔同》，上海人民美术出版社 1993 年版。

44. 钱理群、吴福辉等：《中国现代文学三十年》，上海文艺出版社 1987 年版。

45. 钱念孙：《朱光潜：出世的精神与入世的事业》，文津出版社 2005 年版。

46. 商金林：《叶圣陶年谱长编》，人民教育出版社 2004—2005 年版。

47. 商金林编：《朱光潜自传》，江苏文艺出版社 1998 年版。

48. 舒新城编：《中国近代教育史资料》，人民教育出版社 1981 年版。

49. 谭桂林:《20 世纪中国文学与佛学》,安徽教育出版社 1999 年版。

50. 王嘉良:《辉煌"浙军"的历史聚合:浙江新文学作家群整体透视》,中国社会科学出版社 2009 年版。

51. 王建华、王晓初主编:《"白马湖文学"研究》,上海三联书店 2007 年版。

52. 王利民:《平屋主人——夏丏尊传》,浙江人民出版社 2005 年版。

53. 王泉根:《现代中国儿童文学主潮》,重庆出版社 2000 年版。

54. 王铁仙:《中国现代文学精神》,人民出版社 2008 年版。

55. 王文英主编:《上海现代文学史》,上海人民出版社 1999 年版。

56. 王学典、孙延杰:《顾颉刚和他的弟子们》,山东画报出版社 2000 年版。

57. 王知伊:《开明书店纪事》,山西人民出版社 1991 年版。

58. 吴晓峰:《国语运动与文学革命》,中央编译出版社 2008 年版。

59. 吴周文、张王飞、林道立:《朱自清美文与"五四"记忆》,社会科学文献出版社 2018 年版。

60. 夏弘宁:《夏丏尊传》,中国青年出版社 2002 年版。

61. 夏弘宁主编:《夏丏尊纪念文集》,上虞市文学艺术联合会 2001 年版。

62. 夏弘宁、王洁:《夏丏尊纪念文集续集》,上虞市文学艺术界联合会 2006 年版。

63. 徐采石主编:《吴文化论坛》(2000 年卷),作家出版社 2000 年版。

64. 徐强编:《长向文坛瞻背影——朱自清忆念七十年》,广陵书社 2018 年版。

65. 许志英、邹恬主编:《中国现代文学主潮》,福建教育出版社 2001 年版。

66. 杨洪承:《"人与事"中的文学社群:现代中国文学社团和作家群体文化生态研究》,人民出版社 2014 年版。

67. 杨洪承:《文学社群文化形态论——现代中国文学社团流派文化研究》,安徽文艺出版社 1998 年版。

68. 杨牧:《中国近代散文选》,洪范书店 1982 年版。

69. 叶至善:《父亲的希望》,中国青年出版社 2000 年版。

70. 于友:《胡愈之传》,新华出版社 1993 年版。

71. 余英时:《士与中国文化》,上海人民出版社 1987 年版。

72. 余英时:《中国知识分子论》,河南人民出版社 1997 年版。

73. 俞平伯、吴晗等著,张守常编:《最完整的人格——朱自清先生哀念集》,北京出版社 1988 年版。

74. 张光芒:《中国近现代启蒙文学思潮论》,山东文艺出版社 2002 年版。

75. 张俊才、李扬:《二十世纪中国文学主潮》,河北教育出版社 2002 年版。

76. 张堂锜:《从黄遵宪到白马湖》,正中书局 1996 年版。

77. 中共中央马克思、恩格斯、列宁、斯大林著作编译局国际共运史研究室编译:《俄国民粹派文选》,人民出版社 1983 年版。

78. 中共中央马克思、恩格斯、列宁、斯大林著作编译局研究室编:《五四时期期刊介绍》,生活·读书·新知三联书店 1978—1979 年版。

79. 中国出版工作者协会:《我与开明》,中国青年出版社 1985 年版。

80. 朱德发:《二十世纪中国文学流派论纲》,山东教育出版社 1992 年版。

81. 朱惠民:《白马湖文派短长书》,宁波出版社 2014 年版。

82. 朱惠民:《白马湖文派散论》,香港国际学术文化资讯出版公司 2006 年版。

83. 朱惠民编:《悦读白马湖派散文家》,宁波出版社 2015 年版。

84. 朱惠民选编:《白马湖散文十三家》,上海文艺出版社 1994 年版。

85. 朱金顺:《星汉文章·新文学史料学》,海燕出版社 2018 年版。

86. 朱金顺编:《朱自清研究资料》,北京师范大学出版社 1981 年版。

87. 朱寿桐:《新月派的绅士风情》,江苏文艺出版社 1995 年版。

88. 朱晓进:《历史转换期文化启示录——文化视角与鲁迅研究》,辽宁教育出版社 1992 年版。

89. 朱晓进:《政治文化与中国二十世纪三十年代文学》,人民出版社 2006 年版。

90. O.M. 编:《我们的六月(一九二五年)》,亚东图书馆 1925 年版。

91. O.M. 编:《我们的七月(一九二四)》,亚东图书馆 1924 年版。

二、开明书店丛书与教材类

92. 教材及教学参考书(1926—1949 年,共 256 种)

93. "开明青年丛书"(1927—1949 年,共 105 种)

94. "开明少年丛书"(1927—1948 年,共 28 种)

95. "开明文学新刊"(1928—1948 年,共 54 种)

96. "开明中学生丛书"(1934—1937 年,共 23 种)

97. "世界少年文学丛刊"(1926—1947 年,共 68 种)

98. "中学生杂志丛刊"(1935—1944 年,共 38 种)

三、书目类

99. 北京图书馆编:《民国时期总书目(1911—1949)》,书目文献出版社 1986—1997 年版。

100. 开明书店编:《开明书店分类书目》,开明书店 1937 年版。

101. 开明书店编:《开明书店简明书目》,开明书店 1934 年版。

102. 开明书店编:《开明书店图书总目》,开明书店印。

103. 开明书店编:《全国出版物总目录》,开明书店 1935 年版。

104. 平心编:《生活全国总书目》,生活书店 1935 年版。

105. 生活书店编:《全国出版物目录汇编》,生活书店 1933 年版。

106. 现代书局编:《现代书局图书总目》,现代书局 1933 年版。

107. 佚名编:《开明书店图书目录 1926—1952》。

四、期刊类

108.《国文月刊》(1940—1949 年)

109.《国文杂志》(1942—1946 年)

110.《教育杂志》(1909—1936 年)

111.《开明》(1928—1948 年)

112.《立达半月刊》(1925—1935 年)

113.《立达季刊》(1925 年)

114.《文学旬刊·文学周报》(1921—1929 年)

115.《文学杂志》第 3 卷第 5 期,1948 年 10 月

116.《文讯》第 9 卷第 3 期,1948 年 9 月

117.《小说月报》(1921—1931 年)

118.《新女性》(1926—1929 年)

119.《新少年》(1936—1937 年)

120.《一般》(1926—1929 年)

121.《中学生》(1930—1949 年)

五、博士论文类

122. 邓集田:《中国现代文学的出版平台》,华东师范大学 2009 年。
123. 邱雪松:《开明书店、"开明人"与"开明风":中国现代知识分子与出版的一种关系》,华东师范大学 2010 年。

主要人名索引

后 记

1998 年春，在离开南京大学多年之后，我又回到母校在职攻读博士学位，选择的博士论文题目就是《论开明文化流派》。因为论题包含的内容比较多，博士论文只完成了大约三分之一。后来我以此为基础申请了国家社科基金项目"'开明'文学文化流派研究"（项目批准号：11BZW122），本书便是这个项目的结项成果，结项等级为"优秀"。

之所以选择这样一个题目，是我在进行研究的过程中深深地感到，"五四"新文化运动以及其后的十年，有着众声喧哗、元气淋漓的独特风姿，是中国现代文化史、文学史上最具有丰富性、最具有创造力的时代，一个标志就是社团流派的大量涌现。在那些人们熟知的社团流派之外，"开明派"是一个很有代表性也产生了很大影响的流派，是不应被人们遗忘的。对这个流派，起初自然从文学入手，但随着材料的梳理，我发现，这个流派在教育、出版等文化领域有着更丰富的内涵，是一个横跨文学、教育、出版等多学科的综合性流派，其活动也远远超出了那最有光彩的十来年，一直延续到 40 年代后期；而且，他们也始终坚守着新文化运动的启蒙主题，并且为 20 世纪民族文化和文学的现代化转型提供了他们所探索、所追求的独特路径。对这个流派展开系统研究，不仅可以加深对

"五四"新文化运动的理解，丰富现代文化和文学中社团流派的版图，而且对总结 20 世纪民族文化的现代化进程具有重要意义。

因为需要把一个人们语焉不详的流派挖掘出来，这就从内在逻辑上规定了这个论题不仅需要理论研究，更需要实证研究；不仅需要定性研究，更需要定量研究；不仅需要研究文学，更需要研究教育和出版等我比较陌生的文化领域。由此，这项研究的难度是超出想象的，各个领域的大量原始资料和原始文献需要从头开始整理。举一个出版方面的例子。为了论证开明派为青少年教育的付出，需要对开明书店的出版物进行细致的、分门别类的定量分析，而有的时候为了说明这些出版物所获得的社会影响，还需要统计它们的版次，这就少不了开明书店图书总目的帮助了。只是，历经战乱和机构改组、人事变迁，开明书店当年的样书，甚至连作为继承者的中国青年出版社也散失很多。于是，我只能借助一些现存的工具书，譬如开明书店几次自编的《开明书店简明书目》《开明书店图书总目》《开明书店分类书目》等，不过它们只是为了便于销售，缺漏太多，做不得准；再进一步爬梳现代书局编的《现代书局图书总目》，生活书店编的《全国出版物目录汇编》，平心编的《生活全国总书目》，开明书店编的《全国出版物总目录》，北京图书馆编的《民国时期总书目（1911—1949）》，甚至包括近人编的《开明书店图书目录 1926—1952》，这些也同样有很多缺漏和讹误。为了数据的准确，我只能四处寻访图书，且借助数据库和互联网，也检索全份《中学生》等开明书店印行的杂志，从出版物的版权页着手反复核对书名、署名、出版时间、出版版次等信息。经过仔细比照校勘，去伪存真，待一份比较准确详明的开明书店图书总目编制完成，时间已经过去了半年多。如此不计工本，倒不是为了别的什么，而是借此告诫自己学术研究来不得半点的浮躁马虎。只是如此一来，这项研究变得旷日持久，前后拖了十多年。待到国家社科基金项目结项后，我还补写了迟迟未及动笔的《开明派的小品散文创作》一节。

　　本著所展现的是对开明派的一个整体研究，本来还打算围绕人物与开明派的关系做进一步拓展，每一个主要人物各选一个独特的角度，人物之间也互相照应，用以补充整体研究所无法容纳的内容。只是时间实在是拖得太久了，精力也有所分散，人物研究只能以后再说，已完成的两篇就作为附录附在书内。书中的大部分章节，曾陆续在期刊上发表，这里列出刊名，以示感谢：《江苏行政学院学报》《江苏社会科学》《河北学刊》《学海》《浙江学刊》《扬州大学学报》《浙江社会科学》《新文学》《南京师范大学学报》《美育学刊》《南京师范大学文学院学报》《江苏师范大学学报》《民国文学与文化研究》等。还要感谢浙江学界的朋友们，在研究的过程中与他们多有互动，虽然彼此观点不求一致，但这样的切磋交流，恰恰可以推动我做进一步的思考。还要感谢杨子耘先生允许我使用丰子恺先生的若干图片。这里特别要感谢同济大学万书元教授，他在本书的出版忽遭变故的时候施以援手，帮我解决了出版经费不足带来的困扰。当然，也应该感谢商务印书馆上海分馆鲍静静总编辑，她慨然接受了本书稿，让我有幸结缘于这家历史悠久的、与开明派有渊源的出版社。感谢本书的责任编辑陈雯女士，她的专业素养和敬业精神令人佩服。

　　对我而言，这项研究是一种探索，也是一种挑战。虽然我已尽力，但不免留下疏漏或缺憾，希望能够得到学界同仁的指正。

姜　建

2022 年 5 月 12 日于金陵

图书在版编目（CIP）数据

开明派文化与文学 / 姜建著. — 北京：商务印书馆，
2022
ISBN 978-7-100-21381-3

Ⅰ.①开… Ⅱ.①姜… Ⅲ.①中国文学流派—文学
流派研究 Ⅳ.①I209.99

中国版本图书馆 CIP 数据核字（2022）第 118723 号

开明派文化与文学

姜 建 著

商 务 印 书 馆 出 版
（北京王府井大街 36 号 邮政编码 100710）
商 务 印 书 馆 发 行
山 东 临 沂 新 华 印 刷 物 流
集 团 有 限 责 任 公 司 印 刷
ISBN 978-7-100-21381-3

2022 年 9 月第 1 版　　　开本 640×960　1/16
2022 年 9 月第 1 次印刷　　印张 25　字数 322 千

定价：106.00 元